泰山学院学术著作出版基金资助出版

文本的回响:印象主义批评文萃

张　鹏　著

吉林大学出版社

·长春·

图书在版编目（CIP）数据

文本的回响：印象主义批评文萃 / 张鹏著. -- 长
春：吉林大学出版社，2023. 9
ISBN 978-7-5768-2310-3

Ⅰ. ①文… Ⅱ. ①张… Ⅲ. ①印象主义-文学评论-
世界-文集 Ⅳ. ①I109. 9-53

中国国家版本馆 CIP 数据核字（2023）第 204408 号

书　　名　文本的回响：印象主义批评文萃
　　　　　WENBEN DE HUIXIANG：YINXIANG ZHUYI PIPING WENCUI

作　者　张　鹏
策划编辑　黄忠杰
责任编辑　蔡玉奎
责任校对　高珊珊
装帧设计　周香菊
出版发行　吉林大学出版社
社　　址　长春市人民大街 4059 号
邮政编码　130021
发行电话　0431-89580028/29/21
网　　址　http：//www. jlup. com. cn
电子邮箱　jldxcbs@ sina. com
印　　刷　天津鑫恒彩印刷有限公司
开　　本　787mm×1092mm　1/16
印　　张　18. 75
字　　数　320 千字
版　　次　2024 年 3 月　第 1 版
印　　次　2024 年 3 月　第 1 次
书　　号　ISBN 978-7-5768-2310-3
定　　价　68. 00 元

序 言 □□□

在这本书中，我试图用印象主义批评的方式，与文学作品进行对话。本书的核心学术价值在于，依赖活色生香的批评话语重新印证了印象主义批评是一种强烈依据审美直觉并专注于文学作品的审美特性以及自我的主观印象和瞬间感受的批评方法、阅读感悟和赏析之道。

印象主义批评与我国传统的印象式批评在某些方面有契合之处。二十世纪二十年代的周作人、三十年代的李健吾、四十年代的唐湜等最有代表性。他们三人的批评勾勒了中国现代印象主义批评的历史轮廓和发展线索，大大增强了文学批评的审美性和艺术性，表明了批评家在中国现代文学批评发展到一定时期的某种必要的自省。印象主义批评的背景宽阔而宏大，对文学笃定真挚，贯彻着文学批评固有的性情和精神，即对新问题的敏感和关切，注重问题意识与诗意文风。印象主义的批评以儒雅温润的文风，体察作家灵魂的悲欢离合，传递生命意义的反思和困惑，话语间有一以贯之的精神气质和深入思考。对话作家，缅怀一种情怀；品评作品，发散一种精神。以自己诚恳真挚、敏锐多思而又无微不至的言语，穿行于自我与文本之间，重申了文学及写作那有感而发的心灵品格和性情所在。长久以来我愿以文学批评来沉淀思想而且毫不掩饰自己天真率直的脾性和诗酒人生的快意，我愿在鲜明的文体意识中照见人性的幽默和思想的明达。印象主义批评让我一以贯之地在文学、哲学和美学上优游涵咏，乐而忘返，拒斥学问对心灵的挤压和堵塞，捍卫文本中的个人印记，在发现问题和求解问题时建构得以安放身心的精神象牙塔。我愿把理性、感性、智慧、性情、才学结合得如羚羊挂角，无迹可求。

批评是灵魂在杰作中的探险活动。这是西方印象主义批评的主要观念。十九世纪末，法国的法朗士明确提出了印象主义批评的基本理论，他明确反对文学批评追求判断，理性和严谨，主张批评家对作品的主观印象就是批评的基础。他认为批评就是文学作品提供的意象所带给他的快感和引起的联想。批评家的任务，在于描述艺术作品在他的内心所激起的观念、意象、气氛与情感。批评就是对作品韵味的意会和体悟。这是中国印象式批评的主要观念。在中国文学批评史上，印象式批评手法由来已久。古人品诗讲究妙悟与玩味，即通过长期潜心地欣赏品味，达到直接领会和把握作品的情趣韵味的境界。我是一个散淡的阅览者，也是一个对文字怀着敬意与虔诚的批评者。我对不同文学经验的分享，旨在重建批评的内在信念和深趣，并不时淋漓尽致地表露出自己对意义的叩问和对自由的激赏。批评既是审美的享受与狂欢，也是精神活力的释放和辐射，是一种性情对另一种性情的窥探与打量，也是一个灵魂对另一个灵魂的深情告白与问候。我的批评话语正是这一批评风格的自然展示——远离学术术语，但性情充沛；语锋犀利，可不乏似水柔情；看似喃喃自语，精神上却闪耀着书生之气。我愿以自己的热情、感性、诚恳和清纯，直面中外作家的哲思与诗性。我是一以贯之的印象主义批评者，我在批评中闪烁着自己的文字灵性，我在阅读里所感受到的真切感动自己从不回避，我着力于让沉思从尘埃和冰雪中走来并烛照灵魂的寒夜。我以生命对文本的觉悟攀援理论而不被它彻底征服和奴役，力求在深思熟虑和即兴随感之间展示出自己在批评语言上的微妙平衡。

　　我的印象主义批评话语是一个文学爱好者、痴迷者和研究者的心灵絮语和精神脉搏。在本书中我细细分析、小心提问、大胆论证，探究对文本时间、个体生命、过往历史、辉煌梦想在人类作家文本中留下的蛛丝马迹，并竭尽全力揭示作品语言和作家们个人心路历程之间的复杂关系。我以自己富于诗意的写作把批评凝定为对自我感受的检验：在知识的面具的背后，重视思想的呼吸吐纳；在四平八稳的学术语言面前，直视那些无法归类的困惑、尴尬、焦虑、犹疑、思念、痛苦。我试图把文本的存在与消失阐释成人类生存境遇的某种诗学图景。在人与世界、人与自我关系面临全面改写的时代，用优美自然、深邃犀利的表述风格建立理性智慧、性情充沛、活力四射的印象主义批评话语结构。印象主义批评话语洋溢着一种敏锐的感悟力，也充满渴望理解、实现对话和价值确认的深深焦虑与殷切期待，我以阅读史写作的庄重和对个体写作者的关怀，从文学成长的困境和可能性境遇的重新确立中寻觅方向感，同时也使那些孤独的灵魂获得尊敬，并使一种深入生命的印象主义批评写作远离被遗忘的命运。印象主义批评作为自由、独立的学术旨趣和醒目活跃的创造精神，正在让越来越多的人意识到印象主义批评在文学评论版图中的重要精神意义和思想价值。印象主义批评注重和文学对象之间的诚实对话，作者批评底蕴在学术论证和个人性情的水乳交融中显露无遗，纤毫毕现，印象主义批评对当代作品的精微论析为批评重返文学现场建立了有效的精神示范。只有学养丰厚、见地明晰，才能促使感悟力超群、诗意盎然的批评语言大大提升批评自身的魅力。印象主义批评的文字既有鲜明的问题意识，又有温润贴切的语言呈现。我常常从自身所面对的现实生活问题入手，以烂漫通透的想像细心探求与文本作者对话的广阔途径和精神疆域。我拒绝文学批评的陈词滥调和僵化迂腐的表达，迷恋丰盈的直觉和个人情怀并在批评实践中形成了自己独特的精神境界，而且梳理时代语境和个人生存之间的秘密联系时能用自身的身体力行来阐明和分享这一理论发现。我的印象主义批评里面活跃着显而易见的写作激情和浑厚的学术品质，尤其是鲜活的话语表情为复活一种生机勃勃的批评传统做出了积极的示范。印象主义批评的文字自觉追求绵密而深邃的同时也充满智性的、光泽的话语风神。这种冷峻和理性来自对生活真相、思想疑难和诗意远方的不懈追问，我往往通过细节解读和符号分析来洞悉事物的来龙去脉并有力地呈现文本与历史之间的裂缝和创伤记忆，揭示时代对人的微妙影响和沉痛追思以及重要参照。我在印象主义批评实践中追求文字的温婉细腻和行文的圆融通透。希望自己的写作赓续中国文学批评的悠久传统的同时也能浸润深刻的现代意识以及精微准确、锐利斩截的艺术感觉和睿智、灵动、富有创见的话语风度。我对文学生活的敏锐观察以及对写作难题的解答一定程度上为重建批评与写作的对话关系尽了一份力。我通过自身丰富的生命感悟和内心叩问呼应一种独立而有精神温度的批评风范。我通过梳理原始文本史料而建立起来的文学视角求证了当代文学中的诸多问题，提供了新的研究思路。我的分析研究对象身上的学术肌理常常带着自觉的学术反省和自我叩问。我不回避自己面临的阅读难题并冀望于对众多文学实践活动的有效清理，以此来缓解内心的理论焦虑和阅读迷津。

青少年时代，我梦想成为一个落笔成文的作家，一个遗世独立的思想者。我的印象主义批评，本乎文人情性，嬉笑怒骂，一览无余。我的写作，更像是一场自我独白式的精神旅行和阅读札记。我力求重建批评家与作家之间理性、平等、健康、活泼、实在的对话关系，为文学研究如何从纸上空谈回到具体的文学发生现场和现实境遇提供话语资源和灵感飞地。在印象主义批评实践中我总是以自己有限的理论视野和艺术洞察力，使用充满诗情画意而尽量优雅得体的语言风格自觉地证明文学批评也是一种类似作家写作的带有创造性和心灵性的写作实践。我热衷于在光怪陆离的文化境遇里建构起自己的理论蓝图和观察视域并迅速清理出一条清晰可见而稳妥可靠的学术道路，把文学阅读感悟带回语言风格和心灵家园的姹紫嫣红的春日河畔。我希望自己博览精阅，每作一评，文采必斐然，行文必独特，洒脱又不失赤子之心。我希望能以李健吾似的天真、智慧、才思直击作家心灵软肋，去留无意，修短在手。我希望自己的印象主义批评达到有深意存焉的美文风致。

人间四月天，谨以此为序，期待方家赐教。

张　鹏

2023 年 4 月 1 日　泰山南麓书斋中

目　录 □□□

1. 于坚：绿色大地的守望者 ………………………………………… 1

2. 京味十足市井百态
　　——读薛燕平《铜壶》 ………………………………… 3

3. 中国当代文学中的泰山书写 …………………………………… 8

4. 悲天悯人　济世情怀
　　——评摩罗《悲悯情怀》 ……………………………… 15

5.《红煤》：自然与人性的双重的忧思 …………………………… 21

6. 植物之爱
　　——梭罗的绿色情怀 …………………………………… 24

7. 普里什文：倾心自然　守望大地 ……………………………… 27

8. 感悟自然　沉思生态
　　——读爱默生《自然沉思录》 ………………………… 30

9. 森林的诱惑：加藤幸子的生态写作 …………………………… 33

10. 心灵物语　大地情怀
　　——张晨义《钻石人生》 ……………………………… 35

11. 乡村物语　大地牧歌
　　——读葛筱强《最后一个乡村歌手》 ………………… 42

12. 自然妙趣　人间情怀
　　——读许艳文《子夜独语》 …………………………… 45

13. 唤醒记忆　修复心灵
　　——读王开岭《古典之殇——纪念原配的世界和流逝的美》 ………… 52

14. 可可西里的生态思考

    ——评杜光辉的《可可西里狼》 ································ 58

15. 聆听自然　依偎故乡

    ——读颜全飚《在故乡》 ································ 61

16. 乡愁：写在爱与痛的边缘

    ——读摩罗《我的村，我的山》 ································ 68

17. 乡村经验与童年记忆

    ——评刘玉栋短篇小说集《火色马》 ················· 71

18. 独辟蹊径　自出机杼

    ——读靳新来《"人"与"兽"的纠葛：鲁迅笔下的动物意象》 ··· 77

19. 守望地球家园的呼唤：徐刚的生态文学写作 ················· 81

20. 张炜：倾心自然　守望大地 ································ 84

21. 空灵如水的心灵痕迹

    ——读赵静怡散文集《疏山梅影》 ················· 88

22. 从"生活空间"到"文学空间"

    ——"空间理论"：作为文学批评方法 ················· 97

23. 思想的芦苇

    ——读刘凌《思路雪鸿：一个读书人的人生观感》 ·········· 108

24. 精神食粮　人间大道

    ——读任林举《粮道》 ································ 113

25. 岁月缅想·人性观照·现实写真

    ——王宗坤小说综论 ································ 119

26. 采撷芬芳　含英咀华

    ——《野果》阅读札记 ································ 125

27. 爱与美的真谛

    ——电视连续剧《山楂树之恋》观后感 ················· 128

28. 自然与人文的协奏

    ——读任林举《玉米大地》 ································ 131

29. 自然物语，大地牧歌
  ——读葛筱强《最后一个乡村歌手》 …………… 138

30. 读写人生　心灵如云
  ——读葛筱强《雪地书窗》 …………… 141

31. 人文精神　底层关怀
  ——刘爱玲小说阅读札记 …………… 144

32. 沈石溪动物小说的畅销原因和商业价值 …………… 149

33. 草木精神　生态视角
  ——汪曾祺笔下的植物书写 …………… 153

34. 精神归途的迷失与守望
  ——《沙床》阅读札记 …………… 156

35. 仰观俯察　游目骋怀
  ——评鲁枢元《心中的旷野——关于生态与精神的散记》 …………… 167

36. 天籁之音　心灵归乡
  ——读赵静怡散文集《雪启轩窗》 …………… 173

37. 乡风民俗与乡村政治的变奏和交响
  ——读愚石长篇小说《乡志》 …………… 180

38. 精神牧歌　田园情怀 …………… 186

39. 文字的舞蹈　思想的飞翔
  ——评杜君立《历史的细节》 …………… 188

40. 《醒来的森林》：心灵与自然的融会贯通
  ——程虹《美国自然文学经典译丛》系列之一 …………… 192

41. 《遥远的房屋》：面朝大海的思索与感悟
  ——程虹《美国自然文学经典译丛》系列之二 …………… 195

42. 《心灵的慰藉》：自然与家族命运的双重忧思
  ——程虹《美国自然文学经典译丛》系列之三 …………… 198

43. 《低吟的荒野》：倾心感受大自然的神圣与美丽
  ——程虹《美国自然文学经典译丛》系列之四 …………… 201

44. 植物学的文化演绎与历史回眸

  ——读《花与树的人文之旅》 ················ 204

45. 澄明之境的自然物语

  ——读阿来的《三只虫草》 ················ 208

46. 飘逸着泥土气息的苇岸日记 ················ 212

47. 如歌岁月中的烟火沧桑与诗意漫卷

  ——读迟子建《烟火漫卷》 ················ 215

48. 生态文明与生态文学、生态批评简论 ················ 224

49. 似水流年的深情回眸

  ——读刘克宽散文集《抚摸记忆》 ················ 260

50. 仰观俯察　娓娓而谈

  ——读《怎样观察一棵树》 ················ 267

51. 幽暗处的灯火

  ——王宗坤小说阅读札记 ················ 271

52. 在山水之间安妥灵魂：读张炜《河湾》 ················ 280

53. 在自然家园的守望中体悟人性的温暖

  ——读阿来的《河上柏影》 ················ 282

54. 自然风物的神性光辉

  ——读阿来的《蘑菇圈》 ················ 286

1. 于坚：绿色大地的守望者

诗人于坚的创作源于对苍茫大地的呵护与守望，践行大地伦理的灵魂律令，为天地万物歌哭，唤醒现代化进程中迷失在物欲横流中的梦中人，寻觅城乡之间生活钟摆的平衡，达成人与自然和谐的美好生活目标，这使得他的诗歌凸显着尖锐的生态意识。

于坚的很多诗歌表达了对生态平衡的渴望。诗歌《作品89号》中这样写道"世界日新月异/在秋天/在这个被遗忘的后院/在垃圾/废品/烟囱和大工厂的缝隙之间/我像一个唠唠叨叨的告密者/既无法叫人相信秋天已被肢解/也无法向别人描述/我曾见过这世界/有过一个多么光辉的季节。我承认在我的内心深处/永远有一隅/属于那些金色池塘/落日中的乡村"。这样的诗句表达了工业文明对乡村大地的割裂、破坏和戕害，原生态的自然世界在机器的轰鸣和滚滚的浓烟中销声匿迹，诗人于坚在家乡的秋野中迷茫彷徨于无地，发出了对落日和池塘的追忆和礼赞。失魂落魄的游子在家乡的土地上深情挚爱着每一棵风中的树木，在"失血"过多的农田里，感受着苍凉的记忆。"站在收割过的田里/听打谷场上的声音/风爱每一棵树/人也爱风。"这样的诗句弥漫着农耕文明时代的天人合一与道法自然。以至于，当诗人身体不适的时候他面对探望者屡屡发出如下的幻想——"想起生命中最美好的日子/想起大地/想起树林和山冈"（《探望者》）。

对绿色植物的爱恋渗透在于坚诗作的字里行间。诗歌《礼拜日的昆明翠湖公园》倾注了诗人于坚对绿色植物的惺惺相惜："一个被阳光收罗的大家庭/植物是家什/人是家长/活着的/都是亲属。"阅读这样的诗句，我们被于坚深厚大地道德所感化，植物也是与人类息息相通的生命形式，值得诗人深情眷顾。《事件：棕榈之死》中于坚凝视着即将被毁灭的"坚硬/挺直/圆满/充盈弹性和汁液。蓬勃向上/高尚正直/与精神的向度一致"的绿色植物棕榈，刻骨铭心的爱凝聚在心中，歌颂植物的美好和正直，是因为植物总是给人类带来绿荫和幸福。记得一位古文字学家讲过，树木的"树"这个字是由"木"和"对"这两个字组成，暗含了"树木代表着正确和正义"的意思。现代人距离植物越来越遥远，心灵也越来越麻木坚硬，诗人试图破解这种生存的悖论，打破人与自然之间的坚冰。

美丽的小动物是大自然的精灵。诗人于坚在《赞美海鸥》中写道："一只海鸥就是一次舒服的想象力的远行/它可以引领我抵达/我从未抵达/但在预料之中的天堂/抵达/我不能上去/但可以猜度的高处/十只海鸥就可以造就一个抒情诗人/一万只海鸥之下/必有一个诗人之城。"于坚用饱含深情的笔墨，把海鸥和诗人的心灵沟通了。飞鸟在泰戈尔的笔下象征的是自由和遐想的力量，寄托了激情和向往。"鸟儿是天地间盛开的移动的花朵"，梭罗如是说。《乌鸦》一诗中诗人写道"乌鸦的居所/比牧师/更挨近上帝"，"乌鸦是永恒黑夜饲养的天鹅"。诗人于坚打破了世俗化的既有偏见，把乌鸦这种不被普通人欢迎和爱恋的鸟儿赋予神秘的气息和可人的气质，甚至与美丽的白天鹅相提并论，赋予鸟儿以天地之灵气。

诗人于坚立足于人类现代化进程中人与自然关系的探索，在他的诗句中，无论是大地、禾苗、渔火还是天鹅、棕榈、游鱼，无不深深的寄托了他那颗忧伤而惆怅的心灵，他为生态文明的前途焦虑和呐喊，因为，他是大地的守望者。

2. 京味十足市井百态
——读薛燕平《铜壶》

继《琉璃》之后，薛燕平又推出长篇京味小说《铜壶》（《十月》2009 年第 3 期）。这是一部以北京胡同为叙事背景的市井、人情、民俗小说，浓郁的京味弥漫在字里行间，丰厚的生活底蕴如文火炖汤。这是对由老舍开创，邓友梅、陈建功、刘心武、王朔承继的京味小说的自然赓续。《铜壶》正是老舍所谓"把日常生活镶嵌在国族叙事上"的京味小说，处处透露着北京人独有的语言风味、思维模式和处世之道，韵味十足，生气淋漓，有着饱满的皇城根下的精气神韵。薛燕平以 1962—1966 年的北京市民生活为叙述对象，截取一个叫作"黄泥坑"的胡同作为人物活动的舞台，以经营小酒铺兼卖日用百货的小老板陆仲祥的婚姻生活为经线，勾连了数十个市井人物，展现了那个物质匮乏、生活饥馑的年代里的人情世态。如果说弄堂、石库门、亭子间是上海的民间生活的场景，那么，胡同、小巷、四合院则是北京市民演绎悲喜剧的舞台。立足于一条胡同，则可以辐射整个皇城根的生活景观。在薛燕平的笔下，北京市民生活的舒缓、迂阔和颟顸与老北京的民居一样灰色、朴拙和大气。悲欢离合、吃喝拉撒、男女私情、政治运动被有机整合于平凡的生活世界中，如同一条貌似波澜不惊而深处水静流的河流

一、蹚过女人河的男人：与欲望共舞

小说的男主人公是一个典型的北京市民，他的身份是小酒铺掌柜，兼营日用百货。他的名字叫陆仲祥，外号铜壶，来源于一个祖上传下来的铜夜壶。富有暧昧意味的是，那个铜夜壶据说是陆仲祥爷爷的爷爷留下来的，传说爷爷的爷爷是太监，这铜夜壶是从皇宫里带出来的。太监能传宗接代、后继有人本身就是对皇权制度及其运作模式的反讽和揶揄。陆仲祥是一个头脑灵活、精力旺盛、欲望强烈的男人，在他看来"女人是这个世界上最好的尤物"。他因为经营小酒铺有方，积聚了殷实的家底。小说开头特意告诉读者，他是 1962 年那个特定的物资匮乏时期黄泥坑胡同街坊邻居都面黄肌瘦的一个例外："1962 年的春天，饥荒年虽过去了，可北京的每一条胡同都饿细了，没精打采；风是软

的，刮过来刮过去，蔫头耷脑，墙边的一块草纸都带不起来。胡同里的槐树也不旺，虽说是春天，叶子是新长出来的，可颜色旧，像隔年的。人就更别提了，纸灯儿似的，吹口气就倒。有个人例外，黄土坑胡同北口小酒铺的掌柜陆仲祥。他还是原先那样四方大脸，活脱一尊庙里的和尚，耳垂儿那两嘟噜肉还那么饱满。"饱暖思淫欲。陆仲祥对他的老婆"从打结婚那天起，没完没了使唤人家，白天忙完灶上的，夜里也不拾闲，老陆几乎是每天都要行房事，赶上张玉莲来例假也不能歇，原本就不强壮，日积月累的，生活把女人的阴气掏空了。"除了稳定的家庭内的性生活，陆仲祥还与李素芝（其夫闵文德阳痿）长期偷情，与自己儿媳妇红梅乱伦，后来又续娶了胡同里那个时疯时醒的美人羌墨。可以说，陆仲祥是一个充分释放了自己的欲望的男性，在他看来，欲望是生命的本质和动力源泉。但是，尽管陆仲祥迹近纵欲，他的人品还是为人称道的。他在黄泥坑是最有人缘的，因为经营小酒铺，他家里隔三岔五聚集着一帮街坊邻居，他们在一起喝酒、吃饭、谈天、闲聊，小酒铺因此成了这条胡同的一个人气最旺的信息发布中心。

在薛燕平的笔下，性并不是肮脏和罪恶的。相反，性赋予了生命以热情和活力，它与饮食一样是人的基本属性。像汪曾祺在《受戒》《大淖纪事》里表现的那样，在薛燕平的判断标准里，健康的性有一个底线，那就是男女自愿，男欢女爱，自然而然。就是在处理陆仲祥和李素芝的偷情上，也丝毫没有不堪之处，他们二人的偷情始于李素芝丈夫的性无能，终于李素芝丈夫的恢复性健康。即便二人不再偷情，还是保持着相当长久的朋友关系。这从李素芝经常给陆仲祥从她上班的副食品店里走后门买肉制品和食用油可以看得出来。甚至连无法启齿的乱伦，薛燕平也没有写得肮脏和不堪，儿媳因为婚前就有浪漫史，丧偶的公公身强力壮饱含爱意，乱伦的行为两相情愿，俨然水到渠成。而陆仲祥对羌墨的爱，并没有乘人之危，还透露着一丝温情。与陆仲祥的兴之所至的性爱相比，小学校长李儒东是压抑的，他的压抑恰恰来源于他的知书达理，那是一种社会化的知识规训所致。邻居白广泰的清心寡欲则是身体素质所致。在笔者看来，陆仲祥这个人物性格的完整和饱满，是与他的自然完整的欲望得到释放分不开的，我们从白广泰的性格中的过于憨直和温良、忍让中看到了性的压抑导致的性格的悲剧。

杰出的生理学家赖希认为，性压抑产生僵化的性格，导致病态的荣誉、义务和自制的观念，磨灭了人因经济压迫而产生的造反欲望。性禁锢大大地改变了在经济上受压迫的人的性格解构，以致他的行动、感觉和思想都违背了他的物质利益。在这一点上，"文革"初期李儒东即被红卫兵、红小兵肆意批斗和侮辱而不知反抗和捍卫自己的懦弱与其深爱美丽的女人羌墨而不敢大胆追求的行为实际上是一枚硬币的两面。福柯认为，前现代社会关注的是人的灵魂，是死后的救赎和来生的超越，而现代社会关注的是物质的身体的健康，是今生现在的享受，是如何利用健康的身体来赚取最大的财富。李儒东作为陆仲祥的比对，是一个悲剧性的人物。他身上背负着太多的儒家伦理意识，缺乏对自我的解放，始终处于无法把握自己命运的被动状态。在这里，知识也被重新估价，不能给人性解放和自由的知识只能是自由和人性的枷锁。

二、原汁原味的北京方言：语言的狂欢

马克思说，语言是思想的直接实现。海德格尔说，语言是存在的家。维特根斯坦说，语言的界限就是一个人世界的界限。随着世界一体化进程的加剧，我们对方言已经愈来愈陌生。而在薛燕平的京味小说《铜壶》里，北京方言如同那把历尽沧桑的铜壶上的铜绿，固执而坚定地存在着，捍卫着一种历时久远的文化。二十世纪的后半期开始人们习惯地把大众型北京文化称为"京味儿文化"。而在这种全方位多侧面的"京味儿文化"中间，最具文化播散力、最教八方人们为之着迷的，就要数"京味儿语言"即北京方言了。这种方言，语音明快悦耳，语汇五光十色，表现得丰富厚实，谈吐间魅力无限，时常能给听者以超常的享受和感染。在二十世纪前期，随着中国新文化运动大力推广汉语白话文，北京话曾以多项优势登临"国语"的显赫位置。20世纪中期，新兴的人民共和国又进而将这种地方性语言，认定为在全国推行汉语标准话的方言基础，更使北京话在中国的语言文化建构上享有了非比一般的殊荣。京味小说关键在于"京味"二字，其释意为：北京风味；北京地方特色。众所周知，每个地方都有自己的方言和人文特色，北京作为一个古城更是有着数千年的积蕴，其语言风格和人文气息也自成一派，有其不同于别的地方的"味道"，我们称其为"京味"。有时在特定条件下它也代表了一种传统，与"现代"相背。"京味小说"一是人物语言和叙述语言的"京白"化。它们常常用北京底层市民的地域方言，即北京话而非普通话，来表现人物和讲述人物。二是北京市民文化被置于特定的城市建筑空间当中。三是京味小说所表现的对象，是特定的都市群落，主要是老人和一些"旧时"人物。

《铜壶》通篇充溢着浓浓的京腔。比如，"刨根儿的话，恐怕是俊明两三岁时候的事，俊明喜欢吃糖葫芦，从能嚼东西就喜欢吃，那天俊明手里拿了串糖葫芦，偏三号院李常贵的小孙女胖丫儿见俊明手里的糖葫芦，馋的哈喇子直流，老陆二话没说，从俊明手里夺过糖葫芦给了胖丫儿，老陆以为俊明得大哭，没想，俊明一滴眼泪没有，一双贼亮的小眼睛，死死地盯着老陆，两道目光，象两把小刀子，直把老陆的心割的一阵寒颤。"这段话里就有两处北京方

言，一是"刨根儿"，意为追根究底；二是"哈喇子"，意为口水。都是形象生动、富有动感、生气淋漓的京味口语，读来兴味盎然。再比如，"看这孩子平时一副不着四六儿的样，对他妈真是一百二十的上心"。此处的两个北京方言词语更妙，都是数词，且是数词的连用。"不着四六儿的样"意为不靠谱、没有把握，说话办事不成熟；"一百二十的上心"意为百分之百的负责任，责任心特别强。短短两句话，两处数词连用的北京方言相映成趣，自然混成。再比如"说话就进了十二月，冷得出奇，站院子里尿尿能冻上冰溜。晚上封了炉子，第二天玻璃上全是冰花儿"。此处的"冰溜""冰花儿"两个北京方言词语充满儿化韵，是典型的北京方言特色，可谓京味十足。诚如米哈伊尔·巴赫金所说，每一个词都是一个小小的、竞技性的语义场或语义世界。深入到薛燕平笔下的由北京方言构筑的京味世界里，我们领会到了这种北京方言艺术的鲜活与韵致。北京方言，有助于读者对原汁原味的京味文化的咀嚼和品味。

　　无论是叙述语言，还是主人公的对白、独白都洋溢着浓郁的北京方言气息。阅读《铜壶》，我们仿佛置身于皇城根下的胡同巷口，倾听北京市民的谈笑风生。这样的方言叙事，令我们想起了贾平凹的《秦腔》、莫言的《檀香刑》、韩少功的《马桥词典》和李洱的《花腔》。

三、丝丝入扣的叙事妙品：叙事伦理的实践

　　《铜壶》在叙事方法上采用传统的第三人称全知全能的叙事视角来结构自己的小说世界。全知全能的第三人称叙事给人以故事发展在历时性的线性叙述模式上从自然发生、发展、高潮、结尾的客观完整的印象，呈现出独立自足、自然展现的叙事风格。罗兰·巴特曾经说过，正是由于简单过去时，动词才默契的构成因果关系的一环，它参与一个相互关联并具有一定方向的总体活动，起着类似意向代数符号的作用。它虚设了一个有结构的、超然的、精致的、只限于一些有意义的线条的世界，而不是一个掷出的、推开的、外观的世界。在简单的过去时的背后，隐匿着一个造世主，这就是上帝或叙事人。薛燕平就是以全知全能的叙述视角展开她的胡同故事的。如果说主人公陆仲祥是一个点，那么黄泥坑胡同就是一条线，黄泥坑胡同里的人物世界荡漾开来就是一个面，点线面相互递进，数十位人物有条不紊地展开他们的生活画卷。薛燕平选择了小酒铺作为特定叙述空间是别具只眼的，如同传统小说选择茶楼、舞厅、酒吧、咖啡厅等等公共空间一样，小酒铺兼杂货店既是陆仲祥展开个人生活的家庭场所，又是左邻右舍各色人等聚会的信息中心，还是一条胡同百姓购买日用品的经常光顾之处，如此，公共空间和个人家庭舞台兼而有之，有利于展开故事和勾连人物。小说以陆仲祥的婚姻生活以及他与数位女性的情爱生活为经

线，把左邻右舍的男男女女悉数写来，豪爽大方的白广泰、文质彬彬的李儒东、插科打诨的歪脖儿，美丽纯洁的羌墨，义气有情的李素芝、憨直颟顸的儿子，风韵浪漫的儿媳无不纤毫毕现。时间线索清晰明了，从三年经济困难时期一直延伸到"文化大革命"的风暴席卷黄泥坑胡同。百姓的饮食起居，朋友的亲密小酌，泼妇的破口大骂，小人的翻手为云覆手为雨，红卫兵、红小兵的盲目狂热无不跃然纸上可闻可嗅。更为可贵的是，小说对那个物质极度匮乏、人们挣扎在温饱线的时代给予了人道主义的关怀与呵护。处于贫穷中的邻里之间相濡以沫、相互关爱的朴素情怀感染着读者。小说最后，陆仲祥面对刚刚落地的孙子的美好祝福，为灰暗年代注入了一丝希望的亮色，他们心怀相信未来的信念，默默守望着，期待着。

莱伯尼茨有句名言："现在怀着未来的身孕，压着过去的负担。"《铜壶》对困难时代的深情回望，是对历史的反省，更是对未来的美好瞩望。作为一个逝去的岁月的生活切片和精神记忆，《铜壶》里的生活如同小说中的那把夹在枣树枝杈间的颇有来头的器物，闪烁着虽不耀眼却耐人寻味的光泽。

3. 中国当代文学中的泰山书写

　　泰山是我国的"五岳"之首，有"天下第一山"之美誉。泰山又称东岳，是中国最美的、令人震撼的十大名山之一。泰山位于山东省中部，自然景观雄伟高大，有数千年精神文化的渗透和渲染以及人文景观的烘托。泰山于1987年被列入世界自然文化遗产名录。数千年来，先后有十二位皇帝来泰山封禅。在光辉灿烂的中国古代文学史中，孔子留下了"登泰山而小天下"的由衷赞叹，杜甫留下了"会当凌绝顶，一览众山小"的千古绝唱，姚鼐则留下了脍炙人口的著名散文篇章《登泰山记》。无数诗词歌赋给予泰山以钟灵毓秀的人文色彩。中华人民共和国成立以后越来越多的作家得以登临这座雄伟壮丽的名山，并用饱蘸深情的笔墨记录了攀登泰山的心灵体验，详细展示了东岳泰山的雄奇景色，深情表达了对泰山自然风光和人文色彩的眷恋，深刻挖掘了古老的泰山文化内涵。

　　杨朔的《泰山极顶》刊在一九五九年九月二十日《人民日报》上，是为庆祝国庆十周年而写的。泰山，自古称作"五岳独尊"，海拔一千五百米，临近东海，极顶称日观峰，峰上有日观亭。在观亭看日出，"历来被描绘成十分壮观的奇景"。刘鹗《老残游记》续集遗稿第五回有这样的笔墨，清朝桐城派古文家姚鼐《登泰山记》，也写了在日观峰观日出。"会当凌绝顶，一览众山小"，所以，登泰山观日出，千百年来，成为文学家、诗人抒写、歌咏的老题材。"泰山极顶乍日出历来被描绘成十分壮观的奇景。有人说：登泰山而看不到日出，就象一出大戏没有戏眼，味儿终究有点寡淡。"文章开门见山地把泰山日出作为游玩泰山的点睛之笔来写，先声夺人，迅速入题。杨朔看到，最先露出在画卷上的是山根底那座明朝建筑岱宗坊，慢慢地便现出王母池、斗母宫、经石峪。……山是一层比一层深，一叠比一叠奇，层层叠叠，不知还会有多深多奇。画卷继续展开，绿荫森森的柏洞露面不太久，便来到对松山。历经朝阳洞、十八盘、南天门，最后走上天街。杨朔一行因为天气不佳终究未能欣赏泰山日出的胜景。杨朔的文章常常紧密配合当时的革命形势和社会变化，在这篇文章中也不例外，"我的心却变得异常晴朗，一点也没有惋惜的情绪，我沉思地望着极远极远的地方，我望见一幅无比壮丽的奇景。瞧那莽莽苍苍的齐鲁大原野，多有气魄。过去，农民各自摆弄着一块地，弄得祖国的原野是老和尚的百衲衣，零零碎碎的，不知有多少小方块堆积在一起。眼前呢，好一片大田野，全联到一起，就像公社农民联的一样密切。麦子刚刚熟，南风吹动处，麦流一起一伏，仿佛大地也漾起绸缎一般的锦纹。再瞧那渺渺茫茫的天边，扬起一带烟尘。那不是什么齐烟九点，同伴告诉我说那也许是炼铁厂。铁厂也好，钢厂也好，或者是别的什么工厂也好，反正那里有千千万万只精巧坚强的手，正配合着全国人民一致的节奏，用钢铁铸造着祖国的江山"。农村合作化运动和全民大炼钢铁的场景进入文本，应景式的文字使人想起了杨朔一贯的文风。比如《荔枝蜜》《蓬莱仙境》《雪浪花》《樱花雨》《香山红叶》《泰山极顶》《画山绣水》《茶花赋》《海市》等篇什。当有的有的同伴认为没能看见日出，始终有点美中不足而抱恨时。杨朔写道："同志，你还有什么不满意的？其实我们分明看见另一场更加辉煌的日出。这轮晓日从我们民族历史的地平线上一跃而出，闪射着万道红光，照临到这个世界上。伟大而光明的祖国啊，愿您永远如日之升！"卒章显志，对伟大祖国和革命形势一片大好的歌颂跃然纸上。杨朔散文的结构精巧，初看常有云遮雾罩的迷惑，但峰回路转之后，曲径通幽，豁然展现一片崭新天地，而且结尾多寓意，耐人寻味。

杨文语言具有苦心锤炼后的魅力，象诗一般精确、凝炼、含意丰富又富音乐感，具有清新俊朗、婉转蕴藉的风格。在《泰山极顶》散文中这种特征得到了淋漓尽致的显现。

《雨中登泰山》一文因为长期入选中学语文教材而家喻户晓，九州传诵。中国文学史上不少作品中所再现的泰山景色多是晴朗天气中的泰山，而泰山雨景就十分少见了。1961年李健吾先生在《雨中登泰山》这篇散文中，交错运用写景、叙事等手法，旁征博引，挥洒自如，独创了一个别具魅力的雨中泰山的艺术境界。阴雨淅沥，当不少游人的游兴被破坏而诅咒这鬼天气时，作者却满怀逸兴豪情地冒雨登山。在他看来，雨中的泰山就是宏伟壮丽的诗，这篇散文的意韵是深厚的。在作品的开始部分，作者为我们展现了一幅"泰山烟雨图"："是烟是雾，我们辨识不清，只是灰蒙蒙一片，把老大一座高山，上上下下，裹了一个严实。"这样的生活经验我们是有的：丽日晴空，景物给人以明快、清晰的美感；薄雾、细雨、朦胧的月光……一切都好象笼罩在细薄的柔纱里，迷离恍惚，我们会感到一种说不出的神秘色彩。是的，晴天看泰山，人们可以看出它的巍峨，但是在细雨密织，"一片灰蒙蒙"中，横看不见边际，仰望不见绝顶，于是在作者的充分想象中，泰山"越发显得崔嵬了"。假若说"登泰山而小天下"是用散文的手法来赞美泰山高大的话，那么作者在这里采取的却是含蓄蕴藉的诗的手法，创造了一个宏伟雄浑的意境。泰山本是描写的主体，但是作者并没有过多地直接落笔在泰山本身，有山必有水，有雨必多云，他处处扣紧下雨这一特定气候条件，文笔大开，从不同角度，用不同的方法写水、写云，烘托出雨中泰山的奇异景色。具体生动地描绘出虎山水库，使人感到水奇山也奇。作者在描写水势时，用"闪光黄锦"比喻水光和水色，绮丽而壮观；用"脱线一般"的珍珠比喻四溅的水珠，晶莹剔透；用"千军万马"比喻水势，使我们联想到了汹涌澎湃、气吞万里的气势……水犹如此，那么山势的磅礴也就可想而知了。雨大水涨，用水声烘托山势的纡回峭拔。作者从正路上山，溪水一直傍着上路不断，假若仍描写水势，一则在上山的路上不允许像在坝桥上那样憩迟流连，对水流情况作仔细的观察；再则山路与溪水之间毕竟有一个间隔，水随着山势的起伏时隐时现。山高谷深，水从斜坡上急流直下，一般要发出哗哗巨响，只有山涧而曲折纡回，四处的回声相汇合，才能作"訇訇的雷鸣"。"天上浮云如白衣，须臾忽变为苍狗"（杜甫），云多变幻，何况是雨后的高山深处？作者从不同角度描写山中云雾的变化，为泰山增添了无限的诗情画意。以二天门为立足点，在"风过云开"的时候，仰望南天门"影影绰绰，耸立山头"，"紧十八盘仿佛一条灰白大蟒，匍匐在山峡当中"，烟云弥漫，到处是一片迷蒙，就在南天门、紧十八盘的粗线条轮廓的图景形象中，蕴含着"气势"的美。当"乌云四合"的时候，"层峦叠嶂都成了水墨山水"。在泰山主峰的盘道上，"'吸翠霞而夭矫'的松树"像是"和清风白云游戏"，俯视对松山，云雾在"山峡飘来飘去"。清风、白云、苍松构成了一种多么"崇高的境界"！当作者怀着诗情观赏这幅毫无斧凿痕迹的天然画图时，也就越发诗情满怀了。云不只烘托出泰山的高，而且使它具有强烈的美的感染力。作者在这里选取了最富有诗意的一个片断来描写，在哪里看不到云的变化？而作者在描写泰山云的时候，给予我们的泰山整体的形象，在它的峻峭之中蕴含着诗情画意，因而在我们感受到的泰山不只是可攀登，而且是"可居可游"了。作者在对泰山景色的描绘中，造境平淡，语言朴素，不做作，不雕饰，韵味是深厚的，这正是语言造诣深的结果。在《雨中登泰山》这篇散文中既有对泰山真实情况的记叙，又有对有关材料的引用，具有丰富的知识性。从岱宗坊起，每到一处，就把那里的情况具体地记叙出来，虎山水库、七真祠栩栩如生的塑像、经石峪石刻《金刚经》、黄岘岭赤黄色的沙石以及各种各样的泰山松和泰山石等等，这本身就是知识。同时，援引其它资料更增加了作品的情趣。作者在记叙攀登南天门的艰难时，援引了马第伯《封禅仪记》中登南天门的一段记载。古代帝王每当兴隆盛世，往往举行"封泰山，告太平"的仪式，是为封禅。"天高不可及，于泰山上立封，禅而祭之，冀近神灵也。"（《后汉书·祭祀上》张晏注）东汉光武帝（刘秀）建武三十二年

（公元56年）封禅泰山，马第伯为先行官，他在《封禅仪记》中详细记叙了封禅时的种种准备工作。文中所引就是马第伯当时登南天门的记实。这段文字引用得恰当而自然。作者雨中登泰山。引用杜甫《望岳》补充了在风和日丽时，登临远望的泰山壮丽景色。原诗的第一联是"岱宗夫如何，齐鲁青未了。"据《史记·货殖列传》，泰山南面是鲁国故地，北面是齐国故地。登山远眺，一片郁郁葱葱的"青色"铺展在齐鲁尚且"未了"，这就写出了泰山绵亘万里的山势。第三联"荡胸生层云，决眦入归鸟。"写山中气象的特征：泰山多云雾，气象变化很多，一会儿是晴空万里，一会儿却云气猛生，振荡胸臆了。作者围绕文章的中心选用了这两句诗。《雨中登泰山》是"双线结构"。一是以登临顺序为线索，这是明线；一是以登临时的益然意兴为线索，这是暗线。两条线索相互交凝，针线严密，无懈可击。最后落笔在"山没有水，如同人没有眼睛，似乎少了灵性"，扣紧"雨"字，关合全文。"文末现志"，点出"文眼"——意兴益然。

　　军队作家礼平1980年在北海舰队某部任职期间发表中篇小说《晚霞消失的时候》，引起争论与批评，翌年因之转业，离开了军队。《晚霞消失的时候》是二十世纪八十年代极具争议的作品。小说中，少年时代的李淮平与南珊在春暖花开的时候相识，并且彼此萌生爱意。然而，在"文革"中，出身国民党家庭的南珊受到批斗，而坐在批斗台上的正是李淮平。内心情感与社会角色的强烈冲突致使他们形同陌路，各奔东西。在一个暮色苍茫的环境里，男女主人公在泰山上相遇了。"我意识到，泰山马上就要处在一场暴雨之中。我们当即收拾好碗筷，一同向寺院外走去。当我们走出门，站在高高的台阶上时，泰山上的景色已为之一变。无边无际的云海，已经淹没了一切。广阔无垠的齐鲁大平原看不到了，绵延起伏的泰沂山脉也看不到了，气势磅礴的云的波涛在我们脚下翻滚着，一直铺展到遥远的天边。攒动的云头在斜阳的照射下映出明暗相间的金色和红色。泰山，就象一座海岛一样孤悬在这一望无际的云的海洋中。此刻，在南天门那里正发生着极其壮丽的景色。浑厚的云涛，在泰山的北麓翻滚着涌上山顶，几乎淹没了整个南天门，然后又顺着天梯向南麓倾泄下去。巨大的云流在日观峰与月观峰之间的鞍状部位缓慢地滚滚流动着，远远看去，就象一条滔滔大河，它以不可阻挡的气势从山北涌向山南，覆盖了沿途的一切。只有南天门的金顶飘浮在这白色的波涛之上。我惊叹着这壮丽的景色，与长老顺关台阶步下山门，沿着天街向西走去。我们将从南天门那里登上月观峰，在峰顶的望亭送别日落。"这段具有很强暗示性的泰山暮色四合时的景物描写为男女主人公展开关于人生观和世界观的对话提供了典型的环境，给读者留下了深刻印象。二十年后，作为军舰军官的李淮平在泰山山顶再次遇到南珊。这时候，南珊已经从当年单纯的少女成长为一名成熟的翻译官。这时，李淮平向南珊表达多年来内心的情爱与悔恨，然而为期已晚。这是一个伤感的爱情故事，同时也是一部现代中国思想解放的激动人心的文献。小说中对文明和野蛮、科学与宗教、爱与恨、情与理、真善美的关系的形象性探索令人深思。

　　天津作家冯骥才因为创作了散文名篇《挑山工》而荣膺由泰安市人民政府颁发的"泰安荣誉市民"称号。这篇文章也因为入选人民教育出版社编选的小学语文课本而名扬天下。冯骥才为我们塑造了吃苦耐劳的泰山挑山工形象，"在泰山上，随处都可以碰到挑山工。他们肩上搭一根光溜溜的扁担，两头垂下几根绳子，挂着沉甸甸的物品。登山的时候，他们一只胳膊搭在扁担上，另一只胳膊垂着，伴随着步子有节奏地一甩一甩，保持身体平衡。他们的路线是折尺形的——先从台阶的左侧起步，斜行向上，登上七八级台阶，就到了台的右侧；便转过身子，反方向斜行，到了左侧再转回来，每次转身，扁担换一次肩。他们这样曲折向上登，才能使挂在扁担前头的东西不碰在台阶上，还可以省些力气。担了重物，如果照一般登山的人那样直上直下，膝头是受不住的。但是路线曲折，就会使路线加长。挑山工登一次山，走的路程大约比游人多一倍。奇怪的是挑山工的速度并不比游人慢，你轻快地从他们身边越过，以为把他们甩在后边很远了。你在什么地方饱览壮丽的山色，或者在道边诵读凿在石壁上的古人的题句，或者在喧闹的溪流边洗脸洗脚，他们就会不声不响地从你身旁走过，悄悄地走到你的前头去了。等你发现，你会大吃一惊，以为他们是像仙人那样腾云驾雾赶上来的……当我把心中那个不解之谜说了出来：'我看你们走得很慢，怎么反而常常跑到我们前头去了呢？你们有什么近道吗？'挑山工听了，黑生生的脸上显出一丝得意的神色。他想了想说：'我们哪里有近道，还不和你们是一条道？你们走得快，可是你们在路上东看西看，玩玩闹闹，总停下来呗！我们跟你们不一样。不像你们那么随便，高兴怎么就怎么。一步踩不实不行，停停住住更不行。那样，两天也到不了山顶。就得一个劲儿往前走。别看我们慢，走长了就跑到你们前边去了。你看，是不是这个理？'"作者心悦诚服地点着头，感到这山民的几句朴素的话，似乎包蕴着意味深长的哲理。从泰山回来，他画了一幅画——在陡直的似乎没有尽头的山道上，一个穿红背心的挑山工给肩头的重物压弯了腰，他一步一步地向上登攀。这幅画一直挂在他的书桌前，多年来不曾换掉，因为冯骥才需要它。挑山工坚忍不拔勇往直前的形象勉励我们励志向前。2000 年 4 月，著名作家冯骥才能成为第一位"泰安市荣誉市民"，也是因为他的著名散文《挑山工》。冯骥才母籍山东济宁，因此冯骥才对"五岳独宗"的泰山情有独钟，曾几度登临，亦文亦画，刊行于世，尤以散文《挑山工》流传最广，影响巨大。该文曾获

"全国优秀散文（集）奖"，并自1983年选入全国高小语文课本，课堂读者逾两亿人。文章从挑山工这一独特视角，一边赞美这座中华名山的崇高雄奇，一边颂扬泰山山民的坚忍顽强，其深刻而积极的人生精神，激励无数少年刻苦奋进，从深层表现了泰山的魅力，强化了泰山的独特形象。1997年，中央电视台在《当代百位名人英才故事》中，录制并播映了介绍冯骥才和泰山挑山工的专集。冯骥才从泰安市领导手中接过泰安市荣誉市民证书和金钥匙后，喜悦地称这件事是"比梦想更美丽的现实"。他把多年前绘制的大幅国画《泰山挑山工图》赠给泰安市。这幅画曾在《挑山工》的结尾处提及。他这次特意把画从天津带来送给泰安，他说，《泰山挑山工图》最应该属于"我的城市"。

生于陕西丹凤的著名作家贾平凹1997年来山东签名售书，拜谒孔府，登临泰山。他回家之后写了著名的散文佳作《进山东》。此文中写到了贾平凹对泰山的印象。贾平凹对泰山的感受是与对孔子和儒家文化的感悟密不可分的。"我在泰山上觅寻我的祖先遇雨而避的山崖和古松，遗憾地没有找到这个景点。听导游的人解说，我的祖先毕竟还是登上了山顶，在那里燃起了熊熊大火与天接通，天给了他什么昭示，后人恐怕不可得知，而事实是秦亡后，就在泰山之下，孔庙孔府孔林如皇宫一样矗起而千万年里香火不绝。孔子就是五岳独尊的泰山吗？泰山就是永远的孔子吗？登泰山者，人多如蚁，而几多人真正配得上登泰山呢？"贾平凹站在拱北石下向北面的峰头上看，他许下了自己的宏愿，如果他有了完成夙命的能力和机会就要在那个峰头上造一个大庙。最为震撼人心的特写是他对泰山拱北石的独特感悟："我抚摸着拱北石，我以为这块石头是高贵的，坚强的，是一个阳具，是一个拳头，是一个冲天的惊叹号。"一种阳刚和强悍的气息弥漫在散文的字里行间。"周围的山确实是小的，小的不仅仅是周围的山，也小的是天下。我这时是懂得了当年孔子登山时的心境，也知道了他之所以惶惶如丧家之犬一样到处游说的那一份自信的。"贾平凹用这样的语言诠释了"登泰山而小天下"的哲理。离开泰山时，贾平凹是依依不舍的，他选择了一块镌刻着"泰山石敢当"的石头带回了家。"我带回了一块石头，泰山上的石头。过去的皇帝自以为他们是天之骄子，一旦登基了就来泰山封禅的，但有的定都地远，他们可以来泰山祀天，也可以自家门前筑一个土丘作为泰山来祀，而我只带回一块石头——泰山石敢当，泰山就永远属于我，给我拔地通天的信仰了。"登泰山给予贾平凹的，远远大于欣赏自然景观获得的审美感受，他加深了对齐鲁文化和儒家思想的领悟，从而也获取了一份拔地通天的阳刚气概。

值得一提的是，虽然在中国现代的文学史上大多数作家都是用现代白话文进行泰山的书写，但是，也确实出现过运用古诗词对泰山进行热情讴歌的学者和作家。著名美学家、北京大学资深教授杨辛曾经写过《泰山颂》，并专门刻石发布。诗曰："高而可登，雄而可亲。松石为骨，清泉为心。呼吸宇宙，吐纳风云。海天之怀，华夏之魂。"杨辛一生中二十六次登岱顶，纵情山水之间，求索天人之际。仰之弥高，探之弥深，他深感生之有涯而学泰山无涯。短小精悍的诗赋言简意赅地概括了泰山的宏伟气势和博大胸怀。祖籍山东临清的国学大师季羡林在九十四岁高龄于 2005 年 8 月 30 日在病榻上饱含深情地撰写了意蕴深邃的《泰山颂》："巍巍岱宗，众山之巅。雄踞神州，上接九天。吞吐日月，呼吸云烟。阴阳变幻，气象万千。兴云化雨，泽被禹甸。齐青未了，养育黎元。鲁青未了，春满人间。星换斗移，河清海晏。人和政通，上下相安。风起水涌，处处新颜。暮春三月，杂花满山。十月深秋，层林红染。伊甸桃源，谁堪比肩。登高望岳，壮思绵绵。国之魂魄，民之肝胆。屹立东方，亿万斯年。"此诗堪称歌颂泰山的宏伟之作，用语雄奇，气势磅礴，谈古论今，引经据典。季羡林先生把对泰山自然风光的赞美和对国家政通人和、河清海晏的盛世景象有机融合起来，文气贯通，一气呵成。

　　泰山岩岩，鲁邦所瞻。雄伟壮观的自然风光和博大精深的文化底蕴交相辉映，道法自然的文学书写关注和倾情于这座伟大的名山是自然而然的。中国当代文学中对泰山的书写，必将使得泰山焕发出崭新的艺术魅力并使之远播四方，国内外的游客也会在阅读这些华章的同时被泰山文化深深浸润，文化旅游与文学艺术相得益彰，共同谱写弘扬泰山文化的激越诗章。

4. 悲天悯人　济世情怀

——评摩罗《悲悯情怀》

　　著名学者、作家摩罗从二十世纪九十年代后半期进入中国文坛以来，以其深刻的自审精神、深邃的反思叩问、锐利的批判锋芒、强烈的人文关怀闻名于世，在思想界、读书界和学术界激起波澜。《耻辱者手记》《自由的歌谣》《因幸福而哭泣》《大地上的悲悯》《不死的火焰》……每一部书稿都曾引起读者强烈的阅读兴趣，享誉读书界。摩罗结集自己的散文随笔，推出了《悲悯情怀》（中国青年出版社2008年10月版）。这是摩罗精心选编的一册散文随笔，从中可以清晰地透视摩罗悲天悯人、兼济天下的救世情怀和细腻丰富、煦暖温蔼的内心世界。

终极关怀　悲天悯人

　　摩罗的文字始终流淌着对人的尊严、自由、个性、幸福的持续观照，充满了透彻的终极关怀精神，这种精神的核心是一种悲悯，一种呵护，一种温情，一种拯救。由于近些年摩罗对宗教学、社会学、人类学和文化学多有涉足，使他具有了更为宽广的视野和更为科学的思维方法。

　　在这本书的后记中，摩罗写道："这几年，我看世界、看人类的眼光，越来越低调。我越来越相信，应该将人类放在地球生物圈的演化系列中进行研究，而不是首先放在上帝所造的伊甸园里研究。这种研究思路和模式可以帮助我们充分意识到人性的复杂性，还可以避免对于人类提出过分的道德期待。"在这里，我很自然地想起了钱钟书《围城》自序中的一段话："在这本书里，我想写现代中国某一部分社会、某一类人物。写这类人，我没忘记他们是人类，只是人类，具有无毛两足动物的基本根性。"是的，如果把人类的种种缺憾放置到更为广阔的地球生物圈的视野中去观照，我们可能会获得一种崭新的视角。诚如摩罗所言，人类作为地球生命之一种，与荒野的乔木、地上的鲜花、天上的飞禽、山谷的走兽、海里的游鱼、草间的鸣虫共有着同样的生命，这就是人类真实的生命状态。人性的复杂，并非单向度的简化和扁平，诚如尼采所言——"人类之伟大处，正在它是一座桥而不是一个目的。人类之可爱

— 15 —

处，正在它是一个过程与一个没落"。摩罗同样认为，减少人类骄傲心的最好办法，就是让人类回到地球生物圈之中，回到灵长目动物体系之中。越是把人类放在人类不屑于与之为伍的低级动物中一起观察和研究，越是显示了对人类的关爱和怜悯。其实，这也恰恰回应了两千多年前庄子对天地万物的态度，与天地精神相往来而不傲睨于万物。在《生命的无限可能性》一文中，摩罗写道"存在有多大，生命就有多大。存在有多少可能性，生命就有多少可能性。存在有多么无限，生命就有多么无限。人类的痛苦、向往、想象、虚构，全部都是宇宙的生命现象，他与宇宙存在相对应。正像人类肉身的化学构成与地球表层物质的化学构成同构一样，借助物质和精神二分法的思维模式来说，人类的精神构成与宇宙存在的构成也必定是同构的"。这是对狭隘的人类中心主义最好的解构与批判。在二十一世纪的曙光照耀下，生态文明已经开始走入我们的社会规划蓝图，以往那种以科技理性、工具理性、消费主义为理论动力的盲目发展观和追求 GDP 的快速增长为旨归的发展主义越来越受到质疑和挑战，科学发展观和可持续发展成为人类的必由之路。把人类的文明放置到整个宇宙的自然生态系统中去，让"天人合一"古老训诫成为我们的共识，这是寻找人与自然和谐的通途。在《幸福人生的多种模式》一文中，摩罗以李煜、陶渊明、达·芬奇的人生选择来阐释"人生是需要选择的，并不是世俗认为好的就适合自己，只有你的选择跟你的才能志趣相一致，才可能拥有幸福的人生"的道理。是的，我们这个时代越来越把金钱、财富、地位等等身外之物看作幸福的代码，追求享乐、物欲膨胀、不择手段、原始积累……这一切都背离了幸福的本义，所以，现代人在拼命追逐幸福的道路上可能已经站在了不幸的悬崖边缘，如何才能勒马返身呢？摩罗告诉我们，志趣和性情是幸福的本源，如果我们执意放弃自己本来的优长，一味按照社会上流行的评价标准去削足适履，那么"李煜的龙袍就会成为他的悲剧的起点和痛苦的根源"。放眼一个个现代年轻人过劳死、精神抑郁的极端个案，我们更应该去好好思考一下，如何才能诗意栖居在人生的短暂旅程中呢？在《为了看看阳光，我来到世上》一文中，摩罗借用"为了看看阳光，我来到世上"这句巴尔蒙特的诗，表达了对内心的纯净、光明与温暖的向往。摩罗牵着诗人的手，像一个从来没有受过伤害的人一样，如此诚挚、欣喜、宁静地歌颂着大地、阳光和人欢马叫、喧腾不息的世界。"体验阳光，体验美，体验幸福，体验纯净，体验温馨，体验柔情，体验思念和怀想。一颗纯净的心需要另一颗纯净的心的相互映照，一颗黑暗的心更需要一颗纯净的心的照耀与沐浴。或者因幸福而宁静，或者因幸福而哭泣"。

摩罗对爱和幸福的领悟，渗透到他对文学、艺术、自然、诗歌的理解中。

在《体验爱，体验幸福》一文中，摩罗引用海子的名诗《面朝大海，春暖花开》说明体验幸福、体验爱，是一个漫长的过程，是一个需要修炼和学习的过程。但也可以说这是一种素质，一种与生俱来的精神素质。同时还可以说这是一种状态，一种看待世界和自己的态度，一种盈满爱和幸福体验的自由境界。"最确切的说法也许是这样的：这是一种源于信任、源于爱、源于生命的完整与健全的放松。体验不到苦难的心灵是肤浅的，体验不到幸福的心灵是猥琐的，体验不到放松的心灵是残缺的。"在摩罗阳光般的文字中，我们更多的沐浴在温暖的爱意中，因为相互呵护而温馨。精神的丰富，心灵的细腻，驱散了严寒，我们彼此守望黎明的曙光。

人间正道　普世价值

摩罗的文章没有一般学者散文随笔中堆砌概念、定义、名词的学究气，他用激情、正义、尊严的气魄驱遣饱满、激越、诗意的文句，传达一种对人生、世界、国家、民族的思考。记得在《天涯》上读到摩罗的《我是农民的儿子》一文时，那种扑面而来的正义感让我拍案叫绝。的确，摩罗的思考是没有限界的。在对底层的关注方面，尤其显示了学者的血性和良知。对耻辱意识彻骨的咀嚼，是摩罗抉心自食般的呐喊："不敢正视耻辱乃是我们所有耻辱中最大的耻辱。如果我们还想改造我们的生活和我们的灵魂，我们就必须认认真真地咀嚼耻辱，通过反反复复的咀嚼，品出耻辱的真味真源和真义，然后起而反抗之。作为知识分子，我们同时还应该致力于描述耻辱，也就是以某种符号把我们内心的耻辱展示出来，这既是咀嚼耻辱的一种方式，也是反抗耻辱的一种方式。通过描述，赫然凸现出耻辱的存在，并无情地刺激起我们的耻辱意识。"知耻而后勇，摩罗深受鲁迅先生的影响，

时时直面惨淡的人生，正视各种阴暗和颓靡，反对瞒和骗，绝不回避矛盾和问题。

书写知识分子的心灵史，揭出病苦，引起疗救的注意，是摩罗持续的工作。"一部中国现代史，就是一部现代精神在中国土地上踉踉跄跄无以行进的挫折史，同时也是一部中国现代知识分子血淋淋的受难史。"摩罗面对人文精神日渐萎缩，消费主义和拜金主义大行其道的世纪之交的中国社会，发出了"知识分子应该怎么办？能够怎么办？何以安身立命？何以坚守自身？何以发展人文学科？何以探求宇宙人生之形而上奥义？还有，他们将怎样处理自己与民众和民族的关系？"这样一系列的追问。这些问题或许不会得到准确无误的答案，但是，苦苦追寻答案的本身就是知识分子无法回避的责任。

与其诅咒黑暗，不如让自己闪闪发光。摩罗在剖析客观世界的不公和不义

时，从来没有忽视主体自身的精神建设。在犀利的批判背后，充满了对人类局限性的悲悯和赦免。"当我们对人类的道德期待不那么强烈，也就不会过于迷狂地夸大人类的崇高、神圣特征，而对于人类的缺点、过错、罪性，也会有一种低调而又温柔的谅解。""5·12"汶川大地震后，"范跑跑"事件被媒体无限上纲上线大肆炒作之时，摩罗始终站在悲悯的角度，谅宥着本身也是灾民的范美忠。"范美忠也是灾民中的一位。理想地说，所有灾民都应该得到救助，很多经历过这场灾难的人还能得到心理救助。范美忠没有得到心理救助，相反，得到了全国舆论的围剿，这多少有点过头。现在，还让这位灾民失业，让这位灾民一家没有饭吃，这是有违救灾精神的。在救灾的大氛围中，我们怎么忍心独独将其中一家灾民置于饥寒之中？有这个必要吗？有足够理由吗？至于范美忠慌乱中只顾自己逃跑，没有组织学生避难，这当然做得不对。但是，我们这些发言者毕竟没有亲身经历那场生死考验，所以，我们对范美忠的批评应该低调一点为好。我们在批评范美忠时，首先应该意识到他是灾民中的一员，所有的灾民都需要关心和抚慰，范美忠也不例外。至于对他的批评，不仅可以低调一点，甚至可以缓一步再说。"最后，摩罗质问道："我们关心过灾民范美忠吗？"的确，每一个受难者都应受到抚慰，苦难是没有高低贵贱之分的。摩罗对人性的弱点开始从更高的维度予以原谅。

从本质上讲，摩罗是一个不折不扣的理想主义者。在《坚持者仍在坚持》一文中，摩罗引用马克思的话说，在科学的入口处犹如在地狱的入口处一样，需要彻底的勇敢和彻底的献身精神。"事实上，在人类文化的每一个领域，只要你不是为了凑热闹或投机钻营，而是为了认认真真作出一点原创性的建树，都必须具有这种精神。因为这种寂寞不是暂时的，而是永恒的。在这些坚持者中，只有极少数幸运儿，能够象雪莱、巴尔扎克、曹雪芹那样，留下伟大的建树，获得迟到的鲜花。真的坚持者决不会为鲜花而坚持，而是为内心深处的需要而坚持。这样的坚持需要一点英雄主义，一点理想主义，一点虔诚，一点特立独行的书生意气。历史总会将这一切美好的东西赋予某些坚强的灵魂，让它们得到传续而不致于灭绝，这就是人类的希望所在。虽然，那些随潮而去的人是可以理解的，他们一切正当的追求和努力都是值得尊敬的，但坚持者却叫我觉得崇高而又亲切。"大浪淘沙，英雄总被雨打风吹去。但是，这样的理想和信念，无论在世界变化到何种格局，仍会鼓舞人们前行。

心有灵犀　悠然神会

摩罗的文字，把哲性思辨、诗性妙悟和智性寻绎融为一体。如同一座火山山坡上碧绿葱茏的葡萄园，在感性和诗意的表面下，流淌着火山岩浆般灼热的激情。他对中国当代作家作品的解读准确到位，不亏"中国的别林斯基"的雅号。摩罗在《冷硬与荒寒——中国当代文学的基本特征》一文中用"冷硬与荒寒"概括了当代文学的特质，抓住了问题的命门。"这样的气质决不是某几位作家某几部作品所独有的气质。在我的印象中，这就是当代中国文学的整体气质，而且，这种气质在越是优秀的作家身上表现得越是显著。这一事实不仅令人惊讶，而且令人悲哀。应该说，这些优秀作家都在漫长而又艰难的努力中找到了一点什么，他们形成这样一种冷硬荒寒的文学气质乃是得自于生活的暗示。生活所给予这一批或曰这一代优秀作家的刺激与暗示竟然如此相同，以至于他们能够在不同的地域不同的环境不同的题材不同的故事中如此忠实地凸现出这样共同的诗学特征。可以毫不含糊地说，是生活的冷硬导致了一代作家文学气质的冷硬，是心灵的荒寒导致了一代作家文学气质的荒寒。"是的，生活在苦难、战乱、饥馑、政治运动的波谲云诡中的中国作家，的确难以置身事外，用阳光般的心境去面对表现对象。作家身上折射出了一个民族生存的困境，这是"民族血型"一般的集体无意识，不是一年半载能够轻易改变的。只有坚持不懈改良一个民族的生存土壤，才能从根本上达到改良一个民族作家的精神气质。在《苏童：南方的潮湿与糜烂》一文中，摩罗从苏童的文字中读出了江南梅雨季节的霉烂、腐朽、潮湿、阴霾的气息。摩罗发现："与他笔下的许多人物一样，苏童本人也是一位逃遁者，至少是一位文学世界的逃遁者。逃遁者苏童的被动性似乎比我们平时所估计的更强一些。逃遁者苏童的逃遁方向很难说取决于他内在的文化理想和审美冲动，倒可能主要是由迫使他逃遁的那些因素从反面予以规约与决定的。稍一留心即可发现，苏童的文学面貌是在与他的文学对手的对抗中逐步形成的。正是正统文学的庄严、高亢、光明、清爽、生机、达观，决定了苏童的小说世界的卑琐、低沉、阴暗、潮湿、糜烂、绝望。在苏童看来，正统文学的那些秉性都是不真实不可靠的，为了捍卫一个作家的良知与尊严，他只能别无选择的逃向它的反面。"这样的解读，赋予作家以知根知底的了解，寻根究源，入木三分。摩罗对当代作家的评论，总是和特定的时代背景联系紧密，知人论世相得益彰。他在给山东作家王开岭的散文《激动的舌头》作序时，用"地下室"的意象涵盖了王开岭创作的情绪特质和文本脉络，是十分精准的。"我第一次集中读到王开岭几万字的文章时，激动不已，马上向一位山东朋友打听他的电话。朋友说他没有电话。我又问他的住址，他的门牌号码，因为我想介绍另一位朋友去看他。朋友说他没有门牌号码，他在一个中等城市的夹缝里漂流。我马上想到他是日常生活之外的人，并想到了陀思妥耶夫斯基笔下的《地下室手记》及其主人公。王开岭先生就是这样一位居住在地下室的诗人。在齐鲁大地一个寒冷而又死寂的地下室里，他用阅读和谛听的方式与世界对话。用歌唱和牵挂的方式拥有世界。他知道这种生活是严峻的。陀思妥耶夫斯基的《地下室手记》足够让所有有地下室体验的人充分意识到它的严峻。"地下室的写作，迥异于台阁体和歌德体，这是用边缘的姿态、批判的立场和质疑的精神汇聚成的心汗血泪和陀斯陀耶夫斯基般的灵魂审问。王开岭思考的是二十世纪人类在与专制、异化、愚昧进行较量中的人性的力量和信仰的本源。

　　摩罗的作家评论，通常贯穿着强烈的介入现实的力量，他不是那种两耳不闻窗外事的学院派研究者。长期的中学教师生涯和底层工作履历，给予摩罗一颗伤痕累累的心灵，尽管离开那些苦难的人和事有一些时空距离了，可是他的心灵始终浸透了一种苦难体验。这种"丰富的痛苦"使他无法对苦难置身事外，只能紧紧拥抱那些文学和现实中的苦难者，感受灵魂的折磨。对农民、对农村、对农业摩罗都有感同身受的苦难体验。歌哭生民，悲悯人间，赋予摩罗宽广无垠的人文情怀。可是，难能可贵的是，摩罗又没有被苦难淹没，他既能入乎其内又能出乎其外，用超越性的姿态反观苦难的本质，寻觅希望的曙光。"一切丑恶和黑暗都是与自己融为一体的，那里面有我，有自己，有我们人性的缺陷和不幸。甚至可以说，一切丑恶和黑暗都是从人性内部生长出来的，它们本来就是我们共同的人性苦难的一部分。一个人爱世界，爱人类，爱人，就意味着必定会对人类精神内部的黑暗投之以广博的悲悯，施之以温暖的抚慰。平静和朴素，从容和慈爱，悲悯和抚慰，这不仅应该成为诗人的瞬间体验，而且应该成为我们每一个人的生命状态，成为我们的眼神和表情，成为我们的手势和声音。"读到这样的跨越暗夜，带着林间黎明般温柔的文字，我们祝福摩罗，他用闪闪发光的心灵一点一滴地融化黑暗，耐心而坚毅。

　　2008 年已经四十七岁的摩罗，从激愤和血性渐渐变得理性和通达，从拍案而起的书生意气转向炉火纯青的理性思考，渐趋成熟和宽容。更为可贵的是，他以悲天悯人的情怀包容天地万物并力求兼济天下。前路漫漫，我们祝他越走越远。

5. 《红煤》：自然与人性的双重的忧思

　　刘庆邦的长篇小说《红煤》对人性的变异和灵魂的扭曲的深刻反思与对自然生态被严重破坏的焦虑忧思，构成一明一暗两条贯穿始终的线索，共同表达了刘庆邦对中国社会转型期的强烈的人文关怀。明线以主人公的命运起伏为经，暗线则以红煤厂村的自然生态恶化为纬，暗线隐于明线之中，草蛇灰线，相互交织，共同推进故事的发展。

　　小说主要叙述了一个农民出身的煤矿临时工宋长玉如何不择手段向上爬的故事，着重揭示了在这一过程中发生的人性的变异和灵魂的扭曲。二十世纪八十年代中期，一家国有煤矿的农民轮换工宋长玉，为了能够转成正式工，处心积虑地追求矿长的女儿，可是矿长借故将他开除了，他心中埋下了仇恨的种子。后来他将红煤厂村村支书的女儿追到手，并成为村办煤矿的矿长。随着金钱滚滚而来，他的各种欲望急剧膨胀，将人性的丑恶充分释放出来。这是一个中国式的"于连"的故事，也有人把《红煤》称为中国的《红与黑》。在文本中，伴随着宋长玉的个人命运波澜起伏的是红煤厂村自然生态被严重破坏造成的恶果。宋长玉是自然生态的破坏者，同时，红煤厂村自然生态的恶化也反过来导致宋长玉命运的由盛而衰。二者相辅相成，互为因果。自然生态危机向人类的生活方式提出了尖锐的质疑：那种在现代化工业文明中形成的西方生产消费主义真正合理吗？在现代化和西方化几乎成为同义词的状态下，这个问题已经引起了深刻的反思。人们已经认识到——要克服自然生态危机，就必须在经济上采取可持续发展战略，同时还必须修正物质消费主义的惯性渴求，以营造一种符合自然生态规律又无愧于人的尊严的生活方式。

　　刚刚从农村来到煤矿的宋长玉，带着强烈的个人野心攀附矿长的女儿，企图把婚姻作为跳板，实现自己由临时工向正式工的身份转变。这时的宋长玉凭借自己写作才华参加了矿上的通讯员学习班，有一次学习班的周老师带领学员们到野外春游参观，此时红煤厂村周围的自然世界，是这样呈现在读者面前的："纵目望去，一望无际的麦田青碧连天。油菜花已经开了，这儿黄一片，那儿黄一片，金箔般点缀在麦田之间。一块云彩移过来了，与云彩相对应，下面的一块麦田顿时有些发暗，像笼罩在雨中一样。云彩的朵子虽小，被遮了阳光的麦田却有很大一片。然而云朵很快移走了，刚才发暗的那块麦田又恢复到明绿的色彩。麦田上空还有一层雾岚，雾岚盈盈波动，如水似烟，像是为麦田披上一层轻纱。"如同比利时著名生态学者迪维诺所说："绿色具有永不衰败的魅力，它可能有益于人类的健康，因而它具有一定的必要性；一系列活泼的或低沉的，单一的或复杂的色调将由枝叶的绿色中分出，而在一种不可理解的奇迹之下，它们从来也不互相冲突或互相损害。"这儿美丽如画的风景令人感到清新自然，宛如超凡脱俗的世外桃源。这时候的主人公还有着来自农村青年的善良朴实，带着对未来的美好憧憬展望人生。

为了进一步展现红煤厂村的美丽风光，刘庆邦还借宋长玉和唐丽华恋爱中的一次春游所见，又一次浓墨重彩地描写了红煤厂村的自然和谐的乡村世界。在宋长玉和唐丽华眼里："阳光明媚，春风荡漾。麦子一片葱绿，油菜花遍地开放。紫燕在麦田上方掠来掠去，村子里传来的公鸡的叫声是那么悠扬。在阳光的照耀下，稻苗呈现出鹅黄的色彩，很是亮眼。"水稻到处都是，其原因用唐丽华的话说就是："水道水稻，哪儿水多，哪儿就可以种水稻。"这时的红煤厂村水土保持相当好，一派江南水乡风光。特别是这里还出产一种优质的大蒜，并且大量出口到国外。刘庆邦不惜用诗一般的语言描写这儿的水："水很清，能看见水下的马牙砂和羊脂玉般的小石子，有一层水跟没有差不多。水是活水，由西向东缓缓流动，流速几乎看不见。水边不远处有一池莲藕，荷叶特有的清新之气阵阵袭来。荷花还没长出，荷叶却扑扑闪闪罩满了池。"这样的环境自然很有吸引力，城里的人都喜欢来这里游玩。

后来，追求矿长女儿失败反被矿长借故开除的宋长玉来到红煤厂村的砖厂。随着他把村支书的女儿明金凤追求到手，他又成为该村村办煤矿的矿长。由于长期的狂挖滥采，地表径流一天天下渗，造成了红煤厂村周围自然生态的渐趋恶化。最明显的变化是水资源的逐渐减少。"红煤厂村没水了，红煤厂村的水不是呼啦一下子干掉的，而是逐年减少，逐月减少，一点一点消失的。"由于缺水，自然风光与从前相比不啻霄壤之别，这时作者刘庆邦又让读者沿着当年宋长玉和唐丽华春游的路线感受这种触目惊心的变化："入村的那座桥仍在，只是桥下没有水了，那条河早干得见了底。河底龟裂着，每条龟裂的缝隙差不多都能塞得进拳头。河坡里没有了草，也没有了花，光秃秃的，连一粒羊粪也看不见。既然没了水，就没了鱼，没了虾，没了螃蟹，戏水和摸鱼捉蟹的小孩子也不知到哪里去了。"同样因为缺水，红煤厂村山上的树木几乎死了一半。已经死了的，枝干发枯，发黑。没死的，树叶也发干发毛，一片燥色。山林间没了水汽，也就没了灵气，路边的野花没有了，鸟鸣也听不到了。偶尔有风吹来，也都是干风，灼得人心起燥。到红煤厂村游览的人越来越少。偶尔有一两个游客慕名而来，走一处，失望一处，只能是乘兴而来，败兴而去。卡逊在《寂静的春天》中说："地球上生命的历史，一直是生物及其周围环境互相作用的历史。生命要调整它原有的平衡所需要的时间不是以年代计，而是以千年计。新情况产生的速度和变化之快已反映出人们激烈而轻率的步伐胜过了大自然的从容步态。"更为严重的是，红煤厂村的村民的日常用水都成了问题，需要用机器打深水井。这时人们才恍然大悟，才知道水是生命之源，但是已经迟了，人们纷纷把怒气发泄到狂挖滥采煤炭资源的宋长玉身上，他们派了一个八十多岁的老人去郑重地告诫宋长玉："红煤厂村地底下的煤不能再采了，再采连吃的水都没有了。"严重缺水最终迫使宋长玉计划建一个水塔，但是水塔还没来得及建，宋长玉的村办煤矿却发生了极其严重的透水事故，导致二十九个矿工死亡。为了逃避责任，宋长玉逃之夭夭，成了亡命天涯的罪犯。

海德格尔说过："人不是存在者的主宰，人是存在者的牧人。"应该说，刘庆邦是把对自然生态被严重破坏的罪过归之于宋长玉等人竭泽而渔式的毁灭性的开发，大自然对人类的报复是无情的。对自然生态的忧思，使刘庆邦的《红煤》在展开主人公的人生故事的同时能够放眼具体环境和人的互动关系。人与自然的视角也使这部小说获得了一种大气，一种忧患意识，一种广阔的人文情怀，一种深刻的彼岸意识。

6. 植物之爱
——梭罗的绿色情怀

　　美国著名超验主义作家、自然写作的开山鼻祖梭罗以其对自然世界的挚爱，对简朴生活的推崇，对生态平衡的深思凝聚成一部传世杰作《瓦尔登湖》，为后世的人与自然关系的思索留下了思想史和精神史的芬芳诗意。在梭罗的《瓦尔登湖》中，植物是关键词，无论是苍翠欲滴的树林，还是硕果飘香的果园，还有点缀在林间的绿草野果和藤蔓虬枝，无不倾注了梭罗对自然的由衷喜爱和深深眷注。

　　瓦尔登湖掩映在青山丛林之间，湖光山色，相映生辉。梭罗用诗意淋漓的美丽句子绘声绘色地描摹了树木与湖水的依偎和眷恋。"瓦尔登湖是大地的眼睛，美丽的如同上帝的一颗泪珠。湖所产生的湖边的树木是睫毛一样的镶边，而四周森林翁郁的群山和山崖是它的浓密突出的眉毛。"如此美轮美奂的山光水色，自然唤起了梭罗与天地精神相往来的旷野之思。如果说湖水是明眸善睐的眼睛，那么湖畔的树林则是弯弯的眉毛，旖旎的风光宛若眉清目秀的妙龄少女，顾盼神飞，风情万种。梭罗在瓦尔登湖畔亲手建筑了一间小木屋，这间居于半山腰的诗意盎然的小木屋是他栖居自然的心灵港湾，这间木屋与大自然亲密无间，可谓钟灵毓秀，水清木华，各种植物环绕木屋："大自然一直延伸到你的窗口。就在你的窗下，生长了小树林，一直长到你的床楣上。野黄栌树和黑莓的藤爬进了你的地窖；挺拔的苍松靠着又挤着木屋，因为地盘不够，它们的根纠缠在屋子底下。"如此充盈着绿色植物的居所，自然给了了梭罗一颗晶莹剔透的诗人之心。梭罗在湖边钓鱼、种豆、采集野果，把自己完全与大自然融为一体。他为了消遣寂寞的时光，经常在湖边散步，而植物的风神和气息不时地抚平了梭罗的心灵，使他陶醉于天人合一的境界乐而忘返。"摇曳的赤杨和白杨，激起我的情感使我几乎不能呼吸了；然而像湖水一样，我的宁静只有涟漪而没有激荡"，大片的杨树林，与瓦尔登湖的碧波一样放逐了梭罗敏感的灵魂，洋溢着田园牧歌的情调。松针是自然界极其微小的存在，而梭罗几次写到了他对松针的感悟。"每一支小小的松针都富于同情心地膨胀起来，成了我的朋友"，孤独的梭罗在对植物的仰观俯察中涤荡思虑，静谧的散发着绿色光辉的松针成了梭罗的挚友，人与自然达成了心灵的默契和情感的沟通。"遥远的钟声在距离恰如其分的森林上空回荡，得到了某种梦呓一样的启示。好像地平线上的古老松针是大竖琴上的弦给拨动了一样，一切声响都成为宇宙七弦琴的微颤。"梭罗对大自然的风声用心倾听，一种万籁俱寂时的钟声打破了万古的宁静，而他把松针比喻成琴弦可谓天衣无缝妙不可言，只有纯天然的天籁之音才能发出如此绝响。

　　栖息在山水相依的瓦尔登湖畔的梭罗，对植物还充满一颗感恩的心。因为植物提供给他的不仅是心灵的滋养，还有炎炎夏日的荫蔽。"我在岸边划船，它四周完全给高大的松树和碧绿的橡树围起，有些山凹中，葡萄藤爬过了湖边的树，形成一些凉亭，小船可以在下面穿越，绿色欲滴，花木繁茂，郁郁葱葱，美不胜收。"植物的藤蔓凌驾于树木之上，在天然的凉亭下，梭罗泛舟赏湖，一切都是那么清新和自然，洋溢着鸟语花香，嘉木清荫给予隐居于此的梭罗以最美好的夏日清凉，沁润着他寂寞而丰盈的文学之心和自然之心。时常在森林中采摘野果的梭罗，对自然界中的水果情有独钟，他认为最美味和最香甜的水果一旦离开果树的枝头就会失去自然的神韵："水果可是不肯把它的色、香、味给购买它的人去享受的，也不肯给予为了出卖它而栽培它的人去享受的。如果你要知道水果的色香味，你得去询问牛背上的牧童和枝头鸣叫的鹧鸪。从来不去亲自采摘越橘的人，一辈子也不会领略越橘的色香味。水果的色香味，都会在装进车厢运往水果店时与它的新鲜和水灵一同磨损消逝。"这段话可谓字字珠玑，只有置身于大自然的果树林中，对原生态的树木水果倾注了目光与心灵的人才能感同身受。而那些在超市购买的水果，已经远离了果园，失去了大地的滋养，变得不再光洁新鲜。独具慧眼的梭罗看到了现代社会物质生产的分工越来越细，同时，人们对真正的自然之物也愈来愈陌生和隔膜。非唯水果，梭罗笔下，一桌一椅都来自树木，经常唤起他的自然情怀。一天早晨，为了清扫室内杂物，梭罗把家具暂时搬移屋外，他用细腻的笔触描绘了室外草坪上的景观。"小鸟坐在相隔一枝的树丫上，长生草在桌子底下默默生长，黑莓的藤攀住了桌子腿；松子、栗子和草莓叶到处飘落。他们的形态似乎是这样转变成为了家具，成了桌椅、床架和三角柜——因为这些家具原先曾经站在这些生机勃勃的树木之间。"一个真正的自然之子才能时时刻刻对自然真情流露，他对植物的感恩和缅怀是情不自禁的。是的，人类的衣食住行有哪一项离开过植物呢？我们的生活内容因为与植物休戚相关，所以我们才发自内心地感怀和迷恋葱茏的森林和芬芳的花木。梭罗把这份感恩用是诗一样的文字表达出来，唤起了读者的共鸣。

梭罗对植物的深情眷注是与他伟大的自然情怀息息相关的，也是与他天人合一的哲学理念心心相映的。他用清新芬芳的文句，勾勒出了人与自然亲密无间的图画，也构筑了和谐美好的诗意的栖居地。

7. 普里什文：倾心自然　守望大地

在俄罗斯群星灿烂的文学史上，普里什文是一位风格卓异的散文家，他的散文诗凝聚了自然的灵气，他用充满自然情怀的文字为大地吟唱赞歌，书写了关于自然与人文交相辉映的心灵图谱。他的代表作如《鸟儿不惊的地方》《恶老头的锁链》《大自然的日历》《人参》和《大地的眼睛》等等，无不文笔清新，洋溢着自然情趣和纯真诗意。普里什文用一颗水晶般玲珑剔透的文心呵护着俄罗斯大地上的花草树木和山川河流，为自然世界树碑立传，为苍茫大地寻觅灵魂，为旷野星空赋予灵性和尊严。他的写作，最大程度上弘扬了大地伦理的内蕴，是俄罗斯文学画廊中自然写作的经典。叶赛宁称赞他是"大地的守望者和森林的捍卫者"，充分表达了对普里什文的自然情怀的敬仰和尊重。

普里什文的作品中流淌着自然的气息，散发着一股钟灵毓秀的自然芬芳。在《林中小溪》一文中，那条流过森林的清澈溪流寄托了普里什文无限的爱意"如果你想了解森林的心灵，那你就去找一条林中小溪，顺着它的岸边往上游或者下游走一走吧。刚开春的时候，我就在我那条可爱的小溪的岸边走过。我看见，流水在浅的地方遇到云杉树根的障碍，于是冲着树根潺潺鸣响，冒出气泡来。这些气泡一冒出来，就迅速地漂走，不久即破灭但大部分会漂到新的障碍那儿，挤成白花花的一团，老远就可以望见"。流水赋予古老的大森林以灵性和动感。树木花草在流水的滋养与呵护下，散发着新鲜的清气，这一切都冲击着普里什文敏感的内心世界，如同醍醐灌顶一样开启着诗人的智慧。于是他的眼睛得到了愉悦，耳朵里鸟鸣之声不绝，杨树和白桦幼芽的树脂的混合香味扑鼻而来。此情此景普里什文觉得再好不过了，他再不必匆匆赶到哪儿去了。他在树根之间坐了下去，紧靠在树干上，举目望向那和煦的太阳，于是，梦魂萦绕的时刻翩然而至，停了下来，原是大地上最孤独寂寞的普里什文却最先进入了百花争艳的世界。

自然世界的无穷乐趣，给予了普里什文写作的力量和灵感。普里什文是富有洞若观火的远见卓识的，在一个以征服和改造大自然为主流价值观的背景下，他能够独树一帜弘扬大自然的生态价值和自然伦理，把自己文学的视野延伸到大自然的领域，这使我们觉得他是一个跨时代的杰出自然写作者。在

《大地的眼睛》一书中他自我表白："我是追捕自己心灵的猎人，我时而在幼嫩的云杉果上，时而在松鼠的身上，时而在阳光从林荫间的小窗子中照亮了的蕨草上，时而在繁花似锦的空地上，发现和认出了我的心灵。可不可以捕猎这个东西呢？可不可以把这件美事对无论任何人直言呢？不消说，简直谁也不会明白的。我之所以有健壮的身体和充沛的灵感，不是因为沼泽上的空气好，也不是因为营养好，我的营养是最平常的。我以探索美好事物的希望和欢乐而生活，我有可能从这里汲取营养。"与美国自然写作者梭罗一样，普里什文倾心自然，把植物世界和动物世界的妙趣撷取到自己的笔端并赋予人文的气息，达到了天人合一的思想高度。正如帕乌斯托夫斯基在《一生的故事》中说的那样，普里什文仿佛就是俄罗斯大自然的一种现象，普里什文用两三行文字表达出来的这些观察结果，如果加以发挥，就足够另一个作家写出整整一本书来。普里什文使自然成为永恒的风景促使人类感悟和缅怀。

　　普里什文用诗意盎然的文字恢复了自然的真纯和清晰，从而拉近了人们与大自然的心灵距离。"一只夜莺在我窗下通宵歌唱。我想到了莎士比亚《罗密欧与朱丽叶》中的夜莺和云雀：在莎士比亚之后，人类一再重复这些关于夜晚（夜莺）和清晨（云雀）的大自然的信号。在夜莺歌声的伴奏下，我想，莎士比亚从大自然中撷取一点素材，放进他的诗篇，纯属偶然；我却把这当作我的道路。"一个倾听着大自然中的鸟鸣声，在夜莺的歌声中写作的作家捕捉到了自然最美妙的情趣。他的作品散发出梵·高的向日葵一样的阳光色泽。纯净的阳光白云，潺潺流淌的河和郁郁葱葱的树木，在普里什文笔下彰显出一种别样的艺术意境。在散文《第一朵花儿》中，他深情地写道——"我以为是微风过处，一张老树叶抖动了一下，却原来是第一只蝴蝶飞出来了。我以为是自己眼冒金星，却原来是第一朵花儿开放了。如果有心细察锦毯一般的大地，无论哪个树桩的废墟都显得那么美丽如画，着实不亚于富丽堂皇的宫廷和宝塔的废墟"。普里什文在散文诗中呈献给读者的永远是一种朴实的诗情画意，他用自然之心仰观俯察游目骋怀，他让古老的俄罗斯大地焕发出温馨馥郁的艺术魅力。因此，高尔基在《论普里什文的自然写作》中赞叹道，在普里什文的作品中，对大地的热爱和关于大地的知识结合得十分完美，这一点，我在任何一个俄国作家的作品中都还未曾见过。普里什文的《清泉与花香》一文，最能展示他优雅的自然文笔和对大自然无微不至的感触。在他的眼中，无人之境的自然异彩纷呈。水惹动着新结的黄色花蕾，花蕾反又在水面漾起波纹。小溪就这样一会儿泡沫频起，一会儿在花和晃动的影子间发出兴奋的招呼声。有一棵树早已横堵在小溪上，春天一到竟还长出了新绿，但是小溪在树下找到了出路，匆匆地奔流着，晃着颤动的水影，发出潺潺的声音。"有些草早已从水下钻出来了，现在立在溪流中频频点头，算是既对自己影子的颤动又对小溪的奔流的回答"。这样清新美好的自然之境，就是普里什文心灵的影子。植物和动物充满了人文的气息，山光水色润泽了诗人敏感的文心。

对乡村生活和农业文明的熟稔，使得普里什文的作品中渗透了俄罗斯人民种植、打渔、浇灌和收获的细节，洋溢着民间生活的氛围。他笔下的大自然已经深深地打上了俄罗斯的民族性格，如同遍布于俄罗斯大地上的白桦林一样苍翠俊朗。普里什文对自然世界的悉心眷注，赋予了俄罗斯文学以充沛的自然情致和生态精神。

8. 感悟自然 沉思生态

——读爱默生《自然沉思录》

　　爱默生是美国十九世纪著名散文作家、思想家、诗人，自然写作的创始人，他还是《瓦尔登湖》的作者梭罗的精神导师和亲密朋友。他的作品倾心自然世界，关注生态平衡，表现了一位杰出的思想家对自然万物和生态伦理的深邃感悟和悉心关注。他的《自然沉思录》是能够与《瓦尔登湖》相媲美的文学杰作。

　　十九世纪的北美还保留了许多的原始森林和大片大片的湿地沼泽，那里栖息着千奇百怪的植物和鸟兽，这些富有自然气息的原生态的旷野给予了爱默生以无穷的灵感，爱默生喜欢一个人长久的沉浸于辽阔的旷野。"与街市和村庄相比，在旷野里，我体味到更亲切更可贵的实在。在静谧的风景里，尤其是在那遥远的地平线，我们看到自然美丽有如我们美丽的自身和本性。"走向旷野，他获取了博大的胸襟和睿智的心灵，在守望地平线的静观默察中，那颗敏感多思的诗人心灵异常活跃，自然与人文交相辉映，有着中国唐代大诗人李白所谓"相看两不厌，唯有敬亭山"的天人合一之妙趣。而今，经济发展的速度越来越快，自然生态的失衡已经引起了全世界的瞩目，许多有识之士都认识到一个道理，我们必须留给地球一部分原始的旷野，保护动植物的多样性和持续性。爱默生在《自然沉思录》中充满深情地写道："田野和树林带给我们心灵的巨大欢悦，指说着人类和植物的隐秘关连。我并非独在而不受关注，植物向我颔首，我向它们点头。风雨中树枝摇动对我是既新鲜又熟稔。它令我惊异又让我安然。它们对于我的影响，就如同我确信自我思维妥帖所为正当时，全身涌起的超越而高尚的感情。"与大自然风雨同舟的人类，不仅要从自然界获取生存与发展的物质，还通过与大自然的心灵交流取得了精神的饱满与自适，激荡起了灵魂的涟漪与共鸣，这一点与东方哲学的"神游自然"殊途同归。而今，被人们争相追捧的"郊区游、农家游、渔家游、田园游"其实就是久居大都市现代人对返璞归真的一种心灵渴望，曾经与泥土和原野荣辱与共的人类，永远都在心底存留着自然的芬芳，回归自然的向往是那么强烈，徜徉在自然的怀抱里，才会心旷神怡、超然物外。

大森林是爱默生情有独钟的所在，野花清芬，空气清冽。爱默生的文字与中国古代哲学家庄子有异曲同工之妙，他在大森林中的感悟简直就是一篇西方的《逍遥游》。"在森林里，我们回归理性和信仰，在那里，任何不幸不会降临于我的生命，没有任何屈辱和灾病是自然无法平复的。站在空旷大地之上，我的头脑沐浴于欢欣大气并升腾于无限空间，一切卑劣的自高自大和自我中心消失无踪。我变成一个透明的眼球，我化为乌有，我却遍览一切；宇宙精神的湍流环绕激荡着我。我成为大自然的一部分，我是他的微粒。"这段文字也很自然的让我们想起了卢梭《一个孤独的散步者的遐想》一书中所弥漫的亲近自然，师法造化的思想情怀。而今，很多精神疗养院都建在森林中，原始的植物气息疗治着被高强度、快节奏的都市生活摧残了身心健康的病人。森林成了都市人心向往之的"天然氧吧"和"休闲驿站"。深受爱默生的自然哲学影响的另一位美国作家梭罗则身体力行他的自然主义，一个人在康克德的瓦尔登湖畔的山林间筑屋栖居，感受山光水色的怡然情趣。爱默生认为对于人的心灵来说，朴实的村野生活比人际关系复杂、喧嚣纷扰的都市生活更有意义。诗人和思想家沐浴着大自然的灵光，肯定能获得更多的灵感和激情。

在《自然沉思录》一书中，爱默生还提出了"大自然憎恨垄断占有"的观点。他说，大海的波涛与各种各样的环境一样，并不是可以随心所欲地控制大海自身的平静，它一样也得在大自然的总体格局中寻求内在的平衡。爱默生还举了一个例子，他说一块被几十个地主分割为七零八落的田园，只有诗人运用审美的眼光可以从整体上占有这块土地的自然魅力和盎然诗意。对一个东西的私心占有，可能是人类忽略其自然赋予本身的美感的开始，一个批发木材的商人很难从自然主义者的独特角度审视大森林的美丽。"说真话，成年人难得看到自然本身。多数人看不到太阳，至少，他们所见只是浮光掠影。阳光只照亮了成人的双眼所见，却照进儿童的眼睛和心灵深处。自然的热爱者，内向和外向的感觉尚能和谐的相应，他尚能在成年时保有婴儿的心灵。与天地的交汇成为必需，就如每日的食物一样。"太阳亘古永恒而且每天都是新鲜的，可是，忙忙碌碌的现代人，有几个人会停下来看看太阳、星星、月光、白云呢？《自然沉思录》告诉我们，大自然中的美丽景观并不匮乏，所匮乏的仅仅是现代人审视美丽景观时的闲暇和平静。

此外，爱默生还提倡简单生活的法则。他认为，"文明人制造了马车，但他的双脚却渐渐失去了力量。他有了拐杖，肌肉也就松弛无力了。他有了一块精致的瑞士表，但他失去了通过太阳准确辨别出时间的技能。"爱默生其实表达了他对文明是一把双刃剑的思考。文雅使人丧失了生命的原动力，变得愈来愈脆弱。而今，居住在几十层的摩天大楼上，用空调使得室温四季如春，出入依靠汽车飞机的人类，的确发现了与自然的隔膜，也愈发感觉到自然生命力的退化和适应自然天气能力的不足。人类不仅需要高科技带来的便利，还需要与大自然保持良好的互动关系，如此，方可接纳自然风雨，永葆本初的生命激情与活力。

　　站在二十一世纪的地平线上，反观爱默生对人类现代文明发展的深切思考和人与自然关系的省察，我们看到了爱默生超越时代的杰出智慧和远见卓识。保持人与自然的和谐与生态平衡，是人类永恒的话题，这个话题将长期沟通中西文明。

9. 森林的诱惑：加藤幸子的生态写作

　　加藤幸子是一位倾心自然、关注生态的杰出的日本当代女作家。她在童年和少女时代曾经跟随父亲在中国生活过六年的时间，在北京的受水河胡同里接收了启蒙教育。对中国文化和中国生活的熟稔，在其作品中多有呈现。《北京的海棠街》《长江》等作品都对中日文化交流起到了推动作用。她的写作深刻反思现代化发展历程的利弊，深入表达都市人渴望回归自然的生态理想，深情礼赞大自然的原始魅力，文笔清新雅致，主题鲜明突出，她的生态文学作品《森林的诱惑》《永远的草莓园》《时间之筏》《梦之壁》赢得了当代世界文学读者的挚爱。文学创作之余，她还长期担任日本"爱鸟协会"的理事，广泛参与了森林、湿地环保工作和保护动植物多样性的民间绿色环保活动。在生态环保事业已成为当今世界共同主题的二十一世纪，加藤幸子的文学影响日益凸显，这是她长期关注自然环保并对环保事业身体力行、奔走呼号的结果。

　　加藤幸子对原始绿色森林和优美自然环境情有独钟，皈依自然怀抱，享受自然乐趣是她的散文作品的魅力所在。《森林的诱惑》一文，通过一对欢度蜜月的年轻伉俪在大森林里流连忘返的故事情节展示了久居都市的现代人内心深处对天地万物的深情向往。文章开篇即以诗意的语言展开叙述："发觉迷路时，已是黄昏最后的余晖如同柠檬汁一般透过叶子的缝隙倾泻在草地上的时候了。林间道路仿佛故意要远离主路般将他们伉俪的摩托车引向两条极为相似的岔路，引领着他们潜入了森林的深处。"简朴的婚礼举行完之后，年轻伉俪就在大自然的怀抱里荡舟、温泉洗浴、海边观看海豚嬉戏，一对新人仿佛正在用孩子一样的眼光重新打量这个充满天真奇趣的自然世界。在大森林里迷路了，他们感到这不是他们自己的错，而纯粹是因为大森林实在太美丽太具有诱惑力了。原始森林是大地的肺，倾吐着芬芳清新的花木之气，散发着五彩斑斓的光辉。"嫩叶的清香和花朵甘甜的气息混合在一起，使得整座林子宛如神迷的香料加工厂。"这样的句子，与中国宋代欧阳修的名篇《醉翁亭记》中对森林的描绘有异曲同工之妙："若夫日出而林霏开，云归而岩穴暝，晦明变化者，山间之朝暮也。野芳发而幽香，佳木秀而繁阴，风霜高洁，水落而石出者，山间之四时也。朝而往，暮而归，四时之景不同，而乐亦无穷也。"看起来，对山光水色和湖畔林泽的倾慕与喜爱，是古今中外一切文学作品共同的母题。夜晚栖居于林间小屋中的新婚伉俪，仿佛感受到了来自大地母亲的深情祝愿和亲切呵护。女主人公面对夜晚迷人的雪光、静谧的星夜、海洋的微风，久久难以入眠，她一个人竟然在林中月下散起了步，令新郎虚惊一场。新娘的回答妙趣横生："对不起，大森林里夜空中的星星实在太漂亮了，我禁不住森林的诱惑。"其实，无论是谁，面临这样的自然诱惑，都会深深沉浸在自然世界的美好意境之中乐而忘返的，因为大自然是我们人类永远的休憩港湾和精神家园。

正如日本文学评论家高根泽纪子所说的那样，加藤幸子女士是一个师法自然的悲天悯人的作家，她也拥有孩童之心、绿色之心、动物之心和植物之心。加藤幸子在谈到人与自然的微妙关系时曾经这样说过，"并不是只有人类这一种生物占领了地球，人类是和其他的几百万种生物互相拥挤着生活的，人类始终不要忘记自己与其他生物是平等的关系"。在《我心中的鸟》一文中，加藤幸子写到了一位摄影记者为了拍摄自己心目中的可爱的白鹭，回到相隔千余里分别十几年的童年故乡，可是故乡为了发展而填埋沼泽砍伐树林，昔日生气勃勃的绿色葱茏的故乡早已面目全非。对故乡古典美、绿色美的追寻，支撑着天涯游子的精神大厦，可是在工业化、城市化、市场化的全球现代化进程中，如何处理发展与环保、经济与生态的平衡关系呢？加藤幸子的追问可以说是入木三分的，即便是在日本这样一个森林覆盖率很高的国家也同样具有警示意义。在《都市中的自然》一文中，加藤幸子通过两帧截然不同的城市局部照片，对比了城市面貌的鲜明变化，从绿地茂盛、蟋蟀鸣唱、树木翁郁、百花盛开到后来的水泥覆盖、绿色阙如、干枯萎缩、高楼林立，一切都是人类为了自身发展而忽视了大自然内在规律所造成的。"每当我站在郁郁葱葱的树林和草地上，我都感到大自然是充满喧嚣与活力的"，各种各样的动植物虽然略显杂乱无章，其实内部十分和谐，这是动态的平衡与和谐。作者虽然也为城市中可供野生植物、小动物生存的空间一天天减少而愤愤不平，但她没有乔迁郊外，她天天为自然祈福，为保护鸟类奔走呼号。加藤幸子坚信，"都市中之所以隐含着自然，是因为生活于其中的人本身就是自然的一种生物，是与草地中的花、鸟、虫、草一样的自然存在，具有生物性的人类一定会与其他动植物达成一致"。加藤幸子的观点，同样适合发展中的中国社会，生态文明建设应始终提醒我们要保持一颗尊重自然、呵护自然、师法自然的绿色之心。

加藤幸子女士的生态写作，唤醒了沉迷于在经济建设中高歌猛进的现代人，给予我们一个重新打量现代文明的崭新视角。保持绿色和谐的生态环境，自觉抵制破坏自然平衡的短视行为是全世界人们的共同守则，因为那句被我们重复万变的朴素真理依然在为我们敲响警钟——"我们只有一个地球"。

10. 心灵物语　大地情怀

——张晨义《钻石人生》

散文是开启心扉的文体，一个人灵魂中最隐秘和最深沉的元素都会在散文写作中流露无遗。成功的散文写作必须凝聚生命的精气神，书写心灵的奏鸣曲，袒露自我的真性情，蕴藉浓郁的书卷气，因此，散文是作者心灵的试金石。我在阅读张晨义先生的散文集《钻石人生》时，深深沉浸在作者用饱蘸自然芬芳的浓墨建构的情感空间中。对美好生命的热烈礼赞，对一草一木的精细描摹，对春花秋月的深沉感喟，对岁月流淌的深情回眸，对理想人生的矢志不渝，对艺术世界的深切体悟，绵密而浑厚地经纬交织在一起，汇聚成蔚为大观的精神河流，缓缓流淌在芳草鲜美、落英缤纷的心灵家园。尤其让我感慨不已的是作者那颗浸泡着自然芬芳的心灵，栖居在汶水之滨的张晨义，拥有敏感而朴素的自然之心，他用眼睛和心灵打量着故乡的山川、河流、树木、花卉、麦野、流云、雾霭，然后驱遣饱含诗意的文字，记录对大地的感恩和谢忱；他把清风流水和鸟唱虫鸣当作音乐，浸润在花开花落行云流水的天籁之妙中，仰观天地之大，俯察品类之盛，追寻恬淡的自然野趣。纯美的文字娓娓道来，勾勒出一幅幅鲜活的大地风情画。品读张晨义先生的散文，令我情不自禁地想起了梭罗的《瓦尔登湖》和《野果》，那种徜徉在无边无际的湖畔丛林中的精神自由与之息息相通；也令我想起苇岸的《大地上的事情》，那种悉心自然造化，感受季令物候的质朴之心随时守望着遥远的地平线和葱郁的葡萄园。

汶河是一条钟灵毓秀的古老河流，肥城是举世闻名的肥桃之乡，那片沃土滋养着灼灼的桃花，孕育着肥硕的嘉果，充满自然气息和花木芬芳。在这里求学、读书、写作的张晨义先生，浸染了这片热土的物华天宝的灵气，字里行间氤氲着道法自然、天人合一的哲学意蕴，对真、善、美的天然渴求和永恒追慕流贯全书的行文中，浩瀚的激情和丰厚的学养源源不断地滋养着读者的心田。

呵护大地　包容万有

在张晨义先生的散文集《钻石人生》中，弥漫着一股来自天地自然的清冽之气。龙山的皎洁秋月，汶河的粼粼波光，果园的秋雨梧桐，玉米的青葱挺拔，屋瓦的细雨流光，麻雀的淳朴无华，燕子的矫捷灵动，木瓜的懵懂清香无不跃然纸上，栩栩如生。这种关注大地上的一草一木的自然情怀仿佛来自庄子《南华经》的启示。

"天地有大美而不言，四时有明法而不议，万物有成理而不说"，漫长的农业文明孕育出中国古典哲学其实是以道法自然和天人合一作为神髓的。张晨义先生领悟了自然万物的美妙，他拥有一颗水晶般玲珑剔透的自然之心，他在一滴雨珠中感到了上帝的恩赐，在一片绿叶中参透了造物的神奇，在一片乱石中看到了自然存在的序列。他的此类散文往往语言精致文雅，深得梁实秋、梁遇春小品文之妙趣，刻画描摹，精细妥帖，尺水兴波，具体而微。《龙山秋月》以观月写起，山林景致，如水月华，秋气凄清，塔影山色，无不纤毫毕现，最妙的是以月喻心，"天清气朗，秋月宛然一颗舒展的心，年轻、强健、激动、辉映乾坤"。此时此刻，天道和人心交相辉映，自然和人文珠联璧合，确如古人所言"有第一等襟抱，第一等学识，斯有第一等真诗"，人心与天心心心相映，在一座不高、不险、不奇的龙山上，张晨义先生却获取了对自然真谛的妙悟，这份得之天然的妙悟非有师法自然的灵感而不可求。在《大汶河秋波》中，张晨义先生写到了河里的沙，"沙是日华捣炼过的，月色磨洗过的，皎洁，沉郁。赤脚上去，粒粒柔情透心"。一粒沙子都牵动着作者的文心，自然世界里的任何东西都不是孤立的，一粒沙子里亦可透视日月之灵光，山水之灵气，足之所触，柔情似水，直透心扉。秋水长天，落霞孤鹜，逝者如斯，亘古永恒。作者倾听蟋蟀吟唱，歆享桑麻之乐，寄情山水田园，感知大地物语，可谓皈依自然，神游天地。自然写作最大的特点是拥有一颗与天地万物息息相通的心灵，如此，则山脉、河川、树木无不灌注了人类的灵魂。"这些山脉的能量不仅流注到我们的物质生命中，也流注到我们的精神生命中。在这湖边的荒野上，既有我的孤独，也有我与自然的互补。个人在荒野中时最负责任的做法，是对荒野怀有一种感激之心。"（霍尔姆斯·罗尔斯顿）敬畏生命，敬畏那些与人类一样历史久远的动植物，这是一个现代公民应有的"大地情怀"。现代社会不停扩张人类的欲望，鼓舞人类无休止地向大自然索取和开发，而自然自有自己的法则和秩序，无端破坏自然秩序必将受到自然的严惩。对往昔岁月的深情回望使得作者的文字如同从老屋的窗棂透进的星光和月华，亲切淳朴，默然无声。作者怀念逝去的岁月，固执地为旧时的岁月吟唱一曲曲挽歌。故园的月华雪落，故园的灯光如豆，故园的青青麦田，故园的硕果飘香，故园的蟋蟀声声，无不浸透了作者对农业文明时代的深情回眸和绵绵思念。"故园，今夜就许我脱去尘世的鞋子，以月光的赤足，踩一踩你沧桑的土地，感受那依然的关怀。"在作者笔下，故乡如同幽怨缠绵的摇篮曲，弥荡着法国浪漫主义作家夏多布里昂的《从摇篮到墓畔》的悠长回音。在《桃花三徘徊》一文中，作者提出了"桃花宜远看，不宜近观"的独特看法，这是依据桃花的花色、枝形的特殊情势而言的，作者观察细致入微，下笔独具匠心，颇能自圆其说。《麻雀》一文中，作者把麻雀称为"鸟类中的农民"，可谓恰如其分。"依然那一身浅褐，一眼就可认出。麻雀，田野的土著，鸟类中的农民，嘴不巧，羽无华，从没人将其娇养，它更不会弄些啼血的传奇。"这遍布城乡的最司空见惯的麻雀，寄予了作者一份怜爱和悲悯。《玉米》一文中更是开篇即令人耳目一新。"秋天的田野上，还有比一株玉米更美丽的吗？没有了。如果真有，那就是另一株玉米。"阅读这样的文字，自然而然进入了鲁迅先生《秋野》的语境，可谓妙语天成，一鸣惊人。

当今中国社会，物欲横流，现代化的乌托邦营造出迷人的虹霓，城市化、城镇化的脚步愈来愈快。汽车、楼房、高档电器、奢侈享乐充斥着人们的视野，乡村文明日益式微，在"现代化"的高速公路上一路高歌猛进的狂妄梦幻正在试图摆脱一切原汁原味的乡村土气。迷失在灯红酒绿里的现代人，心灵空间异常逼仄和狭隘，而真纯质朴的乡野恰恰是回归本真的途径，山光水色和树木花草唤起了现代人久违的梦想。洋溢着绿色的广袤大地，汇聚着原始而浑然的生命力，回眸苍茫大地，就是为了寻找我们心灵中最柔软的诗意，恢复我们丰富的灵魂。

日光流年　追寻永恒

散文集《钻石人生》中，最有思想内涵和哲学意蕴的是长篇书信体诗化散文《像太阳一样——札记2000》。这是怎样的一种文字呢？作者在世纪之交的2000年用每月一封书信，与自己的知心朋友"木木"谈天说地，诗意淋漓的文字从敞亮的心灵中汨汨流淌出来，日常生活的慨叹，文学艺术的领悟，灵魂世界的拷问，情感领域的交流，乃至对音乐、绘画、雕塑、摄影、宗教的独特理解无不异彩纷呈。我最欣赏的是作者对十二个月份的自然景观和月令迁移的细微体察，自然世界的动植物的迁延连接着作者那颗敏感多思的心灵，关于社会、人生、自我、永恒的妙悟可谓珠圆玉润。在"题记"部分，作者独具匠心地写道："这不是一棵树，也不是一片森林。这是一块原野，你会遇到许多不一样的景色……像太阳一样，每篇结尾我都提到太阳，因为我是在太阳的灯下，完成生命的书写。"这段话是打开作者心灵世界的钥匙。"日月光华，旦复旦兮"，永恒的太阳照射着地球以及地球上的芸芸众生，熙熙攘攘的人类一代又一代摩肩接踵，每一代人都忙忙碌碌，在巨大压力下艰辛生活和发展。张晨义先生是一个细心的人，他在每天的生活和阅读中悉心观察思考，最后把这种思考定格为文字，不是抽象的哲学教条，而是刘小枫《诗化哲学》、周国平《守望的距离》一样的语言。哲学的感悟、诗化的语言、散文的开阔三位一体融会贯通，赋予这样的文字以隽永的情感意蕴和丰厚的精神底色。作者生活的小县城是一个美丽、安详、精致的所在，宛如梭罗笔下的康科德一样，生于斯长于斯的张晨义汲取着自然的灵感和人文的韵致，并把这种对生活的感悟物化为语言。春天柳树鹅黄的嫩芽，桃花烂漫的风姿；夏季河畔的潺潺流水，太阳雨的空灵；秋季飞舞的法国梧桐树叶，低吟的蟋蟀；冬季覆盖了山川的皑皑白雪，冬眠的大地万籁俱寂……一切岁月的流转造就的万千物候现象都在张晨义的笔下纤毫毕现妙趣横生。信札的行文中渗透了张晨义与古今中外的文化名人、音乐家、诗人、作家的心灵对话，诸如郁达夫、沈复、雨果、纪伯伦、张晓风、柳永、柴可夫斯基、泰戈尔、张雨生、舒伯特、海伦·凯勒，一颗颗超越时代的心灵在作者的笔下跳动，心灵的沟通与共鸣打破了世俗的喧嚣与虚浮，给予读者智慧的启迪。写信、作诗、品茗、聆曲、郊游、夜读、远足……张晨义一方面抵抗着物质化生存的浅薄，一方面拒绝着精神扁平化的异化，他孜孜以求的是精神的丰盈和艺术化的形而上的生存意义。这种追求超越了蝇营狗苟的尘世得失和沽名钓誉的名缰利锁，是对终极意义的追索和超越性的价值叩问，是对荒凉的历史、广袤的大地、沉重的现实、渺茫的未来的思考和体悟。对世间万物的颖悟，对表达的渴望激活了张晨义对生活的激情与挚爱，这份文学情怀赋予了他灵感的源头活水，所有虚无、寂寞、孤独和晦涩都被镀上了精神的光泽，散发出熠熠的星辉。

张晨义的写作令我最欣喜的是他对狭隘的生活局限的无限超越。这些年，我阅读过不少县市区一级的作家的作品，鲜见突破具体生活阈限的大气磅礴的写作，写来写去，总是无法突破地域的狭隘局限，无法把具体的生活体验升腾为具有普遍意义的文学价值和哲学含蕴。我在阅读刘亮程的《一个人的村庄》的时候就想过，一个人真正读懂了一个村庄的存在也就读懂了大千世界的存在。读了张晨义的《钻石人生》我也感觉一个人真正看透了一个县城，他也就看透了大都市和全国。张晨义的敏感和灵透，来源于自己的阅读和体味，更来源于思考和悟性以及对于超越性精神价值的持守和坚执。若干年前，我初读王开岭先生的《激动的舌头》《暗夜中的锐角》《精神自治》时也曾经对生活于济宁这样一个地级市的作者深感佩服。具体生活环境的狭隘和囿限并没有把一颗多思而灵悟的诗意心灵窒息和毁灭，相反，对阅读和思考的执着还丰富和充沛了一颗善于观察、感悟、思索和升华的文学心灵，使他借用琥珀和钻石一样的文字记录了自己的心路历程和时代的精神印记。

张晨义克服了具体生活的局限和拘囿，用一颗博大的灵魂书写着对永恒的仰慕、对诗意的向往、对友谊的珍存、对交流的渴求。饱经风霜的心灵磨砺，渐趋成熟的文字，使得他的写作流淌出一份沉静和浑厚的清音，阅读他的文字，是对心灵的享受，读者仿佛看到了无数寂寞的晨昏，张晨义看着云起云飞和朝阳暮霭一个人在苍茫的大地上行走的身影，选择了文学，也就选择了一份孤独，尤其在这样一个物欲横流、思想多元的社会转型期。

诗化语言　哲学感悟

文学的第一要素是语言。马克思说，语言是思想的直接实现；海德格尔说，语言是存在的家园。每一位卓然自立的作家必然会锤炼出属于自己的个性化语言，这是他的思想外壳，甚至这就直接呈现出他的思想内涵和哲学底蕴。张晨义的语言，精致、诗化、内敛、蕴藉、沉稳、清新，即有中国古典文化的典雅和文气，又有现代思想的锋芒和深刻。对人生百态和天地万物的形而上思索外化为诗意淋漓的语句，整散结合、逸态横生而又独具个性。

在《像太阳一样——札记2000》中，张晨义独具匠心地用准确精当的语言赋予太阳这个古老而年轻的意象以崭新的内涵，连缀的十二封信札的每一封的末尾，都运用一个词语来点化太阳的深远意义。"健康、慷慨、忠实、可爱、美丽、快乐、明亮、富有、芳香、恒久、圣洁、温暖"，十二个闪闪发光的美丽的词汇，既是张晨义对太阳的深情礼赞，又是他对远方友人"木木"的真挚祝福，既含有张晨义对生生不息的以太阳为代表的"宇宙力量"的深刻洞察，又传达出张晨义感恩自然歌颂永恒的赤子之心。一年中的十二个月份，伴随着岁月流转，太阳也变化无穷日新月异，如何表达出对太阳的感激、歌唱、赞美，张晨义可谓穷尽了想象的力量和象征的意蕴。

《语言的葡萄》随笔断章，更是字字含香烟霞满纸。格言警句时的哲思短语如同白居易笔下的琵琶声一样"大珠小珠落玉盘"，而穿起着散乱的珠玑的恰恰是作者那颗诗意的情怀和良好的悟性以及自由的灵魂。梅纽因形容聆听美妙的音乐时说，"如同一个尚未喷发的倾斜的火山坡，山底是激烈酝酿的炽烈岩浆，山坡上却种植着翠绿的葡萄园"。意即，好的音乐应该是以火热的激情为底蕴，外表却呈现出绿色葱茏的清凉和芬芳。张晨义的文字恰有这般的艺术魅力。"别让诗人进入丛林，他有柴一般燃烧的命运。可是谁能阻止他呢？他本来就是青柯一枝。"这是张晨义对诗人的命运的自我体察，诗人饱含生命汁液的青葱终究会风干为林中的枯枝，被熊熊的地火燃成灰烬。顾城、海子、骆一禾、叶赛宁、余地、海明威、徐迟……这样的名字可以再继续罗列下去，诗人在尘世完成了来自天国派遣的启蒙众生的大任，然后飞蛾扑火一样投入了永恒的怀抱，这与其说是一种选择，不如说是一种宿命，无可回避的宿命。另一句颇为经典的话语为诗人的伟大和永恒做出了最好的阐释："天鹅也有落地的时候，但鸭子永没有上天的机会。"承担了超越世俗命运的诗人，在吃喝拉撒睡的时候也摆脱不了一副沉重的皮囊，他们也拥有凡夫俗子的七情六欲，可是，这不是诗人生命意义的全部，诗人渴望飞升，诗人爱着世界，用满含热泪的目光注视着大道烟尘和芸芸众生，宛如尼采所谓"明亮的太阳光芒照耀着一群群热闹的蚂蚁"。在一个以积蓄金钱和攀升官位作为成功标志的社会大环境中，诗人往往无法成为世俗意义上的功成名就者。有时恰恰相反，诗人可能被世俗的力量打压和牵掣，万劫不复地沦为边缘人物和一败涂地、一蹶不振者。所以，诗人的伟大往往是要等待历史的审评和心灵的裁判。选择文学作为终身志业的张晨义，对此是有着清醒的认识的。"文学有喧哗，但更多的是寂寞……文学不是大棚西瓜，几个月就可以上市。它是一棵木质坚硬的大树，数十年日积月累，才见形貌。它很美，也很苦，常常消磨掉一个人毕生的时光。如果没有长期的加增、勤奋的吸取，就很难成功。文学是功夫活、持久战、尤其要有长远打算，扎扎实实打好功底。有功力，才会深刻；有底气，才成大器。文学青年，需要补的就是根底这一课。"我相信，这既是长期默默耕耘的张晨义的真切感悟和夫子自道，更是他对年轻人的勉励和期许。张晨义文字中氤氲着的那份大气从容的淡定和炉火纯青的沉稳，是与他长期潜心攻读和练笔离不开的。他的不少篇什都散发着唐诗宋词中的古典文化的辉光，用语炼字秉承着郑燮所谓"删繁就简三秋树，领异标新二月花"的古训。

日常生活的经验是不难获取的，难能可贵的是及时捕捉到手并定格为美丽的文字。张晨义的文学书写是对日常经验的诗意提炼和哲学淬火。在《物与思》一文中，张晨义写到了我们日常生活中经常食用的莲藕。"吃了多年的藕，知晓藕有几空？不多不少，十个。有些藕瓜躯体不够丰圆，会有数空挤得很小，但绝不会缺乏。"张晨义对生活的观察可谓细致入微，他独具只眼地观察到了一种植物的生长奥秘，这种奥秘是植物的生存密码和遗传血胤，按照利奥波德的"大地伦理"哲学理论，这是属于自然世界的独特语言，这种语言不为大多数生性鲁莽懵懂的人所洞悉，只为那些擅长与大自然默默晤对的人所灵悟，张晨义就是这样的一个大自然的知心人。他越过司空见惯的表象，获得的是高屋建瓴的结论："藕不但虚心，而且有心，少一个则愚蠢，多一个则狡猾。"正可谓天造地设妙不可言。张晨义的很多话语有着尼采和蒙田一样的智慧与灵气，散发着心灵芬芳和温蔼智性的隽语。比如"一段朽木，躺在鲜花丛中。生命之旅，生与死，悲与欢，黯淡与灿烂，总是这样边走边谈"。寥寥数语，参透了时间的流逝和存在的奥义，我从中读出了《红楼梦》序言中的"好了歌"中的精义，是啊，生生死死，方死方生，新旧更迭，新陈代谢，辞旧迎新，新旧杂陈，"乱哄哄你方唱罢我登场"，世界就是这样裹挟着新与旧、青春与腐朽、鲜花与尘埃、清新与浑浊、希望与绝望一起往前推演和展开。

张晨义的写作中伴随着对广袤大地的深沉感悟与深情礼赞，他用与生俱来的大地情怀吟唱着一曲生命和宇宙的赞歌。他的写作，接通了生命最隐秘的血脉和地气，具有一种自觉的旷野气魄和存在精魂。在《大地是一部书》一文中，作者开宗明义地写道："大地是一部厚重的书"。大地具有凹凸不平的封面，山脉、河流、旷野、草木、禽兽、人烟，林林总总的图案让你读不懂其深刻的内涵。大地深刻的蕴涵使我们目迷五色，不得要领。纵横八荒，上下亿年，生死枯荣，深不可测。对大地的敬畏，对生命的呵护，对自然的尊崇，是现代文明知识框架下的应有哲学态度。无论是史怀泽的《敬畏生命》还是梭罗的《瓦尔登湖》，无论是利奥波德的《沙乡年鉴》还是蕾切尔·卡逊的《寂静的春天》，无论是爱默生的《自然》还是苇岸的《大地上的事情》，无不把大自然作为写作的终极关怀的对象。"大地伦理"是一种超越了狭隘的人类中心主义的更高意义的人文关怀，是对现代文明和科技理性主导下的现存人类文明体系的质疑、追问、超越与反思。在张晨义的笔下，故乡的芦苇、枸杞、蒲公英、苹果树、桃花、秋雨、春草、寒冰、蚂蚁、野兔、青葵、荆柯、梧桐、水牛、皂荚无不闪耀着自然的诗意淋漓的光泽。张晨义是大地的观察家、歌唱者和书记员，他孜孜不倦于书写大地的编年史和博物志，用心灵和爱意，用眼睛和手指，用双脚和皮肤，感触大地的秘密语系和存在的精神意志。

张晨义先生的写作是饱含深情的大地鸟瞰，他用一颗包容万有的悲悯之心接纳和承载着大地上的悲欢离合和生死荣枯，接通了诗意丰盈的大地血脉。他用太阳照射大地一样的思想光华点燃生命的激情，驱遣诗情画意般的文字和语词，为芸芸众生和万事万物书写存在的图谱，描摹细致入微的风景。他把诗意化的生存作为最高精神意志，在精神的花园中采撷哲学的硕果，升华为自己对世界思考的结晶。

11. 乡村物语　大地牧歌
——读葛筱强《最后一个乡村歌手》

　　科学技术的日新月异和城市化、城镇化进程的高歌猛进是中国近几十年最明显的变化，与之相对应的是乡村生活、农业文明和乡土世界的边缘化。相对于数千年来以农业生产为主导的中华大地，这种变局是富有转折意义的。文学作为时代精神的晴雨表，必然会关注这一富有现实意义的变局。对传统乡村生活的深情回眸，对城市化、城镇化进程的反思，对田园牧歌式的生活方式的留恋，对人与自然关系的关注，对生态环境恶化的焦虑，时时凝聚在作家的笔端，使我们的当代文坛呈现出一种回望乡土、呵护自然的绿色景观。张炜的《九月寓言》和《刺猬歌》、苇岸的《大地上的事情》、贾平凹的《怀念狼》、韩少功的《山南水北》都是表达对现代化进程中城市与乡村、自然与人文、革新与保守进行深刻思考的杰作。2013年秋季，吉林诗人葛筱强推出了他的诗歌自选集《最后一个乡村歌手》，又为这一领域增添了诗意的表达，如同诗集的名字，这的确是葛筱强饱含深情吟唱的乡村生活赞歌，对季节时令的敏锐感触，对大地物候的真实记录，对乡村情怀的朴素抒发，流淌在字里行间，氤氲着诗人留恋乡土、心系大地的执着情愫。

　　现代化的都市中，空调改变了四季的寒热规律，灯箱广告和霓虹灯模糊了昼夜的界限，水泥地面覆盖了生机勃勃的泥土和绿草，而葛筱强的笔下呈现出来的是迥异于城市文明的乡村景观，弥漫在诗行间的全是原生态的乡村物象。只要看一看诗歌的题目，就可以领略葛筱强的乡村情怀。旷野、春天、迎春花、大雁、下雪的日子、锄地者、夏天的歌谣、日暮、黎明的小奏鸣曲、午后之诗、百合花、白杨、秋天的果园、杏花雨……满纸的乡村生活意象简直就是田园生活的博物志和乡村大地的记录簿。这一点，葛筱强毫不讳言作家苇岸对他的影响。"当代散文作家苇岸简约、清晰的文字，朴素无华的文风，以及他敦厚宽容的为人风范，径直走入我的心灵。"在葛筱强的诗歌中，闪烁着苇岸散文的光辉。在《秋天》一诗中，葛筱强写道："秋天来了/果子的全身布满了音乐/我的果园急促/秋天的颜色布满天空。"对秋日的细腻品味和谛听，通感的巧妙运用，一个硕果飘香、充满丰收的喜悦的季节跃然纸上，仿佛给予读者聆听《秋天的私语》一样的美感。同时，让我们想起了著名散文家周晓枫对果园的深情描摹："最小的水系在果实里流动，我把这个光亮的苹果举起来，就听到了声音，非常小的声音，类似于安静。在表皮之下，清甜的浆汁不断冲刷着果肉，每个细胞都慢慢膨胀，日益充盈，这就是成长……果园寂静的午后，黄澄澄的阳光照着大地和果木。万物在温暖的睡意中被镀上了铂金。累累的果实使得枝条呈现微弯的弧度，它们正被自身的重量所压迫，降低了应有的高度。"如此温柔细腻的感悟自然，只有独具审美慧眼的诗人方可抵达诗意的佳境。葛筱强在《迎春花》一诗中写道："你迎风打开炫目的鹅黄和浅粉/多像我梦中的老家啊/让我的双眸含泪，心湖在掀波澜"。迎春花，这早春的使者以醒目的芬芳和色泽，叩响了肃杀的严冬之后的诗人敏感的心扉，故乡的思念便找到了信物，娇嫩的迎春花让作者满眼含泪，思潮翻滚，梦寐中的老家的房前屋后，迎春花也一定开始了最初的含苞欲放。葛筱强曾经有过一段一边教书育人一边躬耕垄亩的生活实践，他在自己的田园里种植土豆和玉米，也把对土地和劳动的挚爱书写在故乡的田野里，这不是故作惊人的行为艺术，而是为了生存而不得不为之的庄严的劳动。因此，葛筱强对田间劳作颇有自己的感受，在《锄地者》一诗中他写道："双手抚摸大地/抬头遥望蓝天/锄地者的生命仿佛一条船/日落月升万物由明而暗/他身披星光把晚炊点燃"。朴素的劳动者把包含了自己的苍茫的大地和绿色的庄稼，也融入了历史的长河。记得苇岸曾说过："看着旷野，我有一种庄稼满地的幻觉。天空已经变蓝，踩在松动的土地上，我感到肢体在伸张，血液在涌动。我想大声喊叫或疾速奔跑，想拿起锄头拼命劳动一场。我常常产生这个愿望：一周中，在土地上至少劳动一天。"我相信，深爱苇岸散文的葛筱强在结束了一个上午锄地之后，翻动苇岸的书页时读到这句话一定觉得自己已经践行了苇岸的理念。美国超验主义作家、自然写作的发轫者爱默生对此也有中肯之论，他认为每一个人都应当与这世界上的劳作保持基本关系。劳动是上帝的教育，它使我们自己与泥土和大自然发生基本的联系。我看到过葛筱强故乡的照片，用他的话说，那是东北农村的一个缩影。贫穷、平静、幻想构成它以农事为主的全部面貌。故乡的草原、河流、白云和小鸟让葛筱强的童年充满欢乐和纯洁。在《故乡》一诗中，葛筱强写道："痛苦如母羊/在草原的边缘上，痛苦如母羊/我在你的眉间喝了一碗酒/坐下。/此生漫漫/对着传说和深埋的贝壳/对着刚刚生下的红马/我写下你。/如同写下天空的小雨/写下宿命/写下我们的痛苦如母羊/在你的眉间，在草原边缘的小镇上。"葛筱强面对故乡是平静的，平静中凝聚着滚热的挚爱，阅读葛筱强对故乡的浓郁书写，我仿佛重读了穆旦的《赞美》、艾青的《大堰河，我的保姆》《我爱这土地》和臧克家的《难民》《烙印》。葛筱强在对生存的艰辛、土地的厚重、岁月的凝重的书写中，紧紧拥抱了故乡，写下了汉简一样有力的文字。

葛筱强的诗歌创作深受海子的影响，此外，泰戈尔、惠特曼、骆一禾、刘小枫、丹纳、叔本华、尼采的著作也构筑了葛筱强的精神空间。葛筱强是一个有着浓郁故乡情结的诗人。他对大地的深情礼赞，对乡村生活的纤细感知，对四季物候的敏锐把握，是现代乡愁的童话和寓言。他的诗歌，蕴积深情，并且贯彻着一种精神归乡感。这也正是葛筱强的诗歌中最为可贵的品质之一。他的感受是来自大自然的精神家园的，他的遣词造句也有自己的精神底气，他在日益浮躁和喧嚣的人世，始终牢牢把握着自己的精神方向和审美趣味。诗人葛筱强笔下的自然景观一直深深埋藏着一段深情款款的童年记忆，这也是葛筱强始终对故乡、村庄、农事保持永恒眷注的原因，故乡的土地上的民风、植物和动物标示的是诗人永恒的写作指南。正是自然、乡村和童年这三种事物形成了他专注不移的精神家园。葛筱强是一位逼近乡村生活细节的诗人，细节放大了诗人对大地物事的感悟，同时也让我们在阅读中逼近葛筱强的诗意世界。葛筱强的诗歌见证了一个诗人回归大地伦理、直面人与自然关系的出色能力，也为今天的诗人走出书斋走向旷野提供了重要的精神证据。人与自然的问题是一种世界观，也是描述人类存在状况的基本尺度。在科学技术无往不胜的神话时代，人与自然、自然和人文之间的关系，正在成为检验现代人精神维度的试金石。葛筱强的一系列诗作本着对人类植根自然的本因表达了他在大地面前的诚实、郁悒和忧伤。他坚持书写一种乡村生活的经验和记忆，他的诗歌流淌着农业文明的诗意，他的情怀是广阔和谦卑的。他通过语言来抚慰这个变化多端的现代世界，他的字里行间散发着对精神生态和自然生态的深切关怀。

12. 自然妙趣　人间情怀
——读许艳文《子夜独语》

随笔是自由洒脱的性灵文字，宛如闲庭信步，恰似风行水上，自然成文，行于当行，止于不得不止。举凡感悟自然风物、书写日常生活、喟叹世风人情、体验友谊情感、追忆沧桑历史皆可信笔写来，文字游弋于开启的心扉之中，性情自然流淌于笔端。评论家谢有顺说："散文渴望自由，它的无法归类，正好为人类一切无法归类的情感和心灵碎片提供了含混的表达方式——散文，许多的时候，其实就是散漫的文字。"近读许艳文教授的随笔集《子夜独语》，深深沉浸在她用细腻的笔触对普通生活的真情描摹中，娓娓道来的话语间浸透了她对世事如风的感叹，对人间大道的体悟，对自然四季良辰美景的深情透视，对山水胜迹的追怀流连，对友情亲情的分外珍惜，对人生心路历程的精细巡检。作为一名学者型女作家，许艳文用开阔的视野、唯美的文笔、细腻的笔法写出了女性真实的感知、困惑、求索和幸福。她把写作当作对生活的反思、追问、赞美，并从写作中获取信心和力量。

邀约风雨　晤对自然

在一个现代化进程日益加剧的都市生活环境里，信息潮涌，污染加剧，生态失衡，人与自然关系的恶化变本加厉。文学作品中对美好自然环境的描写寄托了作家对天地万物、自然风雨、春花秋月、四季变迁的深刻感悟和对天道自然的敬畏与尊重。当我们漫步于车水马龙、熙来攘往的繁华街市，当我们跻身于物欲横流、琳琅满目的超市里，当我们被层层事务性工作流程包裹的严丝合缝的时候，大自然却以亘古的美丽展现给我们一个充满清新、素朴、宁静的原生态的精神皈依的家园，诚如诗人海子所谓"面朝大海春暖花开"。

在许艳文《子夜独语》一书中，我欣喜地读到了许多描摹四季自然美好风物的文字，这些文字的风格宛若自然本身一样丰富多彩变幻莫测，滋养了久居都市的现代人的干渴心灵。在《春天，邀约风雨》一文中，许艳文用清丽的文笔描写了春雨淅沥、沁人心脾的意境："斜风细雨是一道风景。你头顶蓝天，脚踩大地，踽踽独行在静寂的小径上，空中悠悠然然地飘洒着牛毛细雨，慢慢儿地，浸湿了你的肌肤，浸透了你的心脾，你即刻感到一阵全身心的愉悦。"此番情景令读者自然而然地联想起"青箬笠，绿蓑衣，斜风细雨不须归"的清词丽句，联想起朱自清散文《春》中对牛毛细雨的经典描写。女性挚爱鲜花，女性的美丽与鲜花是交相辉映的，欣赏美丽的花朵，倾听天籁般的花开的声音，许艳文沉浸在自然的怀抱，陶醉在茶花树沁人心脾的馨香氛围中。在《花开的声音》一文中许艳文写道："我从来是个爱花的女子，当然，爱花是女性所共同的特点吧？花开的季节，总是能够给我们很多欣慰和遐想；花朵的绽放，总是能够在你心的锦帛上织就一份赏心悦目的美丽。我怀着孩子般的童心在那些茶花树前留恋着，雨，渐渐的越下越大了，雨点打得树叶发出沙沙的声音，偶然落到花朵上，惊得那柔弱的花瓣微微地颤动起来，我的心不觉为之揪动着，似乎这雨点就滴在我的心上，慢慢地在我的心里淤积起来，然后逐渐荡开了一池的心事。"作家那颗玲珑剔透的未泯童心浸润着晶莹的雨珠，透射出对天地精灵的由衷礼赞。季节的变换，自然景物的变化纷呈历来是生性敏感的作家的关注对象，著名散文家苇岸就曾以一年中二十四节气的物候变化和自然景观为书写对象，表达对先民的智慧的叹服。许艳文在《四月，交给记忆》一文中写道："时令已是暮春季节了，满眼的乱花飞絮、落红晕柳，天气阴晴不定，反复无常，时而细雨纷纷，时而阳光灿烂；抑或刚刚春光荡漾，瞬间又是细雨蒙蒙。淡淡的风，疏疏的雨。在这样的风中雨中，我似乎觉察到了窗前那片惹眼的绿色对我的诱惑和吸引，它们之与我，犹如燠热中的清风、黑夜中的朗月、昏睡中的好梦，一刹那间让我残花落叶般的愁绪烟消云散。"这样的文字，让我想起了李清照的《如梦令》，绿肥红瘦，暮雨潇潇，绿色欲滴，一帘幽梦。都市中的拔地而起的高楼占据了市民的视野，水泥森林鳞次栉比，绿色植物显得那样清新可人。绿色是自然和生命的颜色，给予都市人最可人的心灵慰藉。在《窗前的那一抹新绿》一文中，许艳文为读者展示了窗前乔木的肃穆青绿："层层叠叠、鳞次栉比的楼房被昨日的雨轻轻地洗涮过，显得肃静而安详；最惹眼的是窗前的一排高大的乔木，坚挺地耸立着伸展开鸟翅膀似的枝叶，新涂抹的绿色浓郁欲滴，一群鸟儿唱着欢乐的歌儿一路飞来，几欲啄食雨后的第一缕阳光。"秋天是收获季节，秋天让人在硕果累累的繁荣之后反思和策划，秋天是哲学家的乐园，每当秋风拂面时，思索就会悄然而至。许艳文在《秋风乍起》一文中写道："秋天是热闹的，秋天也是寂寞的；热闹的是时时可有收获，寂寞的是你必须要悉心策划人生。秋风乍起，秋意渐深，我们身处红尘，不可能无忧无虑，烦恼已经成为人生的一个母题。我们该如何去面对呢？到底风动旗动还是心动？还是那句话，风景有异，心境各一。人生真境，新体本然。"红尘中的每一个人，都怀着各有千秋的心境，在美好的季节里思潮翻滚。许艳文的一些散文空灵清新，想象奇特，在《如果我是一只大雁》一文中她写道："大雁啊，展开你白色的翅膀，抖擞起饱满的精神，像一个童话里的仙子一样，翩然起舞。我望见在无垠而辽阔的天空里，有一阵排成一字形的雁群，接着又有一阵排成人字形的雁群，飞过来了，从远方飞过来了。那样从容，那样优雅，那样镇定，那样潇洒。"许艳文借助大自然中的候鸟大雁的南迁，表达了对自然的敏感，大雁自由自在地翱翔天宇，也是她对潇洒优雅的理想人生的期许。树木是大地的诗意生长，也是人类最亲密的伙伴。或许从人类处于饮血茹毛的时代就对树木心怀感恩，对树木充满美好的情愫。许艳文在《听树》一文中写道："每天我都要从这几棵树下走过，因而我觉得它们怎么就和我有种说不出的亲密感呢？刚来时我对它们是有点不屑一顾的，而现在我不由得开始关注起它们来了。尤其是在这样的冬季，寒风阵阵，冷雨潇潇，我看到很多的树都没留下一片叶子，光光的枝干在微微地瑟缩着。"作家敏感的心灵一定是与自然界的花草树木融会贯通之后才写出如此天人合一的文字。雪是雨的精魂，是大自然中极富诗情画意的意象，每当雪花飞舞时，许艳文都会文思泉涌，浮想联翩，她在《雪来无声，雪去无痕》一文中写道："爱雪者，还有几人如我这般痴心？记得在一个大雪纷飞的清晨，我睁眼一看，满世界的银装素裹，分外妖娆，真的是忽如一夜春风来，千树万树梨花开了！我用双手掬起几片雪花，在空旷的雪地上高声地喊道：雪，我们曾经多少次在梦里相聚啊！这种浪漫情怀和淘气的举动一点都不逊于稚气的孩子。你也许会认为我确乎是一个不谙世事的孩子，我也乐意你这样去说，为什么就不可以做一个单纯的孩子呢？"置身空旷的雪野，许艳文体察到了童心未泯的乐趣，她用孩子般的单纯与美丽的雪花一起飞翔在理想的世界里，忘却了尘世的喧嚣和烦乱。自古以来，月亮就是文人墨客钟情的意象，唐诗宋词中无数的篇章中月亮都充满一片清辉，照射着诗人思乡怀人的文心。许艳文在《月悄然，人悄然》一文中写道："月亮渐渐清澈起来，青石板泛起了淡淡的蓝光，在月的清辉里安然走到路口，看到不远处灯光明灭，笛声在风中颤动。难道我是一个寻梦人吗？我的梦会落在哪里？若说黄昏时这里是一幅写意的画，那么月下的这里就是一个空蒙的梦了，一个扑朔迷离、不可捉摸的梦。今夜，月朦胧，鸟朦胧；月悄然，人悄然。"只有真正深刻体会了孤独的诗人，才能深味月静人寂背后的凄清与寂寞，这样的文字充满性灵，有着月光如水的清凉感。

对天地自然的深情书写，使得许艳文的散文呈现出一份浓郁的自然情怀和清新的自然气息，这是一个钟情于大自然的敏感女性依靠悟性和深情获得的文学灵感。

人在旅途　游目骋怀

　　文人学者一方面深居于书斋之中阅读和感悟，一方面忘情于山光水色之中，在风景名胜中流连忘返，体会天地之妙和自然之趣。许多名胜古迹都留下了作家许艳文跋涉的身影。如同余秋雨的《文化苦旅》一样，许艳文感悟古人文化痕迹的篇章既有对自然的深入体察，又有对文明的感悟，对历史的记忆，对文化的追溯。"仰观宇宙之大，俯察品类之盛。"旅途漂泊的劳顿，换来的是心灵的丰盈。

　　西湖是中华文化中的一个重要符号，许艳文雨中游览西湖，留下了深刻的记忆。她在《西湖一遇》一文中写道："太阳又出来了，我们的心情也开朗起来。然而始料未及的是，就在这时候，天骤然暗下来，铜钱大的雨点一大把一大把地摔下来，湖面上鱼鳞点点，紧接着就是倾盆大雨，刚刚还很温柔的风在大雨中也开始肆虐，小船正好划到湖中心，船身在风中左右摇摆晃动。"雨中的西湖，别具风味，充满写意画一样的诗意。桂林山水甲天下，许艳文的笔墨濡染了山光水色的灵气，深情款款。她在《桂林记游》一文中写道："阳朔的水为漓江中的一段，景点特点大体相同而我感觉遇龙河的山水是我所见景色中最美的！这里的水清澈透亮、缠绵柔和，犹如一位含情脉脉的女子；这里的山轮廓分明、峰如笋菇，仿若一个个尽显爱意的男子。船在缓缓前行，山在慢慢后退；水波涟漪层层，山于水中倒挂。山的影子悠悠的荡漾在粼粼碧波之上，是那样的和谐那样的亲密，我惊诧阳朔的山和水竟然刚柔相济地融合得如此完美！"水的含情脉脉和山的刚健雄伟相得益彰，刚柔相济的感悟水到渠成。中国文化的精髓在许艳文对山光水色的体悟中呼之欲出淋漓尽致。古代的文人徐霞客以登山临水和游山玩水的雅兴几乎游览了中国的名山胜水，黄山的天都峰和光明顶都曾经被徐霞客浓墨重彩地描写过，许艳文的黄山游记融自然的风光和登山的感悟于一体。她在《黄山雨，黄山雾》一文中写道："穿行在雾和阳光之中，我们在耗尽了所有的力气之后，终于到达了黄山之巅光明顶，在那一片硕大的青色秃石上，已经或站或坐了许多人，阳光正炽烈的照耀着，每个人的脸上都洋溢着满足的笑意，大家一个接一个地靠在写有光明顶三个红色大字的石柱边拍照。"只有沿着坎坷磨难不断攀登，才会体验会当凌绝顶，一览众山小的成就感，这是人生的哲理。雨果说过，大海是宽广无际的，充满神奇的魅力，面对大海，我们体验到的是自然的雄奇和阔达。许艳文在《海南看海》一文中写道："海风温柔地吹拂着，海潮也极有韵致极有节奏地一层层翻卷上岸。此时已经接近黄昏，太阳已经差不多要沉进海里了，天边泛出了一弯浅月。我突然心头一亮，女人也许更接近夜色的海，潮水退了，海岸静了，月色温柔，风儿温馨，这样的时候很容易生出许多梦想，继而又心头一热，油然升起一股莫可名状的勇气，而且不可抑止地激动起来，我知道自己今天已经完全融入到大海里面去了。"大海月光下的静谧和温情，被许艳文准确地捕捉到了，月光温柔脉脉，风儿温馨清雅，这样的时候梦想油然而生，自我完全融入到大海里面去了。许艳文在《苍山松韵》一文中写道："山涧，流水潺潺；小路，绿苔绵绵。林荫路曲，流莺比邻。这静僻幽雅的山林是我的家，自小我就在这里出生长大。见惯了白云、青山、流水，听惯了蛙唱、鸟啼、蝉鸣。我常常喜欢站在山脚举目遥望蓝天，那湛蓝湛蓝的天空，应该是我心灵的一方家园，我的心驻守在那里，年复一年，月复一月，日复一日。"这样的文字显示了她对幽静生活的深情向往，山林的清幽，蝉鸣的空灵，白云流水的自然而然，抚平了都市生活的燥气，滋养了她皈依自然的慧心和灵感。无独有偶，她在《后山》一文中说："后山是静谧的，也是寂寞的，虽然有些昏暗，却蕴涵着某种神秘的诗意。我一个人幽灵般地落在雨后的砂石路上，仿佛有无数双眼睛在窥视着我的内心，甚至我听到一种低沉的声音在问我：你还继续往前走嘛？也许还有一条走进去的路，也许已经无法前行了。我对这寂寂空山，回味这落地的声音，站在原地突然想起了但丁《地狱》的第一章。难道说我已经走出那片黑色的森林了吗？"一个人只有心灵是静谧和恬淡的，才会与寂静的空山灵雨融为一体。

自然山水和旅途见闻，给予许艳文的文字一份走出书斋置身旷野的大气，这种大气是对传统"小女人散文"的突围和超越，这份人在旅途的感悟，濡染了自然界的清新空气，在当代女性散文中可谓一枝独秀。

情真意切　不绝如缕

亲情是人类伦理学家园中最动人心魄的乐章，对父母的感恩，对家庭生活的守望，对天伦之乐的品味，历来是散文作品的重要主题。人到中年的许艳文历尽了许多人生磨难，更深地体会到亲情的力量，她的笔下，亲情总是甘之如饴，给予人类心灵以呵护和软化，用丝丝缕缕的温情构筑起抗拒人生风雨的大厦。

对父母的爱，不仅表现在物质上关心父母，还在于心灵上息息相通。许艳文在《中秋，遥望父亲》一文中写道："现在我的那位阿姨已经陪父亲度过了七个年头，我们之间的关系也处理得十分融洽，逢年过节凡是要给父亲送上的礼物，我们总忘不了同样给她也送上一份。每次回家她都将我们一家照顾得好好的，时间一长我们之间的感情也越来越浓了。我为我的父亲能够在肖姨的关怀和温暖中安度晚年而深感欣慰。中秋佳节就要来临，祝福！"母亲去世之后，孤独的父亲因为有了肖姨的无微不至的精心照料而获得了晚年的幸福，作者感到了心平气和的理解，这份理解是难能可贵的。母亲英年早逝之后，作为女儿的许艳文深情怀念长眠于地下的母亲，在清明节献上浓浓的思念与深挚的追忆。阴阳相隔，生死茫茫，思之催人泪下。她在《清明，遥念母亲……》一文中写道："清明节前后的好些天里，我浮想联翩，彻夜难眠，春天的季风轻轻的吹着，当空的艳阳暖暖的照着，母亲啊，在这样的大好时光里，您却与我天上人间阴阳两隔！那就让我在幻梦中先为您梳梳头发洗洗脸，再为您端上一杯您最喜欢的绿茶吧！"这样的文字，是最能唤起对母亲的美好情愫的，因为倾注了最浓郁的思念。思念是一杯茶，苦涩而清醇；思念是一首歌，美好而感人。同胞姊妹，手足之情，许艳文对妹妹的思念同样感人肺腑。在《想念晴晴》一文中："穿过梦幻般的层层月色，我希冀在哪里能见到你的身影，我在寻觅，我在想象，尽管这只能是一种痴想，但我还是十分愿意地就这样痴上一回，因为让我纳闷不解的是：这位晴晴究竟是怎样的一个可人儿呢？芙蓉如面？梨花带雨？温婉娇柔？善解人意？此时此刻，你肯定不会想到，我竟然想搜肠刮肚地翻出我脑子里所有储存的最美好的词来形容你了！"病中的妹妹啊，我们多想为你递上一杯茶，送上一首歌，但我们毕竟天涯一方，千山万水，只能借春风送去我们的一声问候，托明月捎上我们的一份温馨，期盼你摆脱病魔早早康复，等待着你轻轻快快地来到我们的身边。

亲情的书写，是许艳文散文中感人至深的一部分，这样的篇章流淌出的真情与深意，流露出对亲朋好友和家人长辈的深情祝愿和不绝如缕的思念，只有一位深切感悟了亲情的伟大力量的作家才能写出如此隽永的文字，才能唤起读者的心灵共鸣。

感悟人生　智者风范

许艳文的散文不仅仅停留于对自然风光和人情世事的叙述，还有对人情冷暖的深入洞察，对世事如烟的深沉感喟，对哲理的深刻思考和独特领悟。传统女性是中国文化中赞美的对象，许艳文也对此表示首肯。她在《哦，淑女》一文中写道："淑女好比罐装老酒，醇厚清香却不新鲜；淑女好比线装古书，典雅耐看却过陈旧。如今虽然没有绝对的淑女标准了，但好女孩子还是大受欢迎的。当然坏女孩也自有男人喜欢，就像坏男人也有女人喜欢一样，萝卜白菜，各有所取。"倘若知书达理、又有才情的女孩子在言行举止方面能把握好一定的度，一定能够把自己的魅力表现得更加润物无声。自我与外在的关系，是每一个现代人必须面对的，我们如何把自我准确放置在社会和人生的舞台上，许艳文对此也深入思考过。她在《"失语症"的意味》一文中写道："在周国平先生的文字中流连了好大一阵功夫之后，怎么感觉眼前明亮了起来？抬眼看看天，原来已经放晴了，冬日的阳光好是温煦，那片枯败了枝叶的树林也顿时精神了起来，难道仅仅是我精神上的一种过于自己的感觉吗？不，太阳是真的出来了，而且真是那样的炽烈。"从书本中走出来，精神一下子明亮了起来，精神的丰富来源于博大的人间情怀和深刻感悟。个人心情与自然美景交相辉映，许艳文擅于在自然面前袒露自我的心理世界，她在《心情气候》一文中写道："傍晚的天边最为美丽，那么红霞灿烂得耀眼。预感在这样炫目的美好景色中即将要有一场风雨。果然，下午天色渐渐晦暗起来，慢慢地开始起风，到傍晚时就开始飘雨了，温度骤然下降，又没带伞，在风雨中疾跑感到一阵寒冷。"她还在《人在红尘》一文中写道，人的一生肯定会经历很多，有灿如云霞艳若桃李的美丽风景，也有风大雨急天低云淡的晦暗境遇，两种情况我们都有可能遭遇，倘是前者自然鼓舞人心，倘是后者精神上或多或少要承受一定的打击了。缘来时笑若春风，灿若桃花，明若新月，甜若蜜枣；缘去时轻若烟云，暗弱晕月，涩若青果，苦若黄连。可人生之路的变数太多，谁又能说自己是否完全可以把握住自己呢？风景的美丽与否因心而异，让人生更积极一些，变被动的接受为主动的追求，那样一切将会不同，路总得走下去，不管前面迎接我们的是什么，生命总有潮起潮落，最重要的应该还是心态吧？许艳文在《孩子心态》一文中写道："做人应该是要有些大智慧的，有的人一生总处在顺境中，要风得风，要雨得雨，而有些人，当属于有大智慧的人，却难免也要经受很多挫折才可以达到理想的彼岸。"老人心态也好，孩子的心态也罢，对于成功都无大碍。成功的艺术在于，当机会出现时，就牢牢的抓住机遇，争取发展；当机会停滞时，你不妨轻松一点，及时充实自己，以利再战。每一位现代人，都要具有这样的博大胸怀，才能宠辱不惊，淡定自然。

许艳文的散文语言有一种恬淡的柔和之美，但也不乏激情、智慧和深度。她的悲天悯人的深情书写，表达了对人类文明和山光水色的挚爱，也是对天地万物、人间大道的持守和确证。她的表达温情脉脉、清雅从容、淡定自然、朴实谦逊，在聆听天籁的幽静中感悟自然哲理，在喧嚣的现代社会面前，保持一份清醒和冷静。许艳文的写作，内敛、细腻而厚重。她的散文，是时代精神和个人心路历程的双重镜鉴，对于重建散文的写作伦理、追问心灵和现实的互动关系也深具启发意义。许艳文笔下的生活和理想，洋溢出一种令人心驰神往的真纯和忧郁，而那些真实的细节，彰显出人文精神的温情，巧妙地嵌合在个人的生命历程中，发散出温馨的光辉。许艳文对生活经验的归纳和结晶，对万事万物的深刻洞察，对亲情友情的呵护和守望，表现了一位人文学者的博大的人间情怀。

13. 唤醒记忆　修复心灵

——读王开岭《古典之殇——纪念原配的世界和流逝的美》

当今世界沿着经济高速发展的轨道一路高歌猛进，这种"千年未有之大变局"对自然生态、社会生态和精神生态都影响巨大。站在二十一世纪回望人类的童年，追溯古典社会的流风余韵，保卫记忆深处的风景，守望未被污染和异化的精神家园，唤醒沉睡在记忆深处的纯真和感动，修复日益迟钝和迷失的感官和心灵，这是具有自然情怀和人文精神的作家自觉追求的精神目标。读著名散文家王开岭先生的散文集《古典之殇——纪念原配的世界和流逝的美》，我感受到了他那颗晶莹剔透的唯美之心，王开岭用诗意的语言、峻急的呼喊、深切的追忆、敏感的心灵为现代人尤其是都市人勾勒了一幅素朴与感伤的人类童年生活的水墨画。对原配世界的追忆和对异化世界的诘问是一枚硬币的两面，那些元气淋漓的诗意描摹氤氲着古典之美，对流逝的美好世界的挽留之心和感伤情怀弥漫在字里行间，对自然纯美的风物和古道热肠的古典情怀的书写渗透了对现实世界的忧虑和反思。

渐行渐远的原配世界

原配世界，在王开岭心目中就是维持人类基本生活的那些山川、河流、旷野、泥土、阳光、空气、植物、动物、星月等等几乎是与人类一起存在于宇宙间的天地万物。这些东西不是人类利用科学技术合成、组装和创造的，是天造地设的，是自然而然的，更是先于人类而存在的，这些东西孕育了人，为人类提供了衣食住行的基本保障，是人类生存、发展、繁衍的基本依赖，也是人类须臾不可离开的基本生活舞台。一位哲学家说过："人类可以发明飞机，但发明不了天空；人类可以发明轮船，但发明不了海洋；人类可以发明火车，但发明不了陆地。"这发明不了的天空、海洋、陆地，其实就是原配世界的一部分。吊诡的是，随着科技理性的泛滥和人类改造、利用原配世界的能力愈来愈强，人类对原配世界的破坏、蹂躏、蔑视也愈来愈甚。人类社会经济发展的高速度，很大程度上是以对资源、能源、矿产、空气、水源的过度榨取、破坏、污染为代价的，等于是透支了未来的发展空间，断绝了子孙后代的发展可能性，是典型的"不可持续发展"。迷失于灯红酒绿、高楼大厦、车水马龙、金钱权力中的现代都市人，其实是与原配世界越来越隔膜的。尽管人类发明创造的这种所谓的"现代生活"从时间长度上讲占人类整个发展史的比例非常非常小，是一秒钟与一个星期的比例，但是足以让人类忘记了原配世界的模样，生活的原生态仿佛离我们遥不可及了。

王开岭的散文为我们寻回了原配的生活世界的美丽，这些美丽的原配物件和原配时空因为现实世界的声、光、电、热被遮蔽和掩埋了，但在王开岭的笔下却得以"昔日重现"。秋夜中轻盈飘忽的萤火虫，潺潺流淌清澈见底的河流，静谧安详万籁俱寂的黑夜，每年春季按时莅临屋檐下的燕子，炊烟袅袅耕牛暮归的恬然故乡，莽莽蓁蓁虎啸猿啼的荒野，渺无人烟懵懵懂懂的沼泽……这些曾经与我们的原生态生活亲密无间的原配世界而今逐渐淡出我们的视野，或者因为我们追名逐利而日渐加快生活脚步而对此视而不见，或者因为久居都市逼仄狭隘远离泥土的单元房隔绝"地气"而丧失了精神气场。在《谁偷走了夜里的"黑"》一文中王开岭写道："不夜城绝对是个贬义词。等于把夜的独立性给废黜了，把星空给挤兑和欺负了。它侵略了夜，丑化了夜，羞辱了夜，仿佛闯到人家床前掀被子。将白昼肆意加长，将黑夜胡乱点燃，是一场美学暴乱，一场自然事故。无阴润，则阳萎；无夜育，则昼疲。黑白失调，糟蹋了两样好东西。往实了说，这既伤耗能源，又损害生理。"本来昼夜分明的原配世界，正在被夸张的照明设备渐渐模糊了界限，使得现代人生活在黑白失调的"光污染"里无法自拔。在《蟋蟀入我床下——纪念虫鸣文化》一文中，王开岭认为古人不仅崇拜光阴，更擅长以自然物象提醒时序，每一季都有各自的风物标志。他把蟋蟀的鸣唱看作秋天的形象大使和新闻发言人。在《耳根的清静》一文中，王开岭认为在人体感官里，耳朵最被动、最无辜、最脆弱。它门户大开，不上锁、不设防、不拦截、不过滤，不像眼睛嘴巴可随意闭合。它永远露天，只有义务，没有权利。因此，为了抚慰受伤的耳朵，王开岭"多了个习惯，每逢机会，便录下大自然的天籁：秋草虫鸣、夏夜蛙唱、南归雁声、风歇雨骤、曙光里的雀欢、树叶行走的沙沙……我在储粮，以备饥荒。城里的耳朵，多数时候是饿的"。王开岭对大地的倾情关注，让我想起了散文家苇岸的《大地上的事情》和台湾作家陈冠学的《大地的事》，他们都属于一个精神谱系，在人类精神史上，他们的先驱是庄子、法布尔、梭罗、卢梭、利奥波德、蕾切尔·卡逊、史怀泽。王开岭以细致到位的观察力和富有童心的独特视角巨细无遗地展示了他对花草树木、风花雪月的感性体悟和对四季变迁以及物候变异的细微感受，笔锋凝聚了对自然万物的钟爱与怜悯。王开岭以他的文字昭示读者——他不仅是一个散文写作者，更是一个让身心诗意淋漓地在广阔的大地上静谧栖居的人。王开岭书写自然万物的散文语言天然澄澈、胸次玲珑，他的自然情怀接续了中国古代散文的天人合一的传统，也融合了现代社会的心灵元素。敏感与性情，典雅与灵气，智慧与悟性融会贯通，成就了他倾心自然的大地情怀。他中西合璧的知识背景，总是伴随着书生意气的自然外溢。他敏锐细腻的笔触，揭示和展露了自然世界的秘密和文人雅趣的滋润。他散文风格的隽永、本色、清雅，叙事的精准、传神与韵致，让人对乡土中国的神韵与绵长、往昔岁月的质朴与美丽流连忘返。

免费的与原配的好东西

忙碌的现代人像患上了强迫症一样在工作和职场上殚精竭虑，但是，幸福感和满足感并没有水涨船高，这真是一个难解的悖论。很多人抱怨自己穷得只剩下了金钱。那些构成幸福感的要件为什么会在我们苦苦追寻幸福的时候离我们越来越远呢？王开岭越来越笃信两点：好东西都是原配的，好东西都是免费的。这是他面对林林总总、光怪陆离的现代社会生活的基本鉴别标准。我相信，王开岭的心灵与美国自然写作的先驱亨利·戴维·梭罗是息息相通的，在王开岭的散文中，我读出了来自大洋彼岸的康科德的瓦尔登湖畔的启示，从精神气质上讲，《古典之殇》是《瓦尔登湖》在东方的共鸣与自觉承续。

在《让我们与大自然般过一天吧》一文中，王开岭呼唤一种"道法自然、天人合一"的生活方式，这样的生活方式是减少矫饰、素面朝天的，卸掉面具和伪饰，轻轻松松，"动而与阳同波，静而与阴同德"，用大自然般的性格、速率、气质、心情面对自己的日常生活，像诗人海子写得那样，"劈柴、喂马、周游世界、关心粮食和蔬菜"，可以仰观俯察，可以游目骋怀，可以优游涵泳，可以闲云野鹤。在《春天了一定要让风筝放你》一文中王开岭满含深情地回忆了自己童年时代在和煦的春风里放飞风筝的惬意生活，随风飘举的风筝带走了我们尘世生活的几多烦恼，风筝把天空的诗意点染的淋漓尽致。放风筝的人也被美丽的风筝放逐了灵魂，获得了精神的飞升和心灵的解放。在《消逝的"放学路上"》一文中，王开岭从司空见惯的城市中小学放学后家长们蜂拥而至开着汽车接孩子的场景落笔，深情地回忆了自己的童年时代哼唱着《读书郎》边走边玩的"放学路上"，那种无拘无束的自由和对生活世界的耳濡目染，都是现在充满危险的陌生人的环境中所不可能再现的，王开岭进一步指出，当今社会的孩童是"故乡记忆"匮乏的一代，他们只与玩具、电子游戏相伴，居民小区的大同小异的单元房就是他们主要的生活景观，"搬家"对于他们而言，仅仅是物理位置的移动，不存在与熟悉的生活记忆的割断，因为他们无论生活在哪一个居民小区都是几乎千篇一律的。这是没有冒险精神、合作协调、独立自主的一代人，社会无法赋予他们街坊邻居的呵护，他们无法体会逍遥自在的嬉戏和"放学路上"的种种童年趣事。传统的小街小巷里的五行八作、四邻八舍消逝了，伴随着城市化进程的加剧，于是"放学路上"只能成为一个遥远的记忆而无法复活在今天的孩子们身上。老街的能量和含义表现在："在表面的松散与杂乱之下，它有一种无形的篦梳秩序和维护系统，凭借它，生活是温情、安定和慈祥的。它并不过多搜索别人的隐私，但当疑点和危机出现时，所有眼睛都倏然睁开，所有脚步都会及时赶到。"而今，这样的老街安在？在《在古代有几个熟人》一文中，王开岭深情缅怀历史上那些旷代知音："我想自己的人选，可能会落在谢灵运、陶渊明、陆羽、张志和、陆龟蒙、苏东坡、蒲松龄、张岱、李渔、陈继儒，还有薛涛、鱼玄机、卓文君、李清照、柳如是等人身上。缘由并非才华和成就，更非道德名声，而是情趣、心性和活法，正像那一串串别号，烟波钓夫、江湖散人、蝶庵居士、湖上笠翁……我尤羡那抹人生的江湖感和氤氲感，那缕菊蕊般的疏放、淡定、逍遥，那股稳稳当当的静气、闲气、散气。"王开岭认为自己需要一种平衡，一种对称的格局，像昼与夜、虚与实、快与慢、现实与梦游、勤奋和慵散。生活始终诱导他做一个有内心时空的人，一个立体和多维的人，一个胡思乱想、心荡神驰之人。而新闻，恰恰是他心性的天敌，它关注的乃当代截面上的事，最眼前和最峻急的事，永远是最新、最快、最理性。这一点，对于追新逐异的现代人是具有警示意义的。我们每天在不断刷新的网络新闻中到底看到了什么？我们每天在夜以继日加班加点的劳碌中到底收获了什么？记得谢有顺曾经说过："文学，是教给人慢下来的学问"，其实，一切艺术的真谛不过是让人学会坚守一些内心的永恒。王开岭对原生态事物的描摹优雅而纯粹，他的散文深入揭示了现代生活的表象与悖论，他的散文气质氤氲着中国小品文的美学风韵。他的写作既有鲜明的当下烙印，又承续着散文传统中的淡定和静气。他的语言味美、博雅，散发出浓郁的书卷气息，准确、绮丽、典雅，对于重构当代中国人的精神图景、唤醒历史记忆、重温童年趣事都富于建设性的精神意义。他的散文成了二十世纪六十年代人忆旧话新的精神旅程中的醒目路标。他从梦想与记忆的感性经验出发，抵达的是当代都市漂泊者的心灵履历的隐秘世界。他笔下的追忆和倾诉，表达出的是他对当代社会的人文关怀，对童年和往事的一往情深。

良性的优美的好时代的标准

　　散文家必须对自己生活的时代做出判断与甄别，零距离的真切感受促使王开岭思考这样一个问题：怎样才算一个好时代？他经过漫长的理性思考和感性体尝得出了自己的标准。王开岭认为，假如傻瓜也能活得好好的，这样的时代毫无疑问就是一个良性的优美的好时代。其实，这个答案本身就是对当今时代的最好镜鉴。而今的时代，处处有陷阱和骗局，处处有假冒伪劣的商品，处处有道德伦理丧失的扭曲，处处有不按规则出牌的无序与失控，哪怕是一个机智权变的谋略家也老是感觉自己应付不了无穷无尽的变局和阴谋，身处当今时代，不用说一个傻瓜，即使是一个智商不低的正常人也颇感举步维艰。在王开岭的理想世界里，社会应该对弱势群体极尽保护之力，增强弱势群体的安全感、稳定感和幸福感，这是时代优劣的试金石。金钱权势飞扬跋扈的时代，奉行丛林法则的时代，"厚黑学"大行其道的时代，弱势群体只能充当砧板上的鱼肉和虎狼口下的羔羊。在《人生被猎物化》一文中，王开岭尖锐地指出："人生，被猎物化，被丛林化。人人自危，人人忧愁，随时随地，欲和全世界斗智斗勇。人人过着一种防范性生活。人人都在挖战壕，筑工事，然后跳进去。这种苦力，这种为假想敌做的备战，让人生元气大损，奄奄一息。这不是生活，只是紧张地准备生活。生活和准备生活是两回事。"进而王开岭质问道，这是个怎样的循环？怎样的生存共同体？怎样同归于尽的游戏？在《生活在险境中》，王开岭借助一个黑色幽默的笑话为这个凶险四伏的时代作了精彩素描："窃贼用入室偷来的钱去买烟，烟是假的。烟主乐滋滋去买水果，秤是黑的。水果商替家里去买肉，肉注过水。肉贩子正数钞票，制服从天而降，罚款。城管拿罚来的钱去诊所，药是过期的。药老板正准备打烊，电话铃响，老婆痛哭家里失窃……"他发出了一系列的质问谁酝酿了这样的生活，制造了这样的逻辑和游戏？谁能劝说对方换个思路，取消那偷窥的眼神和饥饿的欲望？谁来平息这场你中有我、我中有你的精神骚乱？谁替我们在垃圾和腐土上铺种花草，谁为我们取回远去的童话？我们如何才能安然无恙？揭出时代的病苦并引起疗救的注意，这是王开岭散文的自觉的精神追求。曾经长期执教于一所地区级的重点中学，后来加盟中央电视台从事新闻评论的王开岭有着比一般作家更多直面时代痼疾的机会。才华横溢的人更需要坚强的神经，更需要承受时代阴影的精神定力。王开岭以新闻人的积极入世精神观察和思考着当今时代的症结，以冷静理性的普世价值观念分析剖解世道人心，以救世济民的宏大理想建构拯救时代的蓝图。

王开岭从来都是热眼观世的。在《我们不是地球业主，只是她的孩子》一文中，王开岭告诉我们，地球母亲已经被狂妄贪婪的现代人蹂躏的伤痕累累，我们在科技理性的虚幻梦境里沉湎的太久了，是该反省和醒悟的时候了。在《我是个做减法的人，害怕复杂》一文中，王开岭告诫沉迷于物欲横流的现代人，简朴和简单才是减轻精神负担的捷径。我们只有删繁就简，放弃物质的和精神上的包袱，才有可能变得神清气爽。王开岭的散文从精神的底色出发，充满心灵的沉静和一颗守望精神家园的耐心，他以深邃的哲思和质疑的视角获得了读者的心灵共振。纷繁变化、分崩离析的乡村，贫富分化、道德沦丧的社会，房价飞升、生存艰难的城市，诗意瓦解、欲望尖叫的文化环境无不在其笔下纤毫毕现。

　　这些年来，中国作家正在失去直面问题的能力。私密经验的泛滥使得文学表达日益碎片化和呓语化，快餐文化的崛起，使文学热衷于讲述欲望和阴谋。那些疼痛和压抑的生活感受已经被日益边缘化。文学正在从灵魂叙事退却，从而丧失直面真实的锐气和血性。正如索尔仁尼琴所说，"绝口不谈主要的真实，而这种真实，即使没有文学，人们也早已洞若观火"。生命的意义、灵魂的呼喊、正义的力量与摧毁黑暗的勇气，对真善美的褒扬和对假恶丑的鞭挞，这些东西无法进入文学的精神内核，那么这样的文学充满瞒和骗。谢有顺说过："文学固然是人心的呢喃，但它也是现实的写照，如果缺了与现实短兵相接、直接较量的能力，文学就可能成为纯粹的游戏和梦呓，陷于死寂的状态"。王开岭的写作清晰地为我们描绘出了时代的复杂面影，并由此展现出他自己的心路历程和遐思妙想。他深厚的人文素养和自然情怀，丰盈浓郁的散文细节，锐利深邃的哲学叩问，使其散文创作得以从生活路途中那些行将消失的图案中钩沉美丽的线索与痕迹。他着力凸显感性经验的脉络，更进一步在感性经验之下裸呈出一条清晰的精神线索，使之准确无误地直抵当代社会的沉疴痼疾。他的写作揭开了人生的困境和心灵的隐秘。王开岭清新而锐利的文字，蕴藏着充沛的生命激情和坚实的心灵质地，以及一种穿越时代喧嚣的淡定和智慧。他的散文的字里行间散发出的人文精神与普世价值的光泽熠熠生辉，他的写作既是对昔日岁月的深情追忆，又是对未来理想的由衷祝愿。他那诗性的语言、典型的细节、富于洞察的哲人眼光、对诗意生活的坚执持守，对传统和古典的深沉回眸，作为二十世纪六十年代人精神发育的心灵记录，充分展现出了他敏感、多思、深刻、独到的文学才情。"路漫漫其修远兮，吾将上下而求索"，唤醒一代人沉睡的记忆，修复一代人残缺的心灵，王开岭的散文写作必将在未来的民族精神建构中大放光华。

14. 可可西里的生态思考

——评杜光辉的《可可西里狼》

  雄浑苍莽的可可西里是一片苍凉辽阔、美丽富饶却又危机四伏的生态典型区域，美丽的藏羚羊、野生的牦牛、骆驼、斑马、野兔、黑熊、秃鹫、灰狼以及各种各样的植物如雪莲花、灵芝、何首乌、冬虫夏草随处可见，共同组成一个原生态的生态群落。近几十年来，随着人们在这一区域活动范围的扩大，原来神秘美丽的可可西里正在被破坏，生态失衡的局面引起了有识之士的忧虑。呼吁加大对可可西里进行生态保护的文学作品和影视艺术如雨后春笋，其中，在著名作家杜光辉的笔下，《哦，我的可可西里》《金色的可可西里》《吉祥如意的可可西里》《可可西里的格桑花》等等一系列关注生态平衡的作品以峻急的呼喊、冷静的笔触、尖锐的问题意识引起了读者的共鸣。由作家出版社发行的长篇生态小说《可可西里狼》是他又一部表现可可西里生态忧患意识的得力之作。

  "可可西里"蒙语意为"青色的山梁"。藏语称该地区为"阿钦公加"。可可西里是目前世界上原始生态环境保存最完美的地区之一，也是目前中国建成的面积最大、海拔最高、野生动物资源最为丰富的自然保护区之一。可可西里气候严酷，自然条件恶劣，人类无法长期居住，被誉为"生命的禁区"。然而正因为如此，给高原野生动物创造了得天独厚的生存条件，成为"野生动物的乐园"。杜光辉的这部长篇小说，就立足于可可西里艰难的生活环境和自然风貌，小说主要内容是叙述描写中国人民解放军的一个测绘分队在二十世纪七十年代初期，受命进入可可西里无人区执行区域测绘军务，在工作过程中深入全面的接触野生动植物、与大自然中的处女地相依为命、在极其险难的自然环境中发生的一系列鲜为人知的人与自然关系的纠葛与变迁。故事的时间脉络一直延续到二十一世纪的今天，那些执行任务的军人在可可西里又发生着与动植物为邻为壑、利益既相互联系又剧烈冲突的故事，的确是一部视角独特新锐、人物性格鲜活立体、深具环保意识的精彩无比的生态小说。荒无人烟极端野蛮的自然生态，飞禽走兽的隐没蛰伏，为了个人利益不惜屠杀珍稀动物和采摘野生植物的不法行为，人性的贪婪自私欲壑难填，人与自然关系的若即若离，无不纤毫毕现于杜光辉那支生花妙笔之下。围绕着对待野狼和藏羚羊的利益斗争，一系列个性鲜明栩栩如生的人物形象呼之欲出，坚守天人合一观念的仁丹才旺，挚爱战友感情深沉的石技术员、果敢直爽的林副指导员、脾气火爆而又从善如流的小队长、朴实憨厚见义勇为的王永刚，见钱眼开急功近利的皮货批发商……人性的丰富与多维被表现得淋漓尽致，人性的对立展示出人类对待大自然的截然不同的立场和态度。小说把测绘队员的生存环境置之于野兽出没的险境，让队员们时时刻刻思考这样一个问题：我们如何与自然界的动物相处？我们如何维护大自然的利益？后来，随着时间的转移，测绘队员们复员之后，由于受到金钱、利益、权势的诱惑，人性发生了变异。有的测绘队员经不起利益的诱惑，铤而走险干起了屠杀动物和走私的不法行为，人性与兽性发生了叠合，生态理念被发财致富的利益驱动所吞没。杜光辉在描写这种人性的变迁时，实际上是怀着悲天悯人的大地伦理观念的。对天地万物的敬畏，对自然秩序的维护，对动植物的呵护和守望，对地球上珍稀物种日渐消逝的忧虑，始终渗透在《可可西里狼》的字里行间，显示出作者深谋远虑的生态思考和敬畏生命的大地情怀。在长篇小说《可可西里狼》的故事背景里，杜光辉深刻展现了二十一世纪人类面临的生态灾难的思想渊源，在局部利益与长远利益之间，在发展经济增加经济收入和保护野生动植物生态平衡之间，人性的龌龊成为生态失衡的助推器。破坏生态环境的恶行令读者感到触目惊心。杜光辉突破了传统的道德二元对立的写法，而是从大自然的生态平衡和人性的道德异变两个方面步步深入，一层层展现作者的生态思想内涵。杜光辉的生态理念是与他曾经在可可西里生活和战斗过分不开的，他身体力行地实践了自己的生态理念。杜光辉的生态写作具有思想性与艺术性、现实性与历史性、趣味性与知识性、可读性与普及性、传奇性与惊险性紧密结合的特质。他对可可西里生态环境的悉心关注和深刻展示，变现了一位作家的生态良知和大地情怀。扣人心弦的故事情节与栩栩如生的环境描写相得益彰，共同凸显严峻的生态现状。著名作家陈忠实对这部生态文学作品评价甚高。他说："杜光辉之所以掌握了第一手的资料是由于他当年曾作为进入可可西里的解放军部队的一员，亲身经历了无人区惊心动魄的一幕，他在青藏高原多年汽车兵生活，为他创作这部小说积累了丰厚的又是独有的生活素材，写出了一个个扣人心弦的故事。这部小说的文字极富张力，勾勒出一幅幅雄浑苍茫的画面，真实地展现出苍凉、美丽却又危机四伏的可可西里。"杜光辉的长篇小说《可可西里狼》中犀利地剖析着人类的灵魂中的真善美与假恶丑，人类的纯真友善、道德关怀和生态思想都在荡气回肠的描述中表露无遗。

深刻犀利的大地伦理观念，发人深省的敬畏自然的道德律令，环保生态的自然向往，在这部小说中呈现出三位一体的价值皈依。美国著名生态思想家利奥波德在《沙乡年鉴》中写道："一声深沉的、来自肺腑的嗥叫，在四野的山崖间回响着、然后滚落山下，渐渐地隐匿于漆黑的夜色里。那是一声不驯服的、对抗性的悲鸣，是对世界上一切苦难的蔑视情感的迸发。一切活着的生物（也许包括很多死者），都留心倾听那声呼唤。"对鹿来说，它是近在咫尺的死亡警告；对松林来说，它是预测半夜里格斗后留在雪地上的流血预言；对野狼来说，就是要来临的一种有残肉可食的允诺；对牧牛人来说，那是银行账户里透支的威胁；对猎人来说，那是獠牙抵御子弹的挑战。然而，在这些明显的而迫近的希望和恐惧之后，还隐藏着更加深奥的含义；只有山知道这个含义，只有这座山长久地活着，可以客观地去聆听狼的嗥叫。其实，杜光辉在《可可西里狼》中表达的思考，正是要像山峦那样思考的范本。在一次接受记者采访时杜光辉说："我不敢说我是人类中第一批进入可可西里的，但我可以说我是第一批进入可可西里活着出来的。之前有很多英国探险家进入可可西里，进去之后没有出来，而且之后有几批探险家进去之后也没有出来的。我是第一个活着出来的。活着的但没有进去过的人没有人知道可可西里原生态到底是怎样的。对可可西里原生态了解的人恐怕只有我一个。"杜光辉凭借对可可西里环境的熟稔，向读者奉献出一部又一部生态文学杰作，这是他一次次的自我超越。杜光辉取得的文学成就，是可可西里艰辛的生活环境给予他的最好馈赠。

15. 聆听自然　依偎故乡
——读颜全飚《在故乡》

故乡是一个作家心灵的摇篮和灵感的泉源，自然是一个作家智慧的息壤和情怀的港湾。自然诗意和故乡风物是一个作家取之不尽用之不竭的精神富矿，为作家的写作提供了心灵滋养和灵魂寄托。从古代的庄子、王羲之、苏轼到李贽，从现代的徐志摩、冰心、朱自清到沈从文，从当代的苇岸、张炜、雷平阳到韩少功，从西方的梭罗、爱默生、利奥波德到蕾切尔·卡逊，一代代作家无不浸润着自然的芬芳，倾听者天籁的物语，在物与神游、道法天地的心境中写作。近读青年作家颜全飚的散文集《在故乡》，我又一次沉浸在作家那颗敏感而丰富的心灵所构筑的能让精神栖息的地气弥漫的家园中，与作家一起在故乡的大地上漫游漂泊，感受自然神奇的律动和润泽，让心灵迎合着大地的节拍而跃动。

感知物候　缅怀故土

颜全飚的散文中，对大地上的事情给予了悉心眷注，对故乡的物候变化和时令律动倾注了文心。人生于天地之间，关心自然变化和物候的律动是再自然不过的了，尤其是对生于斯、长于斯的故土上的物候变迁更加敏感。物候最初指植物在一年的生长中，随着气候的季节性变化而发生萌芽、抽枝、展叶、开花、结果及落叶、休眠等规律性变化的现象，称之为物候或物候现象；与之相适应的树木器官的动态时期称为生物气候学时期，简称为物候期。随着时代的推演，现在的物候主要指动植物的生长、发育、活动规律与非生物的变化对节候的反应。例如，植物的冬芽萌动、抽叶、开花、结实、落叶；动物的蛰眠、复苏、始鸣、交配、繁育、换毛、迁徙等，均与节候有密切关系。非生物现象，例如始霜、始雪、结冻、解冻等，也称物候现象。

其实，颜全飚关注的物候，其范围远远大于自然科学定义下的物候，他的视野是广袤无垠的，举凡风花雪月、星辰潮汐、季节轮回，无不进入其敏感的心域。在《月光照亮了大地》一文中他写道："深夜，寒冻中醒来看月，天空高而蓝，广袤、洁净。西方有几组明亮星辰，他们挨得很近，北边的一颗星大而亮。孤独地闪着寒光。除此之外，只剩下月光了。空寂的月光照亮了大地上的一切，一切都是寂寞的，孤独无助的，时间停了下来。"在岑寂的寒夜，作者仰望皎洁的月光，感受着天地之大美，时间此时仿佛已经停滞了，只有寒星四射，月落星稀，孤独寂寞的感觉弥漫开来。在《夜之歌》一文中他写道："昨夜，我真正意义上听到了夜之歌。从未有过如此热闹的蛙鸣，可以辨别那青蛙身体的形状和大小，有的趴着，有的站着，有的跳起来，有的一只脚高高地举着。那声音有的在水面上，有的在水里，有的在小小的岸上。一切像烧开了的水，那水分明是凉的，清澈宁静。"青蛙在静谧之夜的聒噪更加衬托了夜色的深沉寂静，其实古人早就有了"蝉噪林愈静，鸟鸣山更幽"的真切体悟。夜凉如水，清澈宁静，青蛙聒噪，亦静亦动。在《云海之下》一文中他写道："在果园四周，见到了柿子树，果实累累，硕大的果，黄澄澄的，有的开始红了，红灯笼般，细腻光滑的色泽质感，让人想到了吉祥平和的美丽美好。我还见到了野枇杷，成串成串的挂满枝。成熟的季节很快到来，山里满是果实的芳香。"硕果飘香的金秋之际，作者呼吸着浓郁的果香，欣赏着美丽的柿子，感受到了大地无私的馈赠，象征着吉祥如意的柿子在作者笔下温馨馥郁，香气可人。在《自己的来历和出世的故乡》一文中他写道："我们行走在大地上，衣食无忧，我们还将猎取更多丰富的物质满足自己的欲望，只是，我们对赖以存活着的一方土地缺失关爱。"大地赋予我们太多的物质财富，让我们衣食无忧，而人类面对日益板结和水土流失严重的大地，是该反省自己的过度索取和无度掠夺的时候了。关爱大地，就是关爱我们自己，因为，我们只有一个地球。在《云朵的灵魂还活在那儿》一文中他写道："北方的山边有两朵闲云，它们安静的依偎在一起，像睡熟了的一对姐妹，空旷蔚蓝的天空就是温暖的床铺。眨眼间，一对云朵消失得无影无踪，只看到蓝色的天空和黛青色的山岚，感觉云朵的灵魂还活在那儿，天空和山岚成为祭奠的一种方式。"天空中的闲云，如同熟睡中相依相偎的姐妹，这样温柔细腻的笔法展现了颜全飚呵护自然神游天地的情怀。让我们联想起"童话诗人"的诗句，"你一会看我，一会看云；你看我时很远，你看云时很近"。在《马蜂的家》一文中他写道："马蜂来我家安家，或者跟我做邻居了，是好事，在室内，这窝遮风避雨，安然自在。我每天都去看望它们，一周过去，却没看到蜂巢有多大进长，还是那般细巧，有些让人失望。"这段文字令人回忆起苇岸《我的邻居胡蜂》一文中苇岸与胡蜂和睦相处的佳话，可爱的小精灵寄予了颜全飚对每一种微小生命形式的敬畏。在《一只狗的命运》一文中他写道："一直痛苦呻吟的狗，它偎依在篱笆墙下，口吐白沫，全身抽搐，肝肠寸断欲绝。我从没看过如此孤独无助的眼神，它后腿无力地放在泥地上，前爪子微微抬起，在颤抖着，它看了我们一下，眼珠子闪出一丝灵光，似乎把一点希望交给了我们，又很快把目光收回，痛苦地闭上了眼。"此文与刘亮程的散文《狗这一辈子》颇能相映成趣，都是通过对一种动物的观察寄予了强烈的生态理念。人与自然的关系，需要重新定位和打量，动物并非仅仅是人类的奴隶和苦力，还与人类的命运息息相关。颜全飚用悲天悯人的目光注视一只濒临绝境的狗，对它的苦痛进行现场直播，传达出一份超越高低贵贱之分的万物平等的生命价值观。在《天地精华》一文中他写道："昨日傍晚，有一片水水的白云落在北方群山里，黛青色的山岚怀抱着那朵云，那温暖的怀里是一个熟睡的婴儿。那样的遥远，那样的干净不俗，那儿诞生了一个天使，被我看到了。"群山连绵的怀抱里，暮霭沉沉中一朵白云的停驻，唤醒了颜全飚清新不俗的遐思，是的，白云素雅的轻飘给予我们心灵澡浴，使我们饱受尘世染污的眼睛恢复了清纯的灵光。在《给每一棵树取个温暖的名字》一文中他写道："我看到了窗下树叶上的雨珠在时光里闪亮。树叶绿得饱满，绿得盛不下，哗哗响，流得满地是。菜地上的玉米一下长高，高出人头，瓜架也绿了，花生花开。"也许是受到了海子诗歌《面朝大海春暖花开》的影响，颜全飚面对一棵树时的心灵悸动跃然纸上，他面对绿色葱茏的树叶，面对玉米的拔节、瓜架的绿色欲滴、花生的含苞欲放，感受到了植物对心灵的激灵，他用绿色浓郁的文字诠释了他对乡间素朴景致的挚爱与喜悦。一般的作家，通过语言的独木桥走向文学。苇岸是从人格出发，从心灵的道路上通往文学。

对大地物事的深情挚爱培养了颜全飚的审美意识。颜全飚语言亲切细腻、朴素感伤而诗意葱茏。作为故乡物候的观察者、记录者和思考者，他对大地上的事情情有独钟，他的散文犹如朴素的土地，他的精神命脉是利奥波德所提倡的大地道德。颜全飚悉心眷注大自然中季节的转换引起的物候变迁，他对司空见惯的花草树木和日月星辰、风霜雨雪有一种特别的敏感。与苇岸一样，他关心农业生产劳动的时间，对播种、劳动、繁殖以及与二十四节气的密切联系倾注了大量的心思。他观察和赞美天地万物，对月亮、太阳、白云、海潮、河湖、流水、土地、芒果、荔枝、枇杷、胡蜂、蝴蝶、野兔、麻雀、蜂巢静心观察，进行了诗意地观照。颜全飚的散文有一种舒朗的素朴之美，但也不乏丰沛的诗意、敏锐的直觉和细腻的体察。他悲天悯人的大地书写，源于对大地家园的诗意栖居的守望与呵护，也是对天地自然、一草一木的热爱、敬畏和感恩。他的散文语言清澈、文气，胸襟旷达宽厚，对自然之美心存谦逊，对喧嚣浮华保持冷静与清醒，他的散文是自然、乡村和大地的镜像，也是颜全飚道法自然、敬天畏地的精神结晶，里面既有颜全飚审视自然的清纯眼光，也有他对农业文明逐渐式微的深情感伤。

倾听天籁　读懂时令

颜全飚作为一位深情眷注故土的作家，他擅于倾听来自天籁的音响，用心灵接近时令的律动，读懂一切大地上的事情，他富有亮度的精神空间接纳了广袤大地上的花鸟虫鱼，他在自然世界里寻觅音乐般的旋律，与流水和清风产生共鸣和共振。颜全飚的散文是天籁的交响，也是大地的摇篮曲；他的写作既是在尝试一种接近纯自然的可能性，也是在重温一种古老的自然哲学。他凭借丰富的意象、内心的力量，以及对自然世界的悉心洞察在内心的旷野里为自己的故乡书写赞美的华章。颜全飚以从容的写作耐心，娓娓而谈的文笔，为这片可爱的家园献上一曲赞美的歌谣。

颜全飚的知识谱系中西合璧，对中外自然写作的承继水到渠成。在《聆听自然》一文中他写道："今天，我在日记上密密麻麻地写下这些：谢有顺《此时的事物》，凯尔泰斯《另一个人》《英国旗》，普里什文《大自然日记》，海雅达尔《孤筏重洋》，海子、苇岸、叶塞宁的诗，诗人里尔克，散文大师怀特、梭罗。"看一个作家的创作风貌，最简单的一个指标就是看他经常阅读哪些文字，在颜全飚的阅读视野中，我们欣喜地发现了那些倾心自然，关注天人关系和生态环保理念的伟大的名字，他们的作品如汩汩清泉，滋养着颜全飚的心灵。在《温暖的家》一文中他写道："清明过后，鸟类不再群体性合唱，也许它们找到了美丽的爱情，有了家，经营一个温暖的窝，繁衍后代。"清明节之后，春意盎然，和煦的春风给树林间的鸟儿提供了筑巢成家的温暖环境，这些原本叽叽喳喳大合唱的鸟群开始四散开来，像刚刚举行完成年礼的青年男女一样经营和完善自己的家事，繁衍儿女。颜全飚对鸟儿的观察是与季节的律动紧紧相关的。这样温暖的文句，也包含着他对鸟儿们由衷的祝愿与真诚的祈祷。在《香坪》一文中他写道："夜宿香坪，一夜的雨。早起，田野蓄满了水，水流在欢畅地流淌，水声潺潺，不绝于耳。空气清爽怡人，鸟鸣也似乎沾着水滴，有水的清澈、透明，婉转如歌。今天，在香坪听到布谷鸟叫，只是今年头一回听到。"夜宿香坪，水声潺潺，"山中一夜雨，树杪百重泉"。颜全飚的文字如同诗佛王维的诗句，氤氲着淋漓的水汽，鸟鸣婉转清幽似乎也濡染了雨水的灵气，布谷声声，唤醒了大自然的灵感。在《大地像流水》一文中他写道："这周，转晴暖，气温在10摄氏度以上。天空或者浅浅的蓝，或者布满雪白的云朵，有的细碎如丝，有的棉花样，让人感触到它们的宏大、不可知。太阳浮在云朵之上，照亮了满天空的云朵，大地阳光灿烂，那些云朵好似飘在大地上，大地像流水，可以托起它们。明天就是冬季之大雪节气了，我们这儿温暖如春。"广袤的国土上，由于纬度的差异，南北气温差别极大，当

"北国风光，千里冰封万里雪飘"的时候，身处南国的颜全飚却在晴暖的天气中度过了温馨的暖冬时日，天空中的游云、灿烂艳阳的普照、蔚蓝的晴空，显示了决然不同于北国冬季的南国冬季气象，大地如流水一样富有生机和活力，虽然是大雪节气，作者的内心却沐浴在煦暖的阳春一样的温情中。在《冬的寒冻悄然走远了》一文中他写道："自然生灵是预言家，一点没错，这太神奇了。立春一日，水暖三分。一整个冬天，就那么七八场霜的寒冻，算是寥寥草草过去了。又是一个暖冬结束。"苇岸在对二十四节气的真实记录中特别提到立春之日，立春是一个标志性的节气。过了立春，新的一年就拉开了序幕，而在南国的这个季节，更是"春江水暖鸭先知"了，连冰凉的水流也开始变得温暖三分了。自然生灵开始沐浴着谷色的暖阳欣欣向荣了。颜全飚以点带面，抓住了立春最最本质的变化，准确解读了自然的暗示。在《惊蛰时节》一文中他写道："惊蛰的含义是：春雷乍动，惊醒了蛰伏在土中冬眠的动物。这些天一直落雨，却没有听到雷声。那在土中冬眠的动物弱势醒来，偷偷探出了头，滴溜溜地转着眼珠子，看到一新生的世界，一定好奇万分吧。如果我们人类也可以冬眠该多好，我们可在一年一度获得重生，我们将澄明如水，单纯清澈。"在颜全飚的笔下，惊蛰节气，万物复苏，蛰伏的冬眠动物开始蠢蠢欲动，张开眼帘打量精彩的世界。此时，颜全飚联想到了一年四季忙忙碌碌的人类，人类在超负荷劳碌的过程中，对过于熟悉的世界万物也失去了审美的陌生化距离，如果人类果真与动物一样有一个漫长的冬眠，那么，当人类重新睁开眼看世界的时候，他的眼光必是澄明清澈的，像婴儿一样单纯如水。在《乍暖还寒》一文中他写道："清明不清。母亲说，花生和大豆就不熟了。不熟是什么意思？母亲也说不上来，这是前辈留下来的说法。清明，让我想起儿时的一些往事。那时，我们往地里去，采野生的茶叶，得赶早，满山野都是孩子在奔跑找寻茶树。这是个美好的日子，大地风和景明，这是草木的节日，生长的欢乐渗透其间。"按照古人的说法，万物生长至此，皆清洁明净，故谓之清明。颜全飚敏锐的眼光看准了这个节气的特征。漫山遍野的植物歆享着生长的欢愉，在节日样的美好时光里欣欣向荣地茁壮成长。草木的节日，春和景明，万象更新。清明时节，作者自然而然地回忆起童年采茶的往事。在《人间四月》一文中他写道："人间四月，山寺桃花。我感觉那是久远的事儿，跟我儿时听来的故事一般遥远。我却是特别想念那些花事的，那人世间的别样繁华，山寺的清静，花开又落。一个诗人的旅程和诗句与自然互生。这是果实成熟的季节，水蜜桃、杨梅、黄梅、李子、枇杷。人间四月，遥远的乡下，有水果的清香吗？"在这样的人间四月天，颜全飚幻想着山寺桃花的清幽和时光的浏亮，诗人的旅程与诗句互文相映，他仿佛看到了故乡果园里渐渐成熟的杨梅、黄梅、李子和枇杷。眼前的情境，与想象中的乡土相映成趣，勾连着丝丝缕缕的乡情乡心，让人情不自禁地沉醉在春风的温馨和植物的成熟中不可自拔。在《城里的月光把梦照亮》一文中他写道："城市周围的山裹在灰蒙刺目的云雾中，月光到了那儿就迷离了，无力了，被吞噬了。月华如水不在，城里的月光。城市上空的一轮月孤独了一夜。"随着城市化和城镇化进程的日益加快，而今，城市已成为环境恶化的重灾区，汽车尾气和工业废气笼罩着城市的上空，明亮的月光消逝了，灰蒙蒙的夜空仿佛在控诉着污染的现状。城市夜空孤独的月亮，无法散发出清冽如水的光华，这是令颜全飚深感遗憾的。在《一年一度的约会》一文中他写道："一场雨后，是清冽水亮的阳光。二叔家的李子红了，缀满枝头。李子裹在透明的水光里，轻轻一碰，水珠扑咚扑咚掉下来，红红的果子也冷不丁地坠落，破裂开来，满地都是。"一年一度的李子成熟，令颜全飚欣喜万分。缀满枝头的红色果子，被淋漓的水光包裹，散发出清香，引诱着漂泊天涯的游子回来品尝。颜全飚的心灵，是与故乡的水果有个一年一度的美好约会的，他沉浸在硕果飘香的林中，愿意把故乡的甜美醅畅淋漓地享受殆尽。

仰观俯察　触摸大地

在《北洋崎》一文中他写道："丰满而又清澈的溪流穿过山的身体，穿过丛林，来到平坦的地带，形成更宽大的水流。水中花、水中树、水中石、水底的阳光在浅浅的飘，它们静若处子。"在《瞬间之美》一文中他写道："南方的群山，有着巨大而美丽的光环，一种伟大喷薄欲出。南方的群山骄傲挺拔，雾在山体里，如母亲的乳汁，纯洁神圣。这是欲升的下弦月给世界带来的瞬间美丽，我看到了一年里南方群山的幸福时刻，值得用美酒，以祈祷的方式，祝福天上人间的美好。"在《祭月》一文中他写道："我们开始祭月，点燃一炷香，让它在风中吹。父亲说，中秋日，拿一盆清水来，水里放着一面镜子，便可以看到月的光环，看到嫦娥翩然起舞。"在《一般瘦瘦的月》一文中他写道："屋前的菜地翻新了，种上新的一季蔬菜，干净平整的一大块土地上，站立着整齐的菜苗，安安静静的接受夜的甘露，它们也许感受到了大把的快乐了吧。过几个小时的清早，它们的主人还来浇水，然后迎来新的一天的阳光，是不是所有的生命都能够这样简单干净地成长起来？"在《一般瘦瘦的月》一文中他写道："太阳的周身全是云雾，在飘游，让人感觉一片茫然，一个清早的无望，我第一次这般怜惜着一轮日，它一向的惹眼、强烈、壮丽，以及无穷的力量没有了。这巨大的迷雾，布满了天空，布满了大地，已一个月余了，它影响了我晨起对远方的瞭望，对那些山岗的观察，对头顶一方天空一次次地仰望和怀念。"在《落日赤水》一文中他写道："在被驯服了的千山万壑之上，它是那样的遥远，有着一种饱满的安寂，不是绝望的那种，也不是烂漫的那种。我看到的是深切的悠长，是生命即将平息似的静美。短暂瞬间，它消失在黑暗中，村庄也消失在黑暗中，世界无限之大，大地浮起来，我们在异乡，我们在回家的路上。"在《令人倍感亲切的土地》一文中他写道："邻居屋前的两株玫瑰开花了，满枝头的花朵，像火在燃烧。邻居在屋前的小块菜地上，一茬又一茬地收获着菜蔬。今天我突然从那儿得到别样的感受来，有了土地，便可以收获万物，它就像精灵一样，永不停息地生长着。"在《月夜和春》一文中他写道："山顶上的红月亮，那是一枚成熟果实，挂在树上，伸手便可以摘了下来。田野里飘荡的蛙鸣，是夜的水流，盛满和春。走近夜的田野，才知道田野的丰富多彩。我们是来捉田鸡的，我们出发前说，我们享受过程的快乐，不在乎结果。"

16. 乡愁：写在爱与痛的边缘
——读摩罗《我的村，我的山》

  乡愁，是中国文学从古至今挥之不去的情结。无论《诗经·小雅·采薇》里的"昔我往矣，杨柳依依；今我来思，雨雪霏霏"还是杜甫《月夜忆舍弟》中的"露从今夜白，月是故乡明"，无论是贺知章《回乡偶书》中的"少小离家老大回，乡音无改鬓毛衰"还是王维《九月九日忆山东兄弟》中的"独在异乡为异客，每逢佳节倍思亲"，无论是鲁迅的小说《故乡》还是余光中的诗歌《乡愁》无不渗透着作家对生于斯、长于斯、歌哭于斯的故乡深入骨髓的爱恋与思念。故乡是每一位天涯游子的精神港湾，故乡的一草一木永远令人梦牵魂绕，故乡的山山水水早已化作我们的骨骼与血液，故乡的父老乡亲是我们情感的源泉和性灵的底色。近读摩罗的散文佳作《我的村，我的山》，我仿佛与摩罗一起越过万水千山遥望着故乡的山峦、稻田、阳光、溪流、父母的白发、老屋的砖石、村边的小庙、坟冢上的墓碑、袅袅升腾的炊烟⋯⋯

  在摩罗饱含深情的叙述乡情的字里行间氤氲着一位客居京城的高级知识分子与故乡丝丝缕缕难分难舍的悠悠情丝。贫瘠、闭塞、原生态的故乡哺育了摩罗，赋予他生命的血肉和灵魂，赋予他求知的欲望和前进的执着，更赋予他与生俱来的羞怯、敏感、自尊和坚强。摩罗的这本散文集，可以看作是《我是农民的儿子》的续写与扩充，图文并茂的形式和内容赋予读者更加直观和感性的力量，我相信每一位有过乡村经验的读者都会心领神会。摩罗的散文是个人记忆的追索和对中国乡村的礼赞。他的叙述伦理，既有大地般的广袤无垠，又像草芥一样低调卑微。他漫步在故乡山间和稻田的羊肠小道上，缅怀已逝岁月的记忆镜像，领会心路历程的感怀与惆怅。他以谦卑的乡村视角抗拒市场经济和社会转型的浮华喧嚣，他深邃的目光在山光水色和草木花鸟间游弋，诠释出令人惊心动魄的人生、社会、家族的风貌。他的语言细腻瓷实，细节严肃锐利，字里行间洋溢着正义感、疼痛感和焦灼感。他一以贯之地记录日常生活中激越动人的部分，关怀貌似平淡的琐屑事物对精神底色的微妙塑造，并赋予温润平实的赤子情怀，他描摹了乡村生活的质朴与缓慢以及他对传统信仰的个性化理解。

　　摩罗在任何场合、任何个人简历上都毫不掩饰自己的农民的儿子的身份，他直截了当地宣称自己是江西省都昌县万家湾村人，远离京城的穷乡僻壤是他的一面旗帜，宣示着他的来路和足迹。他在《我是农民的儿子》一文中有一段文字"我喘息在大街小巷，奔波在立交桥上和林荫道旁，在极度喧嚣中咀嚼着为我所独有的孤独和寂寞。我跟城市原住民完全没有交往，成分复杂的白领阶层也让我感到陌生，即使是跟最纯洁最有良知的学人纵谈天下文章、喜论惊世学说，也难免常常感到怅惘。因为我内心最隐秘的一角，盛满了任何学说和文章都无法涵盖的血淋淋的乡村经验和农民苦难。这些经验和苦难才是决定我命运的最根本因素，而这些东西永远没有地方可以倾诉。我因此无法融入学术界、文学界或者文化界，我到哪里都只是一个孤独的异数，是一个真正的化外贱民。我仄身在城市的夹缝里，也仄身在读书人群体中，以格格不入的孤独情思，与乡野兄弟姐妹内心的悲愤、绝望和苍凉遥相呼应。"这段文字再明白不过的宣告了摩罗的底层体验和对农民的人文关怀。散文集《我的村，我的山》正是饱含了他深沉的乡情，用心血胆汁铸就的故乡纪念碑。在该书的序言中，摩罗写到了自己愈来愈大的故乡体验，从村到乡，从乡到县，从县到地级市，从地级市到省，从省到中国……这是一个个半径逐渐变长的同心圆，可是圆心始终不会变——那就是亘古永恒的万家湾村以及毗邻的那座大鸣山。摩罗深刻地体悟到自己的生命与大鸣山的山鸡、山兔、穿山甲、黄鼠狼、山鹰、麻雀、乌鸦、翠鸟、蝴蝶、蜻蜓、萤火虫、鸣蝉、青蛙、泥鳅以及万家湾村里的猪狗牛、鸡鸭鹅，原本是同一个家族，其关系是血脉相连盘根错节的。这是利奥波德的"大地伦理"在摩罗笔下的感性诗意的自然呈现。摩罗的思维打通了史怀泽"敬畏生命"和老子"道法自然"的东西方哲学传统，摩罗的文字充满了爱默生超验主义的自然写作的气息，文字流淌着梭罗《瓦尔登湖》的哲思旋律。

　　"走遍天涯我只想与你相依为命，大鸣山，三千大千世界你是我唯一的家。"年轻时代的摩罗对大千世界心怀向往之情，人到中年的摩罗却日益认识到了世界上最美的地方就是大鸣山以及山下的万家湾村。乡村的自然风光是美不胜收的，可是，这样的村庄并非处处诗情画意，苦难、疾病、灾荒时时刻刻可能会降临。摩罗的笔下，遍布着矿难中尸骨无存的本家兄弟以及中年守寡的村妇，还有因为罹患癌症而夫妻双方不幸绝望弃世而成为孤儿的邻家少年，各种疾病和灾祸导致的非正常死亡为祖坟上增添了新的坟冢，最使我痛心疾首的是发生瓦斯爆炸而被封住矿井出口尸骨无法找回的两位矿工的衣冠冢。在《夺命的疖子》一文中，摩罗的老乡万益开肩膀上长了个疖子，可是他并没有停止挑粮，最后导致感染败血症而英年早逝。乡村的医疗条件极其有限，加上农民不会轻易因为小病而去就医，于是灾祸就不可避免地降临在村民的头上了。在此文中，摩罗对一种乡村中治疗病痛的偏方津津乐道，一种叫作倒瓜子藤的藤类植物枝条里的肉虫在秋分时节用菜籽油浸泡之后可以疗治很多常见的痱子、疖子。摩罗年轻时曾经用这个偏方治好了疖子，至今回乡，摩罗还让自己的爱子也服用此种偏方防病。在《骨头里长钢筋》一文中，摩罗把他曾经在《我是农民的儿子》一文中点到为止提过的一个悲惨故事铺展开来，一对乡村的年轻伉俪因为疾病、贫穷、无助和绝望饮恨而死，只留下年幼的一双小儿女，摩罗的叙述充满了感人泪下的力量。他不但时刻关注孤儿的成长，而且总是身体力行地从经济和精神两方面为这对孤儿做些事情，用自己微末的力量承担道义，唤醒世人麻木的灵魂。看到摩罗用数码相机翻拍的万跃平和但艳红夫妇的结婚遗照，我感到一股悲惨的寒气扑面而来，我想，摩罗拍摄这幅照片时应是双手战栗发抖的。每一位村民的不幸都是摩罗的不幸，每一位村民的眼泪都是摩罗的眼泪，与自己的故乡心手相连，才会写下如此催人泪下的文章。在《父亲治病》和《母亲的神灵》两篇文章中，摩罗饱含深情地书写了自己的父母一生的喜怒哀乐和命运的跌宕起伏，两位老人用心血和汗水滋养着子女，默默承受着时代、命运、病痛、丧子的打击和压抑，一步步走在故乡的土地上，而今，二位老人年届耄耋，我们衷心祝福他们福如东海寿比南山。

摩罗对自己的写作定位十分准确。"我不只是写他们的某一侧面，而且要写他们的全面，我要全面描述我的山、我的村、我的父老乡亲。我如此深爱我的万家湾村，和我的大鸣山，并不光是因为它充满了这些艰难而又惨烈的故事，还因为这里有或舒展或蜿蜒的田垄，茂盛的庄稼，辽远的山野。"摩罗的散文有一种朴素的真实之美，但也不乏感伤、深情和峻急。他悲天悯人的深沉书写，发源于对自己生身之地的永恒依恋和热切守望，也是对山水草木、天地人神、生老病死的眷注和敬畏。他的语言温蔼流畅，襟抱虚怀若谷，对喧嚣浮云保持清醒和镇静，在描写一种司空见惯的悲哀和苦痛时平静如水，他聆听着人类的苦难，满怀慈悲地注视着脚下的泥土和稻田里的禾苗，在苍狗浮云的社会转型面前，他深知娓娓而谈地陈述也是一种伟大的力量。他的散文集《我的村，我的山》是大地、历史和梦幻的镜鉴，也是摩罗心怀故土、担当苦难的灵魂写照，既有他直面自我和家族的历史情怀，也有审视时代和苦难时的那种激情与正义的力量。摩罗以客居京城的外省知识分子立场，书写了一曲坚守在爱与痛的边缘的绵绵无尽的乡愁。

17. 乡村经验与童年记忆

——评刘玉栋短篇小说集《火色马》

新世纪文学既要面对转型期社会发展中传统伦理规范的失序与解体，又要面对城市化进程高歌猛进中的社会断裂和城乡差别，还要面对精神萎缩与物欲横流的双重困境，我们面对如此众声喧哗的时代，时常有一种迷失感和惶惑感。文学书写与现实世界呈现出若即若离的关系，这根源于作家对变化多端的当下社会把握感的匮乏。如此，开掘自己熟悉的早年生活矿藏就成了理所当然的选择了，尤其是那些自幼在乡村生活和读书，在乡村社会中完成了自己的身体和思想的成年礼的作家，他们抛别故土来到现代都市中，但是精神气质和成长历练中的乡村背景和童年记忆却像梦魇般挥之不去，因此，对乡村生活的描摹和刻画，对青少年时代精神烙印的反复强化，对城乡结合部的底层生活深切关注和冷静思考，对往昔岁月的深情回眸和诗意激活构成了其写作的主题。我以前在阅读刘庆邦那些近乎执着的关于乡村、煤矿题材的短篇小说作品时，这种感觉非常强烈。最近我在阅读刘玉栋的短篇小说集《火色马》时，同样为刘玉栋的乡村经验和童年视角所吸引和震撼。鲁西北大平原上那个叫作"齐周雾村"的村庄给予刘玉栋的生活经验和成长记忆是取之不尽用之不竭的，这是一个平凡的乡村——它几乎就是华北大地的缩影，千百年来沉淀而成的伦理秩序依旧生机勃勃，市场经济和全球化浪潮却也辐射到了她的精神腹地，传统与现代、保守与开放、文明与低俗整体上多元融会贯通而局部又不时抵牾甚至激烈冲突。

对童年生活的咀嚼和回味，是刘玉栋小说重要的书写视角。作家都是相对早熟的，刘玉栋有一颗敏感的童心，他的童年记忆既有贫瘠的物质生活打下的烙印，又有透过细微生活点滴象征人生的暗喻，还有对亲情友情的执着坚守。小说《屠》通过叙说一个少年孤儿王强跟随舅父学习屠宰技术的过程，细腻地展示了一个少不更事的青涩少年开始直面藏污纳垢的底层社会时的惊恐无助和懵懂羞怯。舅舅刘七和伙计高老四的野蛮、粗鲁与学生味极浓的王强之间构成了巨大的张力，耳濡目染和生存需要锻造了王强的适应力，最后王强举起屠刀刺向了猪的身体，也开辟了自己作为一介屠夫的职业生涯。喷溅的猪血弥漫了王强的眼睛，"他睁开眼，发现日头已变的血红"。小说最后一句可谓是画龙点睛之笔，暗示了王强的漫漫人生之路即将伴随血色拉开帷幕。《给马兰姑姑押车》通过小红兵对押车的期盼、担忧和最终因为过于兴奋导致的失眠乃至真正面临"讨赏钱"时的昏睡和缺席并与押车的真正乐趣失之交臂，表明了一个儿童对人生的初步思索和觉悟。"这些令人向往的事情，结果并不都那么令人高兴。"一个少年通过自己的亲身经历悟透了需要经历人生风风雨雨才能获得的大道理，真是言近旨远之作。《春色满园》则以一个儿童的口吻叙述了自己生了病但是不愿意吃汤药，他与姐姐一起又嗔又闹，儿童无意间窥见了姐姐爬到树上遥望养蜂人时不慎月经来潮血染内裤的窘境，在这里"春色满园"是一语双关，既实写了春暖花开时大地上万物复苏，又暗示了少女成长道路上的重大节点，情窦初开的少女像花一样的萌动。"红裤头"恰如一枝红杏，在作者的笔下充满少女怀春的暗示与隐喻。《烟草汁》是描写了台湾向大陆撒传单时的一个乡村故事。上级为了及时回收带有反动宣传内容的政治传单，采取了"用传单换十块水果糖"的奖励措施，这对年幼的弟弟构成了极大的诱惑，我们把捡到的旧炮弹皮给人交换，得到了传单。无法忍受水果糖引诱的弟弟翻墙冒险去换糖吃，糖没吃到却摔伤了身体，正在烟草地里劳碌的父亲闻讯伤心地急着往家里赶去。小说截取了一个少年成长道路上的横断面，细致入微地展现了儿童心理，是一篇典型的成长小说。《大箱子》则以少女"我的姐姐"在乡镇企业的工作经历为时间线索，侧面描写了她由于天生丽质被人推荐进入企业工作，母亲把自己的嫁妆"大箱子"送给姐姐，希望她用劳动报酬填满大箱子，姐姐辛辛苦苦攒钱购买了准备婚嫁的嫁妆。可是，随着姐姐与"体制内"的国家干部恋爱失败和嫁妆被人偷窃净尽，姐姐自暴自弃了，她成了厂长的情人，最后姐姐只好嫁给了自己并不喜欢的一个猥琐男人，如花似玉梦幻神游的少女时代终告。《冬枣树下》通过一对乡村发小在故乡的冬枣树下的对话，展示了城市化进程中乡村少年的蜕变，城市文化对乡村文化的侵蚀和围剿，纯贞少女失去了贞洁，天真朴实的少年无限向往城市的高楼大厦。"身在穷乡僻壤，心在繁华都市"成了现今农村少男少女的真实心态素描。这篇小说通过少男少女否定乡村生活价值和一心奔赴城市的心态反思了如今城乡差距和城乡二元对立的文明形态。《守灵》写了一个少年天宝对祖父猝然去世的懵懂，哭泣是无法突然产生的，他沉浸在茫然和震惊中，无法如同成人男女一样一把鼻涕一把泪地宣泄，他的情绪调动起来是缓慢的。所谓至痛无泪是也。不哭泣并不是不痛苦，"天宝觉得，他和爷爷之间有一座肉眼看不见的桥，他们会经常在这座桥上见面的"。怀想爷爷，思念爷爷，天宝自有自己的心灵系统，不是流于程式的乡村丧葬的仪式所能规划控制的。《乡村夜》探讨了农村失学少年的犯罪问题，父母对孩子的疏于管教和不良少年的教唆，使得一个本来守法的少年沦落到犯罪的边缘。爷爷的亲情阻止了犯罪的最终发生，少年天赐的悬崖勒马是亲情的力量使然。留守儿童、辍学少年的教育问题应该引起社会的广泛关注。《公鸡的寓言》意在表现少儿对父母离异的恐惧，孩子是父母离异最大的受害者，所以，对孩子的责任应该是挽救即将破裂的婚姻关系最后的一根救命稻草。刘玉栋的写作敏感、诚朴、开阔。他的小说，直面少年时代生活的个性化经验，体认农村生活的艰难，珍视个人成长历史上的悲情记忆对性格的影响和渗透。刘玉栋以一种敬畏生命的思想、平静如水的观察展现现实层面，并以激情而不失公允的写作视角建构乡村的历史和民间的话语，使其中的每一个个体都拥有被注视和关怀的可能。他的小说见证了一个作家的爱心与信仰，也标示出了一个人在城乡生活之间游弋徘徊所拥有的视域和觉悟。他的叙事凝练，但语言温润瓷实；他的内心博大丰厚，但感情体验细如毫发。他对琐屑的生活不冷傲，对原则的问题不回避；对青春岁月充满感伤，也有无限追怀，对人性有深入洞察，也有善意规劝。

对乡村生活的真实描摹和对人性洞如观火的体察，显示了刘玉栋驾轻就熟的乡村叙事能力和丰厚的生活积淀以及对"沉默的大多数"的民众的深刻同情和人文关怀，而对人性的痼疾的否定与揭批使得刘玉栋的小说继承了鲁迅对国民劣根性的批判立场。《幸福的一天》采用意识流的叙事模式，对菜贩子马全的年复一年日复一日的平庸、麻木、灰色的生活进行了颠覆性和超越性的想象。这也是对传统的忍辱负重劳碌一生的牛马般的生活进行了一次大胆的反拨。小人物那种渴望超越自己身份枷锁过上人上人的生活的强烈渴望通过梦境般的想象得到了释放，这篇小说有一句话"活这一天，我值了；有这么一天活法，我这一生就值了"。这种对底层生活的痛定思痛式的回首，意味着价值观的颠覆性跳跃。《早春图》侧重于展示一个老农民的幸福观，儿孙绕膝，衣食无忧，哑巴妻子，四季平安，这就是他一生坚守的幸福生活状态。早春的暖意融融，让他几乎沉醉于这种幸福生活中，他永远不会希望生活有什么突破性的发展。沉滞、保守的生活一如他幸福的晚餐的食谱：一盘猪皮冻，油煎小糟鱼，二两老白干。他眼里的乡村幸福图画是池塘中游弋的鸭子，慢吞吞行走在乡村土路上的耕牛，雪白的羊群，老槐树底下活泼的孩子。这样的理想乡村生活与那些一心摆脱乡村生活奔赴城市打工的理想构成相映成趣的两个极端。《春旱》向读者展示了一个孤独无助的少妇秀儿在丈夫入狱后面临春旱时节无力给责任田浇水的窘迫境地，她去求助本家叔公公却遭到调戏和骚扰。性欲、情欲隐含在了每一个想帮助秀儿的男人隐秘的欲望中，他们每个人都觊觎秀儿的少妇魅力，秀儿最后面对三成的紧紧搂抱无法挣扎，实际上是对这个现状的认同。"男人不会无缘无故帮助女人"，几乎成了此篇小说的主题。秀儿的丰乳肥臀，成了男人们躲不开的诱惑。三成的那句"你这块田地也该浇浇了"实际上也是在同情秀儿的孤独无爱，这里，爱欲与同情纠缠交融难以厘定。《怪胎》是批判男女性别歧视的佳作。中国的传统文化中"不孝有三，无后为大"的思想老是在一些人的心中作祟。高庆祝企图贿赂作为接生婆的奶奶，一旦婴儿不是男婴就让奶奶采取断然措施并说是怪胎已达到抛弃女婴的目的。这是一个儿童眼里的成人世界，刘玉栋别具匠心地塑造了计划生育政策下重男轻女的农村男人的形象。《火色马》是一位中年丧夫的女性对猝然去世的丈夫的深情怀念，马是精力充沛、不知疲倦、劳碌不辍的象征，火是欲望和生命力燃烧的隐喻。小说中那匹出现在火烧云中的披散着马鬃，前蹄腾空，后蹄扎实有力，尾巴高扬的奔马，就是男主人公的复活。那些并不遥远的人物和故事，通过作者深情的回忆与造访，发散出一种令人心动的柔情、迷惘与感伤；而那些熨帖而微妙的生活细节，带着血肉体温的缅想，被精致巧妙地安放在刘玉栋倾心关注的社会生活踪迹中，它使我们情不自禁地感觉到，一个乡村生活圈和一种独特生命气韵的相辅相成有着难分难舍的联系与互动。一种有精神魅力的书写，也往往是朝向童年、故土、家园和青春的一次精神逆旅。刘玉栋对童年记忆的巡察，对细小事物的敏锐体察，对农事和村民的敬意与留恋，向我们重新展现了那些不可忘怀的精神底气对未来生活的巨大影响和微妙辐射。

对母爱的歌颂，对死亡的恐惧，对天地万物的敬畏，对生老病死的理解，对故乡"齐周雾村"的深情礼赞，同样是刘玉栋小说的言说内容和精神内核。《薄冰》塑造了一个暖意袭人的乡村妇女形象，如履薄冰的素娥最后被家乡的河水吞噬，母亲对孩子的爱怜转化成一个竭尽全力扔出去的包袱，里面是一双给儿子从城里购买的溜冰鞋。疼爱丈夫和儿子，孝敬公婆父母，任劳任怨的善良村妇，死在自己归乡的途中，读来催人泪下，母爱的力量尤其感人肺腑。《火化》是一篇表现连根爷爷对死亡充满焦虑和恐惧的小说。儿子给他打造了上好的棺材暂时减少了他对死亡的惧怕。可是，风传的死后火化不再土葬的消息又让他堕入恐惧的深渊，他无法接受死后还要烈火焚身的现实，从未请过客的他只好请客送礼以求村支书免他火化之苦。最后，麻三奶奶的火化成了先于他的首例，他无法躲避将来被火化的命运了。小说充满了一种临终关怀的意味。《葬马头》呈现给我们的是人类对动物的生命的敬畏，这是其他小说中鲜见的主题，按照美国生态保护先驱利奥波德的大地伦理，动物、植物与人类的命运休戚相关，获得诺贝尔和平奖的德国医学家史怀泽在《敬畏生命》一书中也对全人类提出了敬畏一切生命的要求。小说叙述了刘长贵对一匹滚蹄子马充满敬畏感和亲近感并在与之一起下地劳动的过程中结成了同志式的关系。马的猝死令他感情上猝不及防，他为之悲伤不已。社员们都分食马肉而他坚决不吃，他把马蹄和马头葬在故乡的田野里。这一切都显示了他尊重万物，敬畏动物生命的大地伦理情怀。这篇小说中，刘长贵作为一个瘸腿的残疾人，他和走路行动迟缓的马都是"弱势群体"，他与马同病相怜，这样的写作主题与郭雪波《驮水的日子》中对一头驴子的呵护可谓殊途同归。《干燥的季节》中的主人公王喜祥和他的父亲王久贵都是被村里的基层干部欺辱和压榨的对象，他们忍辱负重，从精神到肉体都被权力所征服。久旱无雨造成的自然干涸把王喜祥捉鱼向大队书记送礼的事情推向了前台，村支书的儿子以送的鱼太小为由毒打了王喜祥，引发了村民哄抢王喜祥用血汗养殖的鱼。这里的群众是欺软怕硬的，如同鲁迅笔下未庄的阿Q的乡邻一样。《一条1967年的鱼》中，"我"的叔叔向东在1967年因为纵狗咬伤了村中恶霸高三爷的狗而被欺辱，他们一家在村中是弱势的，我的大伯因为找不到媳妇而被迫入赘他村成为上门女婿。自己家的狗被恶霸吊死还要请恶霸的儿子来喝酒吃狗肉，爷爷奶奶用忍气吞声换来苟且偷生。叔叔是个初生牛犊不怕虎的后生，他想报仇而不得。小说用回忆往事的表现手法勾起了深刻的屈辱记忆。《平原的梦魇》是一篇描写梦境的文字。"齐周雾村"作为作者的故乡，它是刘玉栋精神的摇篮和成长的背景，他对这个村庄的老房子、植物、小路、父老乡亲的深情追忆深深扎根于缕缕乡愁中。这个梦境几乎把他对故乡的思念和盘托出，这是深情地回眸，更是匆匆的巡礼。我格外喜欢他笔下的乡村景致："天慢慢暗下来，盐碱地也到了尽头，道路两旁开始出现一些稀疏的豆科植物，似乎还有高粱，因为天空变成了青灰色，所以，前面的物体就愈加模糊……"。对大地物事的深情挚爱培养了刘玉栋的审美意识。刘玉栋小说的语言亲切细腻、朴素感伤而诗意葱茏。作为故乡一草一木的观察者、记录者和思考者，他对大地上的事情情有独钟，他的乡村书写犹如朴素的土地，他的精神命脉是利奥波德所提倡的大地道德。刘玉栋悉心眷注大自然中季节的转换引起的物候变迁，他对司空见惯的花草树木和日月星辰、风霜雨雪有一种特别的敏感。与苇岸一样，他在小说叙事中关心农业生产劳动的时间，对播种、劳动、动植物的繁殖倾注了大量的心思。

　　刘玉栋的小说语言沉静如静水深流，鲁西北大平原的乡村口语不时闪现于字里行间，充满温暖的土地情致。他的小说叙事妥帖绵密一气呵成，情节处理环环相连丝丝入扣，细节符合生活逻辑和生活本色，准确地抓住了小说的命门和穴位，对人性的光辉和幽暗都有深入的思考，对人生的困境和世界的诡谲都有生动的展示，对人性的尊严和谦卑进行了正面肯定。诗意的童年记忆和温馨的亲情体验使得他的小说氤氲着温情脉脉的人间情怀，成长的心路历程和故乡的诗情画意浇注了刘玉栋独特的内心体验，精致的小说结构和朦胧的叙述语言相映生辉。刘玉栋满怀着对神圣的故乡家园、对乡村父老的感恩之心，以谦卑、仁爱、细腻、诚挚的写作态度，娓娓道来的叙事节奏，书写了乡村社会一点一滴细致微妙的变化和道德人心的急剧转向，以及在社会转型期中个体自身深刻的迷茫与失落、激情与梦想、诗意与现实。生命流转，沧海桑田，刘玉栋以一个小说家的爱意和持守，完成了对自我和写作的双重超越。

18. 独辟蹊径　自出机杼
——读靳新来《"人"与"兽"的纠葛：鲁迅笔下的动物意象》

　　鲁迅研究是当代中国的"显学"，每年都有浩如烟海的学术论文和研究专著问世。鲁迅研究无论从宏观的思想阐发还是从微观的文本细读都已很难置喙，对这样一个有着稳定的研究对象、庞大的研究队伍、浩瀚的研究成果的学科体系，任何的创新、掘进和拓展都是艰难的。"说不尽的鲁迅"与"言说的艰难"同样醒目地摆在每一位试图在这一领域有所创获的研究者面前。尽管如此，令人耳目一新的研究成果还是不断涌现。2010 年秋季，拜读了靳新来先生的作品《"人"与"兽"的纠葛：鲁迅笔下的动物意象》（上海三联书店 2010 年 8 月版），颇感该书别出心裁，新意迭出。该书以鲁迅作品中的动物意象为研究对象，为我们描绘了一幅异常丰富独特的鲁迅笔下的动物世界的文学图景。鲁迅对人文世界的刻画与对动物世界的素描彼此关涉相映成趣，"人"与"兽"的纠葛可谓草蛇灰线千里伏脉。靳新来先生发现，鲁迅写动物并非从动物学意义上来进行的，也不是单纯的艺术技巧的选择，而是紧密联系着他对人的思考。这其实也暗合了马克思所谓的"自然本身是自然史的一个部分，是自然界生成为人这一过程的一个现实部分"的观点。通过对鲁迅笔下的动物意象的详细考察，靳新来先生对鲁迅独特的人学思想、精神世界、艺术创造给予了崭新的研究和探讨。

体系严整　合纵连横

　　靳新来先生的《"人"与"兽"的纠葛：鲁迅笔下的动物意象》一书为我们展现了他丰厚的学养、新颖的视角、对鲁迅作品的谙熟和心灵上与鲁迅的共鸣，全书体系严整，纵横捭阖，论说严谨，自成一言。该书从鲁迅作品中择取十几个有代表性的动物意象进行分析，探讨它们之间的关系，从而梳理出鲁迅笔下的动物意象系统。动物意象系统实际上就是一个象征和隐喻的系统，其背后隐含着的是一个"人的世界"。隐喻是一种比喻，用一种事物暗喻另一种事物。隐喻是在彼类事物的暗示之下感知、体验、想象、理解、谈论此类事物的心理行为、语言行为和文化行为。按照动物意象各自隐喻的人的思想意识和精神人格，这一系统大致说来是由两大对立的系列构成的：一是由狼、猫头鹰、蛇、牛等象征那些首先觉醒的知识分子，即反抗传统和现实的精神界战士；二是狗、猫、羊、蚊子、苍蝇、细腰蜂等象征那些维护传统和现实的现代奴性知识分子。在厘清鲁迅笔下动物意象系统结构的基础上，从肯定性系列中择取狼、猫头鹰、蛇三个与鲁迅精神个性联系最为紧密的意象来进行细致深入的分析，对鲁迅精神世界进行深入探险。从否定性系列中择取狗、猫、羊三种进行合论，对"叭儿狗"隐喻的依附权贵、摇尾乞怜的奴才相，对"猫性"隐喻的内里凶残、外表公允的虚伪相，对"山羊"隐喻的知识分子的"帮忙、帮凶、帮闲"的奴隶相都进行了深入浅出的挖掘和揭橥。在分析动物意象的基础上，结合典型文本细读和鲁迅的有关论述，考察鲁迅关于人与兽、人性与兽性关系的思考并进一步探讨鲁迅的启蒙主义思想的构成和特色。意象是思维活动的基本单位，意象是用来指代事物，以唤起相对应的感觉，激发思维活动的涟漪。思维是基于意象单元的互动，记忆中的影像、文字、声音都只是外界的信息在主体中用意象储存的一种形式，意象是外界的信息在主体内部构建成的精神体，是思维的工具与元件。形成意象的过程也是抽象的过程。鲁迅笔下动物意象的营造折射了鲁迅独具特色的思维特点和审美诉求。鲁迅在创作中采取的最基本方式是隐喻思维，深刻的思维使其笔下的动物意象意蕴深邃。在审美诉求上，鲁迅表现出鲜明的反传统的思想追求。鲁迅营造动物意象与时代话语有着息息相关的互动关系，在此基础上探讨了鲁迅进行动物意象营造的中外文化渊源。靳新来先生发现，鲁迅的动物意象营造广泛汲取了中外文化的营养。在东方文化和文学中，以《山海经》为代表的神话传说、诗骚传统、老庄哲学、古代志怪小说、李贺诗歌、《聊斋志异》、佛教典籍等等都对鲁迅的动物意象营造产生了一定影响。从西方文化来讲，进化论、基督教文化、《昆虫记》《十日谈》等等对鲁迅的影响同样不可忽视。

靳新来先生在建构全书的思维体系时，立足于鲁迅对国民性的改造和对沉默的国民的魂灵的勾画。通过对动物意象的系统研究，直抵鲁迅思想的坚硬内核，深刻而全面地解读出鲁迅杂文、随笔、小说中以动物隐喻象征的现代中国的民族精神和民性、民情、民俗、民魂。

大胆立论　小心求证

2003 年我在《书屋》杂志读到过靳新来先生的《鲁迅与蛇》一文，当时就被他奇谲的想象力所征服，说实在的，当我读到开门见山的第一句话"鲁迅是蛇"的时候，我的确被这种独具只眼的大胆立论所慑服，当然，随即就沉浸在靳新来先生步步为营、丝丝入扣的严谨论证中了，无论是旁征博引的原文，还是鲁迅文友的琐忆，无论是理论的推衍还是感性的直觉，都散发着学术的气息和随笔的意趣。该文从鲁迅的夫子自道写起，行文中串联起鲁迅的打油诗《我的失恋》、《彷徨》书名的发生学追溯、《伤逝》中的"以蛇喻路"，阐释出了鲁迅"永远在路上"的生命哲学和"历史中间物"的自况。对鲁迅童年时代积淀的"恋蛇情结"的深入挖掘是作家创作心理机制的探析，靳新来先生从鲁迅故乡浙江绍兴民俗中以蛇作为图腾、鲁迅的生肖是蛇、鲁迅曾用过"他音"（蛇）、鲁迅一枚印章中"它"字酷肖蛇形、《从百草园到三味书屋》中忆及长妈妈给自己讲美女蛇的故事、《论雷峰塔的倒掉》中为"白蛇娘娘"抱不平等等青少年时代的无意识接受蛇的概念和形象娓娓道来，勾勒了一个以蛇自喻的鲁迅形象，鲁迅文本内外的"恋蛇情结"可谓呼之欲出。最后，靳新来先生把鲁迅的"蛇性"升华为野性、毒性与自审意识，作为一位终生都在孤独前行的过客，鲁迅以"反抗绝望"的勇气与一切"无物之阵"进行坚韧的战斗。这类的文章假如离开了细密的论说，仅仅是故作惊人的立论，往往会沦为牵强附会、哗众取宠、捕风捉影的"野狐禅"而已。可是，靳新来先生的全文立论大胆，视角新颖，以理服人，让人读后有耳目一新之感。那篇文章可以看作是这部系统严谨的学术专著的"袖珍版"和"缩微版"。

综观全书，这种新颖独特的立论方式随处可见，尤以"鲁迅与狼"和"鲁迅与猫头鹰"为最。靳新来先生引用了《孤独者》中的一段话"像一匹受伤的狼，当深夜在旷野中嗥叫，惨伤里夹杂着愤怒和悲哀"作为题记来暗示读者，诚如钱理群先生所言："鲁迅就是一只受伤的狼。"借助对《狂人日记》的文本细读，靳新来先生发现，这篇弥漫着狼的气息、晃动着狼的影子的反传统、反封建的战斗檄文自始至终都回荡着狼的嚎叫，文本中狂人的身影与狼的身影若即若离难分难舍。狂人、疯子的形象中渗透了鲁迅的自我生命体验，因此可以得出结论：鲁迅写狂人又是在写狼，在写他自己，在这里，狂人、狼、战士与鲁迅自我是四位一体互渗互文的。鲁迅的狼性首先表现为他强烈的叛逆精神，其次是那种举世公认的攻击性和复仇性、骚动性和挑战性，还有那种呐喊于荒原而透骨彻心的孤独感和悲凉感。

文风凌厉　学养丰赡

文学研究是人文研究，更是文体研究和语言研究。对作家作品的深刻解读和长期浸染使得研究者和研究对象之间发生了心灵的共鸣与协奏，如此，研究者的文风往往情不自禁地追随着自己的研究对象。这一点，在鲁迅研究界更甚，只要读一读钱理群、林贤治、孙郁、王乾坤等学者的文章，即可发现个中奥妙。靳新来先生熟读鲁迅著作，对鲁迅研究情有独钟，多年来深受鲁迅先生的思维模式、语言习惯、行文方式、话语体系的影响，其文风渐渐形成了飙发凌厉、一针见血、简洁有力的风格，以这种风格的语言模式去撰写鲁迅研究的学术论文，可谓力透纸背入木三分。

我们且看他在论及鲁迅笔下的"乌鸦"意象时的一段文字，这段文字可以作为全书的语言、文风、表达的切片。"乌鸦这一意象，是鲁迅所心仪的精神界战士的象征，是鲁迅自我精神的写照。在小说《药》的结尾，乌鸦显示出一副孤傲刚健的英姿，它一声大叫打破沉寂，振翅飞向远空，具有令人颤怵的力量。而鲁迅自比为乌鸦，不以人之讨嫌为然，反以报告灾祸自得，这不仅表现了他那独立不羁的精神个性，而且显示出他不同流俗、特别是与那些正人君子格格不入的战斗姿态。乌鸦意象作为鲁迅自我的精神写照，正表现了他那先驱者反叛社会、反叛传统的决绝和无畏。"这段文字洋溢着钱理群式的激情、林贤治式的尖锐、孙郁式的通达。文学是审美的，文学研究亦应洋溢着语言和思想的美。

通读全书，感觉此书自始至终灌注着知人论世的强烈人文情怀。靳新来先生对鲁迅先生作品的解读，是以对国民性重建的思考和对人性的洞幽烛微作为参照系的。在人与兽的对比和观照中，寄予了对社会性、自然性、人文性的无限眷注。他的鲁迅研究文字是以确证自我和阐发思想为旨归的，他的表达方式是犀利透辟一语道破的。他的疾恶如仇和果断决绝弥漫于字里行间，他的研究文体打破了学院派的引经据典和术语狂欢，充满思想随笔的思辨和学术随笔的性灵，有一种简洁直白和淋漓畅达的快意。靳新来先生的鲁迅研究拒绝没有个性和性灵参与的"零度写作"，爱憎分明，情感炽热，最大限度地凸显了文学研究的道义力量和人间情怀。他的行文的历练如老吏断狱，熟稔、精警、机敏中不乏诙谐和幽默，视角新颖但思想充沛，文气恣肆，波澜壮阔。他的研究既有历史的纵深感，又有时代的针对性，吸纳中外最新的学术研究理论成果，借鉴文学、美学、哲学、史学、人类学、社会学、思想史等等学科的研究视角，不拘一格地开拓自己的研究视野。他抵制学问对性灵的封锁，点燃个人记忆中的思想火花，在问题意识的建立和索解中纵横捭阖，把知识分子的批判、质疑、反思和建构浑然一体地结合在一起，融注了理性和感性、才情和慧心、思辨和延伸的力量，塑造出卓尔不群的研究门径和学术风格。

靳新来先生以自己的博学和敏锐在鲁迅研究领域独辟蹊径，把个性化的"文学意象"作为研究作家作品的解剖刀，游刃有余地解读了鲁迅作品中的隐喻特色，这种研究带有精神探险和自圆其说的创新性和实践性，也必将给鲁迅研究界带来崭新的研究视角，注入新的生机和活力，激活鲁迅研究的灵感。

19. 守望地球家园的呼唤：
徐刚的生态文学写作

　　徐刚，上海崇明人，1945 年出生，中国作家协会会员、中国环境文学研究会理事、原国家环保总局特聘环境使者等，以诗歌散文成名。徐刚在中国的生态文学创作领域中以其报告文学的峻急呼吁和生态散文、诗歌的呵护绿色具有巨大影响。徐刚的生态文学是保护自然的宣言书和守望大地的交响乐。他的生态写作宗旨，既有保持生态平衡的急切忧虑，又有对破坏自然原因的深入追索。他站在世纪之交中国日益急迫的环保立场上，关注山水、河流、森林、草原的现状，怀想童年时代原汁原味的自然环境，发出了振聋发聩的环保呼喊。他以朴素的文字，有力地反驳了盲目发展经济、肆意透支自然资源的狭隘思路。正如他的目光在长江黄河、三北防护林、广袤草原上移动和注视一样，他同样能够发现令人惊骇的生态忧虑。他的生态文学语言大气磅礴、细节翔实、数字真实、结论沉痛而富有责任感。他一以贯之地记录人类生活中破坏自然的实例，关怀环保理念对人类家园的微妙影响，并以赤子之心的拳拳爱意，描绘了大地母亲的容颜以及他对生态文明的理解。徐刚的写作，已经成为一代环保作家生态创作走向成熟的楷模。其主要著作有：《徐刚九行抒情诗》《抒情诗100 首》《小草》《秋天的雕像》《夜行笔记》《倾听大地》《伐木者，醒来!》《沉沦的国土》《江河并非万古流》《中国风沙线》《中国，另一种危机》《绿色宣言》《守望家园》《国难》等。其作品近几年来曾获中国图书奖、首届徐迟报告文学奖、首届中国环境文学奖、第四届冰心文学奖等。徐刚曾获选"世界重大题材写作 500 位"之一。

　　徐刚以自觉关注人与自然关系的写作为旨归。他在一篇名为《我低头看脚下的立足之地》的创作谈中写道："文学不仅仅要写世界上人与人的关系，还要时时刻刻眷注人与自然的关系。生命并非仅仅属于人类所有，它同时也属于广阔大地上的万类万物，一个作家不能再去助长人类的贪婪和自私，而要讴歌礼赞生命的广大和美丽。"他的这一纲领性宣言乃是支撑其生态文学创作的理性选择。今天环境保护作为一种理念改变着人们的思维和生活方式，早在1988 年徐刚在《新观察》杂志发表了震惊国人的著名报告文学《伐木者，醒来!》。他以大量的数据、资料和事实让人痛心疾首心急如焚。他以心急火燎的主人公责任感，报告了国内很多地方存在的大肆砍伐森林乃至造成生态失衡、水土流失、灾害加剧的现状。徐刚大声疾呼："毫不夸张地说，阳光下和月光下的砍伐之声，遍布了中国的每一个角落，我们的同胞砍杀的是我们民族赖以生存的肌体、血管，从这个意义上说，中国是一个天天在流血的国家……"他尖锐地指出："人类创造文明史的同时也留下了大自然的破坏史，或者可以这样说，人类的浩繁的文明史中有一些章节本身就是赤裸裸地志得意满地对人的破坏力地宣扬和称颂。"正是因为他对祖国的森林资源深切关注和发自肺腑的挚爱，才能写出深刻的作品，这篇报告文学以其尖锐的视角震撼了国人的心灵。徐刚的视野从武夷山下延伸到海南岛的原始森林，再到大兴安岭以及中国的边疆林区。中国残酷的森林现状一步步进入他的视野，于是，作家奋笔疾书，成就了环保文学的杰作。"无论在阳光下还是月光下，只要屏息静听，就会听见从四面八方传来的中国的滥伐之声，正是这种滥伐的无情、冷酷、自私组成了中国土地上生态破坏的恶性循环：越穷越开山，越开山越穷，越穷越砍树，越砍树越穷!"我们透过徐刚的字里行间看到了他忧患的心灵和沉重的忧思。后来徐刚又把目光转向万里长江，他决心做一件前无古人的事情，那就是要为这条母亲河书写传记。"长江是中华民族的先行者，在开山辟岭穿插迂回间启示着某种方向；长江是华夏大地的播种者，在水流湿润草木枯荣时暗示了某种创造；长江是古老文明的酿造者，在不断坠落以柔克刚中吐露出神圣的东方哲学。"没有对自然、历史和现实社会的思考，如此深刻而极具哲理的感受由何而发？这两篇报告文学仿佛打开了他写作的思路，随后《中国，另一种危机》《绿色宣言》《沉沦的国土》《中国风沙线》《江河并非万古流》《黄河传》《地球传》《高坝大环境何时了，往事知多少! ——中国江河大坝的思考》《大地工程——内蒙古田野调查》《国难》《大山水》和《伏羲传》等一大批报告文学相继问世。徐刚的报告文学作品或反思人类，或探索自然，或恸问苍穹，或守护家园，在踏寻中探索，在痛苦中感悟，在无奈中沉思。徐刚的报告文学显示出极为波澜壮阔的视角和大开大合的文气，内容贯穿水土流失、土地沙漠化、森林面积锐减、气候水文异常、植被严重退化、生物物种多样化减少等等敏感问题。徐刚对生态报告文学的主题拓展主要体现在三个方面，即对生态失衡的密切关注、对生态文明的激情呼吁和对人与自然关系的深刻洞察。三个方面既息息相关又相辅相成，共同组成了三足鼎立的立体生态文明思考和超越。

徐刚的生态散文强烈反对狭隘的人类中心主义。狭隘的人类中心主义主张，人由于是一种自在的目的，是最高级的存在物，因而他的一切需要都是合理的，可以为了满足自己的任何需要而毁坏或灭绝任何自然存在物，只要这样做不损害他人的利益，把自然界看作是一个供人任意索取的原料仓库，人完全依据其感性的意愿来满足自身的需要，全然不顾自然界的内在目的性。只有人才具有内在价值，其他自然存在物只有在它们能满足人的兴趣或利益的意义上才具有工具价值，自然存在物的价值不是客观的，而是由人主观地给予定义：对人有价值还是没有价值。显然，狭隘的人类中心主义是生态文明的对立面。对此，徐刚在《我将飘逝》一文中表达了自己的独立见解："人类总想知道一切，人不承认自己是万类之一并且相当渺小和虚荣，人总是在科学的标榜下以狂妄的面目出现。当大地退隐，当家园不再稳固，一场飓风之后，人的世界便风雨飘摇了，我们将为自己变得一无所有而哭泣。"这样的警钟长鸣是具有深远的现实意义的。徐刚还把对生态文明的思考放置在生态整体性的基础上，他在《边缘人札记》一文中语重心长地告诫读者："地球自然生态环境的演变与恶化，从来都是牵一发而动全身的，它细密地互相关联着，像一张网，像一根链条，环环相扣，既细致微妙又真实具体。蝴蝶效应说的就是这个道理。"徐刚站在地球生态一体化和全息化的高度，高屋建瓴统揽全局地发出了自己的环保宣言，这对世纪之交的中国环保事业具有很强的针对性。随着绿色文明的深入人心，徐刚对历史上疯狂毁灭生命、肆意践踏自然世界的倒行逆施进行了深入思考，他在散文《沉沦的国土》一文中包含忧患意识地写道："绿色文明的毁灭，大体上经历过两个过程。先是人类的掠夺性破坏，而后是沙漠的无情吞噬。人被沙漠驱赶着离开。在这被沙漠追赶的过程中，人格日益矮化，环境日益恶劣，绝望是沙漠中最可怕的遗传基因。"对历史的反思指向对未来的忧虑和前瞻，徐刚希望看到人与自然和谐相处共生共荣，世世代代保持生态平衡，绿水青山永存于地球的每个角落。

人类只有一个地球，这是徐刚生态文学创作反复表达的一个观点。徐刚以自己的身体力行和大声疾呼，为维护自然平衡和呵护绿色家园做出了一个具有人文精神的作家最峻急的呼唤。

20. 张炜：倾心自然　守望大地

二十、二十一世纪之交的中国文坛上，张炜以其一以贯之的道德理想主义情怀和对全球化、市场化世俗消费主义浪潮的反思著称于世。他通过对城市化、城镇化进程的深入观察和理性思索，进一步发现了自然生态的逐步失衡和人类心灵的荒漠化，对大自然的憧憬和守望以及对绿色故乡的遥想和追忆是张炜的一条清晰明亮的精神线索。他在作品中曾写道："只有在真正的野地里，人可以漠视平凡。我反对很狭窄地理解大自然这个概念。当你的感觉与之接通的时刻，这一切才和艺术的发条连在一起，并且从那时开始拧紧，使我有动力做出关于日月星辰的运动即时间的表述。"大自然是张炜精神底色的体现，还是他创作精神的寄托。他的小说和散文如同徜徉在绿色家园中的随想录、他的文字是自然生命与文学思想的共同结晶。张炜在一次讲演中说——我们的"自然生态文学"——国内常称为"环保文学"，它作为一个文学的主题，反对为了满足物欲而向大自然无限度地索取，主张节制开发和保护环境。它阐述的主题和内容直接涉及人类的生存之危，并预兆了更多、更复杂的问题，其意义远远超出了文学本身。面对千疮百孔满目疮痍的自然生态环境，张炜在小说中感慨道："人要破坏过去的痕迹，有多大的力量，有多么的彻底，看看这里的变迁就知道了。那些参天大树都哪里去了？潮湿苍茫的林子哪里去了？我印象中过去大海边上几十里的地方都是被林子包裹的村庄，村子里的人都有一种对荒野的敬畏和惊奇。这是我当时能够清晰感觉到的。现在这一切消逝得可真干净。"波及全球环境污染和生态失衡必然引发人类精神的危机，在自然生态系统严重失衡时，人的精神状态和心灵世界也会随之恶化和荒芜。

张炜，生于 1956 年 11 月，山东龙口人，原籍山东栖霞，当代著名作家，山东省作家协会主席。1978 年毕业于山东烟台师专中文系。1975 年开始发表作品，著有长篇小说《古船》《九月寓言》《我的田园》《怀念与追记》《柏慧》《家族》《外省书》《能不忆蜀葵》《丑行或浪漫》《刺猬歌》《你在高原》等；中篇小说《秋天的愤怒》《蘑菇七种》《瀛州思絮录》等；短篇小说《玉米》《声音》《一潭清水》等；散文《融入野地》《夜思》等；诗集《皈依之路》《家住万松浦》等。2011 年 8 月 20 日，张炜的长篇小说《你在高原》获第八届茅盾文学奖，此前，《你在高原》还获得了华语传媒文学大奖。这部小说有450万字共39卷，归为10个单元：（《家族》《橡树路》《海客谈瀛洲》《鹿眼》《忆阿雅》《我的田园》《人的杂志》《曙光与暮色》《荒原纪事》《无边的游荡》）。《你在高原》是目前世界文坛上篇幅最长的长篇小说。张炜用20年的漫长岁月，数易其稿，最终完成了这部长篇小说的创作。由著名作家、青年评论家谢有顺先生撰写的颁奖词是这样评价张炜的："张炜的罪感、洞察力和承担精神，源于忧国忧民的士人情怀，也见之于他对现实的批判、对个体的自省。如何在虚构中持守真诚，在废墟与荒原上应用信念，在消费主义的潮流里展示多变的文体，这已成了一个写作的悖论，正如张炜出版于2010年的多卷本长篇小说《你在高原》，在豪情与壮丽下面，藏着的其实是难以掩饰的孤寂。他二十年来不舍昼夜，体恤世情，辨析恶，想象存在的悲欣，寄情乌托邦，见证人类无处还乡的漂泊际遇，进而为国族的苦难身心、同时代人的曲折生命，也为自我囚禁而有的莫名痛楚，留下了体量庞大的史证和心迹。"这样的评论可谓实至名归、恰如其分地表达了对张炜文学实绩的凝练概括。张炜短篇小说《三想》中充满忏悔意识地写道："我在请求大山的谅解和同情。人只有走到大自然中才会知道自己是那么渺小、多么孤单。要解除这些心理障碍，也只有和周围的一切平等相处。人在人群中常常有恃无恐，在大楼中更是神气活现。如果他有机会支配同伴，也就变得更加傲慢和愚蠢。同样一个人，他走到茫无边际的草原上，待在雷声滚滚的大山里，就会发出哀怜的呻吟。这时候你能区分人是可怜的还是骄横的吗？都是，又都不是。他的一切毛病，实在是与周围的世界割断了联系的缘故。"对于人与自然之间的关系，张炜做了深入浅出的思考，他得出的结论是，人类必须敬畏自然并与大自然荣辱与共和谐相处。著名评论家洪治纲认为，《你在高原》是一部反叛之书，也是一部超越之书。在那里，遥远的传说，古老的寓言，魔幻的情节，迷离的想象，渗透在一个又一个现代故事之中，熔铸在一个又一个鲜活的人物性格中，使生命与自然、历史与现实、理想与欲望……形成了各种复杂而又微妙的纠缠。《你在高原》长达十部，容纳了丰富的题材和作者对现实世界的全面的思考，却不是松散的拼接。更重要的，是作品中所显示出的作者完整的世界观，它冷静、独立、稳定、持续，丝毫不受世俗观念的影响，具有超乎物外的立场和信念，因而保持了与现实的距离和批判的余地。

张炜是国内有名的生态环保主义者，他积极倡导简朴自然的生活原则，他经常融入山野乡村体验生活、在大自然的怀抱里淬炼自己的思想情怀。张炜说，人就是自然的稚童，无论他愿意不愿意，也只是一个稚童而已。对自己和自然的关系稍有觉悟者，就会对大自然产生一些莫名的敬畏，人力不可能胜天，人只能在大自然的允诺下获得一定程度的自由。他回忆自己在山东半岛的童年乡村，"村边有一望无际的稼禾，有郁郁葱葱的林木，有泪泪流淌的小河"，更重要的是，张炜挚爱的"离海五六华里的一片树林深处"的学校就在此地，他的小学和中学是在这读完的。张炜爱这里一切，学校校园没有围高墙，没有铁门，只是静藏于果树林里，与之相连的是无边茂盛的乔木林。一幢幢校舍整齐排列在园林深处，夏秋天是一派葱绿，林中有许多鸟儿，丛林下面满是野生白菊花。"我们上学，要穿行在树林里；放学回家，家在果园里；到河边玩，出门就是树林子；割草、采蘑菇、捉鸟，都要到树林里；去河边钓鱼，到海上游泳，也要踏过大片浓绿的树林……我们学校那时候上劳动课，老师带领我们到林子深处采草药；有的课，比如音乐课，有时也到林子里上，大家把歌声撒落在枝枝叶叶中间了。"这片自由天空给予了张炜一颗水晶般的文心，也奠定了他倾心自然守望绿色的文学情怀。《你在高原》主要讲述的是一批二十世纪五十年代出生的地质队员野外探险的经历。主要围绕地质队员宁伽不断探究父辈及家族的兴衰、苦乐、得失和荣辱，在广阔的背景下展示当代人的生活状态和心理特质。《你在高原》正式出版前，张炜拟了副标题"一个地质队员的野外工作手记"。《你在高原》因此渗透了自然地理学、人类考古学、绿色植物学、矿产地质学，地方史志学等学科门类。这部小说以地质考察队员的野外生活为展开背景，对大自然中的山川河流、森林瀑布、进行了翔实的书写和描摹。通过对原生态自然景观的歌颂与礼赞，寄予了张炜对人类生存境遇的呵护与眷注。其字里行间还对消费主义、盲目发展和破坏生态自然的喧嚣进行了反驳和质疑。张炜倾心绿色大地，在青山绿水的自然环境中寻找到了精神的皈依之地。张炜认为，人陷入物质主义之后，再要保持对大自然的敏感和敬畏之心是十分困难的。历经了现代主义对"心智"的全面开发，又进入了一个物质与网络的时代，作家让自己的心身重新感知大地，这是需要用心体会的事。"中国是一个农业国，人与自然的关系理应是比较亲密和贴近的，但是进入市场竞争之后，这种关系中出现了实用主义的倾向。表现在文学写作上，就是机会主义的表演，这个时期的文学表达物欲化且伴随犬儒主义、粗制滥造等等现象。涉世不深的年轻一代因为昨天的记忆不多，成长在新的物质环境中，于是拥有了格外随意和泼辣的表达。"在张炜的心目中，作家天生就是一些与大自然保持密切联系的人，他们比其他人更自由而质朴，敏感而羞涩。一个作家一旦失去了与大自然的血脉相连，也就失去了文学创作的精神气场。在张炜的《你在高原》中，人类社会盲目开发的历史变成了自然受难的历史。自然界满目荒凉、一片狼藉、土地沙化、沙漠扩展、空气污染、全球变暖、冰川消融、物种灭绝等等，地球母亲也正遭受有史以来最严重破坏。而作为自然之子号称万物灵长的人类，却仍囿于一己之私，不知祸之将至。其实，恩格斯早就告诫人们："我们不要过分陶醉于我们人类对自然界的胜利。对于每一次这样的胜利，自然界都对我们进行报复。每一次胜利，在第一线都确实取得了我们预期的结果，但在第二线和第三线却有了完全不同的、出乎预料的影响，它常常把第一个结果重新消除。"它告诉人们不要企图征服大自然，不应当与自然为敌。自然是人的生境，是人类赖以生存的基础和家园。如果人类肆意妄为，不顾大自然的法则，践踏自然，人类也终会绝迹。而这是谁也不愿看到的结局。

张炜以其谦卑的自然情怀，倾心关注大地上的事情，把自己的思考融入野地，谱写了一曲曲人与自然和谐共赢的奏鸣曲。

21. 空灵如水的心灵痕迹
——读赵静怡散文集《疏山梅影》

  赵静怡的散文有一种清淡疏朗的自然之美，但也不乏睿智、清新和思索。她悲天悯人的诗意书写，发轫于对这个转型期社会中真善美的热情礼赞和诚挚守望，也是对山光水色、真纯情感和心灵家园的祝福和感恩。她的语言温馨、淡雅，冲和，襟怀博大、宽广，对人性之美心存怜惜，对现世浮华不乏清醒，既聆听人类的苦难，又与喧嚣的世界保持守望的距离。她的散文是自然世界、现实境遇和生存记忆的浩瀚留影，也是她励志前行的勇气结晶，里面既有解剖自我、社会、人生的勇气，也有女性细微思绪和温润性情的全息渗透，这是散文这一文体自由、空灵、蕴藉、感伤的完美展现。那些并不遥远缥缈的童年和青春往事，通过作者深情的寻访，闪现出一种令人扼腕叹息的忧伤、甜蜜和悒郁；而那些熨帖的生命细节，带着人文温度和理想主义的缅想，被精致地镶嵌在作者自我的心路历程和情感履印中，它让我们读者深深地感悟到——个人的生命记忆和一种精神气质的养成之间有着隐秘深邃的关联，一种有生命力和精气神的写作，也往往是作者朝向童年、青春、母爱、自然的一次心灵回眸。赵静怡对个性化记忆的捍卫与打捞，对琐屑事物的悉心留神，对往昔日重现的温婉回望和满怀敬畏，持续地向我们表达了那些不绝如缕的人文关怀和精神气场对一代人成长经验的浸润与回响。

追忆似水流年

  赵静怡对时间流逝是非常敏感的，她的回忆总是伴随着时光的律动和岁月的印痕。她有意识地以闲聊和回述的方式，让散文直接与读者对话，把面对光阴荏苒的种种生命情状作为叙事内容，把耐心缅想和感谢生活作为基本的写作伦理，从而使最为普通的成长履历和情感生活发出自己的声音。阅读赵静怡的散文，让我记起梭罗在《瓦尔登湖》中写下的一句话："时间只是供我垂钓的溪流，我饮着溪水，望见了它的沙床，竟觉得它是那么浅啊。浅浅的一层溪水流逝了，但永恒却留在了原处。"时间的本原就是事物的存在过程。时间是所有事物皆具有的天然属性，时间是存在的表征，是过程的记录，是人们描述事物存在过程及其片段的参数。事物的存在状态无外乎静止及运动变化，事物的运动变化既有其在空间上的位移，也有其性状的改变。时间是判别一般事物是处于静止阶段还是运动变化阶段的关键。赵静怡在《一直很安静》中写道："时光如水，浇澈所有的萌动，与不安的焦躁。十年的时光，再伸入溪水，触到的是轻轻的温润。我知道，那凉意中的温暖，来自对世事的日渐体悟，来自由心而起的微微手温。安静，是一种默长的力量，它弃了华丽的外衣，丢了沉重的脚步，与星子同眠，与朝日同醒，也与温柔的爱同在。"她对时光的感悟是感性的，逝者如斯的流水盈科而进，裹挟着世事流转的沙尘，让人的心灵在不期而至的惆怅中猝不及防。成长的历程，就是学习面对时光流转的过程。赵静怡在《音乐笔记：月光水岸》中写道："这种安宁，是大安宁。是超越时空超越生死的安宁。这即是月的魅力所在。它或许有千疮的经历，或许有坑洼的月海，却总是把最柔美最明亮的一面赐予人间，给人以无尽的遐思与畅想。自古金钱帛马，何者最可珍惜，月啊。历史无声无息地走过，它见证了尘烟弥漫或莺回燕转，却永保持了那么一份珍洁。"她对时光的体验还常常放置在大宇宙的广阔时空中，超越生死，与日月光华同呼吸共命运。赵静怡在《生命中的叹息》中写道："生命永远不是卑微的，值得我们去赞扬，去颂歌。单薄的身躯支起一片天，虽死犹可赞；黑暗中落泪的双眼，点亮了许多人心中的明灯；奔波劳碌的身影，成全了身边一沓沓人的希望；佝偻蹒跚的步伐，将遥远的距离一点点的缩短。"对生命价值的正面肯定，对理想主义的矢志不渝，对意志力和行动力的礼赞，照亮了岁月的夜空，呈现出一种"天行健，君子以自强不息"的刚健之美。赵静怡在《趟过岁月的河流》中写道："在这时光的河流里，也许唯有树，是经得起岁月磨蚀的吧？大半的人，大半的物，都被这河波无形地改变了。多少甜蜜的相聚，因了时光的岔路，也被迫分开了。一个一个故事，一串一串熟悉的名字，几年后的今天，都变成了难以辨识的纤痕。岁月的风烟缭缭，可曾为何人驻足过呢？"她参透了岁月无声的威力，其实，十年树木，百年树人，树犹如此人何以堪？一切存在之物都在时间的隐蔽下蓦然之间沧海桑田，那些人，那些事，在岁月的风雨中渐渐褪色，留给人们无尽的叹惋。赵静怡在《暮春》中写道："小村踏着暮春的脚步，零零脆脆的走着，抖落身上的繁花，生出渐次成熟的峥嵘。失去了的，压在心底，未知的，一往如故的边行边珍惜，从不会因了时光匆匆，紊乱了应当的步调，也不会因了时岁不回，发出无由的喟叹。小村，多像一位安宁的智者，于无声处，让你体会到生之哲理，在暮春时节，哪怕在今后的暮年，都能从容回看，善待花开花落。"跨越时光的河流，赵静怡更多的体会到面对时光律动的从容不迫和雍容大度。生命的哲理，在对暮春的感动中升华到了对暮年的想象，跨度之大，实在是惊世骇俗。不叹息，不后悔，宠辱不惊，去留无意，这种智者的豁达，弥漫在她的字里行间。赵静怡在《秋夜私语》中写道："很多的时候，命运不是我们能够左右的。秋叶泛黄，终会消逝掉高高在上俯视一切的年华；娇艳欲滴倾国倾城的鲜花儿，照旧躲不过秋风秋雨无声却有力的摧残。翩翩落地时哀弱的呻吟，写满了对不可自主枉自回盼的垂怜。"面对飘零于秋风中泛黄的落叶，她触发了自己对自然四季周而复始的感伤。庄子曰："天地有大美而不言，四时有明法而不议，万物有成理而不说。"这种弥散在自然中的规律就是天地大道，不可自主是因为无法违背自然新陈代谢的铁律。

感悟人与自然

赵静怡的散文是广袤大地的深情赞歌。她的写作视野，既有蔚蓝天空般的广阔，又像茫茫大地一样具体真实。她站在乡村经验的立场上，怀想往昔乡村天真质朴的面貌，也以诚恳的自然伦理视角，摒弃了消费主义的喧嚣。她的目光在山光水色、花草树木之间游弋，并以童心未泯的温润天真，描绘了大自然本色的灿烂以及她对生命、自然、人类、生态独到而深入的理解。

目之所及的自然风物都会进入赵静怡的文学世界，她透过对大自然本真存在的观察和思考，展示出对原生态事物的深情礼赞。赵静怡在《伊心似井》中写道："井水是天空与土地的爱恋，是它们未果的眼泪。天空眷恋着大地，却因三万英尺的距离难以贴近，便将满腔痴情化作浓浓的云，因了相思的折磨，这云变得阴郁，日复一日，终于，上苍扑簌簌的落下泪来，深深地渗入它所钟爱的泥土。井水是温润的，是沉凉的，是情感的积淀，是弥珍的精华；是经过深沉思考的玉露，是捧贮你心的琼浆。它不因四时变化，不因地形悄走。"井代替江河湖海聚拢着人气和城乡的繁荣，是生活气息和生存繁衍的象征。井水与自来水不一样，它属于上天赐予，井水滋养了人类的身心，是天人合一、厚德载物最直接的哲学反映。赵静怡在《夜半子规》中写道："杜鹃啼唱多半是暮春时节，过了这个时节，它便隐逝了。它像这个时令的守关者，它的使命，便是应暮春而来，提醒人们，珍惜当珍惜的，莫待无花，空折枝。"杜鹃啼血猿哀鸣，自然世界的鸟儿，在她的笔下充满灵性，仿佛是暮春时节的守关者，警告人类必须珍惜岁月，因为光阴荏苒，逝者如斯夫。这样的文字，可以看见赵静怡那颗水晶般的自然之心。赵静怡在《丢失的自然》中写道："嗳，自然，宽厚而甜润的自然，我已多久没有亲近？每日，趴在宽大的办公桌上，守着方方正正的电脑，腿懒得伸，脚懒得动，离自然愈来愈远，隔阂愈来愈深，就是摆了几株凤尾，几盆绿萝，也因少见阳光，慢慢枯萎了。也许，现时代的我，就像困在缸里的鱼，虽有水，却因了内心的繁碌，难以真正进入自然的角色，游来游去，都离不了这一寸的水壤，脱不了约俗的桎梏。"这是一个现代社会的白领丽人对人与自然之间形成了可怕的厚障壁的深入反思，办公室的电脑恰恰是科技理性的隐喻，而盆栽植物凤尾竹和水养植物绿萝的枯萎，也是人类忘记了呵护自然的结果。身心劳顿和工作繁忙，使我们渐渐与美丽的大自然疏远进而隔膜，来自大自然的人类渐渐失却了自然之心和心灵返璞归真的能力。赵静怡在《不"知了"的蝉》中写道："蝉左右不了自己的命运，一个小小的顽童就可以轻易把它毕生的心力化为泡影。它的存在，处处充满了险机，甚至在它蜕变将成为终生的残废，不能飞行。"记得法国生物学家法布尔曾经充满深情地描写过蝉这种可爱的小生灵，赵静怡对蝉也饱含怜爱与珍惜，在强大的人类力量面前，小小的蝉是孱弱无力的，根本无法逃脱被戕害的命运。如今，生活在都市中的现代人，面对水泥、柏油铺就的路面，到哪里去寻觅鸣蝉的倩影呢？古诗文中"高蝉正用一枝鸣"的美好意境何处去寻觅？赵静怡在《白桦林》中写道："夕阳浅浅的余晖中，我又来到了这片白桦林，一年四季忧伤而落寞的白桦林。它们宁静、安详而有序地拥在一起，碧绿的卵形叶子微微低垂，迎着浅浅的蓝风舒展，阳光过处，掀起暗暗的一角。丝丝的脉络轻现，藏了多少不可解说的心事。整个树躯，不似穷武般英勇，却多了，女儿般柔柔顺顺的眉眼。"树木是地球的毛发，绿色的森林葱葱郁郁给予人类无穷无尽的灵感。她对白桦林的诗意描摹，让我们与美好的森林融为一体，呼吸着自然清纯的气息，忘却了尘世的烦扰。其实，著名散文家苇岸也有过对白桦林的书写。苇岸在《去看白桦林》一文中写道："我从内心深处感到，在白桦与我之间存在着某种先天的亲缘关系，无论在影视或图片上看到它们，我都会激动不已。我相信，白桦树淳朴正直的形象，是我灵魂与生命的象征。秋天到白桦林中漫步，是我向往已久的心愿。我可以想象，纷纷的落叶像一只只鸟，飞翔在我的身旁，不时落在我的头顶和肩上。我体验这时的白桦林，本身便是一群栖在大地上的鸟，在一年一度的换羽季节，抖下自己金色的羽毛。"无论是赵静怡还是苇岸，都对这种淳朴正直的树木充满真挚的情感，两文珠联璧合，相映生辉。赵静怡在《音乐笔记：云水禅心》中写道："清风是禅，自如舒卷。平常心，平常意，容易抵达禅境。读得懂四季，握得住内心，才会从容不迫，真切生活。知足者近禅。莫与他人攀，时时自省念。不足之处常常视检，有长之处处处发扬，方能远离了妒忌之火，轻愉前进每一步。"她对四季和物候的变迁是敏感多思的，云朵和流水，唤起了她参禅般的心境，从容不迫的心灵来自内心世界清淡如水的感悟，赵静怡的悟性来源于与大自然的倾心交流和对话。赵静怡在《苦雪烹茶》中写道："梅花暗香浸浸，兀自缭绕。拂着尘古琴，为君弹奏一曲流水知音。水声淙淙，如略山涧，如坠幽谷，与卵石厮磨，与悬浮的叶儿呢喃。走过这一弯，来到心之平川，缓缓谧谧，你猜不懂，一汪水盈盈的心事。"这样的文字让我想起了"梅妻鹤子"的林逋，她的文字与林逋"疏影横斜水清浅，暗香浮动月黄昏"有异曲同工之妙。琴声悠扬，水声潺潺，幽壑深山，虚怀若谷，一个人有了清净的心胸，方可接近如此超凡脱俗之境。赵静怡笔下珠玑玲珑的文字，闪现出宋词般浏亮的光泽，让人读毕齿颊留香。赵静怡在《空谷幽兰》中写道："生命，如一条弯弯曲曲的长长的河，鱼龙混杂，泥沙俱下，夕阳朝日的光辉使之粼粼闪动，内里，却是寒雪似的酷凉，且要归之于无际的海，湮逝了征程；红尘滚滚，任霓虹光乱，觥筹笑欢，却多逢场作戏，欲望不浅。于是，幽兰生于空谷，僻于空谷，终其一生。"在这篇散文中，空谷幽兰和生命体悟妙合无痕，达到化境。表面烦嚣浮华的生命，其内里却是冰霜一样的质地。这样的文字，与张爱玲"生命是一袭华美的袍，上面却爬满了虱子"可堪媲美。她在《天国的女儿》中写道："素月分辉的梅花，只有雪是它的伴侣。一滴泪融入雪里，化作清清的水，根茎吸收，瓣儿变得更加凄清。蝶儿难以飞过严冬的距离。在梅为它绽放的时候，它正睡在自织的锦绣里。"梅与雪，自古就是诗人笔下的冰清玉洁的意向，赵静怡把梅花比作天国的女儿，就是对天意的感恩。可贵的是，赵静怡的领悟力与对自然的感性体察完美结合，天衣无缝。

我一直认为，散文作品的创作有如绘画和作曲一样，蕴含着创作者的价值体系和思想内涵。成功散文作品的问世，缘于独特思想和灵魂的诞生。赵静怡的写作根基有俯身大地的沉稳。正如我理解的生命的全部意义在于思想的尊严一样，写作的意义在于找寻和重建思想的光芒。找寻思想是一次打通和介入，重建灵魂则是一种皈依和完美。散文作品的品质取决于写作者的精神质地。赵静怡的内心质地明润而清澈，所以她的作品就散发出纯粹素朴的亮色和澄明通透的清辉。

赵静怡的自然情怀表明了这样一个朴素的真理：每一个人、尤其是作家，必须是一个不断努力走近自然世界、关心人与自然的关系、向着钟灵毓秀的自然之境迈进的人——这在生态环境日益恶化的二十一世纪显得更加急迫。赵静怡的散文多描写大地上的花草树木、江河湖海、日光大地，飞禽走兽和晨昏暮霭，她的笔触细腻、质朴、庄重、清雅。其中闪现出的"大地伦理"这一主题也必将随着人类对自身及其生存环境认识的进一步加深而受到更多读者的青睐，这是文学持守的自然关怀在散文领域的直接体现。

书写心灵内蕴

赵静怡为自己剖白心灵内蕴的写作，储备了丰盈的个性化经验和细节，她的内省、迷茫、惆怅、感奋，连同她对当代社会生活和时代症候的细致观察，构成了她散文思想的内里。那些深水静流的心灵河床——宁静的生活，梦想的冲动，无法遏制的激情不断闪现出温暖和善意的人间情怀。赵静怡的写作伦理是谨严、细密而内敛的。

她的散文是中国当代生活变迁和世纪之交个人精神史的双重见证；她善于以身边平凡小事书写大时代，以文字中深藏的灵气表达尘世的梦想，以世俗生活的瓷实描写映射中国人素朴浑厚的人生。王安忆坚持在精神的游历中积攒文思，在逼仄的生活夹缝中寻找柔情，在光怪陆离的现实生活里发现润泽心灵的事物并有力地重申了理想主义在散文写作里的精神价值。她在《也说饺子》中写道："饺子，真是赴汤的饺子，赴火的饺子，是沐浴的饺子，沉浮的饺子。其间，包含了多少人生况味。饺子，恍如那滚水里摆渡的船，于一片迷雾中，渡你上岸。"作为北方常见的食品饺子，在赵静怡的笔下承载了赴汤蹈火、荣辱沉浮的象征意义。司空见惯的事物被赋予了令人耳目一新的人生内涵，显得别出心裁。曹雪芹的笔下，女儿是水做的，是真善美的浓缩和象征，而赵静怡在《女儿是云》中写道："一个女儿，就是一朵柔柔的云，生来，就注定了。它没有自己的翅膀，以泪做心，因风的助力，无着的飘摇。有的时候，相中了一棵梧桐，刚想憩下身子歇一歇，无情的风，却拽着它的衣襟把它拖走了。"女儿与天空中的白云有了可比性，美丽飘忽却又难以主宰自己的命运。赵静怡是个喜欢在阅读中感受心灵悸动的淑女，她在《心灵絮语之冬韵》中写道："读了一下午席慕蓉的书，很是嫉妒这个并不怎么精致的女子怎么可以把人生过得这样美。一朵花，一幅字，一张剪影，一片月下，都能勾起她无边的情思，仿佛她的心中，随时储满了诸多的爱，与和谐，只在念叨的瞬间，就如泉水般涌出，汩汩地显现。"作家喜欢阅读什么样的文字，自己通常心向往之，其实，赵静怡的文字与席慕蓉的诗歌是神魄相通的，一朵花，一幅字，一张剪影，一片月下，都能触发她们无边的情思，作家心中储满了诸多的爱与和谐，一旦思茅塞顿开思路就如泉水般汩汩喷涌。对音乐的欣赏和体悟，也常常给赵静怡带来深沉的思索，她在《听箫：妆台秋思》中写道："箫表达的是一种生命的厚重，是气势磅礴河流荡荡而息后的静美、纯粹。就像人生，许多人欢喜高调的唢呐，缠绵的提琴，跳跃的钢琴，这些，就像一个豆蔻初开的女子，走上繁华旅途，被霓虹光影所迷，为觥筹交错所惑，一路走着，身上，也渐渐着了棉衣华服，一袭青涩白衣不再浮现，甜甜酒窝变为魅力女人揪紧这世的漩涡。"高调和喧哗的背后，是精美纯粹的安详，箫声启迪了赵静怡的心扉，让她悟透了生命的真谛。无独有偶，笛声赋予赵静怡别样的沉思，她在《永不消逝的笛声》中写道："也许秋水融尽斜阳，鹭鸶鸟才会放声高唱；也许泪水柔化了风霜，才会换回前生点滴的沧桑；也许枯蝶飞至万里的海畔，才会有你灯塔的纤光；也许一越过百年，才会有脉脉泪眼无言的相望。"面对秋水共长天一色，落霞与孤鹜齐飞的斜阳秋湖，赵静怡一边聆听悠扬的笛声，一边欣然命笔，记下了穿越时空的心灵絮语。月光如水的夜晚，赵静怡常常仰望一轮圆月沉思默想，明月千里寄相思，月下飘缈的思念打通了她与林清玄的文思，她在《望月》中写道："下午读林清玄的《红豆》，说起人之思慕，言道不会相思的人是贫穷的，是人生的贫穷。大抵世间不如意者十之八九，折磨人的痛苦一定程度上又象征着甜蜜，因其痛苦，更能体味甜蜜的珍贵。"在甜蜜与痛苦之间，赵静怡摆渡着自己的情感，驱遣着诗兴盎然的文字，隽永的散文意境氤氲在字里行间。对阅读的痴迷使得赵静怡的散文散发出浓郁的书卷气息，她在《读书小记》中写道："是的，生命中只卷藏爱、美、与智慧。丑的恶的统统抛离，弃之于无尽大海，让肮脏腐朽难以着身；像明月般澄净，风霜雨雪难掩其熠熠生辉；像兰芝般净雅，芜草群芳难掩其秀质。"抛弃丑恶，才能接近真善美，这是思想者必须具备的甄别能力和选择能力，赵静怡的文字本身就引领读者在明月澄净的思想夜空翱翔天际。

赵静怡感悟心灵的文字谦逊沉静而质朴无华。她的写作因为来自对命运的醒悟、诗意的呢喃、灵魂的呐喊而深具浪漫主义和理想主义的光辉。她生命中那些悲欣交集、喜怒哀乐的生活乐章洋溢着感人肺腑的人性力量，而她浩瀚的悲天悯人意识也不时地流淌在文字中间。她以生命的虔诚领会成败，以往事的回忆化解孤独，以自己的思考和洞察成功地捍卫了生命的尊严。她所描述的那些难忘记的在今天这个物欲横流的时代，虽然难以重现，但却温暖了沧桑干燥的文心。

回眸故乡田园

赵静怡的散文中有不少篇章是对自己赖以成长的故乡田园的深情回眸。她的故土之思萦绕着沉着从容的心绪，充满柔情似水的依依不舍。她的思乡散文优雅而清丽，她的语言简单而凝练。她置身于喧嚣都市的现实世界，总是心存家园之念，敬畏淳朴生活，挚爱着往昔岁月中平凡而温馨的事物。她坚信记忆的力量，并渴望每一个细节和语词都在她笔下弥散出情感的光泽和葱茏的诗意，她的乡村情怀的写作深刻地阐明了自己内心的宽阔、澄澈、温柔和悲悯，也证明了她在散文语言和叙事节奏上的良好禀赋。

每当赵静怡在异地游览名胜古迹时，故土的风物总是涌上心头，让她思之念之。赵静怡在《故乡记忆：古井》中写道："记得前年游南京的时候，秦淮河南岸谢安的老宅，门前就有一口古井，千年了，白色的井栏依旧光鲜，柔手触摸厚重的井盖，依稀听得到昔日井水脉脉的涌动，和汩汩的欢欣。古井随着旧时王谢堂前燕，依依不变地飞入了寻常百姓家。而今，村里的古井死了，心也随之殁了，那甘醇的回味，那永不会再来的清冽。"古井的死亡，让她永怀惆怅的记忆，毕竟，那清冽的井水滋养过村民的灵魂和身心。每逢秋高气爽、果实累累的收获季节来临时，赵静怡都走向故乡的田园，好像一个农夫一样心怀对大地的感恩，她在《故乡的秋》中写道："四周弥漫着禾田的清香，任何香味无可比拟。地上偶见雨后蚯蚓拱土的泥，弯弯的、层层交叠，曲成一个环似的梦。随手捧起一把泥土，细细地看着，黄色微尘，却又如此亲切。怪不得张炜曾说：握着泥土，就像找到了自己的归宿。人只有在立足的土地上，才是最安心的，才会有萌生、抽芽、苗长、爱恋以及殒逝，等等。离开了土地的人，是多么的可怜。"故土难离，树高千丈叶落归根，手捧故乡的泥土，赵静怡找到了心灵的归宿。夜色笼罩下的乡村别有一番诗情画意，安详宁谧的月下乡村似乎在赵静怡笔下成了一张水墨画，她在《月下的村庄》中写道："村庄的夜，如此的安谧。不惹喧嚣，一派澄净。生命，在此像一条无声的河，舒缓的流淌，一些落叶、一些荆刺，深深刺痛它的心底，却终于，遮不住它脸上顽强的微笑，和对生活切实的感恩。"乡村的生命如无声的河流，缓缓流淌在岁月寂静的河床，一些落叶和荆棘都会使我的心灵感到疼痛，这是怎样一份浓酽的乡情呢？夕阳梧桐，苔痕阶绿，古屋窗棂，蛛网尘封，故乡的风物链接着久远的回忆，赵静怡深情款款地在《故园恋曲》中写道："暮阳透过高大的梧桐叶子，斜斜地洒在光滑的石阶，青苔的痕迹全无，似被远去的岁月濯得皙白。古朴的小屋里没有灯，灰暗的窗棂上蜘蛛结了晶丝的网，风吹欲坠不坠。园子里杂草蔓生，经过冬的漫长蛰伏，于二月的初春，萌生点点绿意。爬山虎的脚扭了，经过一冬的休养，无比活泼地亮起笑声，漏在风的衣梢，悬在墙的檐角。梦里你是那亲爱的人儿，忧伤的眼睛望着我，粗糙的手要拉我回向归途。我在你的怀抱里无助地痛苦，突然一道天河呼啦地扯开，析离了你，挡住了我永远的归路。故园，我的故园。"这样深沉的乡情隽永的书写贯穿着赵静怡的情感空间，无论置身何处，有了这样的乡村背景作为精神底色，她都会淡定从容。感时花溅泪，恨别鸟惊心，远去的家园之思念总是伴随着对自然界的花鸟虫鱼的观察与思考，赵静怡是一个寄情天地万物的作家，请看她在《远去的家园》中写道："燕子飞跑了，剩下两只画眉笼中没完没了地叫。它的叫含着哭，我听得出来。它抬头望，天空无遮拦，也不再有逗趣的麻雀探头，搅得它心神激荡而颇难受。它会死的，不是自然的死去，而是心的饥荒。鸟儿，和人是一样的。"自然界的鸟儿与人的情感是息息相通的，自然的枯死，导致了鸟儿心灵的荒芜。理想中的家园消泯了，赵静怡在用文字和心灵经营着别样的故乡原生态风景。她在《故乡的原风景》中写道，而今，在这里，悉心的经营着一座花园。月季瓣儿如乍满之月，蔷薇爬上架子微探着头，满天星安静地眠在草丛里，与银河遥遥相对。你来了，我躲在门帘后，静静注目，却不与你相认。多少年，谁还能伸出双手，挽住流过的时间，多少的哀乐，已改换了爱与被爱者的心田。相望，毋如相忘，一路前行，变幻了彼此的方向。

赵静怡的散文清晰地为我们描绘出了她复杂的写作面影，并由此展现出她理想中的思想景观。她深厚的情感积淀，丰盈的生活细节，缓缓流淌在字里行间。赵静怡的不凡才情和高屋建瓴的思想高度令人欣喜。她纯真而馥郁的文字，蕴藏着丰沛的青春激情以及一种未被时代喧嚣所损毁的精神质地。她迷恋内心世界的复杂感受，打量世界的眼神满布哀伤和迷惘，她的写作既是对往昔记忆的惦念和回望，也是对理想情怀的诗性肯定。她那婉约的言说姿态、细腻丰满的想象、富于思想洞见的哲学感悟、对内心世界的细致描摹，充分显示出了她卓越的散文写作才能。我们期待她走向更为广阔高远的写作境界。

22. 从"生活空间"到"文学空间"
——"空间理论"：作为文学批评方法

文学创作源于对社会生活的艺术升华，生活空间必须转化成文学空间才能实现由此岸世界向彼岸世界的过渡。自然空间向人化空间的转变过程蕴含了作家的价值取向和审美态度。作为一种研究文学的视角，"空间理论"是随着时代的发展和文学表现技巧的嬗变逐渐孕育成长起来的。以空间的阐释来审视不同形态的"文学空间"，可以把握诸如意象型、幻想型和意境型文学空间的各自特点即表现手段。

一、空间、景观、风景

昂利·列斐伏尔是二十世纪的现代法国思想大师，是西方学界著名的"日常生活批判理论之父"，"现代法国辩证法之父"，区域社会学、特别是城市社会学理论的重要奠基人。他把空间首次由自然领域向社会、政治和哲学领域拓进。空间，在其显在的状态下，人们更多的将其视为是一个物理学的概念。自牛顿、伽利略开始，空间就与经典物理学密不可分。空间是一个最为日常的存在，无形而无相，但却又无时无刻不与人的存在息息相关，空间因此不仅是科学的概念，同时更是一个哲学概念。在列斐伏尔看来，在所谓的现代社会中，空间起着越来越重要的作用。

列斐伏尔的思想着重体现在《空间的生产》一书中，他认为空间不仅仅是社会关系演变的静止的容器。空间的作用不单单是使任何事情不在同一个地方发生的手段，它超越了这种单纯的、物理性的、自然的含义。自然空间的地位早已如烟般逝去，它虽然产生了社会过程，但是现在已经沦为被社会生产力操纵的产物了。社会空间是一种被用来使用的产品，或用来进行消费，而且也是一种生产方式。社会空间不但是行为的领域，而且是行为的基础。空间是富含着社会性的，它是生产关系、社会关系的脉络，同时叠加着社会、历史、空间的三重辩证，空间里弥漫着社会关系，它不仅被社会关系所支持，也被其所生产。空间还是一个模型，承载着商品生产性的使用价值。列斐伏尔说："任何一个社会，任何一种与之相关的生产方式，包括那些通常意义上被我们所理解的社会，都生产一种空间，它自己的空间。"而且他强调，我们通过对生产的分析已经可以显示，我们已经由空间中事物的生产转向空间本身的生产。在列斐伏尔的空间生产理论中，空间与马克思提出的生产、消费、阶级等核心概念具有直接的对应关系，这种对应构成了列斐伏尔构建空间生产理论的基石。空间作为生产资料：它与生产力、技术和知识都是相关联的，区域、国家的空间配置相当于工厂增进了机器设备一样，增进了生产力。所不同的是，这样的层次是递进的，更高级的和不易察觉的。同时空间还可以作为消费对象：就像工厂里的机器、设备、劳动力和原料一样，他们是生产资料，同时也是消费对象，当作生产资料来被消费，以获得产出。同时，由于不同的空间承载着不同的景观、场景、物质，以及代表着特定的文化积淀和历史遗迹，它是独特的，因而是具有使用价值的，也是促成被消费的原因。在此，列斐伏尔从空间的生产推出了空间的政治学。随着阶级斗争介入：阶级行动可以制造差异，反抗和阻止抽象空间的蔓延并反抗内在于经济成长的策略与系统。在这种形式与量化的抽象空间，否定了所有差异，包括那些自然和历史以及身体的、年龄、性别、族群等的差异，因为这些因素的意蕴，正好掩盖了资本主义的运作，属于富裕与权力之中心的支配空间，不得不去形塑属于边缘的被支配空间。在后资本主义中，经济与政治趋向融合，但是政治并没有凌驾于经济之上，直到经济与政治空间实现融合，才能消除差异。

因此，空间应该也能够成为一种政治经济学。政治性与其空间的生产连接显然是列斐伏尔的一个重要的理论贡献。当空间可以成为一种政治，那么空间也必须被打上意识形态的烙印，由此可能出现所谓资本主义空间与社会主义空间的区分，这是列斐伏尔对空间生产理论的进一步深化。在列斐伏尔看来，在社会主义空间中的生产，必须在意识到概念与潜在问题的情形下生产自己的空间。

《景观社会》是当代西方激进文化思潮与组织——情境主义国际的创始人、当代法国思想家居伊·德波的成名之作，被西方学者誉为"当代资本论"。居伊·德波在《景观社会》中认为——视觉表象化篡位为社会本体基础的颠倒世界，或者说过渡为一个社会景观的王国。他认为，在今天的时代，"景观——观众"的关系本质上是资本主义秩序的牢固支座。德波在书中断言："在现代生产条件无所不在的社会，生活本身展现为景观的庞大堆积。直接存在一切全都转化为一个表象。"景观是德波这种新的理论的一个关键词，原意是指一种被展现出来的可视的客观景色或景象，也意指一种主体性的、有意识的表演和作秀，他用来概括自己看到的当代资本主义社会的新特质，即当代社会存在的主导性本质主要体现为一种被展现的图景性。人们因为对景观的迷恋而丧失了自己对本真生活的渴望和要求，而资本家则依靠控制景观的生成和变换来操纵整个社会生活。更为重要的是，景观的在场是对社会本真存在的遮蔽。德波在这里循着马克思的批判逻辑，推断景观生成的本质在于当代资本主义社会现实的自我分离。真实世界沦为影像，影像却升格为看似真实的存在。诚如波德里亚所言："原始社会有面具，资产阶级社会有镜子，我们有影像。"也是在这个意义上，后来的凯尔纳把德波的景观发展为今天在全球横行泛滥的媒介景观。依据凯尔纳的定义，这种新的媒介景观是指："能体现当代社会基本价值观、引导个人适应现代生活方式，并将当代社会中的冲突和解决方式戏剧化的媒体文化现象，它包括媒体制造的各种豪华场面、体育比赛、政治事件。""世界已经被拍摄"，发达资本主义社会已进入影像物品生产与物品影像消费为主的景观社会，景观已成为一种物化了的世界观，而景观本质上不过是"以影像为中介的人们之间的社会关系"，"景观就是商品完全成功的殖民化社会生活的时刻"。因此，与马克思分析的商品社会相比，这是一种役人于无形的更加异化的社会。在这一意义上，秉承了先锋派艺术理论遗产，又与西方马克思主义批判理论血脉相连的德波，其思想正处于由西方马克思主义向后马克思主义演变的过渡点上。

二十世纪七十年代末期，日本思想家柄谷行人在《日本现代文学的起源》一书中把"现代性"看作一个"认识论装置"，他认为这个"装置"带来的结果就是"颠倒"。柄谷行人试图从风景的视角来观察"现代文学"。这里的所谓风景与以往被视为名胜古迹的风景不同，根据康德的区分，被视为名胜的风景是一种美，而如原始森林、沙漠、冰河那样的风景则为崇高。美是通过想象力在对象中发现合目的性而获得的一种快感，崇高则相反，是在怎么看都不愉快且超出了想象力之界限的对象中，通过主观能动性来发现其合目的性所获得的一种快感。因此康德说："对于自然美，我们必须在我们自身之外去寻求其存在的根据，对于崇高则要在我们自身的内部，即我们的心灵中去寻找，是我们的心灵把崇高性带进了自然表象中的。"柄谷行人在该书中发现：风景是通过某种"颠倒"，即对外界不抱关怀的"内面之人"发现的。他在书中举了一个著名的例子——"风景之发现"——来进一步说明这个问题。一般认为，风景作为自然风光是先于描写风景的作品而存在的。也就是说，风景是第一位的，而描绘风景的作品——包括文字作品和视觉作品如摄影、电影等——都是第二位的。但柄谷行人指出，这样视之为当然的看法，其实是现代性认识论装置"颠倒"的结果。我们谁也不会否认自然风光是第一位的存在，但它作为"自然物"的存在和作为"风景"的存在是不一样的。作为"风景"的存在，恰恰是被描写风景的这些作品以及隐含在描写背后的一套透视法所生产出来的，这就是"风景之发现"。于是我们发现，被当成是"起源"的"风景"恰恰是由"表层"的"作造出来的"，"表层"变成了"深层"。

二、从原生态"生活空间"到创生态"文学空间"

空间，在其显在的状态下，人们更多的将其视为是一个物理学的概念。自牛顿、伽利略开始，空间就与经典物理学密不可分，而到了近代，爱因斯坦提出划时代的相对时空观，批判发展了牛顿的经典物理学的绝对时空思想，这就动摇了绝对时间的基础，从而接触到了时间和空间的相对性问题，揭示了空间和时间之间某种普遍而新颖的联系，引起人类时空观的变革，把人类引向新的科学纪元。但在其本质上空间问题又是一个哲学的问题，并且对空间的哲学关照几乎和哲学诞生于同一时间。因此可以被视为是一个古老而又常新的问题。它是一个最为日常的存在，无形而无相，但却又无时无刻不与人的存在息息相关，空间因此不仅是科学的概念，同时更是一个哲学概念。

在柏拉图看来空间是在场与不在场的神秘替换："当你们用'空间'（存在）这个词的时候，显然，你们早就很熟悉这究竟是什么意思，不过，虽然我们也曾相信领会了它，现在却茫然失措了。"于是，由此引发了亚里士多德的感慨："空间看来乃是某种很强大又很难把捉的东西。"他们对于空间的这种认识，将空间的现实性与神秘性凸现了出来，空间是现实存在的一个空间，但同时又是一个无法直接感知的空间。可以说在古希腊的时候，空间更多的还是作为一个客观的存在，它似乎还仅仅是作为一个需要认知的对象，但毕竟空间，在这些哲学家的眼中已经进入，或者说必须进入人的视野，由此透露出了一种人与空间之间宿命般的相关性。然而这一相关性似乎到了近代哲学大师海德格尔那里才真正的显现出来，他指出，"每逢一个世界，都发现属于它的空间的空间性"。因为一切行为都意味着"在某个场所"，即人的行为毕竟是在某个空间中发生的行为，甚至可以说，没有空间，也就是没有人的行为的发生，正如列斐伏尔所说的那样"哪里有空间，哪里就有存在"。

空间如果离开人的活动和改造，就永远是一片广袤的虚无。从这个意义上讲，是人的活动赋予了原生态的物理空间以人文的内涵和文明的烙印。人首先是空间发展的产物，空间通过发展产生了人，空间也就成了"人化空间"。人的发展从人类的角度上说是人自己的发展。从空间的角度说，却是空间的发展，即空间以人的发展来发展空间自己。人的发展不能够合乎空间的要求，就会被空间所淘汰，空间会重新选择新智慧生命来发展自己。人从空间中来，也应当回归空间。回归空间并不是回复到人的原始自然生活状态，而是将人类的精神与自然精神合二为一，将人类的命运走向与自然的命运走向统一起来。将人的进化赋予自然的使命。自然所赋予人类的使命就是完成自然空间的人化，人必须更彻底的认识人与空间的关系，走向更广阔的自然空间。认识人，必须将人的存在放在第一位。一方面，要认识到人是自然、世界、宇宙的人。认识与改造自然、世界、宇宙就是认识与改造人自己；人也通过认识、改造自己来完成对自然、世界、宇宙的认识改造过程。另一方面，要认识到人存在物质与精神的二元性。人的发展，是与人存在的物质与精神的状况相对应的。人类社会的发展走入了一个必然的偏执过程，对自然与社会不停的盲目索取的过程。为了满足自己说不清道不明的欲望，消耗自然的能源物质，在满足了自身基本的物质需要后，开始了以人的奢侈需要为目的的物质需求。人对自然的认识和改造，是在对自然的认识和改造基础上，来调整人与自然的关系。人类的这一历史进程，最早是体现在农业上。农业的自然对象就是生物，农林牧渔，是人对动物、植物、微生物的认识和利用。今天的生物学从宏观上发展到了生态环境学的程度，从微观上已经发展到了遗传基因学的程度，现在农业也已经发展到了生态农业的程度，这个是从生态环境上去处理人与自然的关系。如何进一步认识人的遗传与基因，也是从更深程度上去调整和处理好人与自然的关系。人的整个农业活动必须处理好人与自然的关系。开荒毁林，就是从人认识和改造发展耕地开始的，当我们知道了对自然生态环境的严重破坏程度，我们就知道了必须要退耕还林，这个就是在调整人与空间的关系。工业的最初自然对象是各种矿物，从最早的陶制品到铜制、铁制等等，慢慢又出现了对能源的利用，如煤、石油等等。我们现代的工业发展早已经超过了对原始矿物的开采、初加工阶段，发展到了重工业、核工业的程度。范围也从最早的地表延伸到了海洋、天空，人类的活动足迹也已经开始沿伸到广阔的宇宙空间中，形成了现在的海洋工业、航空工业、航天工业，今后我们也将会开展更广阔的宇宙星际工业。

刘庆邦的小说《红煤》中，未开采之前，红煤厂村这时作为国有煤矿周围的自然世界，是这样呈现在读者面前的："纵目望去，一望无际的麦田青碧连天。油菜花已经开了，这儿黄一片，那儿黄一片，金箔般点缀在麦田之间。一块云彩移过来了，与云彩相对应，下面的一块麦田顿时有些发暗，像笼罩在雨中一样。云彩的朵子虽小，被遮了阳光的麦田却有很大一片。然而云朵很快移走了，刚才发暗的那块麦田又恢复到明绿的色彩。麦田上空还有一层雾岚，雾岚盈盈波动，如水似烟，像是为麦田披上一层轻纱。"如同比利时著名生态学者迪维诺所说："绿色具有永不衰败的魅力，它可能有益于人类的健康，因而它具有一定的必要性；一系列活泼的或低沉的，单一的或复杂的色调将由枝叶的绿色中分出，而在一种不可理解的奇迹之下，它们从来也不互相冲突或互相损害。"这样的"人化空间"是一种人与自然和谐相处的良性"人化空间"。

后来，追求矿长女儿失败反被矿长借故开除的宋长玉来到红煤厂村的砖厂。随着他把村支书的女儿明金凤追求到手，他又成为该村村办煤矿的矿长。由于长期的狂挖滥采，地表径流一天天下渗，造成了红煤厂村周围自然生态的渐趋恶化。最明显的变化是水资源的逐渐减少。"红煤厂村没水了，红煤厂村的水不是呼啦一下子干掉的，而是逐年减少，逐月减少，一点一点消失的。"由于缺水，自然风光与从前相比不啻霄壤之别，这时作者刘庆邦又让读者沿着当年宋长玉和唐丽华春游的路线感受触目惊心的变化："入村的那座桥仍在，只是桥下没有水了，那条河早干得见了底。河底龟裂着，每条龟裂的缝隙差不多都能塞得进拳头。河坡里没有了草，也没有了花，光秃秃的，连一粒羊粪也看不见。既然没了水，就没了鱼，没了虾，没了螃蟹，戏水和摸鱼捉蟹的小孩子也不知到哪里去了。"同样因为缺水，红煤厂村山上的树木几乎死了一半。已经死了的，枝干发枯，发黑。没死的，树叶也发干发毛，一片燥色。山林间没了水汽，也就没了灵气，路边的野花没有了，鸟鸣也听不到了。偶尔有风吹来，也都是干风，灼得人心起燥。到红煤厂村游览的人越来越少。偶尔有一两个游客慕名而来，走一处，失望一处，只能是乘兴而来，败兴而去。卡逊在《寂静的春天》中说："地球上生命的历史，一直是生物及其周围环境互相作用的历史。生命要调整它原有的平衡所需要的时间不是以年代计，而是以千年计。新情况产生的速度和变化之快已反映出人们激烈而轻率的步伐胜过了大自然的从容步态。"由此可见，违背生态规律，盲目改变自然空间，所导致的是恶化的"人化空间"。

文学创作中，自然空间经过艺术的想象和加工变成了人化空间，此时的空间闪烁着文化的光芒，渗透着作家的文化意识和文化自觉。比如，巴尔扎克在《高老头》一书的开头这样描写故事发生的背景：

"公寓的屋子是伏盖太太的产业，坐落在圣·日内维新街下段，正当地面从一个斜坡向弩箭街低下去的地方。坡度陡峭，马匹很少上下，因此挤在华·特·葛拉斯军医院和先资祠之间的那些小街道格外清静。两座大建筑罩下一片黄黄的色调，改变了周围的气息；弯窿阴沉严肃，使一切都暗淡无光。街面上石板干燥，阳沟内没有污泥，没有水，沿着墙根生满了草。一到这个地方，连最没心事的人也会像所有的过路人一样无端端的不快活。一辆车子的声音在此简直是件大事；屋子死沉沉的，墙垣全带几分牢狱气息。一个迷路的巴黎人在这一带只看见些公寓或者私塾，苦难或者烦恼，垂死的老人或是想作乐而不得不用功的青年。巴黎城中没有一个区域更丑恶，更没有人知道的了。特别是圣·日内维新街，仿佛一个古铜框子，跟这个故事再合适没有。为求读者了解起见，尽量用上灰黑的色彩和沉闷的描写也不嫌过分，正如游客参观初期基督徒墓窟的时候，走下一级级的石梯，日光随之暗淡，向导的声音越来越空洞。这个比较的确是贴切的。谁又能说，枯萎的心灵和空无一物的骷髅究竟哪样看上去更可怕呢？……天快黑的时候，栅门换上板门。小园的宽度正好等于屋子正面的长度。园子两旁，一边是临街的墙，一边是和邻居分界的墙；大片的常春藤把那座界墙统统遮盖了，在巴黎城中格外显得清幽，引人注目。各处墙上都钉着果树和葡萄藤，瘦小而灰土密布的果实成为伏盖太太年年发愁的对象，也是和房客谈天的资料。沿着侧面的两堵墙各有一条狭小的走道，走道尽处是一片菩提树荫。伏盖太太虽是龚弗冷出身，菩提树三字老是念别音的，房客们用文法来纠正她也没用。两条走道之间，一大块方地上种着朝鲜蓟，左右是修成圆锥形的果树，四周又围着些莴苣、旱芹、酸菜。菩提树荫下有一张绿漆圆桌，周围放几个凳子。逢着大暑天，一般有钱喝咖啡的主顾，在热得可以孵化小鸡的天气到这儿来品尝咖啡……这间屋子有股说不出的味道，应当叫作公寓味道。那是一种闭塞的，霉烂的，酸腐的气味，叫人发冷，吸在鼻子里潮腻腻的，直往衣服里钻；那是刚吃过饭的饭厅的气味，酒菜和碗盏的气味，救济院的气味。老老少少的房客特有的气味，跟他们伤风的气味合凑成的令人作呕的成分，倘能加以分析，也许这味道还能形容。话得说回来，这间窖室虽然教你恶心，同隔壁的饭厅相比，你还觉得容室很体面，芬芳，好比太太们的上房呢。"

阴森腐朽的气息暗合了波旁王朝时期巴黎的社会现状，凝滞，奢靡，晦暗。

有时，作家把"空间"作为故事发生的场景来提供人物活动的空间。比如，鲁迅在小说《社戏》中有一段很经典的场景描写，展现了一帮孩童去看社戏的喜悦："两岸的豆麦和河底的水草所发散出来的清香，夹杂在水气中扑面的吹来；月色便朦胧在这水气里。淡黑的起伏的连山，仿佛是踊跃的铁的兽脊似的，都远远的向船尾跑去了，但我却还以为船慢。他们换了四回手，渐望见依稀的赵庄，而且似乎听到歌吹了，还有几点火，料想便是戏台，但或者也许是渔火。"清新的泥土气息扑面而来，带着作家对美好童年时光的回忆和依恋，堪称妙品。

还有的时候，作家把空间直接与人物活动的场面融为一体，天衣无缝。比如，苏童在"重述神话"的小说《碧奴》中，写到碧奴千里迢迢冒风雪严寒来到长城为夫送寒衣的场面。"北方的天空剪出一片连绵的山影，天空之下山峦之上，就是逶迤千里的大燕岭长城了。长城在初冬的阳光下闪出锋利的白光，把天空衬托得萎靡不振。长城其实是一堵漫长无际的墙，一堵墙翻山越岭，顺着群山的曲线向远方蔓延，看起来像一条白色的盘龙，那白色的盘龙就是长城。长城其实就是一堵山上的墙，一堵墙见山便骑，骑在无数的山峦上，给山峦披戴上一排坚硬的峨冠博带，那山峦上的峨冠博带就是大燕岭长城。大燕岭的民工们看见了万岂梁的妻子，她像一个飞来的黑色首饰，小小薄薄的一片，镶嵌在断肠岩的峨冠上。"此处，一个小女子与宏大的万里长城形成极大与极小的张力，极其富有暗示意味。

三、创造"文学空间"的三种形态

文学空间的特质乃是作家眼里的"人化空间"，实际上，从作家看到空间的第一眼，他就开始赋予这种空间以"个性化的审美化的观照"。空间在文学作品中往往以背景、场景和场面呈现出来。作为背景的空间是属于作品的宏大远景，故事的展开和情感的抒发要被这个宏大的远景所蕴涵，这个背景赋予人物以外在的影响。场景则是相对集中和近距离的现场，场景不像背景那么宏大，它是人物活动和故事展开的舞台，场景恰如电影银幕上的大写意。而最小的最近距离的又最富有"人化"的空间则是场面。场面乃是"特写"和"横断"。故事的细节，人物的言行，皆要仰仗这种"第一现场"的直播或实况才能进入读者的接受系统。从背景到场景，最后落实到场面，是由远及近，由宏观到微观，由粗略到精致的步步进逼。

从"文学空间"在作品中的表现形式来看，一定的文体总是对其有特别的侧重。大体上有"意象型""幻象型"和"意境型"三种模式：

第一，意象型文学空间。

意象是意和象的统一，这里所谓的意是指作家依靠敏锐的洞察力和艺术直觉从生活中获得的关于社会、人生的抽象观念。而象则是作家观念的外化，是自然之象或者心灵之象。意象则是二者的微妙结合。社会空间不但是行为的领域，而且是行为的基础。恰如列斐伏尔所言，空间是富含着社会性的，它是生产关系、社会关系的脉络，同时叠加着社会、历史、空间的三重辩证，空间里弥漫着社会关系，它不仅被社会关系所支持，也被其所生产。意象有不同的层次，对此中国唐代诗人王昌龄有非常好的论述，在他看来：

第一境界是作者描写自然景物时达到了"了然境象，故得形似"，构成这一境界是达到了形似的物象。王昌龄举了一首诗，这首诗只是达到了第一重境界。"明月下天山，天河横戍楼，白云千万里，沧江朝夕流。浦江望如雪，松风听似秋，不觉烟霞曙，花鸟乱芳洲。"

第二重境界是指作家"神之于心，处身于境"，物象得到了情感的浇灌，达到了情景交融的地步，此时我们可称之为情象。如唐代诗人朱庆余的《近试上张水部》："洞房昨夜停红烛，待晓堂前拜舅姑。妆罢低眉问夫婿，画眉深浅入时无。"这首诗是借了"新娘成婚后第二天要上堂拜见舅姑，心中忐忑不安"的物象，表达了作者自己面对即将参加考试的不安之情。

第三重境界我们才可以真正称为意象。此时作家灌注于意象之中的已经不仅仅是情感，或者说不仅仅是一种个人性的情感，而是一种理念，达到了对自然，人生综合观察，上升到某种理性认识的思想。此时象成了理念的感性显现，这种理念和物象的高度自恰的融合就叫意象。例如奥地利作家卡夫卡的小说《城堡》就是一个意象，它深刻揭示了人只能不断等待和追寻，却永不能到达目的地的悲剧性人生处境，具有形而上的生命意味，它让我们看到了人的局限。

第二，幻象型的文学空间。

表现型文学更重视异样的氛围，而不大重视仿真性的典型环境的营造。有时候表现型文学家的文学空间重视的是幻象——按照理想的想象的情绪的要求来创造。幻象是文学形象的一种，是作者通过想象，在超越生活原生态形象的基础上创造的着重于传达作者的感情、意念、理念的文学形象。幻象型文学空间的特征是夸张，它一般都是对生活原型的某些特征的极端化、夸张化。如同徐志摩所言——感情是我的指南，冲动是我的风。李白的《梦游天姥吟留别》一诗就是塑造幻象型的文学空间的杰作："我欲因之梦吴越，一夜飞渡镜湖月。湖月照我影，送我至剡溪。谢公宿处今尚在，渌水荡漾清猿啼。脚著谢公屐，身登青云梯。半壁见海日，空中闻天鸡。千岩万转路不定，迷花倚石忽已暝。熊咆龙吟殷岩泉，栗深林兮惊层巅。云青青兮欲雨，水澹澹兮生烟。列缺霹雳，丘峦崩摧，洞天石扉，訇然中开。青冥浩荡不见底，日月照耀金银台。霓为衣兮风为马，云之君兮纷纷而来下。虎鼓瑟兮鸾回车，仙之人兮列如麻。"李白天马行空的想象在梦游中得以尽情发挥。

事物和环境的描写，是生命力的象征，独特人生意味的表现，也是作家昂扬的主体精神的张扬。

第三，意境型文学空间。

意境是中国古典诗学与美学的核心范畴。在中国，意境是艺术的最高境界，但这并不是中国特有的艺术现象。上升到文学表现层面的幻象并不是我们平常说的生理学意义上的幻象。它是作家情感外化，显现于人方，盛久不衰的田园诗和现代派中象征主义、意象主义、印象主义无不说明它在艺术创作中的重要位置。作为一种影响深远的艺术追求，意境是一种人类的最具有代表性的审美形式，我们可以把意境作为一种表现人类本质的文化形态。意境是情景交融，是情意与形象的契合，人们也往往认为情意是艺术家的"主观情意"，形象是审美客体。王国维《人间词话》的境界说所强调的"有我之境"与"无我之境"则加深了人们对这一看法的肯定。意境作为美学范畴，最早出现于唐代王昌龄的《诗格》。《诗格》说道"搜求于象，心入于境，神会于物，因心而得"，这说明象先于境，境是象与心的融合。刘禹锡在《董氏武陵集记》中又提到"境生于象外"，很明显，象外之境不是象与象的叠加，而是象与对象意味深长的领悟的融合。对象意味深长的领悟，或者心与意是指什么呢？皎然在《诗评》中有这样一段话："固当绎虑于险中，采奇于象外，状飞动之趣，写真奥之思。"结合魏晋玄学所津津乐道的"得意忘象""传神写照""气韵生动"，我们不难知道，这种"真奥之思"指的是对老庄之道的领悟。由此，意境应是道与象的相互依存、相互成就的结果。意境的道与象的统一就不再是简单的某个思想和形象的结合，不再是一种普遍的艺术创作规律，它更接近于黑格尔所说的"美是理念的感性显现"。因为，道是一种体现出老庄思想的哲学底蕴，如同黑格尔所提出的理念一样，指的都是至高的宇宙本体。在漫长的中国历史中，道以它的隐逸的情怀、无为的姿态、出世的精神与祥和的心境不断提供着个体现实生存的人文关怀，并给予人们在面对无限的世界进行终极意义追问时的种种审美式的解答。

意境型文学空间的创造，必须做到情景交融，使情意与形象高度契合，人们也往往认为情意是艺术家的"主观情意"，形象是审美客体。史铁生在《我与地坛》中以园子里的景物作为独特的意境来反衬自己的心情："以园中的景物对应四季，春天是一径时而苍白时而黑润的小路，时而明朗时而阴晦的天上摇荡着串串扬花；夏天是一条条耀眼而灼人的石凳，或阴凉而爬满了青苔的石阶，阶下有果皮，阶上有半张被坐皱的报纸；秋天是一座青铜的大钟，在园子的西北角上曾丢弃着一座很大的铜钟，铜钟与这园子一般年纪，浑身挂满绿锈，文字已不清晰；冬天，是林中空地上几只羽毛蓬松的老麻雀。"此时，人化的空间成了他的心境的绝妙外化。按照柄谷行人的理论，风景作为自然风光是先于描写风景的作品而存在的。也就是说，风景是第一位的，而描绘风景的作品——包括文字作品和视觉作品如摄影、电影等——都是第二位的。但柄谷行人指出，这样视之为当然的看法，其实是现代性认识论装置"颠倒"的结果。我们谁也不会否认自然风光是第一位的存在，但它作为"自然物"的存在和作为"风景"的存在是不一样的。作为"风景"的存在，恰恰是被描写风景的这些作品以及隐含在描写背后的一套透视法所生产出来的，这就是"风景之发现"。作为地坛的四季风景本来是客观存在，是作家的发现使之打上了人的情感烙印。

四、空间理论与批评：新的批评向度和可能

空间是人类生存、发展、繁衍的物理平台。从原生态的生活空间到创造型的文学空间的转化，是文学表现形式的归宿。空间理论与批评为我们提供了一种新的向度和可能，通过分析原生态空间向创造型空间演化和升华的途径与手段，我们可以透视出创作主体的情感、意志和个性等丰富的主体元素，这也是打开文学欣赏和评价的一扇窗户。

23. 思想的芦苇

——读刘凌《思路雪鸿：一个读书人的人生观感》

　　思想者是知识分子中的知识分子，这在学科划分日益细化、研究领域日益密闭、各个学科之间日益隔膜的当今学界尤其如此。意大利著名思想家葛兰西在谈及知识分子的社会责任感的时候，用了一个著名概念"有机知识分子"，意指那些突破了狭隘的学科局限从而具有"通识立场和高度"，具有强烈的社会责任感和历史感，拥有忧国忧民的人文情怀和独立思考的科学精神，致力于推动社会变革的知识分子。近读刘凌先生的文集《思路雪鸿：一个读书人的人生观感》，我被刘凌先生强烈的思想者的精神气质所感动，年逾古稀的刘凌先生始终保持敏锐的思想活力和学术敏感，辛勤笔耕，积极入世。刘凌先生作为一名"有机知识分子"的责任感、洞察力和承担精神，源于忧国忧民的士人情怀，也见之于他对现实世界的观察、反思、批判和对个体生命的自省、叩问、追索。他数十年来读写不辍，体恤世情，埋首书山学海，见证社会转型的复杂与阵痛，进而为国家民族的苦难历程、同时代人的曲折生命，也为自我生命的不断超越，留下了难以泯灭的史证和心迹。阅读他的文集，我老是觉得，他就像一棵翠绿的有思想的芦苇，在岁月的风尘中坚韧而淡定的守望着泥沙俱下的滔滔江河。

　　刘凌的写作风格坚韧沉实、端庄耐心。他的语言表达，不求绚丽的文采或尖锐的发现，而是以一种责任和诚意，为历史留存记忆，为记忆补上血肉和肌理。在其高屋建瓴、剖白心迹的自序《应似飞鸿踏雪泥——我的读写人生》中，刘凌先生对自己的读书、思考、为文进行了总结和回顾。其中最有价值的部分是他对读书的作用和知识分子的价值判断。"读书是突破直接经验局限，联系广阔世界的最佳途径；能使人更自觉地体察人生，增强自我认知，是人格成长的营养液。人的尊严也就是思想的尊严，钳制思想就是践踏人的尊严；思想特权者限制他人思想，是一种犯罪行为。解放思想，首先要解放思想者对人类命运的关切、悲悯、沉思和无能为力的苦闷，正是一切思想者的特征。放眼世界，关注国计民生、现实矛盾和社会变革，乃至人类未来命运，乃是'知识分子'题中应有之义，虽然'行之'甚'难'。坚持独立观察、独立思考、独立表达、不作俯仰随人的'媚时语'，我以为，一切真正的知识分子，或想做知识分子的人，不论地位高低，学识深浅，均应独立思考并发声，'宁鸣而死，不默而生'（胡适）。"他的随笔和论文作为文化史研究的生动个案，为理解二十世纪下半叶乃至二十一世纪前十年的中国社会增加了丰富的注释。在《独立思想者鲁迅》一文中，刘凌深刻体悟到了在鲁迅身上确实见不到丝毫奴颜媚骨，这是极为可贵的。刘凌认识到，思想者离不开成长的土壤："应当为全民族尤其为思想者的独立思考，创造尽量好的社会条件。当然，真正的思想者不应被动依赖这些条件，而应以其艰苦卓绝的独立思考，催生相应社会条件，并充分利用现有言论空间。"在追怀王元化先生高风亮节的《清园滋润绿意浓》一文中，刘凌把傅雷先生与王元化先生的著作进行对比："《傅雷家书》《清园书简》它们都倡导德艺双馨，治学（艺）根于做人。前者舐犊情深，格局虽小，却别具洞天；后者悲天悯人，海纳百川，又洞烛幽微。后者似或具有更大的历史深广度。人们有理由相信，它会长久置于精神提升者的枕边，也将留在学术史、思想史家的案头。清园将不断播洒浓浓的绿意，直到永远，永远。"这样的真知灼见弥散在刘凌文集的字里行间。在《走进巴金》一文中，刘凌以"提倡讲真话、勉强自己讲真话、努力不讲假话，尽量不讲假话"自勉，回应了巴金实事求是的箴言。萨义德称真正的知识分子"是面对强权说出真理的人"。刘凌认为：巴金的忏悔，实具挑战国民劣根性的意义，对好为人师的知识分子也有示范作用，他的忏悔，又不同于为己辩污的卢梭，和皈依宗教的陀思妥耶夫斯基，而是出于社会责任，落脚于改造社会，造福人民。应该说，刘凌对巴金深入反思、解剖自我的勇气是极端推崇的，他对弥漫在《随想录》字里行间的"讲真话"的态度是佩服的，巴金在反思的时候也是低调的，他承认自己曾经也是"奴在心者"，这样刮骨疗毒的勇气是罕见的。他充满耐心地讲述现代中国发展历程的光荣与挫折，并在历史的缝隙里忠直地解析人心和政治的风云。这些旧闻旧事、陈迹残影的当代回声，融入了讲述者的感情，也造就了历史新的可能性和复杂性。

刘凌的写作告诉我们，真正的历史就在每一个人身上，热爱现实者理应背着历史生活。在"世人风范"系列文章中，刘凌论述了知识分子的职责与使命。在《儒家的道义承担》一文中刘凌历时性的梳理了"先秦儒家：道义重则轻王公；汉代儒家：屈民申君，屈君申天；宋代儒家：寻颜子、仲尼乐处；明清儒家：天下为主，君为客"的儒家知识分子道义担当的历史变迁线索。刘凌指出："人们多认为，古代儒家是封建专制的辩护士，其实这是一种片面理解。实际上，在古代中国，儒家往往充当道义承担者角色。他们自认对社会承担教化责任；不断为民请命，张扬仁政；又力求对帝王实施政治监督和制约，抵制暴政。其最大困境，是极难解决道与势的冲突。从总体看，明清儒家学者已日益僵化，明清儒士也多官僚化，其道义承担实在乏善可陈。以上史实或可启示我们，道义承担的实现，既需要比较宽松的经济、政治、文化环境，尤其是自由的政治话语权，也需要有知识者的悲悯情怀、社会责任感，清明的史识，道义自信和坚定性，以及殉道、献身精神。"在《由石介引发的人文思考》一文中，刘凌通过回眸泰山书院里石介曾与老师孙复一起精研儒经的历史遗迹，联系今世发出了"于是我问自己究竟什么是知识分子？他们的职命又是什么呢？"的锥心质问，通过借用哈耶克的名言知识分子不是"知道分子、有点知识的人。他一方面批判种种社会不公，一方面又努力促成正面价值的实现，同时不忘自我批判。虽然都以一种专门知识、技艺作为职业，却又不为其所限，而深切关怀一切有关公共利害之事；同时，这种关怀又必须超越个人和小集团私利"来衡量知识分子的人格操守与价值皈依。刘凌充分肯定了石介的道德人格和人文精神。刘凌的散文也充满智性的光泽。他的冷峻和理性，来自他对生活真相和思想疑难的不懈追问，如同他隐忍、深微的生命体验，往往通过智慧的细节解读和符号分析，走向清晰、透彻和宽广。

刘凌活跃的探索精神，拓展了散文的表达阈限；他沉静的语言，既有求知的欢乐痕迹，也有洞悉事物本来面目之后的感伤。通过描述一段正在渐行渐远的人生履历，有力地呈现出渺小人群与巨型历史之间的裂缝和错位，并对个人的创伤记忆、时代的内在迷乱给予了真切的意义关怀。刘凌的回忆录《我在徂徕当"社员"》一文正是通过追忆1964年24岁的他刚刚大学毕业到泰安参加工作不久，就被分配到泰安县徂徕公社当社员向贫下中农学习的往事来表现历史的错位和个人生活的适应性之间的张力的。生活条件的艰辛、体力劳动的繁重、卫生条件的落后都让刘凌吃尽苦头，残酷的劳动让一介书生的他变得成熟起来，淳朴憨厚的父老乡亲也感染了刘凌，让他觉得友谊的弥足珍贵。当时的让大学毕业生脱胎换骨的方针政策固然荒唐，但是刘凌越过半个世纪的时光隧道去回眸这段岁月时却格外珍惜这段人生经历，视之为一笔珍贵的精神财富。这段经历让刘凌真切体会了农民生活的艰辛繁重和农民的复杂心理动态，也促使刘凌多年来一直关注中国的三农问题。刘凌所揭示的时代对人的微妙影响，以及人与历史互相改写的复杂境遇，既是对往昔岁月的沉痛追思，也是理解中国当代现实的重要参照。

刘凌的文字温婉细腻，圆融通透。在其写景状物、情景交融、抒情言志的随笔如《秦淮寻梦》《问道江南》《武夷之游故事多》《相见时难别亦难——环台八日游感思》等篇什中可见其柔情似水的一面。他的写作赓续着中国小品文的悠久传统，也浸润着深刻的现代意识。他精微、准确、锐利的艺术感觉和睿智、灵动、富有创见的话语风度，充分展现了随笔文字所独具的功能和风采。他对文化生活的敏锐观察，对文学实践的积极参与生动练达地注解了文学与时代的亲密关系，并通过自身丰富的生命感悟和内心争辩，呼应着一种独立而有精神体温的学人风范。他的写作接续了散文的古老传统，也汲取了诸多现代元素。感性与知性，幽默与庄重，头脑与心肠交织在一起，构成了他独特的散文路径。在关注社会现实的系列随笔中，他则显示了直面困惑努力探索的勇气，比如对爱国主义的沉思、对道德建设的建言、对权利意识的敏感、对以德治国的反思都显示了他渊博的学识和天真性情的流露，他雄健的笔触，发现的常常是生命和智慧的秘密。他崇尚散文的自然、随意，注重散文的容量与弹性，他探索文体变革的丰富可能性，同时也追求汉语自身的精致、准确与神韵，充分展示他的散文个性。他从容的气度、深厚的学养，作为散文的坚实根基，在他随笔的写作中更是成了质朴的真理。他的学术视野开阔、广博，思想立论谨慎、严密。他通过梳理原始史料而建立起来的文化视角，为求证当代文学中的诸多问题提供了新的研究路径。他的分析，善于发现覆盖在研究对象身上的学术肌理，他的判断，常常带着可贵的学术反省和自我质疑。他不回避自己面临的思想疑难，不迷信单一的解决方案，而是冀望于对众多人类优秀思想资源的有效清理来缓解内心的焦虑。

他的散文颇有法国作家蒙田之风——他写人，这人的性情跃然纸上；他叙事，这事会变得趣味盎然；他说理，那理不仅发自胸臆、气势如虹，还因为我们闻所未闻而令人忍俊不禁。他的写作与他的生命完全同构在了一起，在自己的写作之途程中，说出了最为健全而丰满的思想。《惟将清气遗子孙——我的父亲和母亲》一文中，他体验到的是生命的苦难，表达出的却是存在的明朗和欢乐，他睿智的言辞，照亮的是我们日益幽暗的内心。刘凌先生以极其淳朴健正的文风为我们素描了自己的父母双亲坎坷一生的风雨历程，令我读后如闻其声如见其人，父母的简朴正直和勤劳善良深深影响了刘凌先生的为人处事风格。《陪妻欢度情人节》是一篇感人肺腑的记事散文，刘凌通过情人节送给妻子一束玫瑰表达了对相敬如宾、相濡以沫的爱妻的爱恋与尊重。他在娓娓而谈的叙述中一如既往地思考着生与死、亲情、友情与爱情、苦难与信仰、写作与艺术等重大问题，如何活出意义来这些普遍性的精神难题。如果说刘凌先生对社会问题的真知灼见让人不时想起拍案而起、铮铮铁骨的"侠之大者"的话，那么，刘凌先生对亲情、友情、爱情的书写则让我想起他柔情似水、见真见性的诗人情致。

当多数作家在消费主义时代里放弃面对人的基本状况时，刘凌却居住在自己的内心，仍旧苦苦追索人之为人的价值和光辉，仍旧坚定地向荒凉地带进发，坚定地与未明事物作斗争，这种勇气和执着，深深地唤起了我们对自身所处境遇的警醒和关怀。在《大学体制改革：困境与前景》一文中，刘凌先生以铁肩担道义的承担精神，秉持着知识分子的良知，对世纪之交的中国高等教育管理体制的制约因素和文化背景以及未来的改革走向提出了发人深省的见解，显示了一位知识分子的拳拳爱国之心。在《理性看待传统文化》一文中刘凌为文化正名，他指出民族文化主要是群体行为模式，民族文化的主体是大众文化，对传统文化的取舍不能主观随意。该文呈现着一个探索者和怀疑论者的坚定面容，他智慧的笔触，时刻渴望在历史、文明和语言的死结中突围，这迫使他的写作必定更多地关注被压抑和被遮蔽的生活真相。在《北大校庆感思》一文中，刘凌指出校庆绝非仅是一个节日，一种仪式，一份纪念和回报。它是师生重趟那条曾滋润过他们身心的河流，是重续共同守望精神家园的一脉骨血。刘凌先生一次次的勇敢探索，一次次地突破语言和文体的边界，似乎就是为了追问，在现有的语言未能抵达的地方，生活到底是一种怎样的存在，精神又到底是一种怎样的形状。他的文字不仅自在，而且老辣，见修养，也见性情，貌似随意，其实是一种气定神闲后而真知灼见的潇洒。他将学识、性情和见解统一得如羚羊挂角无迹可求。刘凌先生深爱苏东坡的诗词和为人，他本身也深具那种乐天知命、旷达开阔、道法自然的天性，他跋涉在探求真理的漫漫征程中，如同鲁迅先生笔下的过客。

莫道桑榆晚，为霞尚满天。刘凌先生的精神历程让我时时想起北京大学著名人文学者钱理群先生，他们都是激情与才气保持的最好的学者，他们都是以自己的不懈努力证明了思考者享受着不断超越自我之快乐的理想主义者。从教学岗位上退休十多年来，刘凌先生的阅读和写作突破了学科领域和学术体制的局限，读写进入游刃有余的自由之境，享受着"我手写我口"的快乐，他的这本文集即是对往昔读写岁月的纪念与总结，更意味着自我精神历程的拓荒与探索。我们衷心祝愿刘凌先生体健神怡，佳作纷呈。

24. 精神食粮 人间大道

——读任林举《粮道》

　　越是司空见惯的东西，越是难以入文。譬如蓝天、阳光、泥土、植物、清风、明月、流水、粮食等等被我们熟知的客观存在，它们的存在时间超越文明的阈限，比人类更恒久地展现在我们的视野里。面对这些原生态的存在，我们在感慨的同时亦会失语。而恰恰正是这些原生态的东西与人类的距离最近，它们已经转化成人类肉体与精神的一部分，内化成人类的血液、筋骨和神经，构成了我们世代绵延的生命本体和伦理内核。最近阅读任林举的《粮道》一书，我欣然发现了隐藏在粮食背后的天地大道。任林举以诗意勃发的文笔驱遣文字，把历史与现实、文化与经济、生存与发展、国家与民族、战争与和平、土地与时空、伦理与生态等等宏大的主题有机融合在以粮食为主线的叙述中，经纬交织，纵横捭阖，言近旨远，开合自如。任林举善于在日常生活的陈述中穿越哲理的壁垒，在历史的长河里洞察恒定的哲思，并把自己澄澈的洞见隐匿于田野调查般的文体之中。他的文字跨越蒙昧和文明，昨天与明天，神思飞扬，恢宏从容，沉静中带着激越，气势磅礴但不乏世事洞明与人情练达。他透过繁华盛世的表象阅尽世态炎凉和风雨沧桑，以繁复的寻绎辨识事物的单纯外表直达哲学的根蒂。任林举的散文大气，深沉，精警，透辟，兼有一种瓷实而洗练的质地。他以自己的人文关怀和科学精神，守护中华民族传统精神价值的道统，敬畏一切天地大道并从自我、家庭和民族的绵亘记忆中感悟灵魂之厚重。他的文字一如既往地承载着感时忧国、悲天悯人的写作伦理：通过对粮食与大道、粮食与人性、粮食与命运、粮食与文化、粮食与伦理、粮食与兴衰、粮食与安全、粮食与未来等重大命题的深入探索，把宏大历史和市井细民，国家政策和个人履历，生存意志与饥荒焦虑，严苛残酷的历史细节和瞬息万变的现代时空聚拢于笔端。任林举以他身临其境的田野调查、数字实证、地理勘探，让材料件件落实、数据毫厘不爽，从而为粮食树碑立传，以沉重的追问反观历史，在灼热的现实中辨识迷障，从古今邦国兴衰史里照见真理的草蛇灰线。这部《粮道》是写给历史和未来的殷鉴之作，立意深远，思力宏富，它既为民以食为天的生存繁衍经验提供了真切的个人体验，也为一个日益强大的中国如何才能理性地正视粮食的重要性发出了峻急的呐喊。

穿越表象　深入浅出

任林举的散文写作，始终坚守着精致缜密而诗意勃发的风格。他的散文，善于以大地、农事和身边小事书写大时代的变迁和脉络，以文字中深藏的哲理表达对世俗生活的真知灼见。他的写作既是在寻找一种穿越表象抵达事物内核的可能性，也是在重温一种诗化哲学。他凭借丰盈的思想、坚固的信仰，在精神的旷野里书写雄浑的篇章，以关注人类的生存经验为旨归，在世纪之交的中国语境里展开对苍生命运的深沉感喟，表达对家园和世界的忧患意识与文化观照。"庄稼不仅在空间里生长，而且在时间里生长。"任林举把年复一年生长收获的庄稼置于时间的线性绵延中，他深知我们是时间里的一粒泥沙，只能够在时间里流动一小段路程，然后就被抛到时间之外，搁浅、消失在看不见的岸上。"每一年，庄稼们在经历了与人的身体及情感的碰撞之后，被它们的对手放倒；每一代，农民们在经历了许多次春种秋收的轮回之后，又倒在了庄稼曾经倒下的地方。"人与庄稼，在任林举的视野里，都是农业文明时代大地上的相伴而行的百代过客。"从古到今，粮食很少能够处于静止状态。粮食的相对静态是一种理想，就像我们所向往的田园牧歌一样，更多的时候只存在于梦境与幻象之中。"伴随着战争和流血被肆意褫夺与攫取，流通在城市与乡村、马车和粮仓、驿站和帷幄中，扮演着极其重要的角色。任林举考察历史时看到粮食在动与静之间保持着自己的常道，当粮食处于其常态的两极时，都背离了粮食的本性。"只有那些风平浪静或微波不兴的流动才是粮食应处的最好状态，只可惜，历史上这样的状态并不常见。"粮食维持着人类的生存繁衍，粮食也是战争中双方实力较量的重要筹码。粮食事关国家民族的兴衰际遇和天下苍生的饮食温饱，民以食为天，国无粮则乱。粮食问题是任何问鼎九州的政治家无法绕开的大问题，国家历任领导人都把粮食生产放在极其重要的位置上。

土地始终保持着它的沉默，却以生长粮食表达着对世界的支持和赞许。任林举把观察粮食的时间节点放开，站在人类历史上看粮食；把观察粮食的视野放开，站在世界的高度看粮食，看粮食在人类发展进程中掀起过的惊涛骇浪，看粮食在世界各国经济及政治舞台上引发的剧烈风暴，看粮食所过之处的财富积累、水土流失和隐形战争。毫无疑问，《粮道》是关于粮食的历史画卷和现实关怀，它把粮食的生产历史和流通渠道放置在战争与和平、生存与发展、生态与环境的高度予以审美观照。任林举深知，"对于一个农民来说，庄稼和粮食就是他的岁月"。多少个周而复始的年份，一代又一代的农民面朝黄土背朝天，把汗水、血泪、希望和期待融入粮食生产中去，伴随着春耕、夏耘、秋收、冬藏度过漫长的岁月。"我们原本来自于泥土，迟早有一天也要如庄稼一样被那看不见的手所收割，也要回到泥土之中。"一介草民，只是大地上行走的庄稼而已。幸亏，土地是公平而仁厚的，"只有人肯在这片土地上躬下身来，付出应该付出的劳苦，不管你是什么身份，雇主或雇工，都会得到大地的恩赐。"《粮道》从人类生存繁衍、社会经济发展等视角，展现了粮食生产的历史及流通的规律，阐释出粮食的哲学内蕴，揭示出它与人间大道、世界大道以及天地大道之间相互制衡、呼应互动的关系。任林举通过对中国粮食种植史、人口增减、文明盛衰的对比考证，通过对南北方民族生活环境、水土乃至民风性情及思维方式的探究，以及"粮食"和区域文化思想、智慧体力的差异比照，阐释了粮食文化与民俗风情的隐秘联系。他通过对一些重大历史事件的回眸，一些历史时期和历史年代的粮食生产特征的细密考证揭示出粮食生产与国运盛衰、政治经济、种族存亡的联系。任林举的散文写作，不失个体生命的心得与体悟，而他的文字却常常显露出心忧天下的情怀。他把一个知识分子的忧国忧民之情，释放在宽广的田野之间，并用一种简单的实证美学去应对重大的历史难题，他的字里行间充满劳动者的声音和粮食丰收的色彩以及粮食加工流通的生动描述并洋溢着土地和汗水的新鲜气息。

"粮食，悬在人类头上的一把双刃剑。"粮食联结着生产者与消费者，城市与乡村，泥土与宫殿，粗犷与精致。任林举透过人类衣食无忧时的对粮食淡漠的表象，看到了历史上硝烟弥漫的背后其实是在争夺包括粮食在内的生存资源。任林举为自己沉痛乡村经验的写作，生于乡村长于乡村的童年和青春岁月为他准备了丰盛的个人经验和精准的生活细节，他的务农、求学、返乡、对农村生活的熟稔连同他对当代社会的省察，构成了他的散文真实的精神，那些心灵潜流和纷乱的生活碎片，无法遏制的同情心，以及不断闪现的温暖和善意的记忆蜂拥而来，展示出的正是今日文学界极为匮乏的精神气质。

诗情妙悟　隽思睿语

任林举的笔墨旷达、爽朗而不失典雅。那种冷静背后的热烈与洒脱，总是显得钟灵毓秀，秀中见奇。他用东北大地的粗放之美，诗意淋漓地歌唱粮食，礼赞生活，持续考据世事沉浮背后亘古不变的哲思纹理。他善于在生活的纹理间铺设叙事的线索，并把自己澄澈的洞见、充满诗情的妙悟和从容冷静的隽思睿语隐于文质兼美的文本之中。他对粮食的思考跨越古典和现代，东方与西方，脚踏实地而又俯仰自如，他把家园意识与超越意识融为一体，在世俗的生活历练中体悟神圣的超拔。

任林举写道："在所有事物里，只有粮食如流动的水一样，绵延不断，在时间的河床里承载了人类悠长的历史以及我们苦苦寻索而始终难得的道。"粮食如流水，刚柔相济，从远古的时代就开始滋育生灵，透过粮食，我们看到了既抽象又具体的道理。"北方的 8 月，是一年中最富有生机的季节，放眼望去满目都是庄稼的翠绿，但这也是农事最不确切的季节。"翠绿的庄稼距离金灿灿的粮食还有距离，还有不确定的变数，洪水，虫害，干旱皆有可能阻截庄稼转变成粮食的通道。粮食如大海里的水、天空中的空气和布满天空的阳光，因为太过浩瀚与丰盈，几乎让置身其中的生物感觉不到"如果有那么一架特殊的透镜，能够滤掉世界上一切明处或暗处的手、一切力量和物象，只看粮食的消长与波动，那么呈现于我们眼前的，肯定是一个海洋或一个纷繁复杂的水系"。连接着每一个家庭、社区、城市和国家的粮食，就是我们饭桌上的一日三餐，想想吧，有人的地方，必有粮食的存在，这个水系是多么的硕大无朋啊！无处不在的粮食，或明或暗或隐或显，细密地分布在我们的生态及生命系统内外。"土地，是上帝与人类间的一份契约，而粮食则是那份契约中最主要的文字和内容。土地始终保持着它的沉默。第一批垦荒者，在春天把汗水播洒进黑土之后，果然在秋天到来时收获了遍地金色的惊喜。"出身于农村的任林举，他的喜怒哀乐时刻与底层农民息息相关。在《粮道》一书中，粮食成为了任林举感悟土地、民族、故乡与现实生存的寄托，粮食事关天下苍生的喜怒哀乐和国家民族的生死存亡，形而下的粮食却具备了精神的魅力，我们感到了农业文明时代的社会主题就是粮食市场。我们从粮食看到了晶莹的汗珠、苦难的泪滴和社会发展的轨迹。不管人们在口头上或在内心里承认与否，实际上我们一直依赖着粮食而生存。是土地，是粮食，是那些生产粮食的人们喂养了这个世界。如果说庄稼在一定程度上能够给人以某种企盼的话，那么粮食则能够在一定程度上给人以足够的信念和力量。"大地是公义和公平的，大地的本意是要平等地养育其上的一切生灵。大地不允许一个物种以大地为借口去盘剥另一个物种，不允许一群人以大地为借口去剥削另一群人。"大地的本意却被人类社会的不公平所改写，历史上，一部分人的劳动果实被另一部分无端占有，"朱门酒肉臭"与"路有冻死骨"壁垒分明。对于普通人而言，那些有粮食的日子或丰饶的日子，总是一些幸福和快乐的时光。每一年的春天，当农民们把种子撒向土地，很快就会有一些绿色的消息破土而出，那些无声的许诺总是让人心生喜悦。一旦酒足饭饱，粮食就隐匿在人类记忆和情感的暗角，不在被人津津乐道。"人们埋头于另一些重要或不重要，有意义或无意义的事情。学习、工作、恋爱、吵闹、竞争或打斗。生活，在粮食的润滑下匀速运转，但一切都看似与粮食无关。"任林举写道，融化了的粮食在我们体内灼热地燃烧之后，把我们的灵魂加热到可以飞翔的温度，我们生命里的冰，便溶解于一片金色的光里。更多的时候，粮食是直接进入人的内部，血液或灵魂，构成某种篡改，就像电脑里的病毒一样，以一种无法理喻的方式，成为你灵魂的宿主。

任林举怀着对家园、对亲人的赤子情怀，以谦卑仁慈、道法自然的写作伦理，娓娓而谈的叙事艺术，记述下了粮食这种司空见惯的事物在社会转型期动人心魄的变化以及在这种变化中难以挽回的往昔记忆和沧海桑田的变换，任林举以一个大地之子的粗犷和坚韧，出色地完成了对粮食、经济、精神、文化和世界的多重反思。

文体交叉　融会贯通

《粮道》一书在文体上属于纪实体文学，但又不是简单的传统意义上的报告文学。在诗意淋漓的文学性语言、散文诗一样的节奏感背后，它既有调查报告的真凭实据又有采访手记的现场感和真实感，同时又有档案材料般的历史感与纵深感。这种文体最大限度地实现了人文情怀与科学精神的融会贯通与交相辉映。

全书图文并茂，可读性强。经典古代文学作品佳句的引用、深入田间地头的采访手记、如农民话家常的独白和对话、作者深入浅出的娓娓而谈、诗意饱满的沉静叙述融会贯通，多种文体交相辉映。如同著名批评家黄桂元所说的那样，《粮道》是一部关于粮食的史诗与传奇、小百科与启示录，他的拓荒精神胜于苍白的高头讲章，它的纪实魅力高于贫弱的虚构文本。该书视野开阔，举凡粮食政策、人口消长、生物技术、自然伦理、文明驯化、军事战争、饥荒祸患、重载水患、朝代更迭、国际争端等等跨学科、多门类的知识体系皆有指涉，所引用数据文献和参考资料翔实准确，具备了跨文体写作的知识储备和驾驭能力。该书一个鲜明的特点是科学理性的前瞻性思考弥漫在字里行间，对世界粮食前景的忧虑，对克隆植物、克隆动物的担心，对环境污染的切肤之痛无不显示了作者作为世界公民的良知与担当。

在进行实地考察的实证研究同时，该书也虚实结合，借助梦境反衬现实。梦境作为人类特有的心理现象，在作品中起到了与现实相互映衬、遥相呼应的表现力。任林举通过一个农民徐二喜在梦中的遭遇书写了世纪之交的农民处于城乡转型剧烈的动荡时期，农民面对"城非城，乡非乡"的城乡边缘交叉现状感到四顾彷徨进退失据。千载而下单纯依赖种植业和养殖业为主要谋生手段的农民，正在面临着一次大规模的社会变革、资源整合和身份异化的空前变局。当今的农民在梦想与现实之间、身份与处境之间、志趣与理想之间恍如隔世，大规模的人口迁徙与身份交错导致了农民工背井离乡去城市寻找机遇和财富的冲动，而饱受城市环境污染的城里人正在筹划着到乡村建房生活居住，一方面享用着青山绿水的原生态环境，一方面自食其力地种植无公害蔬菜和粮食、水果，体验着陶渊明式的农家乐趣。

兼顾文学性与纪实性，把哲理的阐发与情怀的展露天衣无缝地结合起来，写作手法神形兼备，浓郁的诗情画意和浑厚的忧患意识珠联璧合，是该书赢得读者喜爱的重要原因。任林举的散文写作随着《粮道》的成功实践，将融汇历史、人文、感悟、实证和文化于一体，他用谦逊诚朴的文辞、沧桑沉痛的灵魂书写命运的暗示、人心的呢喃、灵魂的升华，理想的光泽。他把记忆中那些悲欣交集的片段和线索转化成厚积薄发的感人力量，他以浩大的悲悯和同情，成功地捍卫了记忆和良知。任林举的散文是文化和心灵、智慧和性情、悟性与情怀的交响与互动，他在问题意识和文体尝试上的富有挑战性的自我突破，必将引领新世纪的散文开拓出更为广袤的视域。

25. 岁月缅想·人性观照·现实写真

——王宗坤小说综论

　　泰山岩岩，鲁邦所瞻；汶水悠悠，文脉延绵。自古以来，泰山脚下这片钟灵毓秀的土地就孕育了辉煌的人类文明，涌现出了一代又一代的文人学士。二十一世纪的经济发展和文化繁荣给文学的发展提供了重要契机，青年作家王宗坤就是近年来脱颖而出的一位优秀小说家。在 2011 年 11 月，王宗坤的中篇小说《普通话》横空出世，力克群雄，获得第二届泰山文艺奖（文学创作奖），他成为泰安市目前唯一获得该领域奖项的作家。

　　王宗坤，汉族，生于 1969 年 11 月，山东泰安人。鲁迅文学院第十四届高研班学员。长篇小说《向上向下》被评为近十年来出版的最有影响力的十二本官场小说之一，曾连续三个月进入新浪读书排行榜前十位。《齐鲁晚报》《城市经济导报》《政府法制》等报刊选载。发表中短篇小说四十余部（篇）。有多篇作品被《小说选刊》《中篇小说选刊》《中华文学选刊》《北京文学·中篇小说月报》等报刊和选本选载，短篇小说《采访范小叶》入选《2010 年度中国短篇小说》。2007 年开始专事写作。王宗坤的小说是往昔岁月的深情回眸，也是永恒人性的剖解厘定，更是转型期中国城乡社会的素描与写真。他的写作既是在求索一种人性的丰富与渊深，也是在巡视一种普通人的生存哲学。他凭借瓷实的生活感悟、娴熟的叙事逻辑，以及作品中人物性格演进的清晰线索，塑造了个人、历史和民族的心灵图谱。他以从容镇定的娓娓而谈和强大的叙事表达力展露人文理想的光芒，他以书写波谲云诡的人生对抗存在的虚无和尘世的烦嚣，他以关注底层人物的痛苦麻木的生存扩展了写作经验的范畴，以信仰反对迷茫，以激情反驳颓废，并以质疑和反思的话语方式，为小说纷纭的面貌寻觅最清晰的精神线索。王宗坤的小说写作，为寻求小说的写作精神皈依和灵魂硬度、理解复杂的灵魂和瞬息万变的现实点亮了思维的灯盏。王宗坤的小说有一种浑厚的人性之美，但也不乏深沉喟叹和愤然抨击。他心系芸芸众生的底层书写，起源于对这个时代的文明底线和人文关怀的虔诚守望和矢志不渝的不懈求索，也是对平凡生活、人间烟火和爱恨情仇的惊悸和感慨。他的小说语言平静清纯，襟怀广袤阔大，对人情之美存蓄着感恩和欣赏，对物欲横流的现实世界不失警醒和鞭笞，在描写一种无声无息的悲剧时没有失态的怨憎，在聆听人类的苦难和昏聩时懂得慈悲，在光怪陆离的社会转型面前，他指出了迷茫中的途径和困守中的恒定。他近些年的小说写作，是历史、现实和记忆的镜鉴，里面既有一代人审视和解剖自我的决绝勇气，也有个体对决时代潮流时那种无法退却的理想主义气息，王宗坤在书写现实的情境中融入了触及灵魂的精神精华。

青春岁月的深情缅想

王宗坤的青少年时代是在乡村长大的，他在土里打过滚，在农田劳作中体会过农民生活的艰辛，同时他也被故乡那片青山绿水滋养着。后来，由于学业成绩突出，他考取师范学校跳出农门去城市读书工作。多年来在基层摸爬滚打积累了丰厚的生活经验。他小说中情不自禁地流露出对青春岁月的深情回眸。他的很多小说把叙事的基点定位在城乡结合部，其间的农事、人事、校园趣事和学习生活，我都非常熟悉。初读他的中篇小说《普通话》，我甚至惊讶地发现，小说主人公就读的泰安师范学校竟然就是我现在就职的泰山学院教师教育学院的前身。王宗坤这样一个对故土和青少年时代怀着骨血般感情的写作者，他没有感染时下那些浮躁的写作风习，而是从容地爬梳记忆，向下扎根，以接续精神地气，进而使自己的写作有一个牢固宽阔的地基。《普通话》中对自己熟悉的中等师范学校的描写与回顾简直就是一首青春之旅的赞歌。一群刚从土得掉渣的乡村考取中专的青年被并不普通的"普通话"给纠结和磕绊住了，伴随着大部分人的抵触情绪，来自徂徕山区的郑红旗却坚决学习普通话，他不顾同学们的耻笑和刁难，一以贯之地坚持不分场合的练习。王宗坤还有一部叫《纯洁》的中篇小说，是写师范生活的，这个题材也是由《普通话》引出来的，他写完《普通话》感到意犹未尽，忽然想到他们已经没有母校了，就觉得这份生活非常的可贵，这种题材的写作不仅仅是对青春生活的回望，更重要的是这段特殊的读书经历对我们当年的这个特殊群体都是最为重要甚至可以说是里程碑式的。《普通话》展示了在理想一步步向现实妥协的当下，仍然有人在做最后的坚守。这里指的坚守是一种社会精神，也是一种社会的道德与良心。王宗坤说："在目前拜金主义横行的这个时代我们尤其需要这样的坚守者。但是皮之不存毛将焉附，在目前这个大背景下真正的坚守者已经寥寥无几，正因为这样文学才要呼唤和歌颂坚守者，我认为文学在某种程度上就是要通过形象来表现人生的向往与不可能。"著名作家余华把这称之为文学与现实的紧张关系。他有一段话好像这样说的，作家要表达与之朝夕相处的现实，常常感到难以承受，人的友爱和同情往往只是作为情绪突然袭突然降临，而相反的事实却伸手可及，正如一位诗人所表达的那样，人类无法忍受太多的现实。在这种状态下就凸显了作家的使命，作家就是要发现生活中那些飞跃的东西，上升的东西，就要发现那些坚守者，让他们变成我们这个时代的精神引领者。用这个概念来套，我显然离一个坚守者的要求差之千里，我不是一个坚守者，更不是一个文学的坚守者。我曾经在很多场合说过文学是奢侈品，追求这种奢侈品是要有很多硬性条件的，包括才气和毅力。评论家赵月斌说："《普通话》这篇小说读起来如一首挽歌。就像大家都曾操练过的普通话那样，对普通话的坚持与放弃正象征了人们对待生活的态度，要么做生活的影子，要么做生活的同谋，要么不识时务地做你自己，其结果显而易见，如果你不与时俱进，只能被时代抛弃，你就是一个彻头彻尾的庸才、失败者。《普通话》未必单是歌颂人的坚守，它的意义在于挑战了当下最为通行的价值观念，它让我们看到所谓落后与进步绝不止于 GDP 的高低、不止于是否与世界接轨。宗坤兄所发现的恰是被发展的洪流所吞没的那片脆弱的心脏地带，信念、良知、操守等等都被疯狂的欲望浸泡、萎缩，我们再也没有一块可以发出天问的高地。所以我认为宗坤兄的文学表达已经找准了时代的根脉，接下去要做的就是这让根脉更壮大。"《第一站》是以主人公"我"师范毕业在一个叫故县镇的联中开始初中教师生涯为背景的成长小说。我喜欢小青，却阴差阳错地与小蓝发生了一段恋情。真个故事透露着作者对初涉工作岗位的年轻人的理解与同情。这段青涩的爱情故事背后，是作者不甘心沦落为乡村教师的志向和桀骜不驯的个性。

王宗坤缅怀往昔成长履历的小说文字饱含深情而又沧桑沉稳。他的写作，因为来自命运的启迪、人性的思索、内心的召唤，而深具现实主义的叙事伦理。王宗坤记忆中那些世态炎凉的人生体验，经过冷静而理性的处理之后依然氤氲着刻骨铭心的巨大力量，而他无边的怅惘和追忆，也跨越岁月的隔膜依然灼热。他的坦然和淡定使其面对命运的乖张和不测时，不慌不忙地接纳一切，沉静而安闲。

悲天悯人的人文观照

王宗坤的小说创作，立足于齐鲁文化圈的社会转型期的民众生活实际，对传统文化烛照下的乡村、市镇、机关、学校的人际关系和价值维度进行了爬梳和清理。他以写实主义的笔触对形形色色的人物形象进行定点分析和心灵呵护，他崇尚和坚守真、善、美的人文尺度，呼唤人与人之间和谐关爱的美好情愫，他对底层人物的生存真相进行展示。王宗坤的中篇小说《我是好人》是一个有关戒指的故事，想通过一枚戒指的得失来反映现代人之间的猜疑与恐慌，继而来揭穿某些所谓城市人的虚伪与脆弱。再返回头来重新考量张宝祥这个人物的时候，发现在他身上涌动着许多人性最初的那种美好，如果说"知识是小说唯一的道德"（米兰昆德拉语）那么发现就是小说的重要使命。戒指在这篇作品中不应该被当成一个故事伸展的道具，而应该退化为一种符号，或者是一种人性的测试纸，它应该让张宝祥那种潜行在水下的美好显现出来，找回属于一个人的尊严；找回属于一个父亲的尊严。《二叔的葬礼》是一篇表现人性痼疾的中篇小说。从小失去父母的"我"和哥哥寄人篱下，是二叔二婶抚养自己长大成人。二叔对二婶折磨虐待了一辈子，这种折磨既有身体上的体罚，又有情感上的背叛，追溯起来，根本原因是二叔年轻时在部队上追求师长的女儿，却因为未婚妻"二婶"的告发而被打发回原籍，一辈子黯淡无光碌碌无为。二叔报复性的折磨了二婶一辈子，可是，二婶对之却安之若素。最后的葬礼上，二婶还不择手段地让我们兄弟给二叔扎了个穿着暴露的"纸美女"，这成了整个葬礼的最大看点。樊庄人在哄笑和戏谑中围观了葬礼，也解构了二叔一生的风流韵事。在这篇小说中，王宗坤表现了一种"斯德哥尔摩综合症"的心理痼疾，受虐者会爱上施虐者。王宗坤认为随着年岁的增长以及对文学的了解，他认为作家的使命就是应该向人们展示高尚，就是要用真情和同情的目光来看待世界。赵月斌说："伟大的作品之所以伟大，是因为它必要追求诗意、梦想，它必要与物欲、流俗相抗衡，它不单要给我们以美好的人性，还要让我们感知似有还无的神性。也就是说，伟大作品应该是在我们心灵中架起的天梯，即使它无法带来什么，无法兑现什么，但至少它承载了无限的可能性，它让人类的视域更宽广"。像《红袖》《我是好人》《普通话》等小说，其实都是在描画已然稀缺的"美丽心灵"，他要照亮的恰是一个人身上所应有的最朴素、最根本的"美好"的一面。《小黄是头牛》把中国传统文化特有的熟人社会中的人情世故与乡村文化融会贯通。农村老汉明水和老牛小黄结下了30年的情谊，小黄老了，面临着死亡的结局，而整篇小说的叙事推动力，就在于明水对小黄的情感与儿子朱成功对小黄的利用之间的矛盾。明水希望小黄能够有一个自然而有尊严的死亡方式，而朱成功则想杀掉小黄后，利用它的骨头冒充虎骨骗钱。淳朴的乡村古风与现代的不择手段的经济意识之间矛盾冲突十分尖锐，王宗坤试图以此展示乡村世界氤氲的美好人情正被挖空心思的财富积累意识所冲击。王宗坤的小说《无法终止》展示了主人公涉足情色场所之后的心灵异变，从主人公开始的羞涩忏悔到后来的嚣张无忌，权力和金钱浸泡下的灵魂像万劫不复的恶魔。通过这一身份的突变和异化，现实世界的蝇营狗苟纤毫毕现，人物的性格淋漓尽致的展露无遗。《采访范小叶》是作者以新闻记者的视角透视人性的变异，在没有爱情的情况下，范小叶被买她的丈夫强暴；生了孩子继而丈夫遭遇车祸后，她非但没离开他，反而端屎端尿侍候丈夫。记者采访并把她推向新闻人物后，她反而离婚而去。一个女性不可思议的前后变化让人感叹不已。弱势群体的苦难成全了"我"，"我"因为搞了一个这样的社会新闻报道而荣升正式记者，而范小叶一家的生活却变得面目全非了。生活的悖论，如同巨大的问号摆在读者和社会面前。

现实世界的从容写真

基层政权权力运作的过程，权力异化导致的人性变异和灵魂扭曲，是王宗坤小说介入现实世界的独特视角。他还悉心关注城市的白领们在物欲横流的经济大潮中载沉载浮的人生流向和无可奈何的随波逐流，情欲的泛滥伴随着人际关系的嬗变和婚姻状况的飘摇，一幅城市知识分子的心灵图景跃然纸上。乡村的溃败是城市化和城镇化的副产品，留守老人、留守妇女、留守儿童支撑下的中国农村呈现出支离破碎的面影，传统的温良和谦逊一如昨日黄花，权力运行的暴力化和粗鄙化日甚一日。拜金主义、享乐主义向底层的渗透导致了乡村传统价值观念的流失和人性的蜕变。王宗坤对童年和青少年时代相对保守闭塞的乡村景观的素描，暗含着对一去不复返的淳朴岁月的留恋和神往。乡村在他的笔下不仅仅是作者情感的港湾，还是他批判和针砭的对象。《月光在心中绽放》是王宗坤对新世纪乡村政治生活的描绘。村支书赵大印与村主任刘季节因为争权夺利而明争暗斗，刘季节利用自己的弟媳小桥勾引了赵大印，因为陷入"强奸门"，赵大印身陷囹圄，最后随着真正的强奸犯被抓捕而无罪释放，但失去的权力却再也难以得手。小说在赵大印竞选村支书失败的黯淡情绪中结束，留下言犹未尽的结局。以赵大印为代表的家族势力败于以刘季节为代表的财富型能人，显示了乡村基层政权由"政治权威"向"经济实力"的嬗变和转型。

王宗坤的小说还表现了青年一代的分化和人生道路选择呈现出的价值观的迷乱，人们的成功观念业已从过去的事业成败转移到对金钱、权力和情欲的追逐上。王宗坤对人情冷暖世态炎凉的敏感领悟来自对会议、采访、饭局、酒宴等"泛政治化"场合的敏锐观察和精准把握。王宗坤的记者生涯使他拥有了一双全面透视城乡社会的慧眼，而他敏感的诗人情怀和哲学底蕴更让他有能力透过林林总总的社会万象直抵社会的本质和人性的病灶。王宗坤的写作是纯正的文学操练和精神旅行。他善于把喷薄的青春激情转化成思考的拉动力，把个人青春成长的经验推向一代人记忆的背景。他的语言明快有力，充满叙事的张力，他对世事的看法犀利透辟，而且能将民间话语的风格和忠于内心的精神融会贯通。他从日常生活中发现悖论和荒诞，把生活的细枝末节写得蔚为大观，弥散着见微知著的大气。长篇小说《新闻部主任》直接展现了王宗坤新闻生涯中的观察与思考。秀水电视台新闻部主任沙镇玉有着极大的新闻理想与新闻热情，但他所面对的新闻生态却极为可怕，新来的广播电视局局长虽有足够的治局之道却不懂新闻，分管局长不懂装懂一味媚上，手下的记者骄纵浅薄。更为可怕的是这个市的市领导也热衷于抢名人资源，把一个莫须有的名人故居硬是嫁接在了秀水市，并要求电视台通过宣传把嫁接的痕迹抹平。面对这种情况沙镇玉丝毫也没有退缩，怀抱自己的理想在纷飞的弹火中穿行，他利用新来的局长急于出政绩的心理，提出了打造民生栏目重树新闻形象的构想，为此他挖空心思用尽心机，甚至于不惜牺牲自己钟情的女手下余小桃。同时为了让新闻变成真正的新闻，在宣传名人故居上他巧妙地利用了名记路长达与秀水市领导之间的矛盾，揭穿了抢名人资源的闹剧，完成了一个真正新闻人的使命，但就在他朝着自己的新闻理想继续进发的时候却代人受过背负了处分成了一位在机房值机的夜行者。王宗坤的小说写作视角俯仰于中国转型期的社会各个阶层，视野宽阔，叙事细腻。他的小说，直面人类经验的复杂和深邃，怜悯卑微生存的艰辛，也重视个人心路历程上的独特记忆对自我心灵世界的影响和塑造。他以一种悲天悯人的思想和敏锐的观察深入当代现实的内里，并以平和冲淡而不失精警的写作趋向建构个人、社会、民族的历史，使其中的每一个人都发出自己的心音和呐喊。他的叙事节奏舒缓，语言厚重风趣；他的内心温暖明亮，感情充沛炽热。他对世俗的生活不厌弃，对原则的问题不回避；对青春和诗意心向往之，对人性有善意的理解也有激烈的拷问。

王宗坤的小说是成长道路的里程碑也是历史演进的记录簿。他的艺术品位文雅健正，同时又不失淳朴和浑厚。他质问现实并且反思此在，他敢于透视人物内心的猥琐和阴暗，批判与抨击的力度却常常转向对期待和寄望的委婉肯定。他认真倾听主人公心灵里那细微和弱小的声音来抚慰经历者的个人记忆。他的叩问与感叹，道义与情怀，以及他书写内心召唤的梦想和希冀，对建造新世纪的民间价值体系深具探索性的意义。

26. 采撷芬芳　含英咀华
——《野果》阅读札记

　　我最重要的收获就是反复三次阅读了梭罗的随笔《野果》，这本书是继《瓦尔登湖》之后梭罗的最重要的代表作。最初看到中文版《野果》，我立刻可以认定这本来得太迟的书是梭罗给予我们这个时代的美好的馈赠。这本书实际上是要为那些野生的、卑微的、在作者的舌尖和心头引发过无比美好的感受的植物和果实立传。作为十九世纪美国最具有世界影响力的作家、哲学家和自然主义先驱，梭罗于 1854 年出版的《瓦尔登湖》，一百多年来一直风行天下。他强调亲近自然、学习自然、热爱自然，追求"简单些，再简单些"的质朴生活，提倡短暂人生因思想丰盈而臻于完美。在《野果》中，梭罗以文学家的优美、科学家的精准来描述植物生命的根源。梭罗是在 1859 年秋，但早于 1850 年夏，他就已开始该书的构思和资料收集。在近十年的时间里，他阅读了许多植物学家的著作，学习植物学者的观察记录方法，为《野果》成书准备了翔实丰富的素材。准备工作也使梭罗的思想产生了变化，他对自然的认识也得到深化和升华，并进一步意识到大自然促使人类改变了对自身和生存环境的看法，并因此促使人类动手保护世界。

　　书中写到的野生植物和浆果大约 160 种，都是梭罗家乡新英格兰土生土长的东西。他常常拔出菖蒲，吃它的嫩叶，"6 月过了一半，花谢籽结了，菖蒲也就不好吃了"，"搓揉一下菖蒲嫩嫩的枝干，就能闻到沁人的幽香"；那种只有伐木工人、劳工和下人才吃的棠棣的果子，也进入了他的视野。亲口品尝之后，他发现这种卑贱的果子的滋味，和蓝莓、越橘"难分高下"；在黑越橘这一章里，他提到人的贪婪对于自然之美的毒害，"如果长了越橘的地都被划为私人所有了，那个国家会是什么模样？……再没有什么比这更糟践大自然的了。看到这种情形，我能想到的就是：这里那些甘甜姣美的越橘果都变成臭烘烘的钱了，这真是对它们的亵渎。"梭罗没赶上领教后工业时代的厉害——几大地产商就可以将他心爱的山峦全部夷为平地，而跨国公司更可轻而易举地将大片美好的土地改造成工业园，取代灌木、池塘、鸟鸣和花香的，是冷冰冰的巨大厂房、粗壮的油罐、刺耳的轰响和刺鼻的气味。他肯定不知道一个地区的柑橘竟然会全部生满蛆虫，不知道为了给汽车让路，那么多城市要砍掉那么多大树，而在越来越炽热的夏天，人们只好将热烘烘的建筑的阴影当作绿荫。报应如此迅猛，《野果》出版的时候，正是梭罗讴歌的自然到了接近全盘毁灭的悲剧时刻。"让我们一起努力，在建设城市的同时，时刻警醒，不得疏忽了对自然的保护，这样才能确保这个新世界常新，这样才能让这个国家收益最大化。"这是梭罗一百多年前的警告。梭罗去世后，他曾经的精神导师爱默生遗憾地说："他没有为整个国家出谋划策，而只是当了美洲越橘晚会的一个头头。"如果爱默生看到今天遍及全球的环境灾难，他会同意，这个整天在野外与河流、土地、小鸟和美洲越橘打交道的汉子，实际上是在用他的行动、他的观念，为自然、为人类出谋划策。

在梭罗的眼里，城市是一个几百万人一起孤独地生活的地方，他宁愿独自坐在一只南瓜上，而不愿拥挤地坐在天鹅绒的坐垫上。他的天职就是不断在大自然中发现上帝的存在。梭罗果然用生命去实践他的这种对于自然和自由地全然热爱。他到旷野中去认识各种植物和果子。他用文学家优美的笔墨和科学家的严谨来对待他眼睛和心灵里面的自然。他写出了 161 种野果、树木、榆树果、草莓、野苹果……他描述它们生命的根源。在他流畅的笔墨里它们发出属于自己的独特的味道；当然，也发出梭罗独一无二思想的味道。有人说，这是一个绝大多数信息都不可能在我们的视网膜上停留 3 秒钟的时代。我却为荒野里面的梭罗被我持久地看到而感到庆幸。梭罗写道：草莓就是这么生性谦卑，匍匐而生，犹如不起眼的地毯。我在这里面读到了诗。读到了植物中诗歌一样的草莓，读到了草莓诗歌中的生命。《野果》是一本完全可以与植物学专著相媲美的自然科学著作。在书中，梭罗满怀对大自然的忠诚和热爱，以他本人的田野考察过程为线索，翔实记录了北美地区多种野果的分布状况、开花结果的具体时间及其生命形态。梭罗像一个真正的植物学家那样认真细致地观察和记录，又像一个童心灿烂的孩子为自己每一个小小的发现欢呼雀跃。这个大自然的赤子，他的一生过得实在是太寂寞又太充实了。

《野果》延续了梭罗一贯的朴素、庄重、纯美的文字风格，读来如行云流水，美不胜收，让读者的心灵得到沉淀和净化。所以读《野果》，不仅可以增长植物学知识，更是一次快乐的心灵有氧运动。在《柳叶蒲公英》里，梭罗娓娓写道："大约是五月二十日那天，我看到柳叶蒲公英结出了第一批籽，并和矢车菊一起各自将种子随风扬到草场四处，密密麻麻，连草地几乎都被这些白色的种子染白了。"在《合果莩》里，他写道："大自然让合果莩的叶子被割掉，却保留住它的种子，等到洪水来临时再把它们冲到各地发芽生长。"在冰冷的雪夜里读这样粒粒饱满的句子，一个人心里是难免发痒的，像有种子在里面拼命拱动。

　　《瓦尔登湖》是我的藏书中我认为最有价值的书之一。在梭罗的笔下，瓦尔登湖四季美轮美奂的自然胜景，与他火花一样时时迸发的哲思妙语，结合得天衣无缝。他在《野果》里表现的，更多的是他从大自然中得到的纯粹的野趣。正如《时代》周刊所评论的那样："这是我们这位伟大的自然作家最后的成果。《野果》堪称大地伦理——为我们展开自然的神圣画卷，从每一页上，呼之欲出的张力，那是身为自然主义者的梭罗和身为自然传教士的梭罗之间的张力"。

27. 爱与美的真谛

——电视连续剧《山楂树之恋》观后感

　　女作家艾米的小说《山楂树之恋》，从被改编成电影到这部35集的电视剧，给我带来了至真至美的精神享受。在物欲横流、游戏感情的浮躁背景中，它似乎成为一面镜子，让今天在快节奏中奔波的人们看到了自己内心中那被遮蔽的纯爱和被稀释的情怀。

　　这个爱情故事异常凄美，来自一个女人的亲身经历，被称为"史上最干净的爱情"。静秋是个多才多艺的城里姑娘，由于父亲是地主后代家庭成分不好，"文革"时期倍受打击，心里一直被自卑的阴影笼罩着。静秋出色的文笔使她赢得了与一群学生去西村坪体验生活编写教材的机会。她住在村长家，结识了男主人公外号叫"老三"的孙建新。老三喜欢上了静秋，静秋怕他欺骗她，起初经常躲避，英俊又有才气的老三是军区司令员的儿子，却是极重感情的人，他给了静秋无怨无悔的付出，前所未有的鼓励。他等着静秋毕业、工作、转正。可是，天有不测风云，当静秋所有的心愿都成了真，老三却因病散手人寰。那时是1976年，老三还很年轻。电视剧中静秋与老三的爱之所以能再次打动今天的观众，正源于两个人物用生命对爱做出的阐释。爱不是情欲、不是占有、不是索取报偿的权利，而是一种付出、一种关怀、一种心甘情愿的牺牲。所以，在电视剧中，老三默默地坚韧地关切着、帮助着、支持着静秋，在她最需要的时候出现在她面前，把静秋的喜怒哀乐当作自己的喜怒哀乐，甚至把对静秋的关爱看得远远超过对自己的关爱，并且从不索取回报和补偿。当他发现自己生命垂危的时候，宁肯忍受思念的痛苦也要让爱人不要因为自己的爱而背上情感负担。这种爱情的"纯"，体现的就是这种无欲无求的对自己所爱的人无条件的情感付出。爱情在这个故事里，甚至多少有了一点乌托邦性质，而那棵我们在电影中已经熟悉的山楂树，似乎成为了这个乌托邦世界的象征符号，傲然挺立、纯情绽放。这样一个纯爱故事，的确需要一种超越我们今天浮躁现实的时空氛围。所以，电视剧将二十世纪七十年代这个特殊岁月的环境质感尽可能营造得与我们今天的时代有一种陌生的距离。这个年代，一方面是政治社会环境为爱情命运的沉浮提供外在的故事推动力，另一方面则是物质的贫乏带来人们心灵的透明，为这个爱情故事的展开提供了合理假定的时间距离。电视剧在场景、道具、服装、音乐的使用方面，都尽量还原出那个特殊年代的氛围，同时，也让演员最大限度地去还原那个时代人的音容笑貌、精神风貌的简单与质朴。王珞丹和李光洁都努力地试图通过洗尽铅华来体验故事中的年代，王珞丹饰演的静秋，将善良、温柔、天真、执着演绎得尽可能生动，而略显老成的李光洁则将老三的大度、担当、睿智表现得淋漓尽致。电视剧舒缓得甚至有时显得拖沓的节奏，加上传统的线性渐进的叙事方式，与偏冷的色调、悠扬的音乐，与静秋和老三含蓄而内敛的情感一起，像一首从天边悠然飘来的田园牧歌，飘飘荡荡在观众的情感里、记忆中，诠释着一种古典田园爱情之美。老三死不瞑目的苦恋，静秋生不如死的绝望，把这个本来如歌如梦的爱情故事演绎得让人柔肠寸断，体现了"把美好的东西毁灭给人看"的悲剧之美。于是，这部爱情电视剧又超越了偶像剧的有情人终成眷属的俗套，多了些人生宿命的深刻。

静秋对建新的冷落并没有减少他对她的爱，他仍一如既往地在暗地里帮着她。他看不得静秋受苦，更爱怜着这个经常抵御外来的歧视和欺辱，拼命地维护家庭及自我尊严的柔弱女孩。我想，真情能打动一切，也会感动上苍的。两人终于经过重重磨难，在美丽的大自然中，在郁郁葱葱的山楂树下演绎出一段旷世恋情，伴随着山野的清泉，如茵的草地，使这对朴实纯真的青年的爱情故事如日月光华，夺目醉人。那条黄色的丝带是他们相约的暗号，江边的老铁船上是他们相会的地方。他们冲破层层阻挠，势必将爱情进行到底。

该剧最美处莫过于静秋穿上建新为她买的那套红色的运动服，飒爽英姿地站在建新的面前，建新望着自己心爱的静秋激动不已。两人便在那个渔舟唱晚，斜阳西归的当日，泛舟江上，穿行于芦苇丛中。这时，建新嘴里吟出张若虚的那首《春江花月夜》：春江潮水连海平，海上明月共潮声……"这是他们大胆执着换来的片刻的宁静，这里没有外在的功利目的，没有门当户对的陈规旧俗，只有欣赏、爱恋、信赖、希望。其实，静秋与建新相处只不过十次，但他们两年的情感经历却超过了生死，能看见自己的爱慢慢地变老那是件多么幸福的事啊，我们要珍惜自己的生命，好好想想"活着真好"这句话的真正意义。我相信，静秋与建新这样的爱情苦旅，确乎可以超越时空的藩篱而成为永恒。

山楂树之恋是一个温暖的作品，但是后面显露出很深的悲剧感。记得张爱玲说过："所谓的唯美只存在于剧情里。"我是一个唯美主义者，看惯了圆满的结局。虽然，这结局让我一时不能接受，但至少我认为这是真实的。也许这就是生活吧！因为不完美，我们才会去苦苦追寻；因为不完美，让我们知道还有一种东西叫作希望。山楂树之恋是一个怀旧的作品，一种带着遗憾的怀旧。时光回到了那个年代，要表现的本来就是一种"人生的形式"，一种"优美、健康、自然"而又不悖乎人性的人生形式。表达了对田园牧歌式生活的向往和追求。正因为这"爱"才使得在那个叫作"西村坪"的地方，几个愚夫俗子，被一件件普通人的事情牵连在一处时，拥有了各人应得的一份哀乐，为人类"爱"字作一番恰如其分的说明。"我爱你，不光因为你的样子，还因为和你在一起时我的样子；我爱你，不光因为你为我而做的事，还因为为了你我能做成的事；我爱你，因为你能唤出我最真的那部分，我心里最美丽的地方被你的光芒照得通亮。"这是罗伊·克里夫特《爱》里的句子。这段话搁在静秋和老三的身上，再合适不过了吧！就像艾米自己所说，无论哪个时代、哪个国度、无论靠近时有多么心机叵测，当真正的爱情发生时，它都是纯净的。无论是一秒钟、还是一辈子。

28. 自然与人文的协奏

——读任林举《玉米大地》

一个拥有灵魂深度的作家必然关注与自身息息相关的一切存在，诚如鲁迅先生所言："心事浩淼连广宇，于无声处听惊雷。"他会在平凡的大地上，凝神于一草一木的生死荣枯，聆听来自地层和天空的音响，寻觅人类与自然的神秘互动，挖掘凡俗生活背后的人文内涵。他会悉心洞察历史与现实的脉动，于昨天、今天和明天的连绵衔接处呼吸吐纳，神游于先辈的传奇故事和自己的童年记忆中，胸怀历史，接纳现实并展望未来，体验生命的尊严、人文的光辉和历史的厚重。近来阅读任林举先生的《玉米大地》，我体验到一种前所未有的惊喜，这篇长篇散文蕴含着的自然情怀、人文精神和历史份量让我由衷钦佩作者的才情和襟怀。诗人艾青那句被我们反复吟咏传诵的"为什么我的眼里含满泪水？因为我对这土地爱的深沉"可以作为这篇散文最真实的写照和最准确的诠释。

宽广的自然情怀

《玉米大地》呈现给我们的是广袤无垠的泥土和茂密生长的玉米，这是生命最真实厚重的依托。从北国的乡村走向世界的任林举关心着田园的农耕、土壤的芬芳和玉米的气息。倾心于家乡的田园和农事，注视着赖以存活的泥土和粮食，这应该是作家真正的精神返乡之旅。自然哺育了我们，对自然的反观是作家最天然朴素的情怀。从这个意义上讲，任林举笔下的北中国的玉米地堪与鲁迅笔下的绍兴水乡、沈从文笔下的湘西世界、孙犁笔下的荷花淀、路遥笔下的黄土高原比肩而立，共同丰富了华夏中国的乡土风情。

"风吹过无边无际的玉米地，带着久违了的气息和熟稔的温馨，流过村庄，流过人群，流过我迷茫的心头。"广袤的玉米，他们扎根在大地上耀眼地、疯狂地、沉静地、低调地、欢乐地、悲痛地、喧嚣地生长着，跨越时间和空间的局限，挑战着风雨的洗礼，展示了生命最坚强不屈的韧性。"像一种问候，来自时间的深处，悠远、厚重，但是没有一丝一毫的苍老。"玉米地的尽头，是村庄，是"父亲扛着锄走在田间小路上"，是"母亲安静地坐在父亲的身旁"，在任林举的哲学世界里"人与村庄、村庄与土地、土地与庄稼、现实与记忆……所有的界限全部消失。有一种神秘的血液，在所有的事物间传递、流淌，村庄已经不再是村庄，庄稼已经不再是庄稼，人民也不再是人民。在大地与天空之间，我们不过是一种存在方式。我们是同一事物的不同形式，我们是大地之子，是他的一种表达的言词或者一句倾诉的话语。"正如葛红兵先生在《乡土诗意书写传统的恢复及其他》一文所讲——玉米、泥土、毛驴、野兔、风雨、杨树、亲人，这所有的一切都是北国大地的存在形式。任林举的作品透露着天地万物浑然一体的大而化之的哲学理念，在这种哲学理念里，人与自然和谐平等，天地精神呼吸吐纳圆融通透。玉米富有生命的灵气，与土地、气候和季节形成了生命的互动效应。"在一些风雨交加的夜晚，人们纷纷躲在自己的蜗居里，守候自己的安宁进入深深的睡眠。而此时的玉米却要在自己的世界里进入狂欢。风不停地吹，玉米的叶片在尽情地挥舞，整个玉米的植株在激情与喜悦中不停的颤栗。雨水流过玉米雄健的花茎，流过它微吐缨络的美丽雌蕊，顺着叶根一直流到深入大地的根系。在大地与天空、大地与植物、植物与植物的狂欢里，玉米们尽情地体味着生命的真意。一梦醒来，如泪的露珠挂在玉米的叶片上，仍让人们分辨不出发生过的一切到底包含了多少激情、多少悲欢。到底有多少难忘的体验与记忆珍存在玉米的生命里。"在这里，万物都是富有灵性的，玉米和人类的精神世界是相互沟通的。玉米的身上闪烁着生命共有的智慧、性情、感觉和悲喜。他所表现出来的玉米，与海子笔下的麦子一样都是饱含人类气息的植物，它不仅是一种存在于天地之间的自由生长的植物，更是人类赖以活命的粮食。"玉米是骨性的植物，面对这种坚硬的粮食，我经常会怀疑，如果人不吃玉米还会不会直立行走，如果牲畜们不吃玉米还会不会有那么大的力气。"他笔下的玉米成了北中国大地和人民的象征。在这里我们不禁想起麦子，想起海子深情礼赞的平凡而伟大的植物——麦子。苇岸在《大地上的事情》第十节中对麦子有这样的评价——"麦子是土地上最优美、最典雅、最令人动情的庄稼。麦田整整齐齐摆在辽阔的大地上，仿佛一块块耀眼的黄金。麦田是五月最宝贵的财富，大地蓄积的精华。"（《上帝之子》第15页）。麦子，这一人间最平凡也最常见的事物，一经海子诗意地诠释，饱含感情地反复咏唱，从而被赋予了更深远也更伟大的含义，它象征着整个民族的秉性与传统，也洋溢着属于诗人自己一个人的别样忧伤。同样，作为人类世世代代赖以为食的玉米，也倾注了任林举的忧伤和甜蜜的诗意，成了一个民族不屈灵魂的意象，成了大地和人民的精神纽带。

　　天地人神四位一体，海德格尔在谈到人与自然时是这样说的："大地是承受者，开花结果者，它伸展为岩石和水流，涌现为植物和动物。天空是日月运行，群星闪烁，四季轮换，是昼之光明和隐晦，是夜之暗沉和启明，是节气的温寒，白云的飘忽和天穹的湛蓝深远。大地上，天空下，是有生有死的人。"海氏从梵·高的油画《农妇的鞋》中感受到了大地无声的召唤及其对成熟的谷物宁静的馈赠，冬闲的荒芜田野里朦胧的冬眠。人类了解自身的同时，也在用心灵倾听大自然的倾诉。任林举笔下的玉米也和人类一样拥有自身的语言系统，请看任林举是如何走进玉米的语言世界的："玉米是一个有着自己语言的部落。每一个宁静的夜晚，当它们不需要向人类传达自己的信息时，便会进入到仅属于同类之间的秘语，那是另一种频道、另一种波段，一种咀嚼器官，而只有用细胞才能倾听的波长。玉米们就这样静谧地交谈，神秘的心语如天上的星象一样难以破解。不知道这个时候它们是不是在倾谈成长的艰辛、爱的愉悦、生命的尊贵、上天的恩情等等。当一个人和玉米一样久久地站在植物中间，站在土地之上，站在无人的夏夜，一种难以言说的愉悦和快感将如夜晚的露水一样，一层层把你湿透。也只有此时，一个人才会认识到人类自身的粗糙、狂妄、愚顽和混浊，我们在漫长的征服自然过程中，几乎丧失了与自然交流的所有能力，很多的时候，当我们面对动物、面对植物、面对自然的时候，如盲如哑如痴。"这样的反思和思辨是直逼人类的盲点的。自以为可以上天入地无所不能的狂妄的人类，如何才能在自然面前低下骄傲的头颅呢？

任林举还写到了他和父亲在深夜坐在地垄上倾听玉米拔节的声音："性情粗犷豪放的玉米却如土地上的乡亲一样，并不懂得拿捏与含蓄……那声音，是断断续续，疏密相间的。稀疏时，如临近年关小孩子在街上边走边放鞭炮，东一声西一声，庄严中夹杂着寂寞；浓密时，此起彼伏不绝于耳，好一片骨骼蹿动的声响，让人听了感觉自己的骨头都在疼痛。"在这里，作者和天地万物平等对视，融身于苍茫大地，用心灵感应天籁地籁的启迪。利奥波德在《沙乡年鉴》一书中提出了人类应该"像山那样思考"，亦即在牵一发而动全身的生态世界整体面前，人类应该谦卑地学会"换位思考"，摒弃盲目自大的人类中心主义，与自然世界里的万事万物心连心、同呼吸、共命运。

深刻的人文内涵

人民，只有人民，才是历史的真正创造者和推动者。关心普通人民的生活和命运，书写他们的命运，展现北国人民在大地上辛苦劳作生息繁衍的雄阔画卷，使这部作品散发出强烈的人文精神的光辉。在作者舒缓有致的叙述中，我们的心灵也经历了乡村记忆的回眸，感受到了作者人文情怀的博大精深。

《玉米大地》把对玉米的眷恋和关注推广到对"生于斯，长于斯，歌哭于斯，血沃于斯"的农民命运的深切关注上，按照文中任林举的话说——"父亲在世时，习惯于把自己称作草民。应该说，这种定位是准确的。"从古至今，亿万草木一样憨厚朴素、勤劳挣扎的农民和大地上的玉米一样经历着命运的风雨洗礼。对此，作者作了对比，世世代代，岁岁年年，任时光不停流转，世事变迁，唯有这朴实而执着的植物依然像我憨厚的兄弟一样，坚守着家园，坚守着土地以及世代生息于土地上的人民的某种本质。然而，"像历史从来看不清也从不关心每一个人的面容一样，在人们的眼里，玉米的个体与个性常常是被忽略的。我们只认识玉米，但分不清这一株玉米和别的玉米有什么不同，这一片土地上的和那一片土地上的、今年的和去年的到底是不是同一株玉米，因为我们并不需要。这是一种无意的疏忽，也是一种有益的忽略。"在这里，我们联想起了艾青诗作里的像黄土一样的我的保姆大堰河，他（她）们的身影如同河畔的芦苇，平原上的青草，山岭上的野花，更如一株株的玉米。人类的编年史上是没有他们的姓名的，在历史的叙述中他们仅仅是一些庞大的数字。在任林举的笔下，英年早逝的父亲是千千万万乡亲父老的命运的浓缩，择取父亲作为一个个案，可以透视土地与人民、玉米与民族的命运。

父亲的喜怒哀乐和个性气质融入玉米和大地，具有同质同构的和谐。"在土地的眼里，身材高大的父亲可能就是一棵会走路的玉米，他和他的玉米站在一起，有一种不分彼此的和谐。"在烈日炎炎的炙烤下，父亲头也不抬地继续他毫无美学意义的田间劳作，汗水无声无息地溶入泥土，黯淡而没有一点神圣和诗意。父亲固守在土地和玉米之间，插秧、播种、间苗、薅草、施肥、浇水、收割，年复一年，周而复始。这其实是广袤国土上绝大多数农民生活和劳动的真实写照。土地不会欺骗劳动者，玉米也不会欺骗劳动者，汗水带来收获，可是农民的劳动并不能改变他们的痛苦的命运。他们的辛苦所获仅仅维持了生命的延续，更多的劳动成果却被不稼不穑的统治者所巧取或豪夺。这种命运从《诗经·伐檀》里的农民一直延伸着，没有根本的改观。父亲安于天命，刚强聪慧、机智灵活、本分务实，勤劳能干。他最大的欣慰就是用自己的高强度的劳动维持着一家老小的生存繁衍。活着，成了父亲和乡亲的理想和骄傲。儿女们并不理解父亲，时常觉得自己的父亲固执、愚蠢。作者在自己的童年时代，甚至还处处和父亲作对，几乎他说的所有事情和提出的所有意见都极力抵触和强烈反对，对此作者带着深深的忏悔反思着自己的幼稚。真正体会到父爱时，才知道父亲的博大无私。

父亲的归宿和命运的多舛，是作者把土地和人的命运最好的概括和升华。父亲死于一场意外的车祸，目不忍睹的惨烈让作者多年以来无法面对。母亲的一句话，简直把父亲的不幸去世和一棵玉米的意外夭折画上了等号。母亲说："多么硬实的一个人，说没，咔嚓一声就没有了。"人类的命运如植物的命运一样脆弱易逝，来自土地的父亲最终又把生命交付给大地。在文中，作者把父亲在土地上的挣扎的命运和老鹰捕捉野兔作了比拟："我曾经看过放鹰人在草原上捕猎野兔。放鹰人常常是骑着马在草原上奔驰，腰身挺立，目光如哲人般眺望着四野，鹰就搭在肩上或带了护套的手腕上。一旦有猎物出现，放鹰人一声大喊，顺势向空中送出猎鹰，那鹰便悠然跃入当空。令人惊异的是，只要鹰被放出去，并没有哪一只猎物能逃出猎鹰那锐利如锋刃的目光与爪。特别是那些在地上奔跑的野兔，不管逃与不逃，不管跑得快慢，不管使出什么解数，最终总是不能幸免于难，挣扎是没有意义的。"这样的比拟无比准确。一介草民的父亲悟透了命运的秘密，徒劳地做着绝望的反抗。值得一提的是，父亲并不是那种天生愚笨的农民，他的富有传奇色彩的履历在乡民中有口皆碑。"五乡会考中拔过头筹，曾经用一个小时的时间向一个奇怪的牧羊人学成一手很绝的珠算技巧，曾在平地修梯田的农业革命中担当爆破专家，当过人民公社的正式会计，只身去大兴安岭探求生路……"父亲作为一个精明能干的庄稼人一直在寻求命运的突围，然而，最后还是皈依土地。这是农民的万劫不复的命运。

对父亲的命运的书写和观照，因为具有普遍意义，任林举把目光投向无数如其父亲一样的底层农民。一个健康和谐的社会并不是没有底层的社会，它应该保护底层，关心弱势群体，为底层提供起码的生存发展的权利和机遇。合理的社会分层还应该是流动的——底层通过奋斗可以翻身成为中层和上层。"竞争有序，能上能下"才有利于使社会充满生机与活力，最大限度地调动各个阶层民众的奋斗激情。而在中国当代文学作品中我们却读到了底层的绝望，弥漫着无望的情绪。二十一世纪开端的中国社会处于急剧的转型期，每时每刻整个社会都发生着前所未有的分化和整合。一幅幅光怪陆离的生存浮世绘和各个阶层的生活世相图摆在作家面前。严酷的竞争法则和社会生态让人疲于奔命。社会底层充满苦难的卑微生活状态和压抑迷茫欲哭无泪的精神面貌引起了具有人文情怀和社会良知的作家的关注。关注底层，关心底层，关爱底层，展示底层民众的尊严与价值，挖掘底层民众的人性温情和光辉，自觉充当底层人民的代言人，为底层民众寻求生存发展的出路伸张正义的呐喊，显示了当代文学应有的温度和力度。

历史的波谲云诡

历史并非仅存于煌煌史册的书页间，它就在我们每一个家族，每一个公民的命运间跳跃。回望既往，反思历史，可以眺望未来。从这个意义上讲，民间的家族史和个人史同样是国家民族大历史的不可分割的有机的组成部分。任林举的《玉米大地》的题记部分即彰显了面对历史的悲壮之情。"你是一个苍凉的手势，你是一句金色的咒语，你是我久违的亲人你是我以生命丈量历史，以身世陈述命运的姐妹、兄弟。"因为我们的血管里流淌着先辈的血液，我们寻觅先辈的足迹其实就是关心我们自身。祖辈们的历史和苍茫的大地、茂盛的玉米血脉相连，频繁的变故、突然的灾难、不测的风云，制约和影响着芸芸众生。历史的神秘和无理性让后人唏嘘不已，我们书写前人历史的同时，也在积聚着自己的历史素材。

"历史是现实的梦幻；往事是记忆的梦幻；村庄是城市的梦幻；土地是庄稼的梦幻；故乡是游子的梦幻。"任林举笔下的历史，是家族的盛衰更迭，是疾病的突袭，也是政治运动的残酷无情，更是具体当事者无力把握自己命运的无奈。这是一个身体远离了乡土，而心灵却依然固守在乡土上的天涯游子对故园最魂牵梦绕的眷恋，追寻历史就是寻找自己的身体和心灵的根须，寻找生命的摇篮，寻找逝去的岁月和梦想。

外祖父家族的历史神秘而突然，灾难的光顾让人措手不及。本来"人丁兴旺，骡马成群，威望日盛，声名远播"的高氏家族，在母亲的幼年时代遭遇了瘟疫和疾病，毁灭了几乎所有的牲畜和人丁，天堂与地狱之间竟然一步之遥，几乎没有任何过渡地带。四岁的母亲成了孤儿，一生的苦难随之绵延在眼前。父母的结合更是贫穷和病苦的结合。命运之神摆布着芸芸众生，居心叵测，不讲游戏规则。父亲的英年早逝和母亲的久病自愈，这一切仿佛都是冥冥中命运之神的安排。年迈寡居的母亲，眼看着儿女一个个远走高飞，心灵的脆弱不经意间流露出来。自己皈依土地和希望儿女逃离土地是一枚硬币的两面。这块近乎板结的土地上，人民的历史和命运近似于玉米的命运。"人生一世，草木一秋"，从本质上讲，他们都是造化的产物。飘零的命运和坚韧的个性如出一辙，"许多年来，每当我想起这种植物，眼前就会浮现出那种苗壮的身姿，在我的心里，他们从来不曾老去，也从来不曾倒下，他们是永远的。虽然在季节的流程里，它们会一岁一枯，但当下一个春天来临，它们却总会在同一片土地上复活，生长并奉献出金色的籽粒。这让我们相信，它的一生并不是一春一秋，而是很多个世代。我们的一年，不过是它的一天，回黄转绿，只在一梦一醒之间。"这是在写玉米的命运，更是在写千千万万普通民众的命运。人类的辉煌不过是玉米的拔节和旺盛，人类的灾难不过是玉米突遭冰雹的袭击，改朝换代不过是春夏秋冬的四季更迭，植物养育了人类，人类种植着植物，他们是真正的息息相关的命运共同体。谦卑、坚强、朴素，扎根泥土，眷恋泥土，回归泥土，是他们共同的命运。任林举的笔下，颇有庄子的"万物齐一"之观，所谓"天地与我并生，而万物与我为一"。人的命运和一株草，一条犬，一场病，一次意外灾难紧密相连。这种表达在刘亮程的《一个人的村庄》

中出现过，在梭罗的《瓦尔登湖》里出现过，也在惠特曼的《草叶集》里出现过。

十二舅与父亲比起来，更是地地道道的"纯粹的农民"。他是外祖父家突遭变故后的不多的幸存者。"当十二舅站在玉米丛中的时候，他看起来却比玉米更像一棵植物。一个看过十二舅的人才会明白，什么是真正的农民，真正的大地之子，他与土地之间有着比血缘更紧密的内在关系。"来源于祖辈血胤的对土地的固守和依恋，使得十二舅只要一离开土地就会茫然失措。由于他对种植玉米的精通和娴熟，对政治最陌生的他竟然长期"人心所向"地担任着村干部。后来，这个"闲职"竟然给他带来巨大的灾难。那些企图夺权的人对他施加迫害。在这里，任林举一反常态地揭露了人心的险恶和政治的阴毒——政治可是一种厉害的游戏，政治的目的是不可告人的。在严刑拷打下，十二舅毫不屈服，如同遭受风暴冰雹袭击的玉米坚挺在大地之上。在生命的弥留之际，罹患脑血栓的无儿无女的十二舅竟然选择了用绝食结束了自己的生命。给十二舅送葬时，全村男女老少倾巢而出，放声痛哭，为了这个倔强的老人，也为了生活在这块土地上的人的共同命运。如果说父亲的历史中蕴含了反抗和寻找突围的契机，那么说十二舅的历史中则弥漫着彻底的皈依于板结的土地。十二舅的生命史，从某种意义上讲就是一株玉米在大地上生长消失的历史，人的命运和植物的命运出奇地对应着，来不得半点自由选择。千千万万的十二舅们的历史和命运，铸就了宿命般的历史的"沉默的大多数"。

《玉米大地》是近年来少有的优秀散文，融合大地、植物、人生、命运、历史于一体，以饱满的激情驱遣诗意的文字，书写关乎民族和个体的存在史，在历史和现实的夹缝间游刃有余地回旋决荡。深切的爱意和悲悯的情怀渗透在字里行间，让人感慨喟叹。恢宏与细腻，阳刚和阴柔，泼墨与工笔，诸多看似矛盾的特质竟能巧妙而辩证的融会贯通，在同一文本中并行不悖，显示了作家的充沛的才情和不凡的襟抱。

29. 自然物语，大地牧歌
——读葛筱强《最后一个乡村歌手》

科学技术的日新月异和城市化、城镇化进程的高歌猛进是中国近几十年最明显的变化，与之相对应的是乡村生活、农业文明和乡土世界的边缘化。相对于数千年来以农业生产为主导的中华大地，这种变局是富有转折意义的里程碑。文学作为时代精神的晴雨表，必然会关注这一富有现实意义的变局。对传统乡村生活的深情回眸，对城市化、城镇化进程的反思，对田园牧歌式的生活方式的留恋，对人与自然关系的关注，对生态环境恶化的焦虑，时时凝聚在作家的笔端，使我们的当代文坛呈现出一种回望乡土、呵护自然的绿色景观。张炜的《九月寓言》和《刺猬歌》、苇岸的《大地上的事情》、贾平凹的《怀念狼》、韩少功的《山南水北》都是表达对现代化进程中城市与乡村、自然与人文、革新与保守进行深刻思考的杰作。今年秋季，吉林诗人葛筱强推出了他的诗歌自选集《最后一个乡村歌手》，又为这一领域增添了诗意的表达，如同诗集的名字，这的确是葛筱强饱含深情吟唱的乡村生活赞歌，对季节时令的敏锐感触，对大地物候的真实记录，对乡村情怀的朴素抒发，流淌在诗句的字里行间，氤氲着诗人留恋乡土、心系大地的执着情愫。

现代化的都市中，空调改变了四季的寒热规律，灯箱广告和霓虹灯模糊了昼夜的界限，水泥地面覆盖了生机勃勃的泥土和绿草，而葛筱强的笔下呈现出来的是迥异于城市文明的都市景观，弥漫在诗行间的全是原生态的乡村物象。只要看一看诗歌的题目，就可以领略葛筱强的乡村情怀。旷野、春天、迎春花、大雁、下雪的日子、锄地者、夏天的歌谣、日暮、黎明的小奏鸣曲、午后之诗、百合花、白杨、秋天的果园、杏花雨……满纸的乡村生活意象简直就是田园生活的博物志和乡村大地的记录簿。这一点，葛筱强毫不讳言作家苇岸对他的影响。"当代散文作家苇岸简约、清晰的文字，朴素无华的文风，以及他敦厚宽容的为人风范，径直走入我的心灵。"在葛筱强的诗歌中，闪烁着苇岸散文的光辉。在《秋天》一诗中，葛筱强写道："秋天来了/果子的全身布满了音乐/我的果园急促/秋天的颜色布满天空"。对秋日的细腻品味和谛听，通感的巧妙运用，一个硕果飘香、充满丰收的喜悦的季节跃然纸上，仿佛给予读者聆听《秋日私语》一样的美感。同时，让我们想起了著名散文家周晓枫对果园的深情描摹："最小的水系在果实里流动，我把这个光亮的苹果举起来，就听到了声音，非常小的声音，类似于安静。在表皮之下，清甜的浆汁不断冲刷着果肉，每个细胞都慢慢膨胀，日益充盈，这就是成长……果园寂静的午后，黄澄澄的阳光照着大地和果木。万物在温暖的睡意中被镀上了铂金。累累的果实使得枝条呈现微弯的弧度，它们正被自身的重量所压迫，降低了应有的高度。"如此温柔细腻的感悟自然，只有独具审美慧眼的诗人方可抵达诗意的佳境。葛筱强在《迎春花》一诗中写道："你迎风打开炫目的鹅黄和浅粉/多像我梦中的老家啊/让我的双眸含泪，心湖再掀波澜。"迎春花，这早春的使者以醒目的芬芳和色泽，叩响了肃杀的严冬之后的诗人敏感的心扉，故乡的思念便找到了信物，娇嫩的迎春花让作者满眼含泪，思潮翻滚，梦寐中的老家的房前屋后，春花也一定开始了最初的含苞欲放。葛筱强曾经有过一段一边教书育人一边躬耕垄亩的生活实践，他在自己的田园里种植土豆和玉米，也把对土地和劳动的挚爱书写在故乡的田野里，这不是故作惊人的行为艺术，而是为了生存而不得不为之的庄严的劳动。因此，葛筱强对田间劳作颇有自己的感受，在《锄地者》一诗中他写道："双手抚摸大地/抬头遥望蓝天/锄地者的生命仿佛一条船/日落月升万物由明而暗/他身披星光把晚炊点燃。"朴素的劳动者把自己融入了苍茫的大地和绿色的庄稼，也融入了历史的长河。记得苇岸曾说过："看着旷野，我有一种庄稼满地的幻觉。天空已经变蓝，踩在松动的土地上，我感到肢体在伸张，血液在涌动。我想大声喊叫或疾速奔跑，想拿起锄头拼命劳动一场。我常常产生这个愿望：一周中，在土地上至少劳动一天。"我相信，深爱苇岸散文的葛筱强在结束了一个下午锄地之后，翻动苇岸的书页时读到这句话，一定觉得自己已经践行了苇岸的理念。美国超验主义作家、自然写作的发轫者爱默生对此也有中肯之论，他认为，每一个人都应当与这世界上的劳作保持这一基本关系。劳动是上帝的教育，它使我们自己与泥土和大自然发生基本的联系。我看到过葛筱强故乡的照片，用他的话说，那是东北农村的一个缩影。贫穷、平静、幻想构成她以农事为主的全部面貌。故乡的草原、河流、白云和小鸟让葛筱强的童年充满欢乐和纯洁。在《故乡》一诗中，葛筱强写道："痛苦如母羊/在草原的边缘上，痛苦如母羊/我在你的眉间喝了一碗酒/坐下。/此生漫漫/对着传说和深埋的贝壳/对着刚刚生下的红马/我写下你。/如同写下天空的小雨/写下宿命/写下我们的痛苦如母羊/在你的眉间，在草原边缘的小镇上。"葛筱强面对故乡是平静的，平静中凝聚着滚热的挚爱，阅读葛筱强对故乡的浓郁书写，我仿佛重读了穆旦的《赞美》、艾青的《大堰河，我的保姆》和《我爱这土地》、臧克家的《难民》和《烙印》。葛筱强在对生存的艰辛、土地的厚重、岁月的凝重的书写中，紧紧拥抱了故乡，写下了如汉简一样有力的文字。

葛筱强的诗歌创作深受海子的影响，此外，泰戈尔、惠特曼、骆一禾、刘小枫、丹纳、叔本华、尼采的著作也构筑了葛筱强的精神空间。葛筱强是一个有着浓郁故乡情结的诗人。他对大地的深情礼赞，对乡村生活的纤细感知，对四季物候的敏锐把握，是现代乡愁的童话和寓言。他的诗歌，蕴积深情，并且贯彻着一种精神归乡感。这也正是葛筱强的诗歌中最为可贵的品质之一。他的感受，来自大自然的精神家园，他的遣词造句也有自己的精神底气。在日益浮躁和喧嚣的人世，他始终牢牢把握着自己的精神方向和审美趣味。诗人葛筱强笔下的自然景观，一直深深埋藏着一段深情款款的童年记忆，这也是葛筱强始终对故乡、村庄、农事保持永恒眷注的原因，故乡土地上的民风、植物和动物，是诗人永恒的写作指南。自然、乡村和童年这三种事物，形成了他专注不移的精神家园。葛筱强是一位逼近乡村生活细节的诗人，细节放大了诗人对大地物事的感悟，同时也让我们在阅读中逼近了葛筱强的诗意世界。葛筱强的诗歌，见证了一个诗人回归大地伦理、直面人与自然关系的出色能力，也为今天的诗人走出书斋走向旷野提供了重要的精神证据。人与自然的关系问题塑造人的世界观，也是描述人类存在状况的基本尺度。在科学技术无往不胜的神话时代，人与自然、自然和人文之间的关系，正在成为检验现代人精神维度的试金石。葛筱强的一系列诗作，本着对人类植根自然的本因表达了他在大地面前的诚实、恺郁和忧伤。他坚持书写一种乡村生活的经验和记忆，他的诗歌流淌着农业文明的诗意，他的情怀是广阔和谦卑的。他通过语言来抚慰这个变化多端的现代世界，他的字里行间散发着对精神生态和自然生态的深切关怀。

30. 读写人生　心灵如云
——读葛筱强《雪地书窗》

读书和写作是一枚硬币的两面。读书积累知识，开阔视野，含英咀华，涵养气质；写作抒发性情，整理思路，锤炼思想，凝结心智。葛筱强是我的朋友中视读写为第二生命的一位，他栖居塞外小城通榆，却神游书海，心怀天下。葛筱强的阅读，总览文学、历史、哲学、政治，可谓兴趣广博，海纳百川；葛筱强的写作，横跨诗歌、随笔、书话、信札，可谓涉笔成趣，触类旁通。盛夏炎炎，葛筱强赠我一册新著《雪地书窗》，单看书名，即让溽暑酷夏中度日如年的我心旷神怡，仿佛跨越季节，来到了飞雪飘飘的冬季。葛筱强的书，打开了一扇心灵的窗户，让我看到了书斋中他那求索的身影。葛筱强是以文学阅读和书话札记来确证自我存在并阐发具有个性化的思想。他的文字，敏感睿智，才情卓然，而且毫不掩饰自己任情率真的脾性和诗意表达的快意，在他的书话札记，既有严密的论辩，也有直抵人心的深刻和畅达。他的文章一以贯之地显示出他在文学、哲学和史学上的丰厚学养，缜密机敏中不乏激切呐喊，角度精准但学理沛然独具只眼。他拒斥学问对心灵的禁锢，捍卫记忆中的个人因素，在发现疑问和求解答案时，秉承中国传统知识分子的批判锋芒，建构现代读书人得以安放身心的精神禅房。

"书窗随笔"是本书中我最喜欢的文字，这一部分的每一篇散文都散发着一个读书人晶莹明澈的心灵，他使我知道了，读书不仅仅是一种精神活动，还是一种生活方式和处世态度。《冬夜读书》一文可以说是最富性情最见品位的，作者书写了自己坚持多年的寒冬夜读的习惯。"你可以想见，在塞外朔朔北风的肆虐下，在漫天飘飞的大雪中，一座乡下的略显古旧的屋内：一盏灯，一簇跳跃不息的炉火；一卷书，一个书生瘦削的身影和他专注的沉醉眼神。这是多么孤单而富于怀旧的场景呵！多少年来，我生命的黑夜就是如此泅过，我沉寂的心怀就是如此打磨。"我相信，一个富有深情的人，一个沉迷于文字的人，在寂寥的冬夜，伴随着翻动的书页和飘舞的雪花，一定会欣然自足，他的超拔气韵和清旷诗思定格在青灯四壁和香茗墨香中，化作永恒的幸福感和适意感。葛筱强深受苇岸的自然情怀的影响，他对天地万物怀有朴素的挚爱之情。

《萧萧白杨林》是一篇书写植物之爱的佳作，葛筱强用明亮瓷实的文字写下了自己对北方白杨林的眷念与依偎。"我总在内心告诫自己：只有在乡下，在大自然的怀抱中，你才能永葆一颗善良而敏感的心，才能写下最优美的诗句，你的灵魂才能得以在大地上栖居。我出生的北方，白杨林随处可见。在冥冥之中，我生命的成长与白杨林形成了一种牢不可分的亲缘关系。无论走到哪里，我总认为一抬头便望见白杨林是我一生的幸福。白杨林朴素无华坚韧卓绝的形象，仿佛是无数个我的梦的集合显现。在冬天，守望白杨林，是我的一个习惯。冬天的守望，在我，永远是一种灵魂的回归终点，永远是一种无法言说的悸动。"我坚信，一个对树木怀有如此深情的人，应该是一个可以信赖的诚朴善良之人，白杨树之于葛筱强，既是一种心心相印的精神信物，又是一种仰之弥高的理想星斗。《清秋碎笔》是葛筱强在秋季展开思绪触摸大自然的心灵印痕，他的文字有着清秋艳阳似的明亮和温情。"时光不老，此身不过是他乡，何况是夏与秋的更迭呢。在无尽时光的河流之上，你有过贫穷而卑微的童年，狂放而忧伤的青春。如今，秋天的河面越来越开阔，越来越宁静而安详，让你的心跳和步伐逐渐放慢，让浑浊的想象逐渐变得清晰。沐浴太阳之光的诸神呵，你们让我享有了跃动的生命之旅，我沐浴着你们的光辉，使自己的灵魂之花变得灿烂，无论悲伤还是欢愉，我品尝了生命的甘美酒浆，即使它偶尔让我获得片刻的昏厥。"这段文字令我想起了聆听《秋日的私语》钢琴曲时的心醉。葛筱强在时光流转的清秋丽日，慨叹岁月流转，叩问心灵之扉，品尝生命琼浆，回望童年之旅，展望未来景观，一份宁静安详的心境赋予读者美好的遐想。采撷一枚被秋阳染成绯红色的落叶，夹进书中，也就珍藏了秋天的气质和神采。"把这片秋天最早落下的木叶放在书吧，放在哪本呢？就放在卡夫卡的日记里吧，放进他的偏头疼。还有，把诸多的词语，比如主语、谓语或者宾语、补语，一起也放进这张叶片吧，那上面的纹路，还隐约闪烁着湿润的夏天。而今天，它干枯了，失水的叶片上，分明刻着你内心封闭的城堡，那变形的天空，还会是蔚蓝的吗？"如此一简断章，足见葛筱强的慧眼与文心。他仿佛盛唐的诗人王维，在一片秋叶中，在一颗红豆中，领略尽世事苍茫和自然之思，接近那份空灵的禅意。葛筱强的随笔，表达着他对自然、生命和心灵深沉的热爱。他的话语简洁、明朗，使他对事物作出个性化判断的同时，也迷恋于词语的独特韵味和思想的精准表达。思想深度，自然表象，语言和本质、理性和感觉之间的细微差异，都是葛筱强的书的主题，他的写作既是一次内心的展露也是一种语言的升华。他的哲思短语为一个深邃的意识世界如何才能获得现实的解读敞开了新的路标。

葛筱强把自己的身份定位为爱书人和读书人，他与四方文友鸿雁传书，交流阅读心得，他是阅读者，也是批判者和思想者。葛筱强的文章有一种恬淡的清雅之美，但也不乏激情、冷静和傲骨。他情怀坦荡的诗意书写起源于对这个时代罕有的忠贞和涵养的精心守望，也是对自然山光水色、普通书生生活的眷念和敬畏。他的文章风格温和晴朗，气韵平和旷达，对语言之美存着憧憬，对熙来攘往不失清醒，在描写一种普世价值时没有愤世嫉俗，在聆听人类的苦难和虚妄时懂得悲天悯人，在喧嚣的世界面前岿然不动。葛筱强的自然写作和精神返乡，不失生命的自足与简朴，而他的文字却常常显露出超然物外的表情。他把一个知识分子的生存感悟释放在塞北的花草树木之间，并用一种简单的生活美学求解重大的精神困惑。他的文字也因接通了充沛的地气而变得生机盎然。这种经由思索、交游、批判和反思共同完成的写作，不仅是个人阅读史的见证，更是灵魂朝向大地的一次叩问。在这个精神日益挂空的时代，葛筱强的努力，为人生意义、思想探险的落实寻觅出了新的路径和经验。

葛筱强在赠我的毛边书的扉页题写了这样一句话："鹏兄，读书让我们心灵如云。"的确，阅读葛筱强的书，让我在初秋的北国清晨感到天高云淡，心灵如行云，时光如秋水。

31. 人文精神　底层关怀

——刘爱玲小说阅读札记

随着中国当代社会阶层分化加剧、贫富悬殊凸显的现状日益明朗化，底层文学逐渐占据了当代文学的主题。当下的现实比任何时候都要求我们时刻不要忘记底层人民生活的真实现状，这不仅仅是一种情感尺度和写作视角。在经济文化全球化、资本流通权贵化的双重压力下，底层书写是中国作家的民族伤痛和精神遗存。当既有的价值伦理在分崩离析的时候，底层是仍在潜伏的传统的激越声音，是一股持续不断的民族精神的资源。可以说，当中国知识界放弃体验底层生态，激活民间资源的使命的时候，当代文化的雪崩也就降临了。以道德同情和社会批判为特征的底层文学，是新的历史条件下典型的反映社会问题的现实主义文学。底层文学书写及其叙事伦理反映的一系列社会问题，透视出这些年来中国当代文学精神领域的某些缺失和疏漏。众所周知，文学绝不是社会生活的简单附属和点缀，也不会躲进艺术象牙塔中顾影自怜。在强大的社会现实而前，文学既要有自我的独立定位，又要有敢于对社会发言的勇气和担当。关注普通大众生活、农民工等低收入人群生态的底层文学，正是作家们关注民生困境、介入社会生活的最好注脚。展示社会底层的存在状况是文学的基本责任，也是文学历久弥新的现实主义传统。这种展示既要具有文学意义上的深刻，对于文学题材本身，这也是丰富自身扩大视域的一个重要方面。在全球化、城市化、现代性的进程中，社会各阶层的结构正在发生急剧变化。底层是一个很大的群体，但他们往往是沉默的大多数。深刻地揭示底层的存在状况，正是文学关心民瘼直面现实的一种表现。当代主流作家在进行表现底层经验写作的时候是要为底层的现实利益和长远利益代言。

近日阅读山东青年女作家刘爱玲的系列底层小说的时候，我被她的作品深深震撼。刘爱玲的底层书写采用苦难集中化的方式给我们展示了底层的苦难与惨烈，与此同时，她也为我们展示了底层的精神向度和生存意志。作为一个比较注重写作技巧的作家，刘爱玲的底层书写充满了浓厚的悲悯意味。她的底层书写表现了深沉的人文情怀，但是城市道德与乡村道德伦理的二元对峙凸显了浓郁的悲剧力量。刘爱玲的底层写作以现实主义的思想情怀，臻于极致的苦难叙事反映了鲁西北底层的苦难生活，并向道德意识和心理气质层面推进，达到了叩问灵魂的深度，体现了批判现实主义的思想力度。刘爱玲的作品集中表现了城乡冲突、贫富悬殊的时代背景中农村底层人民的不幸命运和凄惨境遇，体现了现实主义精神在新世纪文学创作中的不断超越和升华。

随着社会流动和身份流转的越发频繁，底层民众在城乡空间的变换中一时很难适应急剧的城乡身份更迭和角色转化，人的心灵处于纠结与矛盾中，刘爱玲的小说及时的捕捉到了这一底层困境。短篇《逃亡者》讲述主人公沈二从滨海城市开二十年出租车无法生存，终回到家乡继续耕种，在秋季耕种时节向亲人、村民借拖拉机，遭到人们的鄙夷与唾弃的故事。沈庄已不是当年的沈庄，离开的滨海城市的精神风习在沈二的生命里同样根深蒂固挥之不去。沈二成为城乡集合的矛盾体，他的生命岁月见证了沧海桑田的城乡变化，从乡村到滨海城市，不得不回到生他的村庄，使得他怀揣着心仍不甘的矛盾心理，重新回归乡村的种种二重矛盾的内心挣扎，真实地折射出了当下中国城乡变化的一种典型后遗症。如何释解这种客观存在的矛盾，找到心灵的自然回归和适应客观环境的变迁，着实值得探讨和予以关注。中篇小说《破落院》写了一群闯关东的人回到山东老家后的生存命运。主人公秋大从黑龙江回老家秋庄盖房子的故事，房子盖在秋爷和秋二爷两家一处尴尬的土地上，两家人两辈人对土地的争执，对农民唯一的安身立命的土地的争夺。村庄人对返乡人的排斥，以及人对土地占有欲的利己主义，亲情裂变，道德沦丧以及家族里的人的不同反映。从而成为秋大这一辈从关东回乡的乡村人尴尬的人生处境，他们对尴尬命运的抗争。如今的乡村并非人们想象中的纯朴，批判意识。刘爱玲的小说，悲悯沉重，地气浑融，叙事悠长而绵密，语言细腻而熨帖，写人情世故练达洞察，用乡俗俚语而余味无穷，视野宽阔，视角独特。她常以柴米油盐的日常实事，暗喻世俗生活的真切厚重，以生命的坚韧见证人心的复杂诡秘。她的小说关切小人物的命运起伏，直面中国当代城乡中那些芸芸众生的真实悲欢。刘爱玲的笔墨细腻明朗而不失民间情致，那种冷静背后的激情与炽烈，总是显得尺水兴波，曲径通幽。她用情于农村细琐之事，用心于转型期人心之微妙，持续关注世事沉浮背后百姓灵魂的纹路。她用节制与耐心，守护情感的家园，捍卫记忆的符码，也赋予了底层小说以沉实的精神底蕴。

新旧思想在城镇化、城市化进程中的冲突贯穿底层生活的各个角落，其中民风民俗的强大惯性与现代思想观念的纠葛是这一冲突的集中体现。中篇《三声炮响》，讲述身患绝症的白曲水一心要将爹远在黑龙江的坟迁回白家村祖坟院里，以了结他的心愿。以白曲水的儿子为代表的家人激烈反对，白曲水通过沉默，与村里祖辈雕棺花、打棺材的"三撇"联手为白老爷子做木棺材，及逃跑等方式坚持并抗争，表现了当代社会经济飞速发展的大势下，民俗文化逐步退却和遗失的现状，伴随着人们对"认祖归宗""入土为安"的新旧两股思想认识的矛盾，中国传统民俗的仪式是坚守还是随着时代的发展而死亡？这桩大事就具备了强烈的仪式感，也产生了浓重的悲剧气氛。在中篇小说《三声炮响》中，刘爱玲表达了她对当下农村新旧思想的交锋的观察和思考。白曲水在罹患了绝症胰腺癌濒临死亡的最后岁月，念念不忘的是把他老父亲的骨灰从东北迁回家乡重葬。他的不顾老命竭力给自己的父亲打造一口槐木棺材的举动，引起了妻子、儿子和儿媳的软硬兼施的反对，可以说，他根深蒂固的"入土为安"的观念代表了老中国儿女的"孝道"观念，而他的儿子一代在现实生存困境中苦苦挣扎于城市夹缝中依靠打工挣钱糊口，代表的是城市化进程中新一代农民工的境遇。木匠打造棺木的精湛技艺以及为了年轻时代深爱的女人而献出宝贵生命所代表的则是中华民族传统道德在二十一世的延伸。木匠对古老技艺的坚守与传承，乃是一种民俗文化的生生不息的力量。在这篇小说中，农村留守老人、妇女、儿童的艰辛生活，乡村生机与活力的匮乏，"代沟"中新旧观念的冲撞与交锋，无不纤毫毕现一览无余。小说富有齐鲁文化的深沉底蕴，对乡土文化的反思和叩问，对底层生活艰辛包蕴的同情与悲悯，对城市化背景下乡村的萧条、寂寞、闭塞的深入反省。细节描写非常到位，显示了作者很好的民间生活体察和问题意识的敏锐独特。中篇小说《父与子》讲述古老而封闭的石墩村，保持着原生态的生活状态。爷爷当年首个破了族规，与戏子在石河边的石吊屋结合，继而产生了父亲这个杂种，父亲一辈子背着家族及整个石墩村人的罪孽过活，承受历史与道德的双重批判。他以弱小的身体和水质的"上善"秉性，至死同族规的血腥对峙，钢蛋儿的尖锐及爷爷多年无奈的冷漠；包容母亲和村长的畸恋，大胆地救了外村陌生女人，又一并以父亲的身份抚养着另两个杂种。父与子三代人纷杂的亲情与爱情的激烈碰撞，凝聚了人类生存的精神图腾和宗教祭祀般的庄严和肃穆。贯穿始终的父亲"上善若水"的思想品质最终升华为全文主题。刘爱玲的底层小说，既有真实具体的生活描绘，又有发人深省的冷静反思。在广袤的乡村大地上，在现实困境与历史渊源之间，刘爱玲诚挚凝视底层百姓的生活和命运，不懈求索提高他们幸福感的途径。刘爱玲直面现实的小说写作，以巨大的道德勇气和知识分子视野展现人与社会、自然、历史的关系，她的小说保持着饱满的热情和充沛的思想活力，为批判现实主义者绘制了惊心动魄的精神图谱。刘爱玲的小说是献给中国大地上默默生存的芸芸众生的赞礼。一群农民工在寂寞的城市边缘中的坚守与希冀，具有感人肺腑的精神力量。刘爱玲以充满人文关怀的写作态度，精确地而到位地书写底层复杂纠结的真实生活，她笔下的人性在艰难困窘中不断升华，如平凡日子里诗意益然的阳光和音乐，见证着良知底线和道义伦理在人心中的坚执。强大的现实性、诡秘的命运感和对人性真善美的坚守，使她的小说的意蕴浑厚而视域旷达。

在城市的夹缝中苦苦喘息的边缘人物的生存困境和人性与兽性的关联、斗争与碰撞，同样是刘爱玲小说的重要着眼点。短篇《人与兽》，讲述城市边缘工厂门卫里，曾经在若干个工厂里不断跳槽的老光棍老铁头在癌症最后时期来道别唯一的老伙计老石头，在离五分钟上班之前，因为一起喝酒被经理发出的一张"解聘书"而辞掉。黑子是曾经被老铁头毒打残害过的狗，被老石头收养着，此见面中，人的兽性与兽的人性的碰撞、对比和反衬，终抵不过工厂压榨者一张薄纸的厉害。在面对工人被企业压榨的命运中，人与兽到底有多少关联？短篇《一株玉米的灵魂》，写山东茌城铝厂附近的桥洞下，生存着一条半和外乡来的郭女、辫子母女俩，辫子娘为了省钱，在桥洞下住，与一条半由开始的不接纳到最后和睦相处。故事一条线索为一条半与郭女对桥洞之争，一条线索为一条半在桥洞边种下的一颗玉米，他对玉米的精心呵护，玉米成为他灵魂的寄托，他用如此荒诞的行为，与茌城只重发展经济，严重污染环境、损害后代进行坚决抵抗。他以荒诞的做法对抗着工业对环境的污染。茌城进驻铝业生产加工后，经济富裕了，空气、土地、水污染严重，一条半所住的茌城城北村被开发成铝厂，铝污染使大片的庄稼枯黄死亡，再不生长。他是铝业的受害者，包括他的老伴，老来得的儿子，他的家，大片庄稼，都因发展铝业受到毒害。玉米的灵魂有人的灵魂的寓意与象征。最终个人的力量无法与社会抗衡，过度环境污染降下了罕见的牛奶雨，茌城在富裕的表象下，人们受着危及后代的忧虑。一条半和郭女生存的唯一的桥洞，也被挖掘机铲平，成为铝厂建设的地域，主人公一条半和那棵奋力生长的玉米，成为不可阻挡的抗拒的精神力量。刘爱玲是一个有文学理念的人，一个能在语言叙述中创造乡土世界的青年作家。她用一种温和的文辞、丰盈的想象和散文化的感性之美，为自己建构了一个可摸可触的齐鲁乡土文学生态圈，并由此标示出转型期乡土中国在文学上的清晰面影。她的小说散发着忧伤和悲悯的心灵之韵，那种黯然忧郁和锥心疼痛，令读者难以释怀。她舒缓有致地陈述历史、现实、记忆和想象，如此遥远，又如此切近，底层的卑微和高尚一览无余。她以轻逸潇散书写繁复沉实，以细节叙事呼应直抒性情。大时代和小人物，乡土和城市，传统的文化与现代性焦虑，沉滞的现实和风起云涌的内心世界，刘爱玲以她的记忆、观察、体味，让细节落实到字里行间，让沉默者发声、彷徨者前行，从而为底层人物在严酷环境下力保尊严写下了人性的赞歌。

汪曾祺说："小说本来就是语言的艺术，就像绘画，是线条和色彩的艺术。音乐，是旋律和节奏的艺术。有人说这篇小说不错，就是语言差点，我认为这话是不能成立的。就好像说这幅画画得不错，就是色彩和线条差一点；这个曲子还可以，就是旋律和节奏差一点这种话不能成立一样。我认为，语言不好，这个小说肯定不好。"刘爱玲的小说语言通俗清晰，与老舍、沈从文先生的"市井化语言"一样，是适应她所写的乡村内容和底层人物的。刘爱玲有着丰富的乡村生活经验和深厚的人生阅历。她不仅对底层社会生活有着鲜活精准的体验，也对底层人思想感情有着息息相通的理解，而且她始终关注农民工和农民群体的切肤之痛和生存现状。她的许多小说都形象描绘了底层生活的真实面貌，反映了底层社会形形色色小人物的生活脉络和思想感情。她以民间代言人的身份写农民工。刘爱玲在创作中遵循了沈从文"贴着人物写"的原则，真正做到了来自民间而又超越民间。她的小说语言显得更加富有生活气息，幽默风趣，产生出一种耐人咀嚼，回味无穷的表达效果，深具民间本色化与生活化的特征。

刘爱玲以诗人般通透的灵感和大地之子的赤子情怀，把小说作品写得真实、具体而又异彩纷呈。她的底层小说蕴涵之深广忠实地反映了她立足民间生活的质朴精神。她以观察入微、想象丰满、文气雄浑、叙述精准的不凡手笔准确地驾驭了底层小说的叙事策略，她的小说是现实主义理想和柔情似水的心灵的结晶。

32. 沈石溪动物小说的畅销原因和商业价值

　　沈石溪创作的动物小说别具一格，在海内外赢得广泛声誉，他本人也被誉为"中国动物小说大王"。他的动物小说已出版五百多万字。曾获得中国作家协会全国优秀儿童文学奖、中国图书奖、冰心儿童文学新作家大奖、台湾杨唤儿童文学奖等多种奖项。代表作有《第七条猎狗》《再被狐狸骗一次》《狼王梦》等。其中《最后一头战象》《斑羚飞渡》《猎狐》《帮大象拔刺》《保姆蟒》等被选入语文课本。沈石溪的动物小说频频荣登图书畅销榜，在中国当代图书市场创造了一个社会效益、文化效益和经济效益的多重奇迹。分析沈石溪动物小说的畅销原因和商业价值，对于理解生态文学与图书市场的对接具有十分重要的意义。

　　首先，沈石溪的动物小说实现了对动物世界的人性化理解，对于人类生活具有暗示和象征意味，能够引发现代人深沉的思索，让读者开卷有益爱不释手。这种艺术魅力自然而然的赢得了读者，尤其是青少年读者的喜爱，因此创造了很大的市场空间，获得了很高的图书营销份额。他的小说语言晓畅明朗，笔触深沉犀利，通过对动物生态世界的书写揭示了动物世界的情感纠葛和喜怒哀乐，极易使读者引发联想和思考，挖掘其中的人文内涵，引发人们触类旁通的思考：动物世界与人类世界在哪些层面上是息息相关的呢？沈石溪在论及自己的动物小说深受读者喜爱的原因时说："这些年的创作实践，我有一个深切的体会：动物小说之所以比其他类型的小说更有吸引力，是因为这个题材最容易刺破人类文化的外壳、礼仪的粉饰、道德的束缚和文明社会种种虚伪的表象，可以毫无遮掩地直接表现丑陋与美丽融于一体的原生态的生命。"随着时代的变迁，文化会盛衰，礼仪会更替，道德会修正，社会文明也会不断更新，但生命中残酷竞争、顽强生存和追求辉煌的精神内核是永远不会改变的。因此，动物小说更有理由赢得读者，也更有理由追求不朽。

　　其次，沈石溪的动物小说以儿童的视角塑造动物形象，具有儿童文学的审美特征和艺术含量，很容易引发儿童读者的喜爱，儿童读者是图书市场不可小觑的消费群体，这也是沈石溪动物小说经久不衰的重要原因。沈石溪的很多动物小说作品都是二十世纪八十年代和九十年代写的，小说出版发行以后在当时的市场销售行情尚可，但是没有像今天这么受读者欢迎。近些年来浙江少年儿童出版社重新出版发行，他的书广受欢迎，屡登畅销书排行榜尤其是儿童文学畅销书排行榜。原因有以下几点：第一，在中小学里面正在推行读书活动，在这样浓烈的读书氛围当中，他的儿童小说受到学生们的喜爱；第二，他写的是动物小说，过去社会比较的贫困，人如果自己连饭都吃不饱，哪还有心情关注动物的世界，关注动物关注自然一定是社会比较富裕的情况下，而且人从温饱型的社会转型到一个比较富裕的社会，在这样的过程当中人才会不但关心自身的事情，还会关注大自然，关注动物世界。第三，沈石溪的动物小说有几篇作品被收录到全国版的中小学教材，有一篇短篇小说叫作《最后一头战象》，收在人教版六年级语文书里面，《斑羚飞渡》收在人教版七年级语文书里面，老师在上课的过程当中，一定会跟学生介绍沈石溪其他的作品，这也是他的作品受到中小学生欢迎的一个重要原因。

再次，电子出版物和数字阅读正在取代纸张阅读，现在唯独少年儿童出版事业在整个出版行业里面还是欣欣向荣，文字的阅读已经经历了千百年的考验，它已经不仅仅是作为一种吸收知识的一个方法，它已经成为一种生活的状态，一种精神的状态。电子出版物、数字阅读尽管在逐渐取代传统的阅读方式，但是它永远不可能完全取代传统的阅读，因为传统的阅读有它自己的书香气息，有它自己美丽精神层面在里面。儿童读者的父母因为担心孩子们过于沉溺网络，不约而同地想到了购买儿童文学作品，沈石溪的儿童文学作品图文并茂，装帧考究，自然成为家长们的首选。沈石溪的动物小说艺术性、审美性和思想性相得益彰，令小读者爱不释手。比如《斑羚飞渡》描写的是一群被逼至绝境的斑羚，为了赢得种群的生存机会，用牺牲老斑羚挽救小斑羚的方法摆脱困境的壮举。斑羚在危难中所表现出来的智慧、勇气和自我牺牲精神，会让每一个读过这篇文章的人感到精神的震撼，会启发人们重新认识这个万物共存的世界。《最后一头战象》写了在抗日战争中幸存下来的最后一头战象嘎羧，自知生命大限已至，便再次佩上象鞍，来到打洛江畔缅怀往事，凭吊战场，最后在埋葬着战友们的"百象冢"旁刨开一个坑，庄严地把自己掩埋的故事。嘎羧是一头勇敢、善良、坚强、怀旧、忠诚，在战场上不顾惜生命，死后也要跟兄弟们埋葬在一起。《第七条猎狗》是作家沈石溪的成名作。这篇短篇小说，展示了他非同寻常的讲故事的能力。故事讲述的是老猎人召盘巴的第七条猎狗的故事。老猎人闯荡山林40年，却得不到一条称心如意的猎狗，一直引以为憾。这第七条猎狗是军犬的后裔，"撵山快如风，狩猎猛如虎"。老猎人爱狗如爱子，给它取名赤利，是傣族传说中会飞的宝刀的意思。这些引人入胜的动物故事，丰富曲折的情节和预设的悬念，环环相扣，引人入胜，大大地提升了可读性，对青少年读者极具吸引力和诱惑力，容易成就其商业价值。近年来，儿童文学图书市场发展迅猛，其在少儿图书整体市场的地位也举足轻重。对于儿童文学图书而言，原创的畅销书是个近乎被垄断的市场，如沈石溪一样的畅销作家的新作永远是市场所急需的。

最后，沈石溪与出版社良好的合作互动，也大大促进了其动物小说的热销。自 2008 年以来，浙江少年儿童出版社为沈石溪量身打造的"动物小说大王沈石溪品藏书系"已出版 26 册，短短 3 年内，销售总额突破一个亿，销售册数突破 700 余万册。其中的《狼王梦》单本销量更是超过 100 万册。作为一名四次获得中国作家协会全国优秀儿童文学奖的著名作家，沈石溪自己也承认，他的书从前卖得并不好，正如儿童文学理论家、浙少社副总编辑孙建江所说，"叫好不叫座"。与其在评论界受到的诸多好评相比，这位动物小说大王在与浙少社合作之前，图书的销量一般只有 8000 到 1 万册左右。更值得注意的是，"品藏书系"中收录的都是沈石溪的旧作，如《狼王梦》已经创作了20 多年，在图书市场上有好几个版本，出版社采取新的营销战略，让好书"叫好又叫座"。浙少社借中宣部提倡少儿出版社推出健康口袋本的契机，推出了 12 本一套、16 开大小的"沈石溪动物传奇故事"。

沈石溪的动物小说数量较多，短篇、中篇、长篇均有，而且涉及动物的种类也很杂，除了故事之外，出版社还在每本书中做了关于主题动物的知识链接。口袋本的出版还给浙少社带来了另一个意想不到的收获。2008 年浙江的平湖市新华书店想请一位作家去平湖县两个学校做讲座，沈石溪去讲了人和自然、人和动物的故事。结果那两场演讲非常成功，主办方说"他讲到兔子为了保护肚子里的孩子与蛇殊死搏斗，我们听了都相当感动。孩子们的反响也非常热烈"。沈石溪的书，孩子们很欢迎，一定会喜欢，但就是缺一个合适的版本。而平湖此行，他们还在其中一所学校的宣传墙上意外地看到了《斑羚飞渡》。沈石溪作品入选人教、浙教版语文教科书的信息更让他们醍醐灌顶。这两场校园讲座跑下来，出版社增添了信心，也找到了动物小说的卖点。2008年上半年，营销部深入校园开展阅读推广活动的过程中，了解沈石溪有几篇作品入选语文教材，在教师中有认知度；其次，现在的学生在阅读了较多轻松幽默的校园题材的作品后，对动物小说这种独特的题材有新鲜感，能够激发阅读兴趣；且因沈石溪自二十世纪八十年代开始创作动物小说就已成名，当年的小读者现已成人，为人父母，沈石溪的作品能唤起这批家长的童年阅读经验，他们对作品的认可，可迁移到对自己子女的阅读引导上。学生、教师、家长，三方面的认可构成了沈石溪作品的市场潜力。

　　总之，沈石溪动物小说的商业价值和畅销原因，得力于生态文学的方兴未艾，也得力于其作品的艺术性和审美性以及对儿童文学作品市场的准确把握，是当下生态文学与市场互动对接的成功典范。

33. 草木精神　生态视角
——汪曾祺笔下的植物书写

　　自古以来中国是一个农业大国，人与自然的关系理应是息息相关的。人类对大自然的感情和思考，包括依恋和敬畏，都是浑然天成的，是生命本能所固有的。实际上，所有的文学都应该建立在自然生态的背景之上，而不是相反。无论何时何地，大自然永远都是生命的基础，文学表达一旦脱离了自然，就会失去生命的气场。传统的中国文人对自然的情感异常深厚。这种情感是混沌无界的，是沉醉其中的，人对自然的赞美不是出于无奈，也不是出于社会责任心，更不是出于功利目标。陶潜、李白、王维、苏东坡、徐霞客、袁宏道、归有光的作品当中，那种对自然万物的爱与尊崇尤为明显。中国现当代作家的汪曾祺在自然生态写作方面的思考十分深入，令人仰慕。汪曾祺的散文立足于故乡高邮的自然风物，在清雅纯情的自然景致中反映出自己的自然生态理念，乡土视角与生态伦理成为其作品中常见的情愫。表现人与自然生态的和谐统一和相互依存是汪曾祺散文的一贯立场。汪曾祺说："我追求的不是深刻，而是和谐"，在汪曾祺看来，"和谐"不仅是他的美学追求，也是他所倡导的生存精神。作为生存精神的"和谐"，其要义首先是人和自然的平等交往和相互尊重，是和周围一切美好的事物的融合。

　　汪曾祺的散文有一种清淡冲和的自然之美，但也不乏温情、和谐和静穆。他心怀自然的植物书写，起源于对这个时代生态失衡的悲悯和守望，也是对山水自然、花草树木的热爱和敬畏。他的语言温良清雅，胸襟平和宽大，对花木之美深感欣慰与感念。王安石说："古人之观于天地、山川、草木、虫鱼、鸟兽，往往有得，以其求思之深而无不在也。"汪曾祺的散文集《草木春秋》中写到了很多植物，既有水果，也有中草药，又有花卉和灌木、乔木。他的《葡萄月令》是一篇写得十分别致、独出心裁的散文。"月令"指农历某个月的气候和物候。这里指的是"葡萄"每个月的生长和管理情况。文章从一月"葡萄藤"的冬眠开始，一直写到十二月份再次"冬眠"。展现给了读者葡萄园中一年的劳动情景，这是一系列的劳动过程。这里，劳动不再是一种又脏又累的体力活儿，而是充满了诗意。那样的美、那样富有生命的活力，使人对劳动充满了喜悦和激情。作者笔下的葡萄是拟人化的，它有生命力，充满着创造的渴望。它"睡在铺着白雪的窖里"，在黑暗的泥土里就"有的稍头已经绽开了芽苞"，"它已经等不及了"。"把葡萄藤拉出来，放在松松的湿土上。不大一会，小叶就变了颜色，叶边发红；——又不大一会，绿了。"它在息利索罗地成长。上了架后，"葡萄藤舒舒展展，凉凉快快地在上面呆着"，这时的葡萄藤俨然一个正在养精蓄锐的壮劳力，又如一个即将生产的少妇。它是那样兴奋，它对未来充满了希望，它正跃跃欲试，想在这大好春光里创造累累硕果。通读全篇，《葡萄月令》简直就是一首乡土诗，"月令"就是每个月的葡萄园美得都是词中的一首小令。从表面上看，这是一篇地地道道的说明文，介绍一年之中与葡萄的种植、培育、采摘、贮藏等有关的"知识"，从一月到十二月，像记流水账一般。其实，倘若反复阅读就会发现，这是一篇相当别致的抒情文，其重心不在那些如同法则的"知识"，而在于渗透在字里行间的情趣与情调。这篇散文最突出的特点是结构散漫、随意，全篇以十二月份为基本框架、以葡萄的生长为基本线索，来组织文字。它看似没有章法，不刻意求工，实则体现了更高意义的严谨，显示了作者非同一般的境界和笔力。车前子是一种常见的植物，在汪曾祺的笔下："车前子的样子很有趣。叶贴地而长，近卵形，有长柄。在自由伸向四面的叶丛中央抽出细长的花梗，顶端有穗形花序，直立着。穗不多，少的只有一穗。画家常画之为点缀。程十发即喜画。动画片中好像少不了它。不知道为什么，这东西有一种童话情趣。"（《车前子》）汪曾祺用充满灵性的文字和包含童趣的视角，结合画家程十发的绘画，为我们勾勒了这种可爱的植物的形神兼备的简笔画。紫穗槐枝叶繁密，是著名的蜜源植物。根部有根疣可改良土壤，枝叶对烟尘有较强的抗性故又可用作水土保持、被覆地面和工业区绿化，又常作防护林带的下木用。枝叶作绿肥；枝条用以编筐。汪曾祺同样对这种树木情有独钟，"紫穗槐我认识，枝叶近似槐树，抽条甚长，初夏开紫花，花似紫藤而颜色较紫藤深，花穗较小，瓣亦稍小。风摇紫穗，姗姗可爱。紫穗槐的枝叶皆可为饲料，牲口爱吃，上膘。条可编筐"。植物的特征与作用，令读者一目了然。汪曾祺喜欢养花，花卉以它绚丽的风采，把大自然装饰得分外美丽，给人以美的享受。养花，可以丰富和调剂人们的文化生活，增添乐趣，陶冶性情，增进健康；还能增加科学知识，提高文化艺术素养。养花，可以美化祖国大地，保护和改善水土，净化空气，使人们能在优美的环境中工作和学习，生活更加美好。在《养花》一文中，汪曾祺写道："花四季更换。夏天，茉莉、珠兰（熟人来买茶叶，掌柜的会摘几朵鲜茉莉花或小串珠兰和茶叶包在一起）；秋天，九花（老北京人管菊花叫九花）；冬天，水仙、天竺果。我买茶叶都到今雨茶庄买，近。我住河舶厂，出胡同口就是。

我每次买茶叶，总爱跟掌柜的聊聊，看看他的花。花并不名贵，但养得很有精神。他说我不瞧戏，不看电影，就是这点爱好。"貌似闲散的笔墨，凝结了他朴素的人生观和价值观，与植物同呼吸共命运，显示了作家的旷达胸怀。在汪氏笔下，一草一木总关情，像《清新草木》《葡萄月令》《昆明的雨》《夏花》《冬天》等等，无不洋溢着人与自然和谐相处的盎然趣味，显示出作者的文人雅趣和逸兴飞扬。

汪曾祺的写作是当代中国的自然思索，也是文人素朴理想的个体实践。他的自然之思，不失生命的自得与素朴，而他的文字，却常常显露出乐天知命的表情。他把一个知识分子的人文关照，寄托在广大的山野之间，并用一种简单的植物美学，充满声音、色彩、味道和世相的生动描述，洋溢着土地和汗水的新鲜气息。这种经由感触、呼吸、体验和悟性共同完成的写作，不仅是个人道法自然的见证，更是灵魂朝向大地的一次皈依。汪曾祺的散文集《人间草木》主要描写花草景致，各地风物，文辞华丽，美不胜收。在散文《夏天》中，汪曾祺写到了各种各样常见的夏季盛开的花卉："牵牛花短命。早晨沾露才开，午时即已萎谢。秋葵也命薄。瓣淡黄，白心，心外有紫晕。风吹薄瓣，楚楚可怜。凤仙花有单瓣者，有重瓣者。重瓣者如小牡丹，凤仙花茎粗肥，湖南人用以腌臭咸菜，此吾乡所未有。马齿苋、狗尾巴草、益母草，都长得非常旺盛。淡竹叶开浅蓝色小花，如小蝴蝶，很好看。叶片微似竹叶而较柔软。"姹紫嫣红的花花草草，显示了蓬勃的生命力，生如夏花，美丽茂盛。在《枸杞》一文中，汪曾祺写道："枸杞到处都有。枸杞头是春天的野菜。采摘枸杞的嫩头，略焯过，切碎，与香干丁同拌，浇酱油醋香油；或入油锅爆炒，皆极清香。夏末秋初，开淡紫色小花，谁也不注意。随即结出小小的红色的卵形浆果，即枸杞子。我的家乡叫做狗奶子。"枸杞这种植物的花、叶、果实皆跃然纸上，鲜活可感，洋溢着生活的乐趣和自然的清气。北京的冬天，腊梅花绽放，清新的气息扑面而来，汪曾祺在《冬天》一文中写道："早起一睁眼，窗户纸上亮晃晃的，下雪了！雪天，到后园去折腊梅花、天竺果。明黄色的腊梅、鲜红的天竺果，白雪，生意盎然。腊梅开得很长，天竺果尤为耐久，插在胆瓶里，可经半个月。"对于作家而言，季节和物候的美是灵感的源泉和精神的家园，春夏秋冬各有妙趣。

汪曾祺笔下的植物，既是他安端灵魂的绿色精神家园，也是他表达生态思维的文学意象，他在茏葱的绿色海洋中徜徉，呼吸花木的清芬之气，与天地精神相往来，寻觅人与自然和谐共处的澄明之境。

34. 精神归途的迷失与守望
——《沙床》阅读札记

"时间只是供我垂钓的溪流，我饮着溪水，望见了它的沙床，竟觉得它是那么浅啊。浅浅的一层溪水流逝了，但永恒却留在了原处。"（梭罗《瓦尔登湖》）

——题记

葛红兵的《沙床》是一部深刻思考人类终极命运和揭示后现代语境下知识分子的心灵无所依傍的小说。对存在与虚无的质疑，对爱情和病苦的直面，对天地万物的审视和谛听，对生命和青春流逝的悲情和无奈，对孤独和隔膜的探寻和反诘，使得这部小说在世纪末情绪的总体氛围中呈现出卓尔不群的人文光辉，透过灯红酒绿和纸醉金迷的表象，超越声色犬马和醉生梦死的浅层，直抵内心世界的苍凉无助以及寻求价值皈依和理想信仰的曲折廊径。宗教情怀和哲学追问赋予该书以终极关怀的高度和理想主义色彩、浪漫主义色彩和若隐若现的颓靡、感伤、忧郁、自恋的情感体验，恰到好处地配合了世纪末的时代氛围和生活语境。遗憾的是，在文坛内外的评论中，《沙床》深刻的哲学意蕴和深沉的价值追问并未得到充分发掘。而诸如"情色""狎亵"的无端指责更是透漏出某些论者不读原著、苟同传媒、起哄跟风、乱贴标签的不良批评习惯所造成的误解、误读、误导乃至误会。一切尘埃落定之后，笔者重读《沙床》，试图深刻挖掘《沙床》的人文内涵，力图逼近《沙床》作者的精神底色，还原该小说被遮蔽了的文学价值。

一、生命不能承受之轻

小说的场景是在 1999 年这个特殊的年份展开的，那是一个世纪乃至一个千年的黄昏，世纪末的情绪弥散在每一寸空气里。小说展开的地点是上海，那是中国改革开放的桥头堡，那是中国与世界最接近、最富有国际气息的大都市。上海浓缩了中国一百年与世界接轨的光影，在经济、文化、生活的各个侧面都打上了融合古今中外的烙印。"1999 年的上海，人们的脸上总是洋溢着某种焦灼的气息"，这种焦灼来源于一种失重，一种迷惘，一种急切，一种茫然。小说的主人公诸葛教授是一位年轻的刚刚毕业、从南京来上海某高校就教的哲学博士，他同时还是一位博学多思、敏感忧郁的作家、情感丰富的文学青年。教书、写作和阅读是他把握世界的方式，这就注定了他与环境的关系是双重的，他是遨游在大上海的一条鱼，同时他又是飞翔在上海的天空的一只鸟，融入上海同时又保持着与上海的距离，这种若即若离的关系，使得主人公能够深入其内，如鱼饮水，冷暖自知；又使得主人公昂首天外，俯视着尘世的悲欢离合，悲悯着熙熙攘攘的芸芸众生。哲学的深刻，使得主人公拥有了解剖和反思生活的锐利武器，文学的细腻敏感赋予主人公以触摸和咀嚼生活的精准感官。更为特殊的是，主人公的家族有一脉相传的疾病——肝纤维化，来自死亡的威胁把他推向体验生命边缘意义的极致。少女张晓闽的似水柔情，网友裴紫的母性关怀、悉心呵护，日本女孩 Onitsuka 的性感飞扬、火热激情，健身中心女教练罗筱洋溢着健康、阳光的邂逅恋情，所有来自异性的情感和温存都不能驱散主人公对生命的脆弱的绝望和怀疑，每一次恋情都让主人公体验着生命岩浆的炽烈滚烫、欲死欲仙，同时也纠缠着对高潮过后的恐惧和无法拒绝的梦魇，这种撕裂和纠缠令人眩晕，也令人麻醉、更令人迷失和幻灭。诚如该书封底的一段作者独白——这是在爱欲中死亡的故事，这也是在信仰中复活的故事；这是在生命中沉迷的故事，这也是在祷告和忏悔中寻求永生的故事。融会在主人公的几次情感经历中的，是深夜读书时对生命意义的不停追索，《存在与虚无》《辩证理性批判》《舍勒选集》《生命中不能承受之轻》《卡拉马佐夫兄弟》《安娜·卡列尼娜》《罪与罚》《圣经》《小逻辑》《悲惨世界》《个体哲学》等等书籍的反复阅读，以及主人公自己断断续续撰写着的哲学随笔《个体及其在世结构》，这些文化符码无不直指生命的本质，对诸如"实践、虚践、价值、时间、意义、灵魂、寂寞、悔恨、病苦、贫穷、永恒……"的思考，使得主人公的游于尘世、飘浮失重找到了坚实的落脚点。

是的，人类一思考，上帝就发笑。可是，如果人类完全沉浸在吃喝拉撒睡中，拒绝反思生命的意义，恐怕上帝就会发怒了。

葛红兵在《沙床》中注入了自己对生命的理解、感悟、品味和追索。思想者的冷峻面孔，逼视着酒宴、派对、会议、欲望、恐惧和人情世故，不愿迁就平庸和浅薄，矢志不渝地探询和叩问存在的意义，把一切外在的交际、调侃、郊游、驾车、性爱等等都放在哲学人类学的高度进行考察。葛红兵痴迷于语言的魔界，用诗歌、哲学随笔般的语言寻找生命的隐秘，发掘意义。诚如《我的N种生活》中所言"谁能想象，我们的肉体会离开，而我们的语言却会在这个世界上永存"。无论是徘徊低迷的呓语，还是慷慨激昂的独白，还是机智诙谐的相互辩难，语言都在反抗着存在的虚无，如同水底的暗礁，凸显着坚硬的力量。在语言的展开过程中，平衡着生命不能承受之轻。

主人公的最后得救，是借助裴紫的爱情和无私奉献，他俩的身体因为肝脏移植手术而实现了肉体上的彼此融合，肉体上的融合更导致了精神和灵魂的融会贯通。信仰的力量、爱的力量给了主人公第二次生命。伴随着青春、性爱、恐惧的驿动，主人公渐渐进入生命的崭新阶段，阵痛告一段落，新的生活喷薄欲出。

可以说，这是生命被拯救的奇迹，更是上帝之爱在人类身上的闪现。

二、青春，转瞬即逝的青春

葛红兵的文字中处处渗透着对青春岁月的礼赞，对激情、浪漫、诗性的膜拜，对转瞬即逝的青春时代的怅惘和无奈。的确，"昨夜西风凋碧树，独上高楼，望尽天涯路"，自古及今，岁月流逝，光阴荏苒，韶华苦短，都是文人忧世伤生的主题。在《沙床》中，我们更是读到了葛红兵对匆匆流淌的青春溪水的无限怅惘。小说开始于一个落叶飞飘的秋季，那是 1999 年的秋季，诸葛刚刚来上海，没有什么朋友，在清平檐酒吧的破落、晦暗的氛围里感受晚秋的寂冷。宛如大自然有春夏秋冬，人生的境界和自然的季令也是暗合的。主人公青春流逝，迷惘茫然的心境呼之欲出。这是对青春的依恋、颂歌和挽留。

我固执地认为，葛红兵的小说应该与他的随笔进行互文性解读，在《我的 N 种生活》中，葛红兵有过这样一段对青春的总结性文字："青春就这样凌乱而盲目，在友谊、性、迷乱和无谓的争端中结束，然而我们的一生能经历几个青春呢？"我觉得，《沙床》中叙述的青春故事正是对这段话的扩写和铺陈。在《沙床》中，青春的结束——或者主人公自认为青春的结束来源于对亲人死亡的亲历。"大哥和祖母的离世结束了我的青年时代，亲眼看着你爱的人死去，你还怎能像少年一样面对时间，面对宇宙万物呢？时间永存，万物永存，只有生命短暂。"可是在这极其短暂的青春时代，还要遭受莫名其妙的伤害和打击，青春也消失的莫名其妙，陷入四顾彷徨的无物之阵。那些水土流失般消失的激情，那些道德主义者的无耻毁谤，那些不胫而走的流言蜚语，那些不敢直面人性弱点和不敢直面生存的荒漠化的庸人，那些背后谣诼的凶险，这些都是青春的敌人和杀手。某一个清晨，揽镜自顾，猛然发现青春已经从昔日的神采飞扬中撤退了。何以留驻易逝的青春呢？诸葛选择了音乐、舞蹈、饮酒、驾车、读书、思考和写作。

音乐。在《沙床》中，自始至终流淌着主人公对音乐的依恋。主人公不喜欢那种带歌词的音乐，而对世界名曲情有独钟，莫扎特的钢琴奏鸣曲回旋在舞厅的背景里，马斯奈的《泰绮斯冥想曲》、日本的喜多郎、久宝田、宇多田光是诸葛喜欢的曲子。借助音乐，驱逐着寂寞的包围，时间的流逝平添了色泽。青春在激扬的旋律里静静的绽放，悄悄的流逝。

舞蹈。诸葛不时地出入舞厅，体验着身体的自由和舞动，在夜色降临的舞厅里，各色人等脱去了白昼附加给人的社会角色，这时，只有身体在享受自由的翩跹舞姿。酣畅淋漓的舞步、咖啡、饮料，伴随着激情和尖叫，舞蹈暂时成了身体的避风港。最让人难忘的是诸葛和张晓闽驾车从南通去扬州的路上，突然停车，伴随着超级男孩演唱组金属般的乐曲纵情狂舞的描写，"我看见，张晓闽在褐色的马路边沿摇曳回旋，像一片刚刚飘下枝头的叶子，我看见，张晓闽在灰色的天空下飘摆蒸发，像一朵来自天堂的雪花，我看见，风撩着张晓闽的衣裳、头发、手臂，撩着路边上的树枝和衰草……"这是青春的舞步，这是激情的舞步，天地大舞台给予实现自由的物理空间。在忘情的舞蹈中，美好的青春被蒙太奇般定格为永恒。

饮酒。"何以解忧，唯有杜康。"诸葛的饮料叫作"赤裸的眩晕"，是朗姆酒加上柠檬、牛奶调制而成，柠檬的青涩芬芳，牛奶的奶香甘甜，朗姆酒的辛辣刺激，造就了独特的口味。在这里，诗、酒、泪里面都混合着青春的情绪。

驾车。显然，庞大的上海，是需要驾车才能遨游其中如鱼得水的，汽车是克服空间距离的贴地飞行的城市飞船。书中最精彩的两处驾车描写分别是：诸葛驾车在秋日的田野间飞驰去南京与裴紫相约幽会，诸葛与张晓闽驾车去南通看望二哥。在臻于极限的速度中，飘飞的汽车与主人公的心灵合而为一，实现了自由的律动。

读书。每逢深夜，寂静包围了一切，酷爱读书的诸葛总是沉浸在形而上的书籍的氛围中，汲取哲学理论的精华，揭示生存的内涵，这是精神的突围和灵魂的飞升。离开了阅读，诸葛就会失去寻找精神家园的方向。

思考和写作。城市生活的快节奏，几乎剥夺了人们静心默想的时间，但是，博学多思的诸葛却从未放弃思考和写作的权利。书中大段的心灵独白，既是葛红兵对主人公的心理把握，又是主人公自己寻找精神出路的自救行动。诚如诸葛的论文题目《个体及其在世结构》，全书中主人公思考的宏大主题也是个体生命与世界的关系问题。

三、寻找信仰之路

诸葛对自己的人生定位可以通过他写给裴紫的一封信进行解读："我正在做的一切都是我不喜欢的，我之所以看上去那么积极地做它们，只是想尽早摆脱它们，外表上看，我做了那么多事情，而且作的很快，其实呢，我是出于厌倦在做，而不是出于热情……我对自己正在扮演的角色也是不喜欢的，甚至是痛恨的，但是我不能摆脱，我常常对自己说，我要回到乡下去，我是个乡下人，只有在那里我才感到安全，那是真的。"我觉得，这段剖明心迹的话，直接敞开了主人公的心灵世界。对于他所谋生的庞大都市，他一直没有从心灵上真正贴近和融入。这是肺腑之言，也是作者对城市生活的真实体悟。既然必须在这里谋生，只好忙忙碌碌地出入于会场、课堂、讨论会、舞会、派对、车站、机场、豪华饭店和歌楼酒肆。可是，这一切都不是发自内心的行为，仅仅是维持生活必须参与的社会化生活。可以说，葛红兵的心灵是外在于城市的。这一点，与诗人顾城相似。顾城说，在我的诗歌中，城市将消失，代之以绿油油的牧场。如果结合《我的 N 种生活》就能更深切地体会到葛红兵内心深处对故乡的强烈依恋。"是的，我是个农民，我也将永远站立在我家乡的草场、稻田、树荫的边缘为大地、作物、河流、日光以及依赖这些而生活着的人们讲话，他们呆滞的目光、裸露的臂膀、焦黑的面庞、绝望的生死……"可以说，主人公尽管入主城市，但是由钢铁、水泥、高楼、冷漠铸就的城市并没有使他得到心灵的皈依和诗意的栖居。好在，当冷漠刻板的都市剥夺了精神返乡的可能时，这个城市还有那么多可爱的女性。女性的美丽温柔，成了主人公的第二个家乡。"我有三个女人，一个是姐姐，一个是妹妹，一个是母亲。"这样的诗句让我想起海子的诗歌"姐姐，今晚，我只想你，不想人类"。当年顾城在激流岛上身体力行的"女儿国"在《沙床》里实现了，这或许是心怀文学理想的绝望的男人远离田园的精神梦游。

在风云变幻的城市生活中，妄自尊大的人类抛弃了信仰和敬畏之心，盲目地企图依靠智慧战胜一切。在这里，葛红兵发出这样的诘问："在人和自然，人和人的关系中，自我多么虚妄又多么渺小，小到没有人能真正把它抓住，万能的无限者，它在高高的天上，它决定着人的工作，但是，人对此并不知情，在不知归途的来路上，人成了无法返归者。"此处，显示了葛红兵的宗教情怀，在巨大的命运之神面前，貌似强大的人类其实仅仅是一芥微尘而已。科技和工业在四处伸展人类狂妄的触角，可是，面对突如其来的灾难和变故，人类还是惊惶失措。智慧和机巧是有限的，神和上帝的力量才是无边无际的。对人类的有限性的认识，是寻找精神依托的第一步。迷途的现代人，在奔波、劳碌、忙乱和疲惫中迷失了诗意栖居的家园，如何返乡呢？这是葛红兵一直在思考的主题。答案很简单，建立信仰，依赖信仰，让自己闪闪发光，用星星之火，点燃冷漠和荒寒的冰川世界。

诸葛的情绪因为死亡阴影的笼罩，处于阴郁、苍白、自恋和优柔中，最后在裴紫的无私奉献中获得真正的拯救，他们的身体和精神在爱神和上帝的暗示下，实现了你中有我、我中有你的真正联结。病中的诸葛得到裴紫奉献的一部分肝脏，移植手术成功，诸葛获得了复活。

在本书的最后，彻悟的诸葛得到了这样的结论——"为什么人能得救？那是因为信仰，信仰是我们得救的惟一理由"。这令我想起了大仲马的《基度山伯爵》的结尾，久经人生沧海桑田变幻莫测的基度山伯爵说："在上帝拯救人类之前，我们只能期望和等待。"对宗教的信仰，使得主人公获得了来自神的勇气和希望，平和与宁静包围着病弱的身体，神的无边力量把主人公从死亡的边缘拉回幸福的人间。

四、与天地精神相往来

葛红兵的思想体系中，有"万物有灵论"的因子。他的文字中，人和天地万物是平等友好地栖居在广袤的大地上的。闪烁在文中的多处谈及自然万物的章节，有庄子的天人合一精神，有刘亮程《一个人的村庄》里的悲天悯人，有史怀泽的敬畏生命，有利奥波德的大地伦理。

在小说开始的那个秋季下午的酒吧里，举杯饮酒的诸葛在与谁共饮呢？与海德格尔的天地人神共饮。请看葛红兵是怎么写的："第一杯献给窗外的天空吧，秋天的天空让人陶醉，让人愿意为它干上几杯；第二杯呢？献给大街上的行人，每个步履匆匆的行人都让人钦佩，他们是有方向的人；第三杯呢？为树梢的风吧，它们在树梢上跳舞唱歌，可能很疲倦吧；第四杯呢？不，没有第四杯，譬如我主所说，凡事都可行，但不都有益处；凡事都可行，但不都造就人，人哪，不要被诱惑。"这样的饮酒，其实就是与天地精神的神秘交流和情感共鸣。厌倦了尘世喧嚣的现代人，都愿意与纷扰的世界保持距离。"我一会看云，一会看你；我看云时很近，我看你时很远。"自然界的树木，天空，云朵，流水，不时引起葛红兵的心灵悸动，在一沙一石一花一木中，他审视着神的存在，氤氲着诗意，酝酿着情感。或许，这是一种扩大化了的人文情怀吧！

葛红兵的敏感是与他的早慧和仁爱、恻隐之心紧紧联系在一起的。在写给裴紫的那封信中，他谈到了对痛苦和死亡的敏感，即便是生产队的一头牛的死亡，也给他童年的心灵烙上了深深的伤痕。"想到我自己，对别人的痛苦和死亡，是怎样的敏感。上帝给了我敏感，我四岁就能感受到牛的悲伤，生产队里杀牛，一头老牛，打我生下来它就在了，它比我在这个世界上待的时间还长，可是它要死在我的面前，我被人抱在怀里，去看它的死，生产队里的人都很高兴，那时候吃肉是一件大事儿，可是，我感到的是悲伤，我站在大地上，那种对死的悲伤从地心传来，从天空的云朵里传来，我在这种悲痛里走了三里多路，我在麦芒上看见悲伤，在树枝上看见悲伤。"童年时代的对杀戮的敌视、对暴力的憎恨、对血腥的厌恶，贯穿到成年后的人生理念中去。葛红兵是一个真正意义上的和平主义者，一个有着柔软心灵的作家。"我相信一个人看到一株树在枯萎，油然而生的那种怜惜，比一个人对另一个健康人说我爱你，要高贵一万倍。"看来，葛红兵是深受史怀泽的启迪的，对天地万物的悲悯使他真正拥有了一颗玲珑剔透的诗人之心。

过敏的灾难预感使得主人公有一种"与生俱来的末日的感觉，临近深渊的感觉，灾难的感觉"。这是一个拥有极端过敏的神经类型的人，这种过敏是他明察秋毫的洞察力和清醒敏锐的预感，也是对天地风云的敬畏。"我三岁的时候就能从乌云密布的天空中看出灾难，我的母亲说，我三岁的时候站在河边，指着河对岸奔跑的人群，沉痛地说：明天他们就会死了。结果呢？那个村里的人在第二天的洪水中死了一大半。我的母亲问我，为什么我有这样的预感？我说，因为天上有乌云。"由于主人公的敏感，他比别人更多地承受恐惧和悲哀，因为在灾难来临之前他就已经生活在灾难里了。

对天地万物的领悟和观察，呈现在文中的许多场景中。驾车去南京时，"身边飘着的，是文人们吟咏了千年的江南。这会儿是江南的秋天，大片大片成熟的稻田在天空下闪闪发亮，狂放恣意地铺漫着它金色的光芒，天空是蓝的，土地是金的，江南那秋天的精魂就在这两种颜色中飞舞。"这样的风景，让我想到了高更的油画上塔希提岛的阳光和文森特·梵高笔下的向日葵和九叶女诗人郑敏诗歌中的《金黄的稻束》。饱满、热烈，如同蓝的想让沈从文下跪的北京的秋季的天空。

对于春寒料峭中的桃花岛的景色，葛红兵又是另一幅素描。"……爬到半山腰，才发现桃花岛的好处来，放眼看去，到处是翠绿的树木，那树叶上仿佛着了一层蜡质，让人看了心里舒坦，上帝对这座小岛的恩宠是如此丰厚，虽然是冬春交替的时节，那树的颜色和神态都是滋润的。"对大自然的悉心观察和心领神会，使得葛红兵笔下的植物充满了鲜活的气息。"一路行来处处是桃树，那些桃树已经长出星星点点的嫩芽了，它们已经先于人类感受到了大自然节气变换的气息，要不了多久，待到春天真的来了，这里一定是桃花烂漫，无比曼妙的。"这段文字深得苇岸《大地上的事情》和梭罗的《瓦尔登湖》的神髓，既能准确把握季节的变幻，又能预示这主人公生命的春天即将来临。

细心的读者都会发现，贯穿《沙床》的一条自始至终的隐蔽的线索是一个小女孩 Cathrine 的猫咪 Dan 的行踪及其与诸葛的关系，Dan 是神秘的动物，行动诡异，有时专门与人捉迷藏，有时又试探性地与人类逗趣，随着与诸葛的关系的拉近，后来入主诸葛的宅第，成了诸葛生活中不可或缺的一部分。最令人惊诧的是，那次诸葛把 Dan 放在了嘉定，本来是想给这只猫以彻底的自由，让它回归"猫国"，回到它的同胞中去，诸葛希望它义无反顾回到它应该去的地方。可是，Dan 竟然在次日的凌晨一点又回来了，跑了 50 公里的长途距离，穿越大街小巷，冒了无数风险，终于还是固执地回来了，它那么疲倦，令人顿生怜悯和爱意。在这里，我想葛红兵是在表达他的"动物观"，在葛红兵眼中，动物和人类都是上帝的子民，彼此并没有高低贵贱之分，充满灵性的动物可以与人类和谐相处，进行情感的交流。诸葛屡屡去超市和商店给 Dan 购买猫粮，悉心呵护照料这只无家可归的小动物。我觉得，诸葛的行为并非是在对待一只宠物，而是在表达对一个生命体的尊重和体贴。我们在钱钟书的中篇小说《猫》中读到的那只猫，其实仅仅是人类调侃的对象，只是贵妇人用银色的链子牵在手中的宠物，或者在知识分子沙龙里调节气氛、转移话题、打情骂俏的由头，只是人类的一只玩物。而在《沙床》中，这只猫享受到了极其高贵的待遇，被赋予了人性的光辉，通过它我们可以洞见人类的隔膜、自私、孤独和异化。

五、对性的傲慢与偏见

当然，《沙床》的主人公诸葛的几次性经历也是作者赋予性爱和情感的哲学理解。对待性的态度，很大程度上是对待世界观、审美观和人生观的态度。诸葛是一个敏感多思的青年知识分子，他的情感异常丰富，对爱情和婚姻有着独到的理解。

在与裴紫发生"一夜情"之前，诸葛已经许久没有欲望和激情了，所以很多人不明白为什么即使在与少女张晓闽同床共枕时诸葛也不会与她做爱，诸葛仅仅是在体验她的赤裸的温暖胴体，这是为什么？在诸葛写给裴紫的一封信中我找到了答案："实际上，我很久没有欲望了，一点儿都没有。不知道什么时候，在什么地方，我把它丢了。丢了就再也找不回来了。欲望是个魔鬼，但是有的时候它很可爱，那个时候我对美好的事物有近乎疯狂的敏感，对女性也很敏感……可是，现在再美的人都对我没有吸引力了，我成了一个真正意义上的道德主义者，不是因为灵魂，而是因为身体和社会的双重关系……社会把我拉向金钱和地位的泥淖。"接下来，诸葛回首往事，他是如何被强悍的世俗力量规训的呢？"身体在我的灵魂遭到世俗的重创之后，它和它那可怜的欲望被我枪毙了——有一度，我是那么痛恨它，觉得所有的祸端都是由它引起的，那个时候我希望留在 xx 工作，可是那些可耻的道德主义者，他们把我赶出了 xx，他们剥夺了我在 xx 工作的机会，他们四处诋毁我，实际上他们一直没有放弃对我的诋毁，直到去年，我的同事去 xx 请他们吃饭，在饭桌上他们一边大口不断地饕餮不已，一边还没有忘记无耻地诋毁我。有很长的时间，我上了他们的当，我像他们一样思考，结果是我比他们更痛恨我的身体，我再也看不到我身体深处涌动着的激情的美了，我比他们还短视，我无耻地背叛、抛弃了我的身体，以及它内里伟大的欲望和激情——那是造物主赐给我的礼物。"在这里，我们可以毫不费力地推测，为什么诸葛会受到如此残酷的打压、规训、诋毁和诽谤呢？答案无非是：诸葛曾经是个潇洒不羁、才华横溢、遗世独立、飘逸狂傲、放浪形骸、不顾流俗、才貌双全、情场得意、少年得志的性情中人，这样的人，尤其这样的天才少年，向来都是世俗最嫉恨的、必欲除之而后快的眼中钉、肉中刺。于是，在世俗和自我的双重规训下，诸葛的欲望和激情被压抑、毁灭、悄悄流失了许多，对此我们无比惋惜。

裴紫是诸葛情欲的唤醒者，在她那里，诸葛感受到了日常的朴素的爱，那种爱深入到生活的每一个细微角落，包含着极大的物质性的爱，生活性的物质性的带有母性光辉的爱意，抚慰着诸葛晦暗的情绪，这种爱情给予诸葛的是日常的温暖和生活的照顾。因为诸葛是个耽于思考的学者、作家，他没有生活的能力。在这里，我甚至可以做一个类比，裴紫之于诸葛的爱，非常类似于谢烨之于顾城的爱，这种爱是真正无私的奉献，含有崇拜和呵护的双重性质，是"母性"和"女儿性"的混合，母性的爱意如同阳光般和煦灿烂，这也是最终诸葛能与裴紫走向婚姻生活和家庭生活的基础。

张晓闽对诸葛而言，很像一个不谙世事的小妹妹，是初恋般纯洁的女性。诸葛与她更多的是兄妹般的感情和呵护。罗筱之于诸葛更像是一个善解人意的大姐姐，能够让他感受到成熟、健康女性的柔情蜜意。而日本女孩 Onitsuka 所指代的是诗意、激情、火焰般的情人，在诸葛与她的爱情中，"湿润、眩晕、芳香、悸动、飞翔、愉悦、爆炸、幽暗、甘美……"等等词汇是最恰切的注脚。

诸葛的这几个异性从不同侧面呈现出来的优点的合集，其实就是他心目中最完美的女性，这是一个集清纯、成熟、母性、温柔、调皮、任性、性感、灵气于一体的"想象中的爱人"。可是，在现实中，到哪里去寻找这样一个近乎完美的令人满意的女性呢？蹚过女人河的男人，对此难免失望不已。

谈到男人和女人对待性和爱的不同态度，作者借一个参加讨论的网友的话说——"男人是把性和爱分开来理解的，对于男人来说身体的需求和精神的需求是两样东西，但是对女人似乎不会做这种区分，在女人那里精神和身体是混沌不分的，对于女人来说，精神只是身体中一个尚未发育完全的器官，女人总是试图从身体关系里获得精神。"其实，自古及今所有的男女感情悲剧，在这里都得到了有效的解释。男女之间的差异以及在相互追求时的错位、断裂和位移，导致了形形色色的关于男人和女人的爱情故事的发生和延续，自古及今，还将延续到未来。

六、在日常生活中触摸城市

主人公是个刚刚来到上海生活和工作的外地人，《沙床》的空间，其实也是诸葛渐渐触摸、理解、把握和领悟城市的过程。一开始，除了在落寞的清平檐酒吧写作、在家里读书上网，他与这个城市是格格不入的、外在于这个城市的。"白天不上街、晚上不看新闻"的诸葛不会被这个城市焦灼的气息所感染。随着生活帷幕的渐渐展开，诸葛的生活场景扩展到了饭店、舞厅、歌厅、夜总会、车站、机场，大学……

诸葛对城市有自己独特的视角。庞大的都市，是个迷宫般的存在。在邢北存送给诸葛那辆旧车之后，驾车行驶在高架路上的诸葛发出了这样的慨叹："这个城市要说大的确是非常大，对于一个依靠两条腿走路或者以自行车作为交通工具的人来说，这个城市是个噩梦，有些地方你一辈子也到不了，对于依靠公交车出行的人来讲，大体也是如此。……对于有车的人来说，依靠这个城市发达的高架路，他几乎不用落地，就可以从一个地方飞驰到另一个地方。……这个城市，在多大的程度上是为汽车准备的，又在多大程度上是为自行车和公交车准备的呢？"汽车和自行车、公交车的区别，就是占有金钱和自由多寡的分野，上海作为一个全国最大的都市，是富有者和冒险家的天堂，同时也是贫穷者和弱势群体的地狱。每一个进入这个都市的人，从火车站和码头、机场一落地，就会在天堂和地狱之间跳舞。

城市的机场也是透视这个城市的窗口。葛红兵写道："看着天上，飞机忙忙碌碌地起降，人有时候会产生很虚无的感觉。比如感情，有的人正忙着离开这个城市去远方寻找，有的人又恰好相反，他们是从异地匆匆赶来此地采摘……许多人只是盲目地起降，他们飞来飞去，实际上是毫无方向的。在上帝眼里，这些飞来飞去的人，真的值得赐以幸福吗？"此处，葛红兵跳出三界，高踞云端俯视着大地上蚂蚁般庸庸碌碌的芸芸众生，心里产生了悲悯。城市或许是上帝制造的一个巨大的悲欢离合的集中爆发场所，人的身体在近距离接触和碰撞，而人的心灵的距离却是相隔天涯海角。

此外，涌现在行文中的许多时尚字眼，也是葛红兵把握这个城市时寻找和利用的一些关键词和意象。从食品和菜肴的名称，到光怪陆离的酒吧舞厅的名字，从派对里众人临时取的外国名字到洋酒、洋音乐，无不淋漓尽致的展现着这个变化多端的东方大都市的城市景观和城市哲学。

七、肉体与精神的双重疼痛

病痛是人类的身体对人类的直接伤害和惩罚，无可躲避。罹患肝纤维化的诸葛，在大上海漂泊，对肉体和精神双重的疼痛有着切肤体会。敏感的诸葛一直生活在家族遗传疾病的阴影里，不良的饮食、休息、睡眠和读书习惯又加剧了他的病痛。死亡的威胁时时刻刻在包围着脆弱的诸葛，"死亡等候在所有人的前方，先是我的祖父，接着是我的祖母，他们先我遇到了它，和它一起走了。然后呢？是我大哥，像祖父和祖母一样，他被肝病悄没声息地带走了。躺在床上，像一截枯枝，我亲眼看着他慢慢地慢慢地停止了呼吸，他虚弱到和我们告别的力气都没有了！他只是哀伤地看着我们，看着我们哭泣。"所以，每当想到这一切，如果是在早晨，他就不愿意起床，日日奔波，也不过是为生命划一个匆忙的句号而已，何不就这样让生命流逝，或者，它能流逝地悠闲一些呢！

主人公诸葛的忙于教书、著作和阅读，很大程度上是在"向死而生"的路途上反抗绝望，与虚无和黑暗捣乱。但是，一旦面对真正严峻的病魔时，恐惧还是攫取了主人公的意志。"X 光透视、VIH 验血、肝功能检查都是我害怕的"，对病痛的无奈，加剧了诸葛在生活中的幻灭感和虚无感。不安的感觉，不祥的预感、危险、不能站立的感觉一直尾随着他，愁绪纷纷，没有什么是可靠的，包括肉体。"上帝在虚无的另一端，一切都是不真实的，包括我们的哭泣……"，极度的疼痛感，困扰着主人公的情绪和生活。因此，从本质上来讲，《沙床》也是一部关于疾病的书，关于人生病苦的书，恰恰在《沙床》出版的前后，中国发生了大规模的流行病"非典"，恐慌和幻灭感袭击了脆弱的现代文明。如同加缪的《鼠疫》一样，这都是关于后现代人生困境的经典寓言。

八、并非结语

《沙床》，是葛红兵透视纷纭社会和人生万象的哲学寓言。浅表的层面上，该书仅仅是关于病痛、欲望和身体的畅销书。实际上，该书涉及的都是宏阔的人生重大问题，这些千古难题困扰着人类，局限着人类，也提升着人类。在上帝面前，无论多么多么充满智慧的人，谁敢于宣称自己已经参透了存在和虚无呢？葛红兵用诗意的语言和逼近人类灵魂极限的叙述，娓娓言说着这份困惑、忧虑和局限，试图帮助迷失在忙碌、焦虑和无助的泥淖里的现代人尽快走出精神的沼泽，寻找晨光熹微中从地平线上喷薄而出的鲜红的太阳。

35. 仰观俯察　游目骋怀

——评鲁枢元《心中的旷野——关于生态与精神的散记》

　　鲁枢元先生是中国生态文艺学领域的开拓者和奠基人之一，著名学者、博士生导师。近几年来，伴随着中国自然与人文生态环境的双重恶化，鲁枢元先生倡导的生态意识从自然领域、社会领域向精神领域层层深入，启发了不少有志于生态批评和生态文学研究的年轻学人，嘉惠学林，启蒙发聩，如今可以说这一领域已经蔚为大观。近年来，鲁枢元先生先后出版了《猞猁言说》《精神守望》《生态批评的空间》，主持编写了《自然与人文——生态批评学术资源库》等书，每一部著作都切实推进了生态文艺学的研究进程。作为一位严谨扎实的学者的同时，鲁枢元先生还是一位拥有强烈的赤子之心和人文情怀的随笔作家。他的随笔兼有学者随笔的宏深渊博的学养和自然天成的诗性灵魂，把学术研究的严谨缜密和日常生活的悠闲潇洒以及对天地万物的凝神静虑融会贯通，呈现出可贵的天地之心、自然之思和智性之悟。鲁枢元先生的学术研究为随笔写作提供了深邃的人文哲学思路，随笔写作作为学术研究之余的闲情逸趣，又能有效地弥补书斋生活过于枯燥和单调的缺憾，使他在思考和休闲、写作和观察、"读万卷书"和"行万里路"之间寻找到了平衡和互补。其实，追求智慧和完善生命乃是一枚硬币的两面，这在中国现代学者和作家如丰子恺、林语堂、朱自清、梁实秋、沈从文、冯至、钱钟书他们那里本来就是浑然天成、不可分割的，是再自然不过的生命状态了。可是，随着学科划分的过细过碎，学术评价机制的过于量化和细化，学者科研压力过大过强，置身于当代大学校园里，你就会发现，这样的教授型作家诗人愈来愈少，啸傲行吟的学者明显减少乃至消失殆尽。

　　近读学林出版社于 2007 年 6 月推出的鲁枢元随笔集《心中的旷野——关于生态与精神的散记》（以下简称《心中的旷野》）一书，笔者惊喜地看到了一位阅历丰富的人文学者的"旷野之思"的精彩呈现。该书是鲁枢元先生学术研究之余的随感、游记、心得和散记。通览全书，图文并茂，涉笔成趣，充满了对大自然的由衷喜爱，对童年少年青年似水年华流逝的怅惘，对人类文明的深刻反思，对乡村变迁的强烈关注，对亲人长辈的感恩和思念，对学界文坛师友的怀念、追忆和回想。在看似散淡的笔墨中始终流贯着对生态文明的大声疾呼，对大地道德的弘扬呼吁，对生态恶化的忧心焦虑和对和谐、健康、优雅、智慧的生活状态的向往之情。阅读《心中的旷野——关于生态和精神的散记》，我的视野里满是刘亮程《一个人的村庄》里饱满的阳光，梭罗的《瓦尔登湖》里宁静的湖泊，利奥波德的《沙乡年鉴》里的实证考察和雷切尔·卡逊的《寂静的春天》里的峻急呼喊以及苇岸的《大地上的事情》的泥土气息。

一、走向荒野　返璞归真

"对我来说，深入旷野是容易的，也是必不可少的……我很少在城里过夜，一个望不到星星和不能进行深呼吸的空间，于我已经难以忍受了。"

——苇岸《太阳升起以后》

诚如鲁枢元先生在《心中的旷野》的题记中所言："不知从什么时候开始，人们便把走出荒野看作人类的进步，把背弃荒野看作人类的文明，甚至把从地球上彻底清除荒野看作人类精神的伟大胜利。"随着城市化进程的加快，一幢幢高楼拔地而起，高速公路如蛛网般密集，开发区跑马圈地，招商引资，市场云集，商潮如海。人们陶醉于对大自然的征服和改造，沉迷于物欲横流的温柔富贵之乡乐不思蜀，而荒野正在逐渐从人们的视野中淡出。然而，生态的失衡，环境的污染，人类精神领域的逼仄乖张已经成为现代文明的病灶。此时，我们才开始把目光投向本是人类文明摇篮的荒野。生存危机和生态危机向世人发出严重警告，背离荒野被证明是愚蠢和短视的行为，人类必须与荒野达成默契，必须珍惜人类的故乡，那里是放飞心灵的天空，栖息灵魂的乐土，寻找梦想的家园。善待自然，保护环境，在发展物质文明、精神文明和政治文明的同时，把生态文明看作更高层次的追求应该是每一个现代公民的应有理念和坚定信仰。

鲁枢元先生把目光投向原生态的大自然的同时，也把目光投向遥远的中国古代文化视域。他在"念天地之悠悠，独怆然而涕下"的幽州古台边感慨陈子昂博大精深的时空观念，在"海上生明月，天涯共此时"的清新诗意中领略农业社会的眷眷乡情，在古诗文的天地风云、日月星辰等等变幻莫测的意象中感受古人臻于天人合一的生态理念，在月光、流水、山岭、沙漠、翠柳、杏花等等纯自然的美好氛围中怀想天地万物的浑然一体。鲁枢元先生还把现代人类的精神痼疾和现代社会的公共卫生事件如"非典""疯牛病""禽流感"等等进行联系和比附，从中发现人与自然休戚与共的互动关系。尤其令人感动的是，年逾六旬的鲁枢元先生还在《命债》一文中为自己在童年时代捕捉和诱杀蜻蜓而深深忏悔。鲁枢元先生认为，从深层的生态伦理法则上讲，蜻蜓和人类都是地球演化出的宝贵生命，具有其存在的神圣意义。这篇短文令我想起了《敬畏生命》一书的作者史怀泽回忆自己七八岁时与小伙伴们拿着橡皮筋制造的弹弓去山上打鸟，当时是春天。"我们走到一棵缺枝少叶的树附近，树上鸟儿们正在晨曦中动听地歌唱，毫不畏惧我们。我的同学像狩猎的印第安人一样弯着腰，给弹弓装上小石块并拉紧了它。顺从着他（史怀泽的伙伴）命令式的目光，我也照着他的样子做了，但由于受到极度的良心谴责，我发誓把小石块射向旁边。"史怀泽在那时恰恰听到来自教堂的钟声，他扔下弹弓，惊走了鸟儿。时隔多年，史怀泽对此仍然念念不忘。伟大的灵魂总是息息相通的，在鲁枢元先生的文字中，我读到了一种对生命的敬畏和对天地万物的悲悯。

在人迹罕至的毛乌素大沙漠，在新疆的胡杨林边，在海南岛的椰子林里，在陕北榆林的镇北关前，在王蒙院子里的大枣树下，在外婆茅屋的旧址，在古城开封的偏僻街巷，在与友人乘坐舢板去看红树林的水面上……处处充满自然气息的山间水畔，都留下了鲁枢元先生叩问自然，依偎自然，师法自然，融入自然的身影。荒野自然赋予鲁枢元先生一颗淳朴博大的天地之心，给予他观照世界万物的宏阔视野。其实，生态批评和生态文学的本意就是通过关心文本中的自然，唤醒人类的良知，然后作用于文本外的自然。行动是一切理论最终的归宿，鲁枢元先生把自己的学术研究和日常生活真正完美结合起来，知行合一，返璞归真。在《江河纵横》一文中更是表达了要"托体同山阿"的终极理想，把自己的生命与大地上的江河湖海融为一体。他的这种走出书斋，田野调查的实证主义态度和重视实践的理性精神，显示了他的专业知识对行为模式的指导作用。在《荇藻》《蛇迹》《井台》《蓝瓦松》《豆角秧》等篇什中，还隐隐流动着一棵饱经沧桑之后未泯的童心，一种做人和行文的"绚烂之极，至于平淡"的禅味，一种惯看秋月春风的洒脱不羁。这种纯粹的诗心，乃是心灵年轻的标志，更是拒绝异化的本色。

二、道法自然　神游天地

"精神四达并流，无所不及，上及于天，下蟠于地。化育万物，不可为象，其名为同帝。"

——庄子《庄子·刻意》

文学最为人类精神的寄托和对天地万物的观察思考，自古就与大自然有着密切的联系。刘勰在《文心雕龙》的开篇即写道："文之为德也大矣，与天地并生者何哉？夫玄黄色杂，方圆体分，日月叠璧，以垂丽天之象；山川焕绮，以铺理地之形：此盖道之文也。仰观吐曜，俯察含章，高卑定位，故两仪既生矣。惟人参之，性灵所钟，是谓三才。为五行之秀，实天地之心，心生而言立，言立而文明，自然之道也。傍及万品，动植皆文：龙凤以藻绘呈瑞，虎豹以炳蔚凝姿；云霞雕色，有逾画工之妙；草木贲华，无待锦匠之奇。夫岂外饰，盖自然耳。至于林籁结响，调如竽瑟；泉石激韵，和若球锽：故形立则章成矣，声发则文生矣。夫以无识之物，郁然有采，有心之器，其无文欤？"这大概是论述文学与天地自然的紧密联系最精美绝伦的文字。在鲁枢元先生的《心中的旷野》一书中，很多篇什和插图都是在表达着人类道法自然的朴素真理。栖居在大地上的人类必须从大自然中汲取灵感和智慧，才能达到天人合一的生存境界。

康德说过，在大自然的崇高表象中内心感到激动，而在对大自然的美的审美判断中内心是处于平静的静观之中。在苏州木渎镇明月寺大殿上的"风调雨顺"图案上，鲁枢元先生看到了我国先民对气象、物候和农业生产的关系的关注，对"天地大美，四时明法"的敬畏和顺遂，以及乐天知命的达观。在开封大相国寺内的"千手千眼观音菩萨"塑像前，感到了对人类感官功能日益单调化和粗鄙化的担忧。在韩国庆州的"无说殿"前看到了《道德经》中"大音希声"的影响，在喧嚣嘈杂的现代社会中，如何看破语言的空洞和泡沫，寻觅寂静的心灵空间，是鲁枢元先生反思现代文明的局限的独特切入点。在乡村土路上缓慢行走的马车和牛车的朴拙景观中，鲁枢元先生看到了交通工具的日新月异的变迁给环境造成的无法逆转的影响，谢有顺说，文学是让人学会生活得缓慢的学问，鲁枢元先生在渐行渐远的乡村风物中深情地一瞥，寄托了自己对农业文明的遐思和依恋，以及对狭隘的、人类中心主义的、高歌猛进的经济社会的理性批判。在苏州西郊光福山下捡到的一块石头上，鲁枢元先生看到了惟妙惟肖的隶书"福"字，那是冥冥之中上苍对人类的祝福。在遥远的俄罗斯，鲁枢元先生拜访了人道主义的先行者托尔斯泰的简朴的墓地，他看到了一个伟大的灵魂对生命的达观和超脱的理解和领悟。在汪曾祺的绘画《荷花》里，鲁枢元先生读到了荷花"出淤泥而不染，濯清涟而不妖"的高洁，鲁枢元先生的文字让我想起季羡林的《荷塘清韵》、朱自清的《荷塘月色》和李可染的水墨画。

总之，《心中的旷野》中的许多篇幅皆是在师法天地自然万物的同时寄托自己对生态文明的理解和希冀——那是远离世俗尘嚣、人与自然高度和谐、众生平等友好相处的世界。

诗意栖居精神返乡

田野枯黄，惟有蓝天

闪耀在远处的高空，仿佛歧路

大自然的显现，为一，吹拂

清新的气息，惟有万物淡淡的光环。

天上隐约可见大地的浑圆

整整一天，饰以清澄的大自然

当高天的苍穹点缀星星，

更具灵气，那延展遐迩的生命。

充满劳绩，

然而人诗意地栖居在这片大地上。

——荷尔德林：《冬》之三

　　如同荷尔德林的理想一样，鲁枢元先生在《心中的旷野》中表达了自己对"诗意栖居"的强烈渴望，我相信，在辗转迁徙于数所高等学府的历年跋涉途中，鲁枢元先生肯定看破了现代大学制度和学术评价体制对人的心灵、性灵和诗意的斫伐和伤害，终日在大量表格的填写、大量会议的出席和迎来送往的学术应酬中疲惫和麻木着自己的灵魂，学院派知识分子几乎丧失了本应天马行空、潇洒不羁的个性。可是，鲁枢元先生由于自己的专业志趣所致，他还是固执地保持了对诗意的由衷热爱和对乡土、亲情、友情、童年的深情回眸。这样的反观和追忆是鲁枢元先生借以审视现实的一面镜子。

　　鲁枢元先生从小生活在古色古香的开封，那是黄河文明哺育的一片沃土，有着《清明上河图》上流传久远的风情和民俗。在开封古城的城墙、戏台、汴河、小巷所构筑的氛围中，鲁枢元先生度过了欢乐无忧的童年，那些历经半个多世纪的老照片，记录着他的童年、少年时代游戏、读书、思考、幻想的真实履历，让我仿佛听到了他的书声琅琅，看到了他在自由呼吸知识的身影。鲁枢元先生的父母的照片，让我们看到了善良朴实、耿直勤勉的老人对他少年时代乃至一生的重大影响。最让人感动的是那张在外婆故居旧址的照片，穿越岁月漫长的隧道，他肯定在思念慈祥的外婆的音容笑貌。

　　作为一位近些年蜚声学界的著名学者，鲁枢元先生的随笔中也有多处写到了他对徐中玉、钱谷融、王元化、王蒙等师长的尊敬和感恩，我们看到了人格的魅力和知识、智慧的火种薪火相传的一代知识分子的感人肺腑的画面。鲁枢元先生与同龄的学界友人夏中义、南帆、陈剑晖、陈丹晨、王鸿生和作家张炜、韩少功、冯骥才、邓刚等等在一起切磋琢磨、相互启迪的照片显示了他活跃的文学批评家的热情和活力，他甚至还和自己的研究生一起沿着黄河考察生态现状，身体力行地投入到环境保护的行列。

对故乡、长者、师友、亲朋、童年的深刻记忆，使得鲁枢元先生拥有自己丰富美好的精神底色，无论置身何处，他都能随遇而安，心气平和，宠辱不惊、去留无意。鲁枢元先生那一代学者，历经历次政治运动，饱经磨难，有着非同寻常的人生经验和宝贵的感性记忆。他们历经沧桑，仍然拥有一颗激情、单纯、朴素的心灵，在文章中处处体现出对国家、民族、社会的强烈责任感和行思结合的知识分子理性和实践精神、实证主义的行动勇气，这是对年轻学人的重要教益。

《心中的旷野》是一本学术研究之余的性灵之作，是从布满内容摘要、关键词、注释和参考文献的学术文章中暂时抽身的精神休假，是高文大典的学术殿堂里的自由呼吸和灵魂休憩，也是学术研究之余的心灵放松和精神归乡。鲁枢元先生以自己潇洒灵动的文字和图文并茂的篇章传达出自己对天、地、人、神的独辟蹊径的理解，阅读这样的随笔散记，可以贴近作者的灵魂深处的怡然达观和朴素平和，有效缓解学术研究的紧张和疲惫，随时放飞心灵的翅膀，寻觅诗意栖居的恬静港湾。

36. 天籁之音　心灵归乡
——读赵静怡散文集《雪启轩窗》

　　赵静怡的散文，温柔缱绻，哲思氤氲，既得生活情趣，亦蕴历史情怀，文意清新明丽，句法从容舒徐。她本着对生活细节的热爱，留意自然，情系今古，从日常叙事中发掘思想内蕴，曲径通幽，疏影横斜，平素之中蕴育绚丽，娓娓而谈也常让人茅塞顿开。她出版于 2012 年 5 月的散文集《雪启轩窗》，以文字扫描心灵与尘世，以色彩图绘美好与想象，清雅的文句散发出青花瓷一样的光辉。意象朴直，神游物表，以旷达之思体悟人世的悲欢离合，以谦卑情怀审视芸芸众生的生死繁衍，以隽永神思直面世事沧桑，文心澄澈，境界旷远。赵静怡为自己韵致悠扬的写作，准备了饱满的经验和精致的细节，她的淡泊、禅趣、释然、宁静，连同她对自然风景和历史情节的省察，构成了她的散文肌理和那些充满智慧的心灵潜流：匀净的生活，回忆的碎片，无法遏抑的文思泉涌，必须继续坚守的阳光密布的日子，不断闪现的温暖和恬淡，一花一木，历史场景，自我反思，现实情境，这些习作素材扑面而来，它们一一进入赵静怡的笔端，以一种诗意的文字在纸页间被结晶成心灵的絮语和天籁般的清音。赵静怡与历史人物的倾心对话，与自然风物的默契交流，与远逝时空的心灵对接，与自我和社会的追问思索，借助文字的力量在纸面上生根发芽，传达出散文的质地与心音，给读者无限遐想的精神空间。

历史素描　文化寻根

　　历史是人类灵感的源泉和心灵的家园。作家通过回望悠久的历史领略时空的浩渺和精神的绵延，赵静怡喜欢踏上巡弋历史的旅程，或寻访历史文化名城，或朝拜名胜古迹，或寄情历史人物，或感受邈邈幽思，让文字在历史的丰厚沉淀中散发缕缕馨香。

　　地处中原大地的河南，历史悠久，文化灿烂，古都名城星罗棋布。赵静怡的散文多有着墨历史胜迹的篇章。洛阳是一个有着文化底蕴和艺术内涵的古都，每一个景观都渗透了书声琴韵和诗酒风流，在《依水之都——洛阳》一文中，赵静怡写道："洛阳是一座风雅的城市。是箫声、古琴和钢琴合奏的城市。一丝苍茫，几许悠远，几分伤怀，还有，几点珠跳玉润的聪俐。迎着细碎的雨丝游走，渐渐地，那独特的风骨便会悄悄袭上你的眉头、心头，让你恍如步入了一个梦境，继而，又在佛的无比庄严的注视下醒来。"恍如梦境的历史感悟和风雅盎然的情致交相辉映，赋予古老的洛阳以金声玉振般的神韵。开封是中原地区黄河沿线重要的历史文化国际旅游城市。悠久的历史，深厚的文化积淀，使开封享有历史都会、文化名城、大宋故都、菊城之盛名。遍布市县的名胜古迹，依稀可寻的古城风貌，特色浓郁的民俗文化，绚丽多姿的秋菊，显示了古都汴京"十朝古都"的风韵和魅力。在《风流已被雨打风吹去》一文中，赵静怡写道："脑子里先行储存了这些概念，走在眼前的开封，便觉有些寥落。只有城墙，仍在端说着那个时代文学艺术的斐然，只有开封府，仍执着地体现着大宋胸襟，而高达十三米青砖台基上的龙亭，却是清人所建了。"物是人非，历史变迁，历史上的黄河改道早已多次尘封了开封的历史原貌，赵静怡的这番感慨与散文家余秋雨来到开封的感觉一样真切。苏州虎丘山是著名的风景名胜区，已有二千五百多年悠久历史，素有"吴中第一名胜"之称，宋代大文豪苏东坡"到苏州不游虎丘，乃憾事也"的千古名言，使虎丘成为旅游者到苏州必游之地，是历史文化名城苏州的标志。在《虎丘塔》一文中，赵静怡写道："说这塔是钢，而它周围的情景却是至柔。也许只有在虎丘这样刚劲的气魄下，才能产生众多的曼妙吧。放眼四顾，十里风光旖旎，榕树、樟树等古老树种各显其妙，而在身子底下，挽藏着花花草草的柔情，甚至有常青藤的长青，牵牛花的牵挂。还有水声，遥遥传来，那是古苏州的大运河，至今仍泛着粼粼的光泽。虎丘，作了多少代多少辈的见证。"刚柔相济的历史人文风情给予虎丘崭新的生机与活力，旖旎的风光唤起她飞扬的神思。提到苏东坡，中国人总是亲切而温暖地会心一笑。苏东坡比中国其他的诗人更具有多面性天才的丰富感、变化感和幽默感，智能优异，心灵却像天真的小孩。终其一生他对自己完全自然，完全忠实。他即兴的诗文或者批评某一件不合意事的作品都是心灵自然的流露。他的作品蕴含着生动活泼的人格，有时候顽皮，有时候庄重，随场合而定，但却永远真挚、诚恳、不自欺欺人。苏东坡有魅力。正如花朵的美丽与芬芳，容易感受，却很难说出其中的成分。在《苏轼，苏轼》一文中，赵静怡写道："苏轼是个奇才，笑做东坡肉，喜耕东坡田。东坡处，建一雪堂，共吟词作赋，消遣时光，而这时光，是这么的美：覆块青青麦未苏……雨脚半收檐断线，雪床初下瓦跳珠，归来冰颗乱粘须。"苏东坡是个富有生活情趣的文人，他随遇而安而又积极入世，旷达豪放而又温情活泼，这样的个性四射的历史人物，赵静怡给予了他准确的历史定位。

赵静怡的历史散文是一种跨地域、跨文化、跨世代的与历史的交锋和对话。在历史的舞台上，赵静怡展开心灵的对话，话题涉及历史遗迹、文化差异、人文价值、政治风云等等，文笔生动，话题广泛，探究细致，情感深邃，令人深思。几乎在书中的每一篇历史散文里，我们都能读到不同时代、不同文化背景之下的人们对历史不同的观察视角和理解方式，通过由隔膜、误解到相互走近和解读的历程，历史渐渐接近真相。散文文本纯净、节律，在情绪上做到了难得的安静，并在这种安静中完成了心灵的塑造和历史的探寻。

品味自然　检索人生

赵静怡的散文有一种素雅的自然之美。她心怀天地万物的自然书写，起源于对原生态大自然的眷念守望和灵魂皈依，也是对大地伦理和自然情怀的坦露。她的散文语言温情雅致，胸襟博大坦荡，对天地自然之美存着谦逊，对现世浮华不失警觉。她对自然的守望伴随着对人性的反思和对人生的巡检，主观寓于客观之中，达到了与天地精神往来的境界。

超然物外是一种难得的心灵境界，因为名缰利锁的羁绊，人们很难摆脱世俗功名利禄的诱惑，实现内心的澄明之境。赵静怡在《川岛印记》一文中写道："心大而天地阔，不为外物所役。心小的人，一辈子为自己所累，为自己造一无形的尖峰，攀至半山腰，又忽而跌下，再爬，已是气喘吁吁。山上种清风，种白云，种绿树，而风景，迥异矣。"登山而能心怀开阔地看破物欲和名利的纠葛，这是她的散文常用的情景交融的笔法。西湖是中国文人的精神家园和灵感源泉，波光潋滟浓妆淡抹的西子湖畔，总是令人心驰神往诗意勃发，在《雪意西湖》一文中，赵静怡写道："柳的眉，柳的身，柳的心。弱弱的柳在清冷的寒风里摇摆，像一幅惹人怜爱的画。只有你的慧心绘出这幅画，世间匠人，如何摹得。鲤鱼忘却龙门之跃，甘委浮萍，相依相敬，在水中格外透彻亮眼。雪化开，轻轻的，水的范围越来越大，它们吃了雪。掬一捧眼泪洒入西湖。孤山不孤，断桥不断，我是来还愿的。你赐我以相识恩情，纵穿越了百年，而雷峰塔不倒，小小墓长存。"如此慧心丽质的文学情怀，真是缱绻舒缓别有情趣。雪后的水面，氤氲浮荡着浮萍的青绿和水汽袅袅的蒸腾。在鬼斧神工的大自然面前，赵静怡常常希望自己化为大自然的一棵草，一株树，与大自然妙合无痕地融为一体，与星月木石相唱和，与天地精神相往来，在《七星岩溶洞》一文中，赵静怡写道："怅叹，七星之根，竟以水韵溶形，孔洞塑立，而彼水，又实通周围五湖。放眼看去，星湖浩淼，在落日挑逗下金波粼粼。想必，都是沾了仙气的。便不由想：舍此一生，做一植株，立于岩隙，如小叶榕穷一生之究竟，与石壁附为一体，石为我，我为石，与星月如歌，天地为之失色。"这种依恋自然，神与物游的精神气质是一种古典而又现代的扩大了的人文情怀。小小的一只蝉，竟能唤起赵静怡对东方哲学中禅境的深思，她透过这种微小的昆虫，看到了造化的机心与神异，在《蝉》一文中，赵静怡写道："想来，蝉即是禅的缩微。地下蛰伏三年乃至十几年，方到这光明世界走一遭，敞敞亮亮地振林而歌。释迦牟尼不是也曾放弃煊赫，冥坐六年方才悟出因果极乐之谜吗。通过了漫长的历程，恍如一道曜空的雷电，拨开迷云，又似一道清澈的泉水，浇洗久滞之茅塞。"尺水兴波，以小见大，心游万仞，像这样由一只小小的鸣蝉生发开宇宙的大智慧，在赵静怡的散文中俯拾皆是。季节的变化，物候的流转，令那些敏感的文人触景生情，赵静怡对春天的感悟渗透了朱自清散文的清韵，在《春》一文中，赵静怡写道："我在你的琴声里惊醒。我睫上的雪花，悄悄地融化，变成一滴泪，流向你的心波，你的心波好暖，像初生的红太阳，润润的脸。小燕子就要回来。檐上的燕窝经年没拆。小燕子一归来，院里的小桃树就要开。多了一个仔，又是一个仔，落在它身上的个儿越多，它就永远开不败。"回归的燕子，悠扬的琴声，初绽的桃花，湿润的土膏，浮荡着袁宏道《满井游记》一样的文气和诗韵。风花雪月，永远吸引着作家的眼睛和心魂，对自然世界的瞩目和感触，透过感性的热爱升华到哲理的领悟，在《雪》一文中，赵静怡写道："雪是冰封，永远在零度之下，远远的将一切拒绝。一朵红梅的唇温，开放它整个生命的丰荣。雪，不是某个人，或某件事物。它是水而非水，是花，而非花，生于云层之上，落于云层之下。雪，是独一无二的——完美。"冰成于水而寒于水，青出于蓝而胜于蓝，古人对世界的感悟，又一次在赵静怡笔下得以复活。月有阴晴圆缺，人有悲欢离合，自古及今，月亮作为太阳的另一极，在诗词歌赋中一直有着极其重要的意象地位，在《叩月》一文中，赵静怡写道："我喜欢月，很大程度上在于它的薄凉。它仿佛是深谙人生的，无言无语，永远平平静静，以阴晴圆缺提示着真谛。大喜未必是好，大悲亦未必是忧。在心底，保留缕缕的凉，哪怕夏日如火，生机如天。"此番对月亮的解读，可谓深入内里，出神入化，看到了一切繁华背后的荒凉与寂寞。面朝大海，春暖花开，海洋是博大精深的，它含有万物有容乃大，生生不息的海浪激荡着文人墨客的心怀，也赋予世世代代的诗人以源源不断的创作灵感，在《海韵三章》一文中，赵静怡写道："风包裹着海洋，海洋生风，由此形成一朵朵激荡的浪花。人生的每一个时刻，都以浪花的形式在礁石铭记。不停地铭记，有朝一日，我便把它搬回家，那是一本无人读懂又谁都能读懂的书。"风与海，相互依存，推波助澜，达到了动态的平衡和永远的互动。雨气冲刷了尘世的污染，带来清凉的气息，和风细雨，风雨彩虹，相映生辉，相得益彰，在《雪启轩窗》一文中，赵静怡写道："下雨了，空气如此清新。没有蚊虫叮咬，没有嫉妒的长风。一条彩虹，弯弯地挂于天穹。你挽我的手，此头而上，看遍阙下风景。没有人读得懂我们，我们却读得懂苍生。我依你的手，一条小河清清的流，恬静安然，流入我们亘古的家园。"流入我们心灵深处的，不仅仅是清凉的雨水，还有那份对恬然安静的渴盼。无独有偶，在《这个雨夜》一文中，赵静怡写道："雨，是最善于抒情的。世间最需要的抒情不是个人私情的抒发，而是一种盘亘心底深处的纠结的难以跨越。"这种难以跨越是时间，是空间。是面对喧嚣躁嚷无处求得宁静的纠结。明哲保身起不了作用，振臂一呼更是引来不类的耻笑。自然由他们把握，绝好的风光，不再是纯然的风光。自然界的海洋对人类总是富有启发意义，它告诉人类，自然的伟力古往今来激发了人类的想象力，海浪的无边无际的魅力刻画出存在的印痕，铭记了生命的新陈代谢，在《海的启示》一文中，赵静怡写道："凝望大海，茫茫苍苍。用你的双手，掬起一捧，而后，静静地航行，向着朝阳，向着落日。依旧刮来百里的大风，大风依旧卷起高高的海浪，海浪，依旧吞噬着千载的礁石，礁石，依旧将生之痕，丝丝缕缕的铭记，以最古老的形式。"赵静怡用汪洋恣肆的文笔，书写了一曲大海的生生不息的狂想曲和交响乐，海浪滔天，长风破浪，诗意淋漓的文字蕴含着生命的激情。

　　赵静怡走进自然世界，感同身受地为自然万物树碑立传，用人文情怀接纳万事万物，在树木、山水、海洋、花朵、落日、大地、风雨、浮云中寄托自己的诗性情怀，浓墨重彩地书写了自己对天籁的聆听和对宇宙的注视，文风清新舒卷，文气激荡起伏，表达了自己对自然世界的由衷喜爱和倾心向往。

书写心情　感悟生活

　　赵静怡的散文精致地书写自己的心灵和情感状态，擅于在点点滴滴的日常生活中发现令人惊讶的哲学内涵，她的措辞温柔敦厚，庄谐并出，既得诗意之趣，亦明生活之理，文句简朴高洁，蕴藉含蓄。她本着对人之常情的热爱和留意，瞩目小事，不避琐碎，从日常叙事中发掘知趣，曲径通幽，疏密相间，平实之中蕴含绚丽，低处独语也常让人产生豁然开朗之感。赵静怡的笔墨温润清爽而不失雅致缜密。那种冷静背后的炽热与激情，总是显得深情款款，秀中见奇。她用情于哲思之美，用心于情感之微妙，持续挖掘世事沉浮背后个人灵魂的肌理和纹路。

　　近乡情更怯，不敢问来人。回家是中国人节假日首选的节目，回到家，心灵放松，亲情归家。尽管路途遥遥千里迢迢，一切困难都无法阻止归心似箭的急迫，在《归》一文中，赵静怡写道："归心似箭，一颗心，重重地射中了等待的靶子，有些痛，有些心酸，还有几丝，欣喜。我注定要回家，不管月白风清，抑或朗日高照；不管风雨雷电，还是路隔千里。我注定要回家，不管静默的注视，畅谈的欢喜；不管轻轻转身的一瞬，有无泪珠在滴。"这份游子盼归的情怀，一定切合了读者对家乡和父母的悠悠思念，令人泪眼朦胧默然无语。喝茶悟道，是中国文人的雅兴，一部陆羽的《茶经》至今仍令人心向往之。赵静怡寄情一杯香茗，更喜欢饮茶时窗外的山明水秀和云片逍遥。在《茶韵禅心自风流》一文中，赵静怡写道："点一炷香，品一杯茗，窗外松枝如画，白云在山间婆娑。淡淡的注视中，莞尔的一笑中，时光，就这么轻轻溜过了。音乐如流水潺湲，似在濯洗着尘间的一切。"尘世的烦心忧虑，皆可以随着缕缕茶香烟消云散，音乐的清音更能涤荡一切灰暗的情绪。读这样的散文，我仿佛阅读唐人的"山光悦鸟性，潭影空人心"的佳句，心灵的湖泊一尘不染臻于化境。童话不仅仅是孩子们的专利，也滋养着成人的心灵，如何才能成为一个优秀的童话作家呢？在《也说童话》一文中，赵静怡写道："但一个童话作家必须具有丰富的阅历。仿如静水深流，大海的安雅和平背后，已然越过千山百川，淌过九曲轮回。一个童话作家必须将自己丰富的阅历提炼出来，以纯洁的本真示人，并将这种纯真粹化成为自身首要的品德。"丰富的阅历、安详的心境、博大的爱心、纯洁的灵魂，这一切铸就了一位优秀的童话作家。阅读，是赵静怡的生活方式，她借助书籍澡雪精神，陶冶性情，扩充知识，反观内心，在《相听两不厌》一文中，赵静怡写道："这世上有两样东西，是我不舍的。一是书。读一本好书，宛如同一位好朋友交谈，雪夜，围炉，那些散失的星光，那些飘起的尘事，那些花红，那些柳绿，那些繁华，那些衰败，都在一盏茶的轻烟里拂过了，拂过了。"阅读一本好书，如同与一位高士促膝谈心，如沐春风，受益良多。鱼水情深，自然妙趣，几尾嬉戏清波的小鱼，带给赵静怡恬然自安的禅心，让她在鱼缸中看到了碧波荡漾的海洋，在《随语》一文中，赵静怡写道："几尾鱼悠游地游着，在方寸之地，一忽儿上下，婉婉转转，吐纳一个个泡泡，泡泡浮在水面，就形成了一朵朵无色无味的玄花儿。鱼在瓶颈，困乎？鱼游大海，浪乎？"有了这份自由自在的心境，一个人即便是身居斗室，照样可以心存烟波浩渺之慨。素朴简单的生活，是赵静怡心向往之的境界，她的文字不时闪现出对陶渊明采菊东篱的欣羡与钦慕，在《柔软的时光》一文中，赵静怡写道："素衣素食，栽五柳在门前。柳絮纷飞的时候，解缆下兰舟，看山河秀水，草长莺飞；柳絮待孕的时刻，取一瓢新雪，烹之入炉。烈焰熊熊，满室生津。指间挥墨，读书泼茶，夜晚，则闲敲棋子，落灯花。"这样的生活境界，虽不能至心向往之，在一个喧嚣的消费时代，尤其映衬出了现代人的物欲横流和精神荒芜。时光的潺潺流淌，刺痛了赵静怡敏感的内心，心痛的感觉挥之不去，才下眉头，涌上心头，这是对岁月流逝的无可奈何，更是对沧海桑田的恍然大悟。在《心痛》一文中，赵静怡写道："我心痛如花的容颜，终有一天，如风吹秋叶，遥遥远去。我心痛洁白的鸥鸟，海角筑巢，海角生息，又不知不觉地老去。我心痛这一首真诚的歌，再不能唤起伯牙心的颤栗，那琴音嘎然而断的铿锵，那古朴不复而来的挚语；我心痛不能回返八百年，与鸿儒泛舟湖澧，上苍只赐我，生于这薄薄的苍白的史址。我心痛三月的初春，阳光温暖地照耀，一位盲者，自顾自地沉浸生命拉就的琴胡，二泉映月的粼光，被汹如潮流的人流谈笑着摒祛。"一代代的人们，就是这样踏着如歌的行板，摩肩接踵地走向未来的世纪。

散文理论家佘树森认为："女性散文创作现象，是衡量整个散文创作盛衰的一个极其重要的侧面与角度。因为，当众多的女性作者，拿起笔来向人们畅诉衷肠的时候，必然是一个思想活跃、个性自由的时代；而艺术气质与风格独特的女性散文，也必然充实与丰富着散文的审美世界。"赵静怡的文字谦逊而瓷实、沧桑而沉静。她的散文写作，因为来自命运的追问、人心的追索、灵魂的直面因而深具唯美主义的光泽。她记忆中那些悲欣融汇的断片与截面，经她细腻而耐心的巡检之后往往洋溢着沁人肺腑的感人力量。她特意以打捞往事和回述记忆的方式，让散文直接与自我说话，把面对苍茫大地上的种种生命情状作为新的写作视角，把耐心倾听自然和历史，敬畏人心世道作为基本的写作支点，从而使个人最为普通的情感生活和精神追忆发出自己的声音。

赵静怡的才情和心怀令人欣喜。她纯真而文雅的语言，蕴藏着丰盛的精神库存和心灵渴望，以及一种未被世事喧嚣所濡染的精神质地和纯净文心。她依托内心世界的真实感受，打量万事万物的眼神满布智慧和童趣，她的写作既是对个性化记忆的怀念和审视，也是对诗意化梦境的坚定断想。她的散文优雅而澄澈，她的语言简单而精准。她置身于变幻莫测的现代世界，总是心存感恩，敬畏天地，挚爱着平凡而温馨的细小事物。她迷恋语言的力量，并渴望每一个词语都在她笔下散发出精神的光泽和晶莹的诗意，她的散文写作充分体现了诗人在建构精神世界时面临的喜悦和淡定。

37. 乡风民俗与乡村政治的变奏和交响

——读愚石长篇小说《乡志》

　　二十一世纪的中国当代社会，随着城市化和城镇化进程的日益加剧，传统的乡村社会呈现出的问题愈加明显和峻迫。农村、农民和农业问题是长期制约和影响中国社会发展走向和趋势的大问题，连续多年来，中共中央一号文件都是关于"三农"问题的宏观指导和政策倾斜，这也从一个侧面反映了中国"三农"问题的紧迫性和重要性。从某种意义上讲，中国目前仍是一个农业大国，"三农"问题事关全局，具有非同寻常的意义。反映农村问题的小说，一直是当代中国文坛上的重要题材。近读著名作家愚石的长篇小说《乡志》，使我对当代农村社会的嬗变有了更深入的体察。这是一部立足于鲁中南乡村社会的结构宏大、视野开阔的小说。愚石以原生态的乡村生活为背景，结合乡村政治、文化、民俗的具体现状，通过原汁原味的乡村生活体验，力图把握当下中国农村生活方式、生产方式和精神状态的脉动，勾勒改革开放总体形势下农民的精神图谱和心灵变迁。愚石的小说写作，是传统经验与现代手法的完美结合，既直面现实又立意高远，语言朴拙浑厚，叙事波澜横生。他的《乡志》，以精微绵密的乡村叙事，丝丝入扣的细节描写，成功地书写了一种乡村日常生活的真实状态，并对千变万化中的乡土中国所面临的纠结、困惑、迷茫做了充满赤子情怀的叙述和解读。

乡风民俗风情画

　　《乡志》所描绘的乡风民俗是鲁中南地区的典型代表，这片土地是中华民族文化的摇篮，历史悠久，源远流长。大汶口文化遗址，孔孟故里，汶泗流域，这些得天独厚的地缘优势孕育了儒家文化及其一套完整的婚丧嫁娶的民俗文化。《乡志》展示了从村庄到乡镇维系每个人日常生活的乡风民俗。这样的乡风民俗烦琐而细密，涉及生活起居的方方面面。

　　生老病死是自然规律，围绕生老病死展开的礼仪场面也就格外讲究。仙鹤村的颜景观就是一个精通乡风民俗的专门负责民俗礼仪"红白理事会大总理"，他恪守祖训，对乡风民俗一丝一毫不敢马虎。"颜景观向来是极讲究的一个人，无论衣食住行，还是为人处世，都非常讲究祖制和传统，也便不自觉地要求任何人都不能乱了祖上传下来的规矩。"在大年初一去世了的柳恒稳的母亲（样板老太）的丧事就由颜景观全程负责，从报丧到吊唁到出殡，一整套的礼仪习俗，显示了当地的民俗文化的严谨法度。这其中的任何一个细节都马虎不得，譬如孝子孝孙从家里老人去世的那天起就不能沾床，不能坐凳子，只能跪在或坐在地上，以显示虔诚的孝心和哀伤；譬如，老人去世以后，孝子孝孙见了邻居都要下跪，这也是"老人死了小三辈"的表现。为了表示对"样板老太"的尊敬，颜景观提议在忠字礼堂里为老太太开个追悼会，可是，柳恒稳为了不显得张扬，经过与他妹夫（乡党委副书记袁成华）谨慎商议，最后采取了个折中的做法，以一种新旧结合的方式，按照习俗发丧，出殡前念一个悼词，不进忠字礼堂，只在礼堂门口停一停。这样既表达了对老人的心意，又不显山露水地过度张扬。总之，作为全书开篇的"样板老太"的丧礼习俗，让读者全面了解了鲁西南农村的民俗文化。

除了葬礼民俗之外，仙鹤村的大年初二"招待新女婿"的礼节，也是愚石浓墨重彩描绘的一笔。孙维下为了让自己的乘龙快婿有面子，不惜大价钱购物、请厨师给他张罗"四八席面"，他还特意请了当教师的本家颜廷石来陪客并详细讲解了所谓"四八席面"的待客礼仪的来龙去脉和演变过程。的确，通过颜廷石的讲解，我们可以看出，从菜品选购、上菜程序、座次排列、让酒敬酒的全部细节要求。四八席面贯穿的礼仪、礼节、并非是对吃的情趣的束缚，而是表现人们的道德文化修养，在饮食中体现出一种形式美、伦理美、人情美。饮食文化作为中国的文化习俗，精致入微地表现了礼仪之邦的待客之道和伦理礼仪。

"二月二，龙抬头。家家户户都要把提前挑好的黄豆泡好、腌好、爆炒，大街小巷里弥漫着炒黄豆的香味"，这又是鲁西南特有的乡风民俗。农谚"二月二，龙抬头"，传说古时候久旱不雨，玉皇大帝命令东海小龙前去播雨。小龙贪玩，一头钻进河里不再出来。有个小伙子，到悬崖上采来了"降龙水"，搅浑河水。小龙从河中露出头来与小伙子较量，小龙被击败，只好播雨。其实，所谓"龙抬头"指的是经过冬眠，百虫开始苏醒。所以俗话说"二月二，龙抬头，蝎子、蜈蚣都露头"。"二月二"还有一种说法叫春龙节。许慎的《说文解字》记载："龙，鳞中之长，能幽能明、能细能巨，能长能短，春分登天，秋分而潜渊。"这大概就是"春龙节"习俗的最早记载。大人小孩还念着："二月二，龙抬头，大仓满，小仓流。"有的地方在院子里用灶灰撒成一个个大圆圈，将五谷杂粮放于中间，称作"打囤"或"填仓"。其意是预祝当年五谷丰登，仓囤盈满。节日时，各地也普遍把食品名称加上"龙"的头衔。

吃水饺叫吃"龙耳"；吃春饼叫吃"龙鳞"；吃面条叫吃"龙须"；吃米饭叫吃"龙子"；吃馄饨叫吃"龙眼"。

每年农历十月初一前后三天的祭祖也是雷打不动的，在《乡志》中，愚石详细描写了颜家人的祭祖仪式。祭献礼仪包括上香、读祝文、奉献饭羹、奉茶、献帛、献酒、献馔盒、献胙肉、焚祝文、辞神叩拜等。在焚帛烧钱纸时，主祭要在神前献上一杯酒，然后由礼生送至焚帛处，将酒酹在上面，酹时将酒滴成一"心"字，以示祭者献上钱帛之虔诚。在祭祀过程的重要环节，还几次鸣锣击鼓或弦乐伴奏，为祭礼增添热烈气氛。祭礼结束后，将猪肉、羊肉等祭品分给参祭代表。也有将祭品用于宴请参祭人员，但只给少数的行祭人员与乡绅、长老等发点祭品。三叩九拜之后，还要朗读家谱，追溯先辈颜回的祖德。祭祖的意义是慎终追远，更表现源远流长，有望于后裔的繁昌，所以行事之时，严肃、隆重、恭敬、诚挚，全发自中国传统的伦理思想。重视祭祀祖先，是中国古代礼仪的显著特点。这是因为古人认为祭祀祖先具有良好的社会教化功能，有助于培养社会成员的品德，加强社会成员之间的团结，维护宗法社会的稳定。

应该说，《乡志》关于乡风民俗的真实记录具有民俗学的价值。在社会的转型期，那种影响着数以亿计民众的社会传统意识、文化积淀和生活习俗，将成为权力或政令控制之外的一种潜在力量。对这种"国情""民情"的认识程度任何，将影响着转型期中国的变革质量和发展速度。正是在此意义上，作为一门专门研究大众行为模式、文化心理、社会基础及其当下状态等方面问题的学科，民俗学具有深刻的理论意义并将发挥重要的社会作用。

愚石的作品最突出的特色就是浓厚的民俗色彩，凡是阅读其作品的人无不为其中风格独特的民俗色彩所吸引。可以说愚石的作品是较为原生态地反映了鲁西南生活的民俗与民风，真实地记录了儒家文化圈的风情，而对其中民俗的解读也使许多读者具有了解读"达·芬奇密码"般的兴趣。愚石是一个世事洞明的人，一个饱含人文情怀的作家。他的小说，总是从世道人心中那些典型的表征出发，以富有乡土意味和底层话语的叙事，生动地讲述世纪之交中国乡村的欢乐和悲情。他的小说超越了现世纷争和道德伦理的庸俗，有着当代乡土文学中罕见的灵魂深度。

乡村政治解剖图

马修斯在《硬球》中说："一切政治都是乡土的。"其实也可以反过来说，一切乡土都是政治的。这部小说看似在写乡村中国的权力争夺，但在愚石的叙事结构中，无疑是要重新建构起一种以日常生活为立足点的叙事风格，它既是具象的细节的，同时又是琐碎的粘连的，故事的展开也是严密而不动声色的。这部小说的内部一直潜藏着一条中国乡土式的精神河流，里面那种纷扰和斗争，映照出的正是传统乡村社会的根本困境：一种无法摆脱的权力欲望和阴谋诡计，造就了基层中国的晦暗景象。愚石的写作方式是高度写实的，冷静低调的，但他能在高度的写实中揭示关于乡村中国的整体性寓言和全局性症候。

愚石的《乡志》塑造了一批大大小小的"乡村政治家"形象。乡级干部系列和村级干部系列交替上演了乡村政治的"活剧"，他们的行为模式和喜怒哀乐共同阐释了中国基层政权的现状和中国民主化进程的艰难。乡党委书记郑之渊是一个从大学毕业就在仙鹤乡兢兢业业一路登上乡党委书记位置的领导干部，他有魄力，有激情，真抓实干，希望有所作为，希望自己在新上任的位置上取得立竿见影的政绩。在招商引资的境遇下，他强力推进项目落实，却因为拆迁忠字堂引发群体事件，一年后黯然离开仙鹤乡；乡长车相渚年轻气盛却又擅长权变，他利用假合同上下其手博取上位的阴谋得逞，得到了觊觎已久的乡党委书记位置。我们从他上任后在办公室里的一段内心独白即可以看出车相渚的从政哲学："车相渚在笔记本上写着自己的施政宣言，他要按照自己的为官之道，治理好仙鹤乡的所有人和事，对上用心，对外用脑，对下用手。对提拔重用自己的领导，用心侍候着，无论什么样的要求，都要不折不扣地完成。对班子成员，则要动动脑子，该提防的提防，该拉拢的拉拢，该当牛使的当牛使，该当猴耍的当猴耍。对下边的机关干部和普通百姓，则用强势的手段，甚至用武力解决问题。现在的老百姓已经不能一声号令一拥而上了，威逼利诱或许是最好的办法和手段。"这一整套的为官之道，基本围绕如何摆平上上下下的关系为旨归，可以说是千古不变的为官哲学。其他乡干部如袁成华的稳重谨慎、牛子儒的忠厚善良也都跃然纸上，可圈可点。

《乡志》选取了三个姓氏作为仙鹤乡的家族背景，三个家族有着不同的行为特点和群体属性，家族之间有着矛盾斗争，也有着相互依存，这种矛盾关系成为故事发展的外在动力。小说中的人物，选取了日常生活中司空见惯却极具典型意义的人物形象，涉及乡村两级的领导群体，也涉及几乎没有只言片语、只是偶尔出现的寻常百姓。但这些人物，哪怕在故事中只出现一次，他也具有自己的生命符号，具有属于这一群体的特殊性。仙鹤村的村干部人物形象，同样被塑造的立体丰满。柳恒稳的老练有谋，孙维下的奸猾好色，刘敬天的精明纠缠，孙维金的财大气粗，孙思良的好勇斗狠，柳方鸣的投机钻营，无不在争权夺利和钩心斗角中穷形尽相。愚石围绕这些人物展开了诸如保护忠字堂、民主选举村干部等等一幕幕"活剧"。在这些人物身上，我们可以窥见中国农村沉重的传统文化印痕和滞重的民族劣根性。仅就这些村干部的私生活，我们就可以看出围绕权力展开的"偷情模式"，其中柳恒稳与大妈妈的偷情、孙维下对葛小窈的勾引，都是典型的乡村情感隐秘世界的冰山一角。愚石深厚的写作积累，丰盈细密的小说细节，有条不紊的叙事能力，使他得以洞悉生活路途中那些细小的波动和隐秘。他重视雕刻人生经验的纹路，更重视在经验之下建筑一条敞亮的精神通道，使之有效地抵达现代人的心灵内核。他的写作如同求索生活真相，当纹饰一层层揭开，生活的真实图景就逐渐显形，在他的追索与叩问下，人生的困境和社会的症候已经纤毫毕现。愚石把写作还原成了求索谜底的艺术，但同时又告诉我们，现实生活往往是没有准确答案的。

书中描写了人们对政治权力的角逐和对男女性事的热衷。从这个意义上讲，乡村不但如田园牧歌般美好单纯，还有着民间底层的藏污纳垢。愚石是一个有人文关怀的作家，一个能在民间语言中创造乡土世界的作家。他用一种温和的批判、浩瀚的想象和民间视角的感性之美，为自己建构了一个光怪陆离的文学世界。他的小说散发着淡雅的忧伤和一种近乎颓唐的叹惋，那种黯然和心悸，一直令人难以释怀。他在《乡志》中陈述历史和现实重压下的个人记忆，如此沉重，又如此真实，个人的卑琐和高尚在以权力斗争为主体的叙事中，渐渐被抽象成了一个象征，而权力对日常生活的控制又让我们看到在扭曲压抑的语境中根本彰显不出正直的人性。愚石的叙事风格谦逊、沧桑而深挚。他的小说写作，因为来自命运的体悟、精神的呢喃、灵魂的追索，而深具人文关怀的理想主义光泽。他个人记忆中那些悲欣交集的人生履历，经他冷静而理性的处理之后，依然洋溢着感人肺腑的力量，而他深切的悲悯与体恤，也不时地闪烁在字里行间。他以生命的专注书写时代的篇章，以往事的记忆化解是非成败，以自己的个性化书写成功地打捞了历史的面影。

乡村牧歌心灵史

《乡志》中对鲁中南乡村风光的细致入微的描摹随处可见，自然景观与人文景观交织辉映，书写了一曲眷恋美好乡村景致的心灵牧歌。这份眷眷的乡情，是对渐渐远去的美好乡村风光的深情回望，也是对自己曾经工作和生活过的那片热土的强烈记忆。愚石的自然描绘以诗歌般的语言书写大地的赞歌。他的深情礼赞既有天空般的澄明阔达，又像泥土一样深沉厚重。他站在故乡的宽阔广袤的大地上，怀想原生态的乡村风物，也领会时光流淌的诗意情怀。他以淳朴的地方性视角，强烈地关注了歌哭于斯的生命个体，他的目光在山光水色和乡间景观中游弋。他关怀自然物候对灵魂的微妙影响，并以赤子之心的温情和深意，描绘了大地朴素的动态以及他对一草一木的理解和感悟。

该书的目录就是依照农业文明时代对月份的雅称从正月到腊月次第排列，

散发着农业文明时代悠长绵渺的岁月光辉。在每一章对故事展开叙述的同时，对自然风物的描绘也依次展开，并与故事情节水乳交融。比如，愚石对仙鹤乡琵琶湖的描写可谓是匠心独运画龙点睛之笔："仙鹤乡的琵琶湖，更多的是静美，没有激昂的旋律，没有湍急的水流，水是静的，静得几乎看不到波纹；风是静的，静得似乎听不到树叶的呢喃软语；甚至连明媚的阳光也是静的，只让你感觉她的脉脉温情。岸边的垂柳总是与一支钓鱼竿、一顶草帽、一方木凳连在一起的。或者在心情需要抚慰的时候，只需一叶扁舟，独酌一份平静、安详或者是一壶经年的老酒，品味独钓寒江的意境与恬淡。"这段景物描写可谓深得钟灵毓秀玲珑剔透之美，透露出唐诗宋词般的意境。这是赵梦观察仙鹤乡的自然美景时获得的性灵启迪，仙鹤乡不仅物华天宝，而且人杰地灵。赵梦认为，研究仙鹤乡的历史，同样不能忽略仙鹤乡的文化。仙鹤乡的文化厚度超越时空，日益成为仙鹤乡人的图腾。仙鹤乡文化的核心是颜子文化，颜氏家族的家庙颜林是颜子文化的承载物。愚石不惜笔墨地展示了颜林的建筑文化"二梁不在大梁上"的独特样式和颜林的珍稀树种楷树、鸟灵柏、红钱榆，对颜林的描写，就是对儒家文化的巡礼与总览。

就连萧瑟凄凉的冬季，仙鹤山也独具魅力。请看愚石对仙鹤山冬景的描写："此时的仙鹤山，早已经没有了春天的郁葱生机，也没有了夏日的绿意盎然。但即使是冬日的荒凉，仙鹤山仍然显得大度而容忍，如此宽厚的臂膀，如母亲的胸怀。"愚石的小说语言厚重而热情，自由而丰饶。他多年来的写作实践，一直在为个人的生活经验和社会阅历寻求升华，并为个人生活史在写作中的厚积薄发提供新的文学参照。他对自己所创造的浩瀚而渊深的精神景观，深怀拓展和凝练的愿望，他的小说写作也因接续上了一种朴素、感伤的现实情怀，得以进入一个更为广大的精神腹地。他把面对辽阔大地上的种种生命情状作为新的叙事着眼点，把耐心叙述和敬畏生活作为基本的写作态度，从而使鲁中南最为普通的乡村生活开始发出自己的独特声音。

愚石在灵魂的审视中寻求记忆的伤怀，在生命的喟叹里审视历史和现实，他的小说深刻地注解了乡村生活世界和人物内心世界之间纠缠不休的关系。他怀着对工作生活过的故土的赤子之心，以虔诚悲悯的写作态度和精致而又沉实的叙事策略，记述下了乡村社会光怪陆离的巨大变迁，以及在这种变迁中难以逆转的颓丧和沉沦、无地彷徨的感伤和悲叹。愚石以一个作家的宽广胸襟和深沉思索，出色地完成了对乡风民俗和乡村政治的双重关注和理性判断。

38. 精神牧歌　田园情怀

2013 年寒假期间，我最大的精神收获就是认真拜读了《北京，最后的纪念》一书，这是当代著名作家阎连科最近创作的一本随笔集。这本书记录了作者在北京郭公庄 711 号园内居住 3 年的日常生活和深入思考。在中国城市化、城镇化进程日益加剧的年代，远离泥土的人们从中可以读到葱郁的绿色和淋漓的元气。其中所倡导的返璞归真、亲近自然的生活，纯朴简单、诗意美好，洋溢着咀嚼生命本真和心灵愉悦的幸福味道。全书既有桃花源的宁静与美好，又有瓦尔登湖的思想与智慧，直抵现代都市人内心深处的田园梦想。3 年前，阎连科倾尽毕生积蓄购买了 711 号园，在这里，他怀着宁静的心境，度过了他一生中最为从容、最为丰满的岁月。当我读着作者如同诗歌一样隽永而质朴的文字时，我深深地感动于他所描述的世外桃源般的生活：养花、种菜、采蘑菇、观察动植物、湖上泛舟、写作……每一个跳动的字符都让我的内心安宁而丰富，他带给我的不仅仅是对自然的热爱，更多的是生活领悟，人生哲学与心灵启迪。让人读过难忘，从而再三品味。

因为我本人的博士论文选择人与自然作为研究中国现当代文学的切入点，所以，我特别敏感于那些洋溢着自然气息的文字。我惊喜地发现，作者在书中写道："最初踏进那处园子时，一望无际的绿色触目惊心，使我惶惑愕然。景色打在眼上，有青白的声响，如同加勒比海岸的人第一次看见冰时，用手触摸，发现冰是火的，滚烫击手……园子消失后，我做了一个梦。到一个除了蓝天、白云、河流、鸟雀和茂盛的植物、繁多的昆虫再无他人的世界里，重新建起一个新的园子与庭院，开始新的写作与阅读、种植与养育，喂无数、无数的猫和狗，蜻蜓、蝴蝶每天都从花草树木上带着爱和芳香飞下来，落在猫的背上、狗的耳朵上和我的笔尖上。"受美国作家梭罗简朴生活观念影响的阎连科也渴望亲近自然，但与其不同的是，他没有像梭罗那样跑到远离闹市喧嚣的野外去幽居，而是意外地获得了大都市中的一块田园，心灵足以慰藉，并打算在园里终老。虽然，这个梦想在 2011 年底由于城市发展规划而结束了，但也让他享受了一段自然而恬静的诗意生活。如今，这段梦幻般的生活已然远去，阎连科用笔真实地留下了这段田园之梦，这也是《北京，最后的纪念》一书面世的缘由。

　　阎连科是热爱和崇尚自然的，希望回到自然中去，做一个自然的人，去感悟自然的妙处，领略自然的真谛。书中的字里行间无不折射出这种自然田园的气息和意蕴，一路读来，让我们与作者一同感受着这片土地的点点滴滴。正是怀着这样一颗质朴纯真之心，作者在这块珍贵的土地上种植；去附近的森林里采蘑菇；放舟于湖心，看鱼儿跃出水面；观察成千上万的蚂蚁行军，帮他们挪开障碍物，用树枝搭建"跨海大桥"；甚至还突发奇想，爬上树到马蜂巢旁，想以马蜂毒针针刺治疗由于长期写作造成的颈椎病……阎连科致力于把日常生活的每时每刻变成艺术性的、诗意的生活。他说道："只能说明我那时神经质了，没有别的解释"，这种神经质意味着自然之于他而言，不是偶尔消遣、亵玩的对象，而是顶礼膜拜的"宗教"，而自己所栖身的大园子，则为实实在在的教堂。园子里丁香片片，径无直道，曲弯有致，谱写着情理十足的人与自然的传奇故事。

　　生活应是多彩的，生命应是享受的。一个懂得享受生活的人定会有一个完美的人生。人生其实不需要赚很多的钱，也不需要有什么了不起的成就，只要生活得快乐自在，恬静淡然，就是一种上乘的人生境界。温一壶绿茶，漫漫寒夜，我品读《北京，最后的纪念》，聆听诗意荡漾的田园牧歌，人生从此便多了一份纯真和豁达。春暖花开的午后，我常常到泰山南麓挖荠菜和苦菜，暖暖的阳光照在大地上，也照在我的心灵深处，此刻，回味阎连科的书香清韵，我多么想说："一个真正倾心大自然的具有赤子之心的人，没有人能剥夺你的幸福感！"

39. 文字的舞蹈　思想的飞翔

——评杜君立《历史的细节》

实话实说，我通过博客系统阅读杜君立的文字，仅有一年多的历史，虽然网络上的名文《黑领崛起，白领陨落》早已拜读过，但一直不知道该文的作者是杜君立，那种锐气袭人的文字锋芒，那种不可遏抑的思想力度，让我顿感天旋地转、醍醐灌顶。这种阅读的快感，我以前曾经屡次不期而遇，那是在每逢阅读钱钟书、王小波、朱大可、葛红兵、陈行之等等诸位先生的文字时油然而生的快意。今年春暖花开的人间四月天，得知杜君立结集出版了自己的第一部思想随笔集《历史的细节》，我在第一时间即向我的文朋诗友发出手机短信："杜君立出书了，《历史的细节》，三联书店！"

作为一个以阅读为最大乐趣的人，我选择读物的标准是——思想的含量、文字的精彩、视角的独到、情感的丰盈。应该说，在杜君立的文章中，我达到了自己的阅读预期。杜君立是一个有思想的人，一个能在语言、史料、遐想中游刃有余地表达自己见解和希望的作家。他用一种通透的观察力、丰富的想象力和语词的表达力，为读者建构了一个汪洋恣肆的思想帝国，并且实现了自己的写作梦想和人文情怀，显示出当代中国底层草根写作者在思想阈限和精神领域不懈求索的维度。他的随笔散发着才华的光芒和一种夺人魂魄的智慧灵光，那种纵横冲突的知识整合和摧枯拉朽的语言释放，一直令我心驰神往。在我的"时文选读"选修课上，杜君立的文章业已成为学生们心仪的美文案例。每逢有年轻的朋友让我推荐文质兼美的文章，"杜君立"三个字总是脱口而出。每逢阅读完杜君立最新更新的博文，我总是以最朴素的方式表达自己的快乐——用餐时一定吃自己最爱吃的蒜泥凉拌猪头肉、油炸花生米、辣椒干煸肉丝、油煎带鱼等等，喝着56度的牛栏山二锅头，酒过三巡，我还要把自己正读初三、忙于备战中考的十五岁的儿子拉到电脑屏幕前，与儿子一起重温一遍。然后，我酒气熏天地竖着大拇指对儿子说："嗨，写文章就要写成这样！"父子之间议论风发，谈笑风生，击掌而笑，一致叫好。我相信，好文章自有精神魅力，杜君立的文章就是这样的好文章。

该书是二十一世纪的读者反观整个人类文明演变轨迹和嬗变路径的参照系

统，它从宏观的文明视野重新打量现代世界文明的缘起和进展，试图勾勒人类文明的大致线索。该书也是一部深具博大历史情怀和追根究底旨趣的历史文献和考古详解。哲学家波普尔指出，每一代人都有权按照自己的方式来看待历史和重新解释历史。众所周知，任何历史都是当代史，作者依靠浩瀚的信息容量和历史典籍，左右逢源，触类旁通，开合有度，经纬交织，既总揽全局气象，又着眼细节特写。该书文史辉映，史识卓然，作者苦心经营的景致包容了历史知识、文学感悟与思想启蒙，三者达到融会贯通的大化之境。

《历史的细节》的第一章题为《马镫的民主》，杜君立通过"一个养马的古老部落用马征服了中国，并创建了一个长达 2000 多年的专制帝国，而这个帝国又屡屡遭到北方马上民族的侵犯和征服。如果说马的出现改变了人类的命运，导致了战争的滥觞和国家的出现，那么马镫的出现则结束了罗马帝国。一群马镫上的贵族拯救了中世纪的欧洲，这些人被尊称为骑士。小小的马镫打造了一个孕育出现代文明的骑士时代"的叙述，旨在梳理文明发展背后的隐秘细节和人性因缘，器物层面的因素，总是叠加了人类征服欲望的内驱力。杜君立的历史随笔之所以在中国草根阅读视野中独树一帜乃是由于他的文字不仅才气横溢而且气势饱满，见学养也见性情，貌似包罗万象，其实是一种熟稔史料后而特有的潇洒自如和运斤如风。他是当代草根写作中将丰厚学识、才子性情和深远见解糅合得最好的写作者之一，颇有气势如虹的大家气象。杜君立的随笔是近年来民间思想家取得成果最为突出的文学景观之一。他清晰地为我们描绘出了历史背后的惊人真相和复杂面影，并由此展现出他对未来公民社会的憧憬与期冀。他厚积薄发的写作实践，丰盈充沛的历史细节，锐利新奇的解读史实的能力，使他得以洞悉历史沧桑中那些细小的片段和诡异。他重视发现历史细密的纹路，更重视在民间社会建筑一条旷达的精神驿道，使之有效地抵达敏感多思的读者的心灵深处。他的写作如同破译历史真相的魔术，当历史的面纱一层层掀开，存在的真实图景就逐渐原形毕露，在杜君立的审视下，历史的困境和诡谲已经无处藏身。鲁迅说："历史上都写着中国的灵魂，指示着将来的命运，只因为涂饰太厚，废话太多，所以很不容易察出底细来。正如通过密叶投射在苔上面的月光，只看出点点的碎影。"杜君立把随笔写作还原成了追问历史真相的艺术，从展示真相开始启蒙民众的愚昧和盲从。

《历史的细节》的第二章《轮子的征服》向我们展示了"从移动的那一刻开始，轮子就是一项真正伟大的发明，它改写了人们曾经用双脚认识的空间。人类成为直立行走的双足动物之后，轮子使人离开地面，并最终使人飞上了蓝天。作为道路的产物，轮子导致了征服与奴役，权力借助轮子孕育了国家，轮子也成为国家的象征。轮子体现了人类超越自然的高级智慧和创造力。如果说轮子使人类拥有超越所有动物的速度，那么轮子文化则带给人类一场巨大的思想启蒙"。杜君立的随笔见微知著，以车轮的滚动作为动态意象，书写了真实历史进程中一些规律性的人类文明发展模板以及其历史背后蕴含的庞杂悖谬的精神动因和物质囿限。在当下这个将历史虚无化、戏说化和碎片化的不严肃的游戏潮流中，杜君立以其忧愤深广而振聋发聩的草根视角和学人情怀，恪守历史的严谨和思想的深邃，他的写作接续了随笔的悠久传统，也掺杂了诸多现代思维。感性与理性，诙谐与庄肃，忧愤与快意并行不悖，构成了他独特的随笔景观。他渊博深厚的知识积淀，总是掩饰不了书生意气的慷慨，他凌云健笔的左右开弓，发现的常常是人性和欲望的内里。他崇尚思想的风起云涌，注重随笔的容量与悟性，他臻于随笔文体蕴含思想的最大可能性，同时也追求随笔语言自身的精准、意趣与韵致。他从容的气质风神、渊博的历史、中文、哲学素养，奠定了他不凡的史学襟抱和慧眼。

《历史的细节》的第三章《机器的塑造》告诉我们"从石器时代的弓箭到青铜时代的轮子，人类就开始从工具到机器的旅程。当人类发现时间并驯服时间，人类最终被时间驯服，钟表成为关于机器和未来的隐喻。200年前开始的工业革命为我们打开了现代社会的大门，人们制造出机器并奴役它们，直到最终人们沦为机器的奴隶。战争沦为机器的杀戮，人类根据自己的想象塑造了机器，同时也重新塑造了人类自己，使人类本身越来越像机器，直到被机器取代，这就是现代"。杜君立的锐气和才气令人耳目一新，他的随笔写作保持着重读历史的质疑性品格，以大胆的立论和雄辩的叙述介入纷纭复杂的历史现场，表现了新颖独特的视角和气魄。他以大气磅礴的历史真相探析见长，直面历史的乖张和暴戾，以批判的立场深入探讨中国历史和世界历史复杂的发展走势和内在矛盾，使历史解读呈现为一种质疑、纠偏的具有震撼力的思想探险和理论溯源。正是因为这种直面真实的气魄，杜君立的随笔中才有我们所罕见的对于自由言说的追求。他的拒绝遗忘、揭破谎言、追索真相正是他的历史情怀和人文立场的自然呈示。他随笔那种风行水上的自然率性，他那激情勃发的思绪，像不舍昼夜的奔流，充满飘逸之气，飙发凌厉，行云流水。"凡是昨日和以前发生的事物都属于历史的范围，远近之事物都互相关联，世界史即近于人类知识之全豹。"杜君立总是能够打通历史的壁垒，以"四两拨千斤"的非凡见解开拓历史研究的新局面。

杜君立称自己的写作是草根写作，也是对自我的一种准确定位。他坚守自由言说的写作底线，凝视历史与体制内部的幽暗，重视个体的直觉，尊重历史的真相，并试图由此重建书写历史的真实情境和以史为鉴的人性尊严。在一个崇尚学院式研究的"伪学术时代"，杜君立的写作是谦卑的也是有精神重量的。他的历史书写旁征博引，叙事井井有条，情感蕴藉沉稳，在犀利的质疑背后，不乏民间情怀的同情和悲悯。他把个体际遇与历史大潮巧妙结合，深感真相的大白天下才是启蒙的起点，他的书写说出现代人在本体论意义上的精神困境，显示出了思想解放之后灵魂自由的跃动和良知未泯的道德担当。

40. 《醒来的森林》: 心灵与自然的 融会贯通
—— 程虹《美国自然文学经典译丛》系列之一

    约翰·巴勒斯被认为是十九世纪与二十世纪之交美国最杰出的自然文学作家之一。他被尊称为"美国乡村的圣人","走向大自然的向导",他的文字流淌着乡村生活的淋漓诗意和天人合一的哲学内涵。《醒来的森林》是他的代表作,这是一本关于人类与自然和谐相处的书。该书立足于美国哈德逊山谷,在那里,森林中的鸟儿自由飞翔快乐鸣叫,高大的树木枝桠上遍布着各种各样的鸟巢,花香袭人,树叶浓绿,一派原始森林的清新气息扑面而来。《醒来的森林》是巴勒斯的自然散文处女作,被誉为美国自然文学中的经典之作。在书中,巴勒斯以生花妙笔描绘了哈德逊山谷原始森林中色彩缤纷、生机勃勃的各色鸟儿,如知更鸟、冠蓝鸭、蜂鸟、黄莺等等,它们像盛开在天空中的花朵一样,激活了原始森林中的生机与活力。

    巴勒斯的文笔是流畅自如的,字里行间充满诗情画意,《醒来的森林》与专业的科普书籍大相径庭,该书内容十分丰富,涉及鸟类、森林、河流、草原、山谷等等自然景观。尤其值得一提的是,他对于鸟类的描绘既深情款款又灵动优美,他尤其擅长刻画那些千回百转的鸟儿的鸣叫声,在他笔下,鸟儿都是灵活机警的小精灵,那些逼真鸟儿写真足以让人产生身临其境、栩栩如生的美好感觉。《醒来的森林》是他绿色生活的写照,也是他亲近自然的心灵牧歌。通过这本书,他不仅奠定了自然文学的写作取向,同时也向读者提供了一种走近自然,关爱自然的生活方式,并使之成为一种价值观和世界观和审美观。

    1873 年巴勒斯在哈德逊河西岸购置了一个九英亩的果园农场,他在那里过着农夫与作家的双重生活。诗人惠特曼在给友人的信中称赞"巴勒斯掌握了一种真正的艺术,那种不去刻意追求、顺其自然的成功艺术。在成为作家之前,他首先是个农夫。那便是他成功的真谛"。英国作家爱德华·卡彭特在其传记《我的岁月与梦想》中专有一节描述他在巴勒斯位于哈德逊河畔家中访问的情景。巴勒斯给他的印象是"外表粗犷含蓄，像个农夫，如同森林中裸露的老树根，久经风霜"。在给惠特曼的信中，卡彭特对巴勒斯的描述更为形象："一个带着双筒望远镜的诗人。一个更为友善的梭罗。装束像农民，言吐像学者，一位熟读了自然之书的人。"与天地精神相往来而不敖睨于万物，不修边幅的巴勒斯以自己的简朴生活和自由精神诠释了人与自然和谐相处的真谛。

在这本书的序言中，巴勒斯写道："这是一本关于鸟的书，准确地说，应该是一本邀请人们了解鸟类学的书。在书中，我试图唤醒和激发读者对于自然史这个分支的兴趣。在整部作品中，几乎每一个字都洋溢着作者对于鸟的热爱。我并没有对鸟类进行古板精确的科学阐述，而是通过对鸟类的熟知，用一种充满生趣的语言叙述鸟类。不过这并不意味着我在粉饰事实，书中绝无随意歪曲事实的情况。此书的收获，在森林中，在原野上，而绝非在书房中。事实上，我所奉献给读者的，是一种严谨的心灵感悟，那是我通过精确地观察与体验得到的，每一个字都是真实的。在研究鸟类学的过程中，我最感兴趣的便是追求、探索与发现。在这个过程中，我可以得到那种只有从狩猎、钓鱼等野外活动中才能得到的乐趣。无论我走到哪里，那些乐趣总是与我相随"。巴勒斯的散文有一种恬淡的柔顺之美，但也不乏细腻、专注和素朴。他心怀悲悯的自然书写，起源于对那个时代美好的自然世界和一花一鸟的忠诚守护，也是对山水自然的热爱和敬畏。他的语言温良、清雅，胸襟平和、宽大，对自然之美存着谦逊。巴勒斯的写作是美国自然文学史上的文化事件，也是文人理想的个体实践。他的乡居生活，不失生命的自得与素朴，而他的文字，却常常显露出敬畏自然的表情。他把一个知识分子的自然关怀，释放在广大的山野之间。他的文字也因接通了活跃的感官而变得生机勃勃。《醒来的森林》充满声音、色彩、味道的生动描述，洋溢着土地和汗水的新鲜气息。这种经由五官、四肢、头脑和心灵共同完成的写作，不仅是个人生活史的见证，更是灵魂朝向自然世界的一次扎根。

"属于某个人的风景，终究会成为某种他本人的外在部分。砍那些树，他会流血；损坏那些山，他会痛苦"。巴勒斯的感悟充满了天人合一的哲理，是的，"大抵山属爱山人"，一个饱含深情地注视山光水色的人，他的血脉和心灵已经与大自然息息相关了。巴勒斯的这些思想，以及比他晚些时候进入读者视野的利奥波德的《沙乡年鉴》，都是绿色环保思想最直观的表白，他们共同阐释了一个道理：在大自然面前，人类应该无限谦卑地怀有敬畏之心，因为，连人类自身都是大自然的造化。巴勒斯以自己的自然情怀，唤醒了现代化进程中人类反思人与自然关系的自觉行动。

　　程虹教授对《醒来的森林》的翻译可谓语言流畅清澈、如诗歌般纯美洁净，字字含香，句句溢彩，堪称信、达、雅三位一体臻于化境，她准确把握并完美再现了这部作品的文字风格和巴勒斯的心灵内蕴。程虹教授以优美的译笔揭示了大自然的美丽神秘和千姿百态，展现了人回归自然后所获得的心灵自由，反思了人与自然本应和谐相处的关系。阅读《醒来的森林》是一次受益匪浅的精神之旅，也是一次接近森林风光的自然之旅。

41.《遥远的房屋》：面朝大海的 思索与感悟

——程虹《美国自然文学经典译丛》系列之二

　　"从明天起做个幸福的人/喂马劈柴周游世界/从明天起关心粮食和蔬菜/我有一所房子/面朝大海春暖花开。"这是中国当代诗人海子在《面朝大海春暖花开》一书中向读者描绘的理想生存境界。伟大的心灵总是息息相通的，海子的诗意追求，在二十世纪美国著名的自然文学作家亨利·贝斯顿那里早已得到了实现，亨利·贝斯顿于1925年在靠近科德角的一片茫茫海滩上买下一块地，请人在临海的沙丘上建了一所简陋的小屋，也就是他自己所说的"水手舱"。他在那所小屋里过了一年多的面朝大海的生活，并写下了堪称美国自然文学经典的著作《遥远的房屋》。亨利·贝斯顿的举动与梭罗一样，具有身体力行"人与自然和谐相处"理念的行为艺术的特质，他试图通过亲近自然唤醒迷失在科技理性和工具理性泥淖里的现代人，只有置身于伟大的自然界，才能恢复天人合一的生存之境。

　　《遥远的房屋》的中文译者程虹教授在该书的"译者序"中十分动情地写道："2004年秋，在美国做访问学者期间，我来到《遥远的房屋》的原址——位于科德角的那片濒临大西洋外海、我在书中读过无数次的海滩。此时，秋色正浓。一所红砖白窗的房子，老海岸警卫站，孤零零地矗立在长满荒草及沙地植物的沙丘顶上。离警卫站不远处，立着一块介绍亨利·贝斯顿及其《遥远的房屋》的牌子。遥远的房屋已不复存在，它在1978年2月的一场冬季风暴中被卷入了大海，葬身于我眼前约一英里处的海底。我环顾四周，寻找着书中读到的那些景物：内侧是长满齐腰的茅草及沙地植物的沙丘，再往里是一池池映出岸边秋色的碧水，那是海水积成的潟湖，外侧，是孤寂的海滩，涛声阵阵，海浪滚滚。我走下沙丘，沿着游人稀少的海滩漫步，体验着八十多年前，贝斯顿肩背生活必需品，从诺塞特海岸警卫站，沿着海滩，踏着浪花返回他那遥远的房屋的感觉，想象着若干年前的一个秋日，贝斯顿漫步于海滩，从变幻莫测的云朵中解读到冬季的来临的诗情画意。"程虹教授的优美译笔，再现了亨利·贝斯顿八十多年前抛却都市喧嚣毅然走向海边体验到的涛声、帆影、碧波、芦苇和海岸，让我们的心灵沐浴在大海瑰丽神奇的自然魅力中乐而忘返。

在《遥远的房屋》第二章《秋天，大海及鸟类》中，亨利·贝斯顿写道："海滩上传来一种新的声音，一种巨大的声音。日复一日，海浪越来越高。在辽阔的海滩，在孤寂的海岸警卫站，在大海的怒吼中，人们听到了冬天的逼近。早晚变凉了，西北风也冷嗖嗖的。我在苍白的晨曦中，偶尔看到了这个月中最后一轮弦月，挂在太阳北边的天空中。在海滩，秋天比在湿地与沙丘成熟得更快。在朝西和朝着陆地的方向，依然是秋色迷人；朝海的方向，则是波光粼粼，透着朴素的美。沙丘顶部边缘那渐渐枯黄的草在风中战栗着，向着大海摇曳；沿着海滩，扬起一股稀薄的沙尘，扬沙的嘶嘶声与大海的轰鸣声融为一体。"亨利·贝斯顿的文字一直呈现着一个探索者和发现者的坚定信念。他诗意淋漓的笔触，时刻渴望在自然、物候和海洋的氛围中激扬，这使他的写作必定更多地关注被忽视和被遗忘的自然风采。他一次次的勇敢探索，一次次地突破语言的极限，似乎就是为了揭开自然的神秘面纱，在现有的生活未能抵达的地方，大海到底是一种怎样的存在，人与大海又到底是一种怎样的关系。亨利·贝斯顿把写作变成了一种高难度的自我拷问，他用坚守反抗犹疑，用诗意反抗庸常，他的写作已经成了精神栖息和自然探索的双重象征。

"我常常在下午捡拾漂流的木头，观察鸟类。天空晴朗，午后的阳光驱走了风中的阵阵寒意，偶尔，一阵温暖的西南风在这里落脚。我走进这无边无际、暖融融的日光中，背着捡来的棍棒和破损的木板往家走，驱赶着前方海滩上的鸟类，惊起了三趾滨鹬、滨鹬、环颈鸟、大矶鹬、金斑鸻及双领鸻。这些鸟类有大群的，小群的，三五一群的，还有浩浩荡荡、密密麻麻在空中结成团队的。再过两周，从十月九日到十月二十三日，大批候鸟在我的伊斯特姆沙滩上落脚。它们在这里聚集、歇息、觅食、交配。鸟儿来来往往，消失了又团聚，沿科德角海浪边际那漫漫的沙滩上，遍布着它们从不间断的、杂乱无章的脚印。"如果说物质上的丰盈，已经使我们沉醉在物欲横流的现代生活中而陷入迷途，那么，亲近自然，与天地万物同呼吸共命运，就是亨利·贝斯顿的自觉选择，他的写作与他的生活体验完全同构在了一起，在自己的"遥远的房屋"里，他用实践的力量，表达了最为呵护自然而又倾心万物的自然主义思想。他体验到的是飞鸟的生命喜悦，表达出的却是对自然世界的理解和赞赏，他激动的言辞，照亮的反而是我们因沉迷文明世界而日益狭隘的内心世界。他的《遥远的房屋》作为二十世纪上半叶美国自然文学最为重要的收获之一，深入浅出地思考着自然与人性、敬畏自然与呵护生命、生活实践与自然信仰等重大问题。他明白了现代人性灵的日渐匮乏和感觉上的日益迟钝恰恰来源于千篇一律的现代物质主义生活，这种缺乏了生活的诗意与生命的活力同质化状态窒息了生命本身的多元与灵气。在《遥远的房屋》一书中，他道出了人类幸福感的本质。他说，无论人类拥有多么先进的科学技术，都要懂得惟有对大自然持敬畏的态度才是正确的选择。我们不可能一方面破坏自然，一方面在幸福的道路上高歌猛进。敬畏大自然，与自然世界休戚与共，是人类生生不息的根本原因。亨利·贝斯顿的思想很大程度上与中国古人"天人合一"的朴素自然观不谋而合，都是提倡对大自然要充满感恩和挚爱之情。

程虹教授翻译的《遥远的房屋》，在尊重原作的基础上最大限度地展示中国语言的独特魅力，既有诗歌般的凝练又有散文般的开阔。程虹教授以富有诗意的语言揭示了大海的美丽广博、瑰丽富饶和气象万千，展现了人类栖息在自然怀抱中所获得的精神自由与灵魂宁静，深入反思了人与自然的关系。阅读《遥远的房屋》是一次仰观俯察的审美之旅，也是一次明心见性的知识探索。

42. 《心灵的慰藉》: 自然与家族命运的 双重忧思

——程虹《美国自然文学经典译丛》系列之三

　　人类的命运与大自然休戚相关，这是生态文学永恒的主题，也是全球化时代各国人民的基本共识。在《心灵的慰藉》一书中，美国自然文学作家和著名诗人特丽·T. 威廉斯向我们阐释了这样一个朴素的真理，作者有机融合了自己家族的经历、美国西部大盐湖的自然变迁和熊河鸟类保护基地的环境变异，用一种慧眼独具的写作视角将人与自然之间息息相关的密切联系展示在读者面前。作者自幼在美国犹他州风光旖旎的盐湖畔长大成人。她们家族已经有六代人在那里栖居繁衍，遗憾的是，由于该地区正好位于美国核试验基地的下风口，长期的核辐射导致了其家族的女性多半都患上了乳腺癌。特丽·T. 威廉斯的祖母、外祖母、母亲及六位姑母、姨母都做了乳房切除手术，其中的几位最终都不治身亡。因此，特丽·T. 威廉斯用"女性只有一侧乳房的家族"作为该书的跋文。面对如此重大的生态灾难，作者痛彻肺腑而又无可奈何，她只能将这种家族的悲剧命运血淋淋地展示在读者面前，以唤醒大家对人与自然关系的深刻反思和深远忧虑。

　　特丽·T. 威廉斯关注家庭成员身体畸变的同时，也将视野投向了盐湖水的微妙变化。她发现，河水在不断地上涨，水质也在不断恶化，这种局部自然环境的污染使熊河鸟类保护基地的鸟类也受到威胁，有些鸟类纷纷生病和死亡并可能从这片世代栖息的美丽湖滨消亡殆尽。人类的悲剧命运与自然界的悲剧命运是一枚硬币的两面，这样的视角，导致作者忧心如焚，她的思考总是叠加着自己家族成员的悲剧命运和自然生态的失衡与恶化，她将内心的悲剧情感与其周围的自然风物融会贯通。这些声情并茂、文质兼美的思考札记，详细记述了特丽·T. 威廉斯陪同患乳腺癌晚期的母亲在大盐湖湖畔走向生命边缘的刻骨铭心的内心体察和对生存环境日益恶化的深广忧愤。关注人与自然的关系，是最现实的人文关怀，因为人类生存的环境一旦被破坏和干扰，想要再恢复到原来的模样，需要的时间不是十年二十年的问题，而是要通过数个世纪甚至千年的漫长时间隧道。爱护生态，激发人类与自然的和谐，是造福千秋万代的经世致用的伟业。诚如中国作家张炜说："人与自然的关系是世界上无数法则、无数关系之中最重要的一个，如果这方面出现问题，其他所有方面的条理都显得微不足道了。如果人类文明与地球灾难一块发展和扩大，这种文明最终就会将世界引向死亡。"因为，一旦把人与自然恶化的关系推向极致，就会出现毁灭性的重大灾难，这是一个最可怕的结局，我们必须采取一切手段避免走到这一步。文明的火种要时代延续，必须把文明赖以生生不息、繁衍兴盛的人文环境和自然环境保护好。"美国西南部的孩子是喝着受污染的牛产出的奶，甚至是喝着自己母亲受了污染的母乳长大的，诸如我的母亲多年后，有了我们这个单乳女性家族。"读着如此让人充满忧思的文字，我们的心灵与作者一起跳动，在生态环境恶化的大背景下，没有人能够幸免于难。

在患病期间，特丽·T. 威廉斯的母亲把大自然当作心灵的慰藉，她说，"当我与自然独处的时候，我找到了内心的平静与安宁。"在治疗病体的时候，她也没有放弃对美好的生活的追求。尤其令人感动的是，书中那位 79 岁的祖母 4 点钟起来，为的是去看 76 年出现一次的哈雷彗星。"那是一个多么美妙的早晨，看着光缓缓出现在东方——色彩瞬息万变；日出时是桃红色和粉红色，深紫色，蓝色和灰色——我不是去看哈雷彗星的，大地及天空的魅力使我不虚此行。"诚如中国作家丰子恺所言，一切自然，常暗示我们爱和美。特丽·T. 威廉斯的写作是对美好自然感悟的一种回应，也是对自我与自然世界关系的一种深切关怀。她坚守自由、诗意的言说伦理，凝视个体内部的尊严，尊敬个体与自然之间的精神对决，并试图由此重建自然写作的悲剧意识和生命自身的尊严。在一个崇尚科技和发展速度的时代，她的写作是有精神重量的，她把个人际遇与自然命运相缝合，深感真相的挖掘才是更内在的人文关怀，而个人常被自然理想裹挟而感到无力，又说出现代人在生存意义上的根本困境。正是在这种沉痛、矛盾和紧张感中，她描述出了人类与自然双重罹难时灵魂粗粝的面影和良知残存的价值。

令人遗憾的是，当特丽·T. 威廉斯动手整理她在盐湖湖畔的笔记并准备出版时她本人也被确诊为乳腺癌，年仅 34 岁。弥留之际她动情地写道："我讲述这个故事，是为了抚慰自己受伤的心灵，是为了面对我尚无法理解的事物，是为了给自己铺一条回家的路，因为我认为，记忆是唯一的回归家园之路。我一直在避难，这个故事是我的归程。"特丽·T. 威廉斯的散文，表达着她对自然世界、人类生命隐忍的热爱。她的经纬天地，使她对自然事物作出精密体察的同时，也迷恋于文学语言的独特构造和散文艺术的精致表达。特丽·T. 威廉斯的文字淡雅芬芳，在该书的最后一节，女作家记述她到异国他乡过万圣节，她随着一群祭奠亡灵的西班牙人来到墓地，遇到一个为亲人扫墓的手捧大把万寿菊的老妇人，老妇人断续说着这样的话："非常漂亮，我们头上的蓝天，漂浮着玫瑰般的云朵，亡者的灵魂与我们同在。"老夫人送给她一枝万寿菊，女作家回答说："谢谢，这是我母亲每年春天都种的花。"无边哀思和怀念，尽在这寥寥数语。在这里，对植物的爱恋，氤氲着对母亲的缅怀和对生命的挚爱。这令我想起中国当代作家赵鑫珊的一句话——记住，错误和过世总在人类这一边，因为真理总是在大自然手中！

程虹教授在翻译《心灵的慰藉》时，处处留心原文的精神内涵，采用直译与意译交互使用的方式，尽力传达出特丽·T. 威廉斯的散文语言的清新与精美。程虹教授的精彩翻译，使得本书的诗情画意的自然描绘栩栩如生地展现在读者面前，散文语言的色彩美和音乐美兼而有之，借助译著读者可以充分领略美国西部风光旖旎的异域风情，更加深了对人与自然关系的呵护。生态文学名著与一般的小说诗歌之类翻译相比，需要大量地理知识、生物知识和其他专业术语，难度是很大的。程虹教授的翻译借助精彩的文字、准确的叙述和丰富的想象来表达作者原著中的忧思和期冀，是我们走向异域文化深处的一座桥梁。

43.《低吟的荒野》：倾心感受大自然的神圣与美丽

——程虹《美国自然文学经典译丛》系列之四

　　荒野是一个硕大无朋的活生生的博物馆，展示着地球生命的根系和血脉。美国环境伦理学家霍尔姆斯·罗尔斯顿说过："每一条河流，每一只海鸥，都是一次性的事件，其发生由多种力、规律与偶然因素确定……例如，一只小郊狼蓄势要扑向一只松鼠时，一块岩石因冰冻膨胀而松动，并滚下山坡，这分散了狼的注意力，也使猎物警觉，于是松鼠跑掉了。这些原本无关的元素撞到一起，便显示出一种野性。"这是对自然荒野最准确的阐述，野性之美就是大自然的动态之美，大自然运用的是自己的逻辑，显示的是蓬勃的本能，是不被控制和未驯化的原始力量，它超越人的意志和想象、位于人类经验和见识之外。最近，我阅读程虹教授翻译的《低吟的荒野》，进一步加深了对自然荒野之美的认识与体悟。

　　《低吟的荒野》的作者西格德·F. 奥尔森是一位高产作家，他的一生中共出版了9部著作，这些书集中描绘了美国北部与加拿大交界的那片荒原的自然景观和生态价值。他一生中的大部分时间都居住在荒野附近的小城伊利，身处荒野的包围之中，心灵深处流淌着荒野赋予的神圣与美丽的诗意。他是一个热爱大自然的作家，坚持不懈从事自然写作数十年，过着籍籍无名的寂寞生活，功夫不负有心人，57岁那年他的代表作《低吟的荒野》终于问世并一举登上了畅销书排行榜。该书以散文体作为叙事写景的主要语体形式，共由十四个单篇组成。西格德·F. 奥尔森从不同的侧面展示了荒野的魅力。这片干旱少雨的土地位于优胜美地山和内华达山岭之南，越过死亡之谷一直延伸到莫哈韦沙漠。作者与自己描述的那片土地相依为命，一起经历了十二个春夏秋冬，他把在常人心目中荒寂的沙漠写得诗意盎然：被彩虹的光辉极度渲染的雨后山坡，被蒙蒙细雨滋润着的翠绿树木，万里晴空中一只苍鹰展开硕大的翅膀滑翔，月光下因缺水而枯死的乔木兀立夜空中……该书对荒野和沙漠的描绘给人耳目一新之感。在他的笔下，三月的风总是带着春日的气息吹过生命的禁地，沙尘在风暴的肆虐下遮天蔽日，拉克鲁瓦湖的潜鸟是湖泊的天使，它们游弋沉潜在湖水中。他在马尼图河上的孤舟中读过自己的生日，清晨的气息带着野花的幽香拂面而来，温馨而馥郁。草原上的复活节，是牧民们的狂欢节，篝火熊熊，载歌载舞。乘坐独木舟在湖上游览，沐浴着神奇的月光，小船穿越伊莎贝拉溪的池塘，告别萨格纳加湖，进入无边无际的荒野。林中池塘波光粼粼，岸上的石墙静穆地接受时光的洗礼，安详而宁静，仿佛岁月的浮雕。矮橡树在秋日的阳光照耀下愈加葱郁，雁群掠过宁静的天幕，红松鼠在林中的草坪上跳来跳去，驯鹿苔平铺在林中的空地上，绿头鸭是河水中的尤物，它们的凫水打破了凝碧的水波。瑞雪覆盖的荒野中，捕兽者的小木屋被白雪覆盖，河流冰封，天际的小道向冬季的远方无限延伸，雪道上的鸟类叽叽喳喳，灰狼在树林中嗥叫，发出尖利的声音。

奥尔森对美国自然文学大师梭罗情有独钟，他也像梭罗一样在荒野中盖了一间小屋，他在简陋的小屋中观察、思考、写作，过着一种与世无争、离群索居的生活，"把生活压缩到一个角隅里去，把它缩小到最简朴的条件中"。他在书里描写了一年四季中荒野的不同景观和各具特色的自然现象，春夜中野花的绽放，树林中小鸟的自由歌唱，河水中红鳟鱼的快乐游弋，草芽上晶莹剔透的露珠的诗意闪光，还有大自然的扑面而来的美好气息，"一股香郁浓厚、永世难忘的甜味扑面而来——熟烂的香杨梅那甘美的味道"，这一切身边的美丽景致构成了最令人神往的自然景观。捷克思想家、著名作家米兰·昆德拉说过，一片大自然的山光水色就是一个诗人游思天外的心灵空间。奥尔森置身野外，心灵放松，他在荒野间呼吸吐纳，欢乐生活，深入思索。他在晨光熹微的早晨"闻五月花，要赶在太阳偷走了它的精华、风吹走了它的芬芳之前"；他在星汉灿烂、月光皎洁的夜晚驾一叶扁舟穿过星罗棋布的小岛，去"呼吸香脂冷杉和云杉的气味，感受水花和沼泽地的湿气"；他在秋水伊人的落叶之际欣赏"那黑点般的长长的雁群渐渐消失在地平线上"；他在万里雪飘的冬夜躺在松香氤氲的小床上谛听来自荒原的天籁，感受大自然的心跳和天地间的宁穆。惠特曼说，"每当我遇到极为悲痛和苦恼的事，总是等到夜晚，走到户外星空下，以求得无声的满足。"在《低吟的荒野》中，作者与星空、森林、河流的心灵对话不胜枚举，这是天人合一的生活理念的实践与外化。

西格德·F. 奥尔森的《低吟的荒野》是记忆的追怀和大地的赞歌。他的写作视角，既有天空般的广袤无垠又像大地一样宽阔具体。他站在荒野生活经验的位置上，畅想荒野世界的昨天、今天和明天，也领会个人思维的激越与欣怡。他以诚恳的地方性视角，有力地抗拒了物欲横流的喧嚣，正如他的目光在花草树木、山光水色间自由移动，他能够透过自然表象发现令人耳目一新的自然世界的本初面貌。他的语言细腻密实，细节栩栩如生而富有现场感。他关怀细小事物对灵魂的微妙影响，并以饱含赤子之心的天真温情，描绘了荒野质朴的容颜以及他对生态平衡的理解。阅读《低吟的荒野》时，我想起黑格尔在给朋友的一封信中说："我时常逃向大自然的怀抱，以便在这儿能使我跟别人——分离开来，从而在大自然庇护下，不受他们的影响，破除同他们的联系。"置身这样超凡脱俗的自然世界中净心涤虑，尘嚣被远远抛开，个体的宁静、精神的自由、灵魂的纯真与谦卑重新回归人体。这印证了自然写作大师缪尔的一句话："走向外界，我发现，其实是走向内心。"

　　程虹教授翻译的《低吟的荒野》可谓文质兼美，她以流畅清澈的文字传达出西格德·F. 奥尔森自然散文的思想精魂，特别注重在自然景观的描绘中注入人与自然和谐相处的理念，文字词汇的选择十分精准，丰富的人生经验和灵活的语言颖悟渗透在字里行间，最大限度地凸显了原作品的妙处。翻译这样的生态文学作品，除了要有高超的比较文学专业修养和广泛涉猎各类文体以外，还需要翻译者的观察、感受、想象的能力。只有培养自己深入自然生活，关心人类精神，关心一切人与自然相处的问题，才能把作者的心曲诉说给读者听。程虹教授的文字细腻清丽，张弛有度，文气氤氲，挥洒自如，风格独特。她所传达出的原著的思想肌理，充满天人合一的情愫和韵致，美国西部的自然景观背后，照见的是对生态平衡和环境和谐的不懈渴求。自然历史和人物心灵，季节律动和物候变化，异域文化与生态思考，程虹教授以她的严谨、勤奋、灵感，让细节到位、表达准确，为原著在中国语境下的解读谱写了经典的篇章。程虹教授的翻译，对中国读者了解和学习美国自然写作提供了准确到位的文本，对中美生态文明的交流做出了扎扎实实的贡献。

44. 植物学的文化演绎与历史回眸

——读《花与树的人文之旅》

作家周文翰的《花与树的人文之旅》一书致力于在花草与文化构筑的时空中回溯历史，发现植物的细微差异与横向联系。周文翰是艺术评论作家、艺术投资和文化产业咨询专家。曾任《财经时报》《新京报》记者，长期为《金融时报》中文网、新京报、艺术家等海内外媒体撰写艺术、设计、文化和旅行方面的评论，亦以顾问身份参与艺术投资、文化旅游产业发展战略和城市营销项目的策划和研究工作。2010 年 8 月出版《废墟之美——亚欧大陆上的建筑奇观》(*The Ruins of time*)，《花与树的人文之旅》是其博物学专著。周文翰说："以前我总是去博物馆、市政厅之类的地方，后来喜欢上了植物园和自然博物馆，追寻植物的足迹。是旅行让我对植物如何在全球传播的历史有了兴趣。2008 年我从艺术记者岗位辞职变成了一个背包客和旅行作家，在新加坡、泰国、印度、缅甸、尼泊尔、西班牙、意大利等地晃荡了两三年，开始我主要感兴趣的是各地的美术馆和建筑遗迹，一边旅行一边给台北《艺术家》杂志撰写艺术展览和殖民风格建筑的系列评论。渐渐我对人们观赏、食用的各种花木、蔬菜、水果植物的事情感兴趣起来。"一种植物发源于何处？如何被传播交流开来？在不同的文化中又有怎样的意象？在不同的国度，植物往往具有不同的文化内涵，而即便在同一种文化中，植物的象征意义也会随着历史变迁而改变。从科学性、人文性出发，结合中外文化交流史、园林史、美术史等，本书从更为综合的角度看待人类如何认识植物、如何赋予不同植物不同的文化意义，以及各种植物在不同地区、文化中传播的历史细节和反映的文化现象。

《花与树的人文之旅》是国内第一本有关植物的科学史、艺术史、园林史、自然史，生态史，文化交流史的跨界博物学著作，书中主角是松、竹、梅、菊，兰、荷花、向日葵等大家习以为常的花木，但是作者结合多学科知识追踪它们在不同文化中是如何被发现、命名、传播以及赋予其象征意义的，以兼具文学性、科学性和知识性的语言及跨学科的方法对最常见的植物进行历史、艺术、哲学、科学等方面的多向度解读，尤其关注各种植物相关的文化想象和文化认同的建立。譬如梧桐和法国梧桐如何上演文化场域的"误会"和

"交融"，玫瑰和月季为何在爱情道路上分道扬镳？为什么不同的树都曾被佛教僧侣当作菩提树？商务印书馆出版的博物学著作《花与树的人文之旅》中，作家周文翰在印度、西班牙、意大利、东南亚旅行两年，追寻从古到今有关植物的传播、认知历史，以生动、有趣的细节和艺术名作中的植物图画娓娓道来植物在不同文化中的来龙去脉和历史变迁，它们如何随着全球经济、政治、文化的交流得到传播和繁衍，并介绍了在此过程中出现的各种误会、夸张、错位、巧合和邂逅。这是全球视野之下关于植物学的个人体验和知识追踪。可以说，《花与树的人文之旅》就是在追踪文化史和艺术图像史中的植物形象的演变，而植物如何被利用、认知、传播、赋予文化意义的历史就是人类文明发展的一个侧面。作者透露，"我发现欧美写园林、蔬菜、水果植物的书多数写他们在欧美如何传播、利用的历史，还穿插历史故事、花语之类，而国内的书多数都是写中国古典诗歌、文学中的植物象征、形象之类，而我与他们的不同首先是想从全球比较、传播的角度出发看同类、近似植物在全球如何被认知、被赋予文化意义，这里面有一系列文化上的'翻译''误会''错位'，挺有意思的，可能因为做过很多年记者，我也喜欢追溯一系列现象后面形成的机制，比如商业、宗教、政治等等因素怎样影响人们对植物的命名、使用、传播等。"

对于司空见惯的李子，周文翰写道："在西班牙塞维利亚的修道院看到一树树橙子挂在枝头，就手摘了一个猛咬，结果酸的我眼前一黑，懵了好一阵，等恢复过来才想到中国早有王戎识李的典故。路边树上有成熟的果子而没有人摘，那一定是果子不好吃，否则哪能轮到你来动手。"李子的奇酸无比，让周文瀚想起了中国古代的王戎识李的典故，在异国他乡的李子树下，中国的古典文化仍然闪耀光华。中国人所称的"法国梧桐"在植物分类学中称之为"二球悬铃木"，西班牙人从美洲引种的"一球悬铃木"（美洲悬铃木）和原产印度的"三球悬铃木"（东方悬铃木）在西班牙杂交产生了二球悬铃木，后来英国人大量引种作为行道树，法国多称之为"伦敦悬铃木"，而法国人在十九世纪末在上海法租界大量引种作为行道树，上海人则称之为"法国梧桐"，至今还在上海的街道上成就一片片荫蔽，出现在各种浪漫小说、影视剧中。在写到杜鹃花时，周文瀚说："曾经在浙江的山野看到大片的映山红，烂烂漫漫，每朵花都是5瓣花瓣组成的小漏斗形状，在中间的花瓣上还有一些小点。那时候我还不知道这是杜鹃花属植物中的一种，也不知道关于它的神奇传说。只是听从当地人的指点，尝着吃了几个映山红长条状的花瓣，有一点甜味，可是不能吃太多，否则会流鼻血。最早见于记载的杜鹃花可能是东汉《神农本草经》里写的下品有毒药物'羊踯躅'，这是一种黄色的杜鹃花，因为羊吃了就会死，所以见到这种花就踯躅不进。现代植物学也证实羊踯躅的叶子和一种白色杜鹃的花的确含有毒物质，吃了会引起呕吐、呼吸困难、四肢麻木等病症。而杜鹃这个名字则首先见于南北朝时的《本草经集注》，这个名字和杜鹃鸟（也叫子规、子鹃、布谷鸟）、古代蜀国国王杜宇的传奇有关。相传杜宇在位的时候遇到大洪水，自己没法治理，就命令鳖灵为相治水，人民得以安居乐业，望帝自谦德薄，主动禅位给鳖灵，他要离开王都的时候，子规鸟叫个不停，以后蜀人听到这声音就对望帝唏嘘不已。这是西汉末期的四川人扬雄在《蜀王本纪》里记载的，后来民间又把杜鹃鸟与杜鹃花联系起来，说杜鹃花是由杜鹃鸟啼出的血染红的，这就是杜鹃花和子规啼血这个成语的来历。"对历史文献的梳理，对植物性状的悉心观察，才有如此博大精深的论述。周文瀚后来有意去各地的植物园、自然博物馆这类偏门景点参观，再进入美术馆，也常常注意绘画、雕塑中的植物元素，陆续写作《花与树的人文之旅》一书的内容。关于植物的各种历史常常是周文瀚和家人、朋友在饭桌上聊天的话题，后来他们建议他可以整理整理出书，周文瀚就做了一些修订整理，主要是查证了许多科学文献，把之前的"文化漫谈"和"科学历史"结合了一下，算是"跨界小历史"。可能因为做过很多年记者，周文瀚喜欢追溯同种植物如何在不同文化语境中出现的"翻译""误会""错位"等一系列现象后面形成的机制，比如商业、宗教、政治等因素怎样影响人们对植物的命名。虽然旅行作家的实验在三年之后失败，可是他却变成了一个不折不扣的植物爱好者，比如去纽约旅行，他最先去的是纽约植物园、布鲁克林植物园和中央公园，他并不像植物学家那样见多识广，晓得识别一株株植物及其科属、学名之类，而是关注当地人如何从世界各地引种各种植物，如何认知、布置、观赏它们，尤其是从日本、中国、印度等东方来的植物。从"文化研究"落实到日常生活，他和家人特别买了带小花园的一楼居住以便养花种草，可成就有限，家里阳台、花园中种植的花木常常莫名其妙就枯萎了，换盆死、旱死、沤死、冻死、热死、病死各种死法不一而足，所以每年他们都要前往花卉市场流连几次，买来一大堆种子和苗木折腾一番，让它们面对叵测的命运。好在，总算有一丛竹子、一棵紫藤、一棵海棠、一棵花椒、一棵石榴在小花园中成活了。每年秋季踮起脚摘那些红艳艳的石榴，似乎可以证明自己的努力并没有完全白费。

在写到中国古代绘画中的传统主题"松鹤延年"时，周文瀚写道："也是在魏晋时代，松树和翩翩飞翔的白鹤结合在一起，有了飘然的仙气。静止的松和飞跃的鹤，似乎恰好是一种内在的静修和外在的、突破性变化的对照和比喻"。松的沉静古雅，鹤的翩跹灵动，二者可谓相得益彰。在谈到丁香这种植物时，周文瀚写道："可中国人关于丁香情结的幽思没有传播出去，欧洲人对这种花有着不同的赋意，在法国，丁香花开的时候是气候最好的时候，春天正浓烈，所以这种花象征的是年轻人的纯真无邪、初恋之类明媚的东西。"各种各样的植物的名称来历、全球传播、文化内涵与历史典故，40 篇植物文化随笔构成的这本书，让你有一种在文化与植物交织的时空中畅游的感觉。丰富悠久的"植物文化"知识和多年旅行中获得的全球视野，在作者脑海中激荡冲撞，便因此有了这本《花与树的人文之旅》。该书中每一种植物，都承载了几千年的历史，同人类的认知的升华而被赋予生动的文化内涵。除引经据典之外，作者独到的思考，也使本书不同于单纯的植物小品文，具有了更深刻的韵味和情趣。

《花与树的人文之旅》图文并茂地展现了人文学者视野下的植物风采，昭示了人类与植物息息相关的精神联系、物质联系和历史联系。本书中每一种植物，都是人类生活的晴雨表和风向标。

45. 澄明之境的自然物语

——读阿来的《三只虫草》

　　当代著名作家阿来发表在《人民文学》2015 年第 2 期上的中篇新作《三只虫草》，《小说月报》和《小说选刊》2015 年第 3 期都及时作了选载。读完小说，笔者不仅被小说展现的神奇见闻和新奇故事情节所深深吸引，更被小说蕴含着的优美意境和哲学意味所折服。《三只虫草》讲述的是桑吉一家人、一村人，在虫草季上山辛苦挖虫草的故事。小说有两条线索，一是桑吉的成长的心路历程，桑吉是个品学兼优的好孩子，为了给家里增加收入，逃学回家挖虫草，对生活充满单纯而善良的情感。二是虫草的旅行世界图谱。虫草的生长，采挖，收购，送礼，吃掉，或者收藏，串起了民生百态。桑吉用三只虫草换回来白铁皮箱子，三只虫草本来寄托了他很多温暖的希望。小说以此为题，让我们看到现实生活、理想追求和精神信仰三个层面的彼此映照相辅相成，小说语言清澈而丰饶，内蕴空灵而富有哲思，充满人性的温暖和深厚的情感以及生机勃勃的高原气息。小说营造了两个截然不同的社会，依旧秉承淳朴的藏民定居点，和世风日下的外部世界。在藏区，朴实忠厚的藏族人民坚守着世代留存的风俗习惯，心存对神明、对自然的敬畏之情，但又不得不提到，落后、愚昧、缺失文化知识始终围绕着藏族同胞。而定居点外的花花世界，随着改革与开放，形形色色的事物缤纷呈现，泥沙俱下，同时人心也在悄悄地发生嬗变。在现代化、城市化的进程中，如何坚守、如何革新、如何保持两者的平衡，是一个大问题。

　　"五月初始的日子，空气湿润起来。在刚刚过去的那个冬天，鼻子里只有冰冻的味道、风中尘土的味道，现在充满了他鼻腔的则是融雪散布到空气中的水汽的味道，这就是高海拔地区迟来的春天的味道。"阿来的语言地气充沛，清新朗润，钟灵毓秀，富有诗歌般的韵致和散文般的开阔。整篇小说写了小桑吉从寻觅虫草到追寻大百科全书的变化，其实是对地域文化和时代关系的思考，从每句对话，每一个细微的表情里能读到那些生活在高原上的人和物。"肥胖的白色身子上面，有虫子移动时，需要拱起身子一点点挪动时用以助力的一圈圈的节环。"一个美丽的生命正仰躺在少年桑吉的手里。冬虫夏草是我国民间惯用的一种名贵滋补药材，其营养成分高于人参，可入药，也可食用，是上乘的佳肴，具有很高的营养价值。以虫体色泽黄亮、丰满肥大、断面黄白色、菌座短小者为佳。阿来的感性写作为我们带来了自然的气息和人性的温暖，虽然也揭示了社会中黑暗的一面，但他还是愿意对人性保持温暖的向往。书中每行每字间流露出脱俗的气息，能让人细细品味。《三只虫草》是一本散发着清新气味的优秀中篇小说。

在主人公桑吉身上，可以看到不同文化的相互作用，他放弃了世俗眼光中的神秘光环，选择在尘土中修行。最后以小小年纪获得了极可贵的包容之心，让精神的雪莲得以在尘土中生根生长。以小见大，作者以此寄托了他深沉的思考。在《三只虫草》中，少年桑吉是小说中的亮点，也是作家多向度倾力刻画的人物。纠结和小聪明是作家把握人物身上的两个特点。桑吉之所以逃学挖虫草是想给姐姐买衣服，给表哥买手套，给多布杰老师买一罐剃须泡，给娜姆老师买一罐洗发水，而文具盒里藏下了3只白胖的虫草只能卖90块钱。这成了他的纠结，之前他也曾有点纠结，"是该把这株虫草看成一个美丽的生命，还是看成30元人民币？"。喇嘛的话让这个纠结很快就解开了，"如今世风日下，人们也就是小小纠结一下，然后依然会把一个个小生命换成钱"。然而，调研员的出现带来了新的纠结，桑吉用他的3只虫草换回了装虫草的箱子，调研员许诺下次来送他一套百科全书。这套百科全书成了桑吉最大的纠结和梦想的出发地。一直到小说结尾，百科全书都未被主人公桑吉所有，而梦想却在发芽生枝。在为桑吉塑形的过程中，作家用了两个词。一是"低调"，小说中曾两次出现。第一次是在桑吉最初发现透明、娇嫩的虫草时。第二次是阿爸叫桑吉回学校去，桑吉给校长、实际上是给多布杰老师写信，"逃课多少天，我就站多少天。我知道这样做太不低调了"。桑吉每次逃学回校后考试，别的学生都超不过他。这也是他敢逃学去挖虫草的自信。另一个词是"概率"。在村长家抽签封堵路口防止外来人员进山采挖虫草时，桑吉想起多布杰老师在数学课堂上说过的一个词：概率。他出手，抽到了一根短棍。桑吉胜利了。原来，抽到长棍的人明天要去封堵路口，会耽误采挖虫草而遭受一定的经济损失。桑吉的纠结和烦恼也是众多藏族孩子的纠结和烦恼。在刻画桑吉这个心地善良、"有点儿天才"的少年形象时，作者用了两个人物来反衬：为了去网吧而偷钟卖给收荒匠的同学，和桑吉偷过牛的表哥。对于这两个人物，作家给予了佛性的悲悯和宽恕。多布杰老师威慑表哥后对桑吉说，"你现在帮不了他，只有好好读书，或许将来你可以帮他。"从此，表哥不再偷东西了。他当背夫，帮人背东西。但表哥最终还是因为帮盗猎者背藏羚羊皮而进了监狱。虫草季结束后，桑吉想去城里看表哥，他想给表哥买一双皮手套，还有棒球帽和项链，这些都体现出孩子的纯真和善良。喇嘛是藏地必不可少的社会构成，也是阿来小说元素的必要构成。小说中的喇嘛说了很多夸奖桑吉天资聪慧的话，两人的精彩对话极富禅意机趣。喇嘛说，"河去了海里又变成了云雨，重回清静纯洁的发源之地。所以，我们不必随河流去往大海。"桑吉说："我就想随着河流一路去往大海。"人各有志，桑吉坚持"不当喇嘛，我要上学！"或许，这就是解开桑吉这个人物的密码，也是作家将一个世俗少年一点一点雕琢而成的匠心所在。调研员许诺的百科全书是桑吉最大的纠结，也使小说后半部峰回路转。虫草季结束，桑吉回到学校向校长索要百科全书，校长却说调研员是送书给学校，而不是送给桑吉。桑吉对此耿耿于怀，特意去了一趟县城。他看着校长哮喘的老婆打着瞌睡，孙子撕下百科全书中的书页高兴地摇晃。小说结尾，桑吉给多布杰老师发了封电子邮件："我想念你。我原谅校长了。"小说到此戛然而止。桑吉的成长体现在他从纠结到释然的过程，以及对世界有了自己的认识。《格萨尔王》中的格萨尔王托梦告诉说书人，那寻找已久的宝藏叫作慈悲，在《三只虫草》中，慈悲延续到了桑吉这个青春期孩子的身上。

小说最后一节中的这段话最耐人寻味：

有一天，他突然要父亲带他上山去。他想看看真正长成了一株草的虫草是什么样子。父亲笑了："我只知道挖虫草时虫草的样子，我想没有人知道长成草的虫草是什么样子！"桑吉不相信，但他问遍了全村的人，真的没有人认得出长成草的虫草是什么样子。桑吉想，明年虫草季，他要留下一株虫草，做一个鲜明的记号，隔一段时间就去看一眼，这样，自然就知道虫草后来长成什么样了。是啊，虫草长什么样，大家应该都不会陌生。即使没有买了吃过，也会在中药房或者电视上见过。但是，长成草的虫草什么样呢？六年级学生桑吉这个看似简单的问题，居然问倒了父亲，也问倒了全村人！

整篇小说虽然以桑吉的童真童趣作为切入视角，但与此同时，我也分明感觉到处处暴露着世风日下的社会和惊心动魄的腐败。我们可以先来看看原本属于桑吉的三只虫草的去向：书记吃掉的，代表着官员受贿；卖给普通人家的，代表着鱼肉百姓；尚未脱手的，与其说它代表苍蝇巨贪，不如说对某种命运走向的担心。而这一切，从桑吉父母、村长、校长、老师、调研员、书记、部长，到摩托车驾驶员、虫草商人、小饭馆的老板夫妇及小服务员，大家早已觉得司空见惯，只有桑吉像《皇帝的新装》中的孩子一样纯洁无邪，充满了对知识、对外面世界的憧憬和向往。小说最后安排桑吉考取了重点中学，而且原谅了校长，给读者沉重的心情带来一抹亮色，看到了某种曙光。

小说在清朗的笔调下，用儿童的思维审视世事，隐藏着较为沉重的意味。三只虫草的来去是小说的主线。它是桥梁，将大自然的神奇馈赠予孩子的纯良天性融合在一起，又将成人视角、村落之外更大的世界牵引过来，可最终这自然美好之物还是流入由成人掌控的社会，本该天人合一的宝贝免不了物欲俗世的糟蹋。它也是天平，一边承载的是孩子的命运，一边是成人世界的复杂，小孩子未能把握住曾尽心保管的虫草，这何尝不是一种无奈？但作家阿来还是深知天地广大、善意无边，在小说末了给予新的希望：在喇嘛劝桑吉随他离垢修行之时，小桑吉还是选择了百科全书，选择了学校，选择了对未知世界扎扎实实的探索与渴望，而虫草不过是百科全书中的一颗米粒罢了。掩卷深思，让人感慨的是，同样是生命，无论是被小孩子单纯喜爱，还是被大人们神化，在人类世界这么"重要"的虫草们如果在万物苏醒的春天睁开眼睛，看到人类如此举动，该当如何面对自然与人性的双重异化呢？

　　当读完中篇小说《三只虫草》后，我有了隐隐的揪心和忧虑，为桑吉的三只虫草的命运，更为草原的生存环境现状。为了保护草原的生态环境，国家推行退牧还草，牧民都搬到定居点去居住，这本是个可持续发展的好政策。中篇小说《三只虫草》以小学生桑吉的独特视角，通过一个虫草季的亲身体验，来观察草原牧民的生存状态，来思索草原环境的细微变化，来体会他的读书梦，写出了作者所要表达的思想。阿来作为一位著名的曾获茅盾文学奖的成人文学作家，这次为小读者们创作了一部儿童文学作品，给儿童文学出版领域带来了一种特有的清新气息。作品的讲述方式大气自如，语言运用自由灵动，让读者体会到一位成熟作家的文学功力，同时作者对儿童心理的把握准确到位，整部小说充满了温暖的力量。对少年读者来说，在审美享受过程中，能同时看到生活的阴暗面和光明面——这其实是有责任感的作家赠予的一面饶有意味的镜子。

46. 飘逸着泥土气息的苇岸日记

著名作家苇岸生于 1960 年，他的系列散文《大地上的事情》是"新生代生态散文"的代表性作品。1998 年苇岸为了写作《一九九八二十四节气》，选择北京昌平居所附近农田一处固定地点，坚持实地观察、拍摄、记录，进行二十四节气的写作。1999 年 5 月 19 日因肝癌医治无效溘然长逝，年仅三十九岁。按照苇岸生前的遗嘱，亲友们将他的骨灰撒在故乡北京昌平北小营村的麦田、坡岭、树林和河水中，永远融入故乡的苍茫大地。

2020 年 11 月广西师范大学出版社隆重推出苇岸生前好友冯秋子编辑的《泥土就在我身旁：苇岸日记》（上、中、下），这是苇岸呕心沥血坚持不懈积累多年的日记汇总。苇岸日记《泥土就在我身旁》的书名来自他 1988 年 4 月 14 日的日记："我应该能看到生命，每天发生变化，感到泥土就在我身旁。能够战胜死亡的事物，只有泥土。"苇岸日记从 1986 年 1 月 1 日记至 1999 年 4 月 6 日入院接受治疗止，全书总量 90 万字。

苇岸日记以个人的生活阅历为背景，把自然生态、人文意趣与社会见闻融会贯通，使人文精神与自然世界珠联璧合、相得益彰，他以敏感、自然、睿智的诗人气质和立足大地伦理的思想格局认识世界，思考自然、生态，如同书名所示，苇岸在日记中留下了关于大地、植物、山水、劳动、旅行的深刻履痕。他的日记多有对于人与自然的关系、自然与人文的互文和渗透，并进行了深入浅出的记述和思考。日记内容卷帙浩繁，语言清新质朴，有科学精神，有性情展露，开卷阅读，仿佛打开了一个自然之子的心灵世界，读者从中可以感受苇岸钟情自然的心路历程，他在文学史意义上的生平行迹和卓尔不凡的特立独行的精神魅力。

苇岸的一生虽然未及不惑之年，但他手不释卷笔耕不辍，写作的习惯至死不渝。他的文字阳光充沛，洋溢着对天地自然的无微不至的细腻的爱意。苇岸把田野、树林、河流、刺猬、野兔、冬日的灰喜鹊，连同自己质朴而本真、清纯而诗意的生命一起融入永恒的时光。苇岸不仅魂归庄严的麦地之中，也将永远活在阳光一样闪耀光泽的诗一般的文学语言里，他的语言让善良而朴实的读者心有戚戚焉。苇岸是大地上的"自然之子"，他的一生是仰观俯察、游目骋怀的自然而然的行旅。

　　苇岸喜欢在大地上充满深情地行走，无论是沿着河流，还是沿着田间的羊肠小道，苇岸都能感受到自然景色的美好和清新。他的日记中经常出现他从家乡的小村子步行回返昌平县城的记录："早有这样的想法，今天实现了，从小营步行返昌平。天气很好，气温有些回升。上午十一时出发，走在空旷的田间小路上，天空是灰色的，看不清远山，阳光也像被什么过滤了。我奇怪在冬天人都穿上厚衣服，树木反脱去了它们的衣裳。小杨树的皮肤很好看，像美国西部的花斑牛一样。在一个废弃的小场院，麻雀们聚在这里，这是食物基地，它们看到有人走来便一哄而起，落满了光秃的树枝，仿佛长上了褐色的叶子。我停住，远远地注视着它们，它们不愿人这样注视，警惕地飞走了。人怕人，动物也怕人。我看到了北方的留鸟，花喜鹊、灰喜鹊和其他一些叫不出名的小鸟。在空阔的田地上，它们愉快地叫着，不用听懂，便已感到很幸福了。"（1986年1月2日日记）步行远足的行旅中，天气情况、天空的颜色，树木的枝条，鸣叫的鸟儿，目之所及的物候现象，苇岸一一呈现出来，宛如散文诗一样富有诗情画意。风景的描摹，离不开苇岸的深情款款，他对大自然的爱意尽情流淌于笔端，一种天人合一的感触油然而生。

　　苇岸喜欢植物，他经常痴迷于欣赏树林里的一枝一叶。秋游折回的一枝黄栌枝条，在他的日记中得到展示："秋天，我独自去过北山，折回了一枝黄栌枝，红叶像展开双翼的蝴蝶栖在枝上，仿佛稍一惊动，便会群起飞去。我小心将它立在书柜顶部，屋内便燃起了一束火焰。冬初了，山上黄栌林的红蝴蝶已经被风惊飞了，而室内的这群蝴蝶仍然栖在这枝黄栌枝上，只是火焰疲倦了。意外的是，黄栌的叶子不因枝断而脱去。秋末树木为了保存自己，脱落叶子而过冬，黄栌也不例外。但当你折下一枝黄栌后，它的叶子便和枝紧紧结合在一起了，共同对外。"（1986年1月5日日记）苇岸在用一颗透明的文心审视这一枝黄栌树枝，野外的黄栌叶纷纷飘落了，折回的黄栌枝条上的叶子依然安安稳稳地栖息在枝头，进而，苇岸仿佛发现了树枝的秘密——当你折下一枝黄栌后，它的叶子便和枝紧紧结合在一起了，共同对外。应该说，苇岸的微妙思维是大自然赋予的，也深刻接通了大地道德的哲学内涵。

　　麦地一直是诗人海子的精神家园，同样，麦地也是苇岸寄托灵魂的精神伊甸园。他在麦田中的守望和行走，构成了日记中的诸多篇什。故乡的麦地为他提供了取之不尽用之不竭的灵感。"我在麦田里走着，想着诗句。大地已开始解冻，一层松酥的泥土，踏在上面，腾起烟尘。晚霞渐渐褪色，没有云，没有风。我走进一块荒地，毛苇在高坝上保持着向东南倾倒的形态，一动不动。前面忽然飞起一只鸟，这是被我的脚步惊动的，它已经准备在草丛中安睡了。我叫不出它的学名，但很熟悉它，它飞起来，总是贴着地面，从不落在树上，它的颜色像土地一样，夜晚也在草丛中度过。我等待着星星，也像注视着地面看种子破土一样，意外地在西面天上看到了柳叶似的新月，它的被地球挡住的大半部分也清清楚楚，发光的这小部分似乎膨胀了一般。第一颗星星出现了，它在头顶，遥远地笑着。还要等待，我仔细地注视着天空，二、三、四、五颗星星也出现了，它们一定是夜晚最亮的星星。在它们的周围，无数小星星已经映现，已无法数出。东南方的星星出现得快，而北方的北斗七星仍无法辨别。今晚不是非常晴朗。"（1986年2月11日日记）走在酥软的麦地上，目击飞鸟，仰望星空，孤独的苇岸将自己的自然情怀释放在麦田里，这样的文字清空而柔美，读来心旷神怡，可谓日记妙品。编者冯秋子女士对苇岸的日记可谓知根知底："不少日记，侧重苇岸不断加深的对于大地道德信念的叙述。来自土地或大或小、土地上的人或重或轻的信息，连同他们和赖以生存的土地间的深重关系，是否良性进行或者恶性发展；所经见的国事、家事及世界大小事，于寻常中探求和发现事物不寻常的存在，尽在其关注的视界。"写作是抵抗心灵钝化和感觉麻木的武器，苇岸的日记，正是对此最好的诠释和抵抗。纯净明亮的语言，自然随性的行止，他的日记美学风格的文雅明朗与他对人生经验的体认和阐释亦步亦趋。他的日记的叙事品质更见简朴醇厚，语意更为本然到位。

苇岸让生命自觉落实于生活本然，服帖于辽阔宽广的大地之上，在日常生活的阅读和交际中，苇岸竭力为自然的事物正名和诠释，为物欲横流的时代的精神肌理进行爬梳，有道法自然的温情暖意，亦有仰观俯察的若有所悟；有淡雅的缱绻乡愁，亦有味道十足的土地依恋。生命的圆熟与日记的纯然相得益彰，苇岸以其专注的自然梦想，回应了一种伟大的自然传统和文人本色。苇岸为自己日记的写作，准备了丰盛的自然经验和精准的大地细节，他的敏感连同他对当代社会的睿智省察，构成了他的日记实感和那些波澜起伏的心灵河流：宁静的书斋生活，自然物候的碎片，无法遏制的融入大地的心灵冲动，必须继续坚守的明朗的日子，不断闪现的温暖情绪和源源善意，记忆，历史，泥土，这些事物如过眼云烟，它们被苇岸的日记书写和铭记。苇岸有时用锋利的语词与污染日益严峻的工业时代的现实对抗，有时也退守于内心那个柔情似水的自我，正如他诚恳地说出个人的自然经验，同时又想成为这种经验的突破者。尽管他的情感还过于矜持和节制，他对生活的诸多看法也需进一步深思熟虑，但苇岸的质朴和坦荡，展示出的正是今日文学界极为罕见的卓越品质。

47. 如歌岁月中的烟火沧桑与诗意漫卷
——读迟子建《烟火漫卷》

"无论春夏，为哈尔滨这座城破晓的不是日头，而是大地上卑微的生灵。无论寒暑，伴着哈尔滨这座城入眠的，不是月亮，而是凡尘中唱着夜曲的人们。"在迟子建的笔下，哈尔滨芸芸众生的生老病死与爱恨情仇以及他们在熙来攘往中所呈现的生命的色彩，是大地的歌吟，悲怆缠绵，震撼人心，这些如歌岁月中悲欣交集的人们无不带有诗意的光辉。长篇小说《烟火漫卷》中的每个人物，几乎都平凡普通却又拥有跌宕起伏、波谲云诡的命运。主人公刘建国驾驶的爱心救护车，呼啸穿行于生与死、爱与痛的边缘，沉重地负荷着现实人生的种种哀痛和感伤，在大道烟尘中一路呼啸，激荡着历史、现实和未来的风起云涌。

在这部立足于哈尔滨市民生活的长篇小说中，迟子建一如既往地以舒缓坦荡、柔情款款的笔墨，瞩目浓郁氤氲的人间烟火气息，委婉深致，蔚为壮观。坐落于北国松花江畔的冰城哈尔滨，将传统与现代、东方与西方、历史与未来、人文与自然融会贯通，交相辉映。上百年间几代形形色色、淳朴笃实的哈尔滨普通市井细民，在"烟火漫卷"的生活舞台上演绎出柔肠百转的人生戏剧，他们的人性中闪耀着温暖的光泽与魅力，焕发出盎然的生机与活力。迟子建以其女性作家特有的温情与细腻的笔法，为我们描摹了生于斯、长于斯、歌哭于斯、长眠于斯的哈尔滨一群普通市民的人生画卷。全书的字里行间弥漫着千回百转的离奇色彩，充满悲悯的人文情怀和救赎意识，彰显了哈尔滨人的乐观、自信、从容、希望和梦想。在迂回舒缓而又荡气回肠的娓娓叙述中，小说描绘出一派烟火漫卷的尘世图景，故事中所蕴含的啼笑因缘与悲欢离合，正是我们熟视无睹的平凡世界和习焉不察的普通人生。洋洋洒洒、波澜起伏的文字仿佛烟火漫卷的城市现场直播，带我们反观来路，抚慰伤痕，探索未来，体悟人生、世相、情感和命运的真谛。阅读《烟火漫卷》，仿佛漫步在暮色苍茫华灯初上的哈尔滨，蓦然发觉城市深处类似于乡村的炊烟里氤氲飘荡的沉郁而缠绵的挥之不去的乡愁，这是一种都市里喧嚣背后的凄婉与迷离。在这部小说里能够看到熙来攘往的人在物欲横流的大都市里的生死疲劳，他们是这么行色匆匆，又是那么孤独寂寞，置身芸芸众生之中却宛如身处暗夜和沙漠。每一个个体都在属于自己的生活里辛苦辗转，带着自己的心事重重和情感隐秘。光彩夺目的典型人物消弭于众声喧哗的多声部大合唱。每个人都在自己生活里扮演着独当一面的主角，而互相之间却又充满合作、矛盾、觊觎和抵牾。人物群像所达到的效果，正如批评家所评论的那样："小说中对城市市民世俗生活的描写，既接地气，又让人温暖，透露出不同凡俗的见解。它没有固守道德主义的大旗，也没有让现代主义随意张扬。在漫卷的烟火中，人们看到的是生灵的卑微和理想的挣扎"。

风景之发现：哈尔滨的文学景观

"每个作家都会在作品中建立一个属于自己的文学地理坐标。对于迟子建而言，北极村是她的文学根基，哈尔滨则是她文学创作开枝散叶的地方。"除了普通人生的熙来攘往，贯穿全书的大背景，是哈尔滨这座城市的独特风景。自幼在哈尔滨成长起来的迟子建，目之所及，既有北国冬夏分明的物候季令，又有这座城市特有的中西合璧的建筑、民俗、饮食、娱乐等人文景观。应该说，哈尔滨的风景从一种客观存在，经由迟子建的书写嬗变为一种文学景观。如同老舍笔下的北京，茅盾笔下的上海，鲁迅笔下的绍兴，沈从文笔下的凤凰古城，贾平凹笔下的西安，一个城市一经著名作家饱蘸笔墨书写，则有了文学意义上的城市性格。迟子建用宏阔的视野、历史的眼光和美学的敏锐，把有关哈尔滨的一切城市风景融入故事的叙述当中，让人物的活动呈现在这些历史悠久的人文景观中，读者在阅读引人入胜的故事情节的同时仿佛游弋于哈尔滨的历史风情中。某种意义上讲，全书展示的哈尔滨人文历史景观如同一部城市发展简史一样脉络清晰。美轮美奂的百年历史的老会堂音乐厅的沧桑韵致、肃穆而寥落的东郊皇山犹太公墓、具有民族风情的宗教建筑——靖宇大街和南十三道街交叉口阿拉伯式的清真寺、中西合璧的巴洛克建筑群的代表榆樱院、坐落于道里中央大街附近的哥特式风格的圣·索菲亚教堂、深具俄罗斯民族风情的哈尔滨市中心的果戈里大街、松花江畔作为中苏友好见证的斯大林公园，这些别具异域风情的建筑名胜和街道，都在形形色色的人物形象的视域中得以展示。此外，迟子建也将不少当下的城市地标收入小说，如雄伟壮观的阳明滩大桥、马家沟河健身广场塑胶步道、晨光熹微中就开始营业的学府路哈达蔬菜批发市场、夕阳西下后才熙熙攘攘的师大夜市，如果说西式建筑令人回想起哈尔滨的沧桑历史，那么这些彰显了城市发展变化最新动态的新地标则又让哈尔滨的城市景观充满与时俱进的现代节奏和商业气息，也隐喻着未来人生的归宿定是百尺竿头更进一步。

　　对城市风景的熟稔，缘于迟子建的细心观察和濡染既久。在谈及作家对风景的发现时，笔者不由自主地联想起日本文艺理论界关于"风景之发现"的论述。《风景之发现》是日本学者柄谷行人的文艺专著《日本现代文学的起源》中的开篇，也是其最具原发思想性的一个章节。作者柄谷行人在书中说："所谓风景乃是一种认识性的装置，这个装置一旦成形出现，其起源便被掩盖起来了。"柄谷行人通过"颠倒"装置对"风景"问题进行了深入的探讨。主体通过颠倒来把握作为客体的"风景"，它重视主体，却在对象而非自身中发现意义。对迟子建而言，这个认识的装置，毫无疑问，应该是她对久居其间的哈尔滨经常投去陌生化的一瞥。战胜习焉不察的熟视无睹，她用好奇和惊艳的眼光对这座城市进行仰观俯察和审美观照。认识的装置，是被迟子建的情感重新观照的空间中的材料和视域。迟子建笔下的哈尔滨风景，比如："当晨曦还在天幕的化妆间，为着用什么颜色涂抹早晨的脸而踌躇的时刻，凝结了夜晚精华的朝露，就在松花江畔翠绿的蒲草叶脉上，静待旭日照彻心房，点染上金黄或胭红，扮一回金珠子和红宝石，在被朝阳照散前，做个富贵梦了。当然这梦在哈尔滨只生于春夏，冬天常来常往的是雪花了，它们像北风的妾，任由吹打。而日出前北风通常很小，不必奔命的雪花，早早睁开了眼睛，等着晨光把自己扮成金翅的蝴蝶。"这样的风景描写，氤氲着诗意栖居的天地灵气，也只有返归到自然的怀抱，忘记文明的规训和现代科技理性以及工具理性的束缚，才能直面一年四季中这座城市的容颜和脉动。迟子建在落笔时，可以说是充分调动了自己的城市记忆，并让这些风景复活于文本的字里行间。柄谷行人有言："风景是和孤独的内心状态紧密联系在一起的。换言之，只有在对周围外部的东西没有关心的内在的人（inner man）那里，风景才能得以发现。风景乃是被无视外部的人发现的。"柄谷行人谈"风景的发现"，是在日本近代化过程和日本现代文学演进的背景中进行的。他认为日本现代文学出现的风景描写是不同于汉文化传统的全新风景。这种文学作品中的新风景，借助透视法、"崇高"概念、"内在的人"等舶来品的技巧、世界观，才得以被"发现"。所谓"认识装置"和"颠倒"，似乎就是指以有色眼镜观察风物，错将眼镜赋予风景的意义当作风景本然的意义。对此，柄谷行人予以解构。迟子建凝聚起一位女性作家的全部暖意和柔情，坚守内心的孤独，描摹自己心中的百年冰城的脉络和风物，书写了美丽的、高冷的、包容的哈尔滨风情图。

　　城市人文景观因为新旧并存，使得不同的景观之间出现审美的裂隙和功能的互补。在写到阳明滩大桥时，迟子建有意识地进行了新旧对比："在它（阳明滩大桥）没出现时，最早贯通松花江南北两岸的是一座有百年历史的滨江铁路桥，连通欧亚大陆，是上世纪由俄国人设计施工的。……新桥通车后，高铁列车呼啸而过，驻足于已成景观桥的旧铁路桥上，可以感受到新桥在高速列车经过时，给老桥带来的轻微震颤。这很像一个活力十足的美少年，带着一个腿脚不便的老妪起舞。这一老一新的松花江铁路桥，毗邻而居，两座桥像悬在松花江波涛上的乐器，风过留声，只不过老桥像低沉的古琴，新桥像雄壮的圆号。"铁路桥本身是交通动脉，历史的发展中，时光流逝的痕迹让老桥日渐沧桑，而新桥却活力四射。人文景观诚如法国思想家居伊·德波所言："景观，像现代社会自身一样，是即刻分裂（divise）和统一的。每次统一都以剧烈的分裂为基础。但当这一矛盾显现在景观中时，通过其意义的侧转它自身也是自相矛盾的：展现分裂的是统一，同时，展现统一的是分裂。"横亘在老桥和新桥之间的分裂与罅隙，不是别的原因所致，恰恰是无情的时光使然。由传统到现代的步履匆匆，历史景观在崭新的时代风情面前，如何共生共存，这是所有日新月异的发展中的城市必须直面的问题。

"景观不是影像的聚集，而是以影像为中介的人们之间的社会关系。"从一年四季的植被，到一天中的早午晚的街上的车流，到地铁站上不同人群的喜怒哀乐，到松花江的碧波与厚冰，到夜市上各色小吃的热气腾腾，迟子建为读者展示的城市景观，其实就是生老病死于其间的人们的社会关系的真实写照。人与城，人与景，人与人，共同塑造了作家笔下的奇特景观。"在现代生产条件无所不在的社会，生活本身展现为景观（spectacles）的庞大堆聚。直接存在的一切全部转化为一个表象。"主人公刘建国喜欢去前身为犹太会堂的音乐厅，迟子建多次浓墨重彩地展示这座不同凡响的音乐厅："它高挑八米，上下两层，左右对称排布着十六根乳黄色浅浮雕圆木立柱，看上去气派典雅。音乐厅上方，是三盏等距离垂悬的枝形水晶吊灯，它们与两侧通道各七盏的小型吊灯，交相辉映，两侧狭窗垂吊的绛红色丝绒幕布，像是高挂的神衣。"这种宗教与艺术的珠联璧合与相得益彰，在哈尔滨城市景观中不一而足。城市景观的层累堆积，缘于现代化城市对建筑的使用功能的自然超越，同时，也是文化取向和意识形态在城市发展中的融入和嬗变使然。小说中的各色景观琳琅满目，而行走在这座新与旧、中与西交叠的北国之城的人们，也可视作城市景观的一个断章。

偶然的力量：丢失与寻找的人生

《烟火漫卷》中的所有人物，几乎都在偶然性的支配下，苦苦寻找自己丢失的人、物、情、欲、梦。理查德·罗蒂说过："面对非人的、非语言的东西，我们便不再有能力透过获取和转化来超越偶然和痛楚，我们唯有的能力只是承认偶然和痛楚。"当然，他们在踏破铁鞋无觅处的寻找中，自己本然的人生也被改写得面目全非、一塌糊涂。迟子建洞悉了"偶然性"的无远弗届的魔力，在这一点上，她对"偶然性"的理解，堪与莫泊桑的著名短篇小说《项链》相媲美。稍有生活常识的读者都知道，与"借项链"相比而言，"丢项链"是小概率事件。但可怕的是，小概率事件一旦发生在具体的某个人身上，就足以把这个不幸的人推向万劫不复的深渊。玛蒂尔德丢失了项链，她和丈夫路瓦栽需要用十年辛苦去偿还。《烟火漫卷》中的主人公刘建国偶然丢失了朋友于大卫夫妇的婴儿铜锤，他的下半辈子急转直下，风云突变，他的人生在"寻找铜锤"中慢慢耗去。

丢失与寻找，是整部小说的草蛇灰线和情节驱力。刘建国在他的人生中不仅要寻找丢失的好友之子铜锤，还要寻找当年被自己猥亵、强暴过的乡村渔民的孩子武鸣，比具体的失踪的人物更难以寻觅的是自己的青春、爱情和灵魂。他年轻时在从知青点返回哈尔滨火车站，弄丢了好友于大卫夫妇不满周岁还在襁褓中懵懂无知的儿子，后来，他以驾驶护送出院病人的"爱心护送"车为长期据点，反反复复、辛辛苦苦寻找数十年，直到自己年届古稀。先后得知自己为日军遗孤的身世和老主顾翁子安就是当年在火车站丢失的铜锤之后，他选择了在自己年轻时猥亵过小男孩武鸣的兴凯湖边小镇上陪伴和扶助已患有严重精神抑郁症的武鸣，用余生的积德行善来弥补自己的年轻时犯下的罪孽，冀望自己曾经的深重罪恶能够得到救赎和清洗。而这一切寻找的根源，恰恰是自己不经意之间丢失了好友的婴儿所致。读者可以假设，如果婴儿没有丢失，刘建国的人生毫无疑问是另一番景致。"偶然性"对人生的改写，力量是惊人的，也是残酷无情的。

中年妇女黄娥孜孜不倦寻找的，是"失踪"（实则早已暴毙身亡）的丈夫卢木头，是能够托付终身悉心照顾她和卢木头的年幼的孩子绰号"杂拌儿"的善良人家，更是自己那风雨飘摇、死去活来的内心和灵魂。她表面上温柔馥郁，内心深处却爱憎分明，她带着自己和卢木头的儿子"杂拌儿"来到哈尔滨四处务工，打着四处寻找因猜疑自己被戴了绿帽子妒忌愤怒而突然暴毙的丈夫卢木头的旗号，黄娥准备在找到可以托付儿子命运的良善之人之后为前夫卢木头殉情偿命，却在绝境中因遇到翁子安，一见钟情，融入了冰城哈尔滨烟火漫卷的市民生活而重新开始了生活之旅。她既想殉情赴死，又渴望追寻幸福爱情，这样的灵魂注定是复杂的、沉重的，从而更渴望安妥自己的等待救赎的灵魂。值得一提的是，导致黄娥命运急转直下的拐点，也是极其偶然的事件——她仅仅驾船去看望一个男人，并未与之发生外遇。可是，卢木头却对她的所谓"出轨"坚信不疑，无论黄娥如何解释，卢木头都无法从嫉妒和怀疑中得到拯救，最终一命呜呼。

刘建国的好友于大卫的爱人谢楚薇执意寻找的是能够付出母爱悉心照料、陪伴成长的孩子，是一个女性慰藉内心的幸福家庭，更是恢复生活信心和勇气的阳光心灵。她长年累月忍受失掉爱子铜锤的巨大隐痛，但在邂逅了黄娥的儿子"杂拌儿"之后，压抑多年的温暖母爱重新得到释放，强大的母爱让她飞蛾扑火般投入到对"杂拌儿"的精心教育培养和无微不至的抚育当中，谢楚薇在由悲伤到惊喜、由怨恨到母爱的死灰复燃的情感嬗变中，灵魂得到自我救赎和升华飞跃。她的悲哀命运，也源于偶然，如果不是恢复高考后夫妇二人全心备考而无力照料尚在襁褓中的儿子，只好托付刘建国把儿子捎给婆婆照料，她的儿子就不会丢失，命运的畸变也就不可能发生。

除了承负偶然性苦难的主要人物，小说还塑造了很多来自哈尔滨各个犄角旮旯的人物群像，他们的血肉同样丰满立体，个性同样有棱有角，命运同样跌宕起伏。他们也挣扎在各自的命运和世界中，感受人间冷暖，努力寻找人生的幸福与归宿，探寻和感悟人生的真谛。百年老宅榆樱院中，年迈的老郭头、一见钟情的大秦和小米、失去儿子的寡妇陈秀、执迷于二人转演艺的小刘、流落到异乡的黄娥与杂拌儿，他们每天为了生存和发展，为了美好的生活期待，辗转漂泊在哈尔滨的各个角落，见证了烟火漫卷的生活舞台，也加入了烟火漫卷的平凡而伟大的城市生活第一线，他们共同奏响了烟火漫卷的城市生活乐章。这些人物的神态、衣着、语言、表情等等细节，都给读者留下回味无穷的深刻印象，这是迟子建的叙事技巧和表达伦理所致。迟子建的小说叙事所关注的是人类道德中的特殊状况、极端事件、偶然邂逅或意外事故，是个人命运的难以捉摸以及在这种波谲云诡中人的喜怒哀乐、呻吟叹息、呼告倾诉。小说守望的是残缺的人生和不幸的遭遇，甚至是人性中无法直视的深渊和荒野。迟子建提供了一个人如何存在和面对存在的精神坐标和心灵参照。在阅读小说事件的逐步开展时，读者的生命的感觉得以复苏，读者生存的疑难得以被诘问，读者个人的命运得以被深思和比对。读者分享这种叙事其实是通过语言分享了一种审美观照和精神力量，读者的命运被叙事所启迪，也被一种伦理视角所关怀。刘小枫说："听故事的人为叙事中的'这一个'人的个体命运动了感情，叙事语言和语气就不经意地塑造或改变一个人的生命感觉，使他的生活发生了变化。"迟子建的叙事显示她对生命意义、生存背景的态度，因为，被偶然性改写的生命问题和生存问题其实也是伦理问题、精神问题和哲学问题。迟子建在写到各色人物的命运被偶然性改写得面目全非时，既是悲悯的，又是无奈的。这一点如果我们能够联系迟子建自己的命运便可了然——2002年5月3日，迟子建的丈夫，时任塔河县县委书记的黄世君突然之间遭遇车祸罹难，导致了她本人命运的巨大变故。这一偶然事件本身，对迟子建本人的命运的巨大改变，也是作家面对小说人物时的基本态度。偶然性一旦落实到具体人物身上，几乎就是泰山压顶一样万劫不复的深渊。在偶然性面前，似乎有着生命的不可承受之轻。

《烟火漫卷》作为一部内容庞杂、结构繁复、情感深挚的长篇小说，文本中形成了人文与自然、生活与情感、经验与哲学、理性与感性、严肃与诙谐交相辉映的多元性小说美学景观，显示了迟子建力图以新的审美眼光把握城市精神的探索勇气。迟子建对哈尔滨城市精神和平民生活状况的巡礼，体现着深切的知识分子的人间情怀，最终指向对中华民族自强不息、厚德载物的伟大民族精神传统的崇尚和礼赞，大力弘扬了生生不息的民族精神。

河流的隐喻：川流不息的时光

阅读迟子建的小说，一个意外的收获就是散见于全书的散文化的写景抒情的语言。在本书中，迟子建花费了大量的篇幅书写穿城而过的松花江。松花江也因此成为全书的最富有灵动气息的时间隐喻，逝者如斯夫，不舍昼夜。如果把书写松花江的篇幅单独摘出来，应该是非常精致的散文佳作。"一座城市有一条江，等于拥有了一册大自然馈赠的日历。对于哈尔滨这样的城市来说，这日历就是一部四季宝典。每日清晨翻动它的，是风霜雨雪，以及依托这条江生息的人们。"迟子建对松花江的书写，让读者很容易联想起古希腊哲学家赫拉克利特说的哲言："人不能两次踏进同一条河流。"他的哲学充满了辩证法的思想光辉，对后世辩证法的发展产生过重大影响。赫拉克利特承认宇宙是一团永不熄灭的熊熊烈火，火不断地转化为世间的万事万物，万事万物也不断地再转化成火，"变的哲学"是其理论内核。赫拉克利特形象地表达了他关于变的思想，诚如人们常说的太阳每天都是新的。他声称人不能两次踏进同一条河，因为当人再次进入这条河时是新的水流，而不是原来的水流在潺潺流淌。正所谓一切皆流，无物常住。宇宙万物没有什么是绝对静止的和一成不变的，一切都在生生不息地运动和变化着。松花江滔滔不绝，滋养了一方水土，更滋养了哈尔滨的城市气质和市民性格。散见于全书的文本中的建筑、地理、人文、气候、民俗，无不紧扣松花江两岸的特定的自然风情和都市景观。

谈及松花江，迟子建紧密结合哈尔滨地处北国、冬季漫长的特点，写到了松花江漫长的冰封期。"哈尔滨每年近半年是冬天，所以这册日历，底色多半是白的。但这白的程度也是不同的。松花江刚封江时，没有雪的铺垫，薄冰透射着河床，它是青白的；冬深之时，一场又一场的雪，像是给松花江献上了层层叠叠的哈达，使它泛出凝脂般的银白色光泽。而清明一过，融冰开始，这册日历就到了最难看的时候，斑驳陈旧，残破不堪。但不要紧，和风与暖阳并驾齐驱，会加速松花江解冻的进程。"松花江在迟子建笔下宛如一部书，时令推移，景致流转，初冬的青白色的冰，深冬银白色的凝脂般的光泽，春末融冰时节的斑驳陆离，虽同是冰封期可谓异彩纷呈，别有洞天。

至于春回大地、冰消雪融时节，松花江融冰开江时节，迟子建笔下的景色更是摇曳多姿："河流开江和女人生孩子有点像，有时顺产，有时逆生。顺产指的是文开江，冰面会出现不规则的裂缝，看上去像浓云密布天空中的闪电，有点呼风唤雨的意思，浓墨似的水缓缓渗出，开江的序幕就拉开了。当水面逐渐开阔起来的时候，大面积的冰面，会在某一天訇然解体，获得解放的江水，簇拥着冰凌，不疾不徐地涌向下游。而逆生指的是武开江，也就是倒开江，中下游江段斯文地开江呢，上游却激情似火地昼夜融冰，先行开江，冰排自上而下呼啸着穿越河床。有时冰块堵塞，出现冰坝，易成水患。所以黑龙江的防汛，始于开江。倒开江极为壮观，奇形怪状的冰块赶庙会似的，奔涌向前。它们有的像热恋中的情人，在激流中紧紧相拥；有的则如决斗的情敌，相互撞击，发出砰砰的声响，仿佛子弹在飞。开江过后，松花江这册日历就焕然一新了，江面倒映着蓝天、白云、碧树、繁花、朝霞、夕照、行人的形影，成为流动的画屏。任船儿穿梭、游人畅游，也任水鸟起舞。"迟子建是一个有大地伦理和自然情怀的作家，她有散文家一样的鲜活感觉和表达禀赋，写景状物游刃有余。她把松花江写得惊心动魄，活灵活现，自然多面，惟妙惟肖，她对她书中的人物也有一种宽容与共情，推己及人，将心比心，一草一木，风霜雨雪，都有洋溢着欣喜与情愫。迟子建的写人叙事的语言也如松花江水，汩汩滔滔，冰水融合，摇曳多姿。迟子建的小说语言非常自然亲切，非常富有生活情趣和人间烟火色。古今中外、政治风云、街谈巷议、引车卖浆、零七碎八、起承转合、熏浸刺提、一波三折……无不令人遐思妙想，悄焉动容，一唱三叹。她的小说故事枝蔓横生，不论怎样的摇曳多姿都能扣人心弦，生活化、家常化、大众化的同时又能参透存在的奥秘。这样的小说语言活色生香、趣味盎然，小说的语言与修辞充溢着生活万象的波澜壮阔与情绪起伏的起承转合。

文学中的松花江，裹挟着尘世的生老病死，见证着主人公们的喜怒哀乐，流淌着时代变迁的风起云涌。小说从一元复始、春暖花开写到北国风光、千里冰封，松花江宛如时间的镜像，映射着这座城市的容颜。迟子建笔下的松花江隐喻着她的时间刻度，小说的韵律和节奏细密而富有张力。她的笔下的松花江及其河岸的哈尔滨，是中国二十世纪城市变迁和小说主人公个人生活史的双重见证。

她的写作实践，对于重建小说的地域性的物质外壳、和现实生活的逻辑关系，也深具启发意义和借鉴价值。她善于以个人小事写大时代的风起云涌，以文字中深藏的人间烟火气息表达人文关照，以世俗生活的翔实描摹塑造哈尔滨人素朴、沉重、多变的人生图景。她讲述了过去一个世纪的时光里不同人物青春、爱情、命运、灵魂身体所受到的严峻考验和残酷锻打，通过这段百年历程的市民生活和不乏苦难的历史。迟子建试图在历史和现实、个人和社群的梳理中，归纳出一个城市市民的基本精神和一种市民生活的坚韧品格。迟子建坚持在精神的探寻中弘扬民族的传统和勇气，在充满变数的历史风云中寻找柔情和道义，在日新月异的年代里发现润泽心灵的伦理价值。

48. 生态文明与生态文学、生态批评简论

一、文本内外的中国生态现状

党的十八大指出："把生态文明建设放在突出地位，融入经济建设、政治建设、文化建设、社会建设各方面和全过程，努力建设美丽中国，实现中华民族永续发展。"随着知识经济发展和科技进步，世纪之交的全球范围内出现了一系列公共卫生事件、生态失衡的爆发个案和大规模环境污染案例。这些触目惊心的事件和案例接二连三、层出不穷，一次又一次把人类推上了环境污染和生态失衡的被告席上，进行跨世纪的严正审判。仅仅半个多世纪以来，土壤荒漠化进程加剧，物种数目锐减，人口急剧增加，氟利昂大量泄露外溢、可耕种土地面积日益减缩、大面积的森林草原退化，核辐射、电磁波辐射如同无形杀手时刻冲击无辜的人群、大江大河内陆湖泊被工业废水废渣污染，在城市和乡村的空气中弥漫的有害气体越来越多，原始森林和次生林被大面积砍伐，部分国家和地区时常降下酸雨酸雾，非典型性肺炎、疯牛病、禽流感、甲肝乙肝流行病不断蔓延世界各地，猪流感大面积肆虐成灾。在气象学领域内，厄尔尼诺现象和拉尼娜现象不时显示出巨大的破坏威力。以上种种不良现象显示，人类在大自然面前已经有些力不从心，大自然正在一次又一次向人类发出振聋发聩的严重警告，从而敲响了大自然与人类关系急剧恶化的长鸣警钟。"人类敲响了地球的丧钟，与此同时，地球也正在敲响人类的丧钟。这一道理在人类历史，尤其是近代工业革命以来的人类历史中却不被理解——钟声企图获取人类的眷顾，却始终难以穿透心灵对历史的冷漠。"① 生态文学的勃兴是对自然环境问题的一种回应，是人类检讨自己发展历程的忏悔书和道歉信，是全球范围内生态思潮在文艺领域和思想场域的体现，也是文学对自身天职和责任的自觉承担。跨越农业文明的漫长时期，如今日新月异的高科技频频登场，既能够提高生产效率，又导致科技理性以及工具理性的泛滥成灾。所以，科技理性和工具理性从来不仅仅是一个微观的技术手段。如同鲁枢元所言"生态问题不仅

---

① 王耘：《复杂性生态哲学》，北京：社会科学文献出版社，2008 年版，第 1 页。

仅是一个技术问题或科学管理问题，更是一个伦理问题、哲学问题，同时也是一个诗学的、美学的问题"①。中国生态文学已经走过了最初起步阶段，从单纯陈述生态失衡和环境污染逐步进入深刻思考生态问题的实质和根源所在，可谓追根究底。今天我们文学界需要重新感悟思考人类的根本需求，积极地承担其济世救人、道法自然、民胞物与、悲天悯人的社会责任。在当前如火如荼的全球化语境和融会贯通的跨文化对话中发展生态文学的关键是大力发展以生态系统的整体利益为最高价值和最终旨归的生态文学，而不是发展仅仅以人类的利益为唯一价值取向作为判断尺度的人类中心主义色彩浓厚传统文学。生态文学着力考察和表现人与自然之间的关系。人本主义的"人定胜天物竞天择"和"控制自然奴役自然"将人与自然的关系看成是冲突的敌对的、改造与被改造的关系，这种世界观乃是人类根深蒂固的狭隘的唯我独尊和夜郎自大。这种狭隘的人类中心主义的理论和实践直接威胁到了当下全球的人类生存，也从某种程度上威胁着未来子孙后代的生存境遇，是一种竭泽而渔式的慢性自杀行为。因此，生态文学开始果断摒弃传统狭隘的人本主义和文学仅仅是人学的狭隘观念和传统观点，揭示生态危机的严重危害和迫在眉睫，反省人类自身夜郎自大、盲目的一意孤行的行为，探寻造成当今世界日益恶化的生态环境问题的根本实质和思想文化根源，严厉批判狭隘的人类中心主义对自然环境的种种无法逆转的负面影响和无休无止的严重戕害。主张把自然从人类肆无忌惮的压迫蹂躏和征服改造下解放出来，改变"人是万物的唯一尺度"，人是自然界的"绝对主人"和"高高在上的君王"等等极端自私狭隘的人类中心主义自然观、价值观、审美观和发展观。生态文学要从整个生态系统和地球范围内生态全息化的角度考虑问题并且立即作出觉醒的呼唤和呐喊。

党的十八大报告指出："我们一定要更加自觉地珍爱自然，更加积极地保护生态，努力走向社会主义生态文明新时代。"生态文学认为尊重原生态的自然和保护自然环境也是在爱护人类本身，因为人类与自然是紧密相连、荣辱与共、不可分割、一荣俱荣、一损俱损的严整的生命体系，人类的命运从属于整个生态系统和天地自然的终极命运。"生态文学在反对现代工业社会的冷酷的工具理性、科技理性的片面发展的同时，并不拒斥科技理性的部分合理因素。生态文学是和解性的，它并非完全拒斥现代科学技术，而是试图在人的灵魂中发动一场革命，改变唯技术、唯理性的心态，让科学技术掌握在人的控制之中，生态文学极其强调要从生态利益的要求上利用科学技术。"② 生态文学既

① 鲁枢元：《生态批评的空间》，上海：华东师范大学出版社，2006 年版，第 235 页。
② 胡三林：《生态文学：批判和超越》，《文艺争鸣》2005 年第 6 期，第 125 页。

要批判科技理性、工具理性和盲目发展观的泛滥造成的生态破坏和环境污染，也要倡导科学与人文的和谐发展齐头并进，立场坚定地反对任何无视自然规律的杀鸡取卵和揠苗助长的愚蠢行为模式，积极主动地推动人类社会的可持续发展，为地球的绿色永远奔走呼号不辞劳苦。生态文学力求用语言和文字，为饱经蹂躏的自然环境筑起一道充满天人合一精神的绿色长城，以呵护脆弱的人类生存家园。鲁枢元在《百年疏漏——中国文学史书写的生态视阈》一文中指出："文学不但是人学，同时也应当是人与自然的关系学、人类的精神生态学，文学史的书写也应当充分展现人与自然的关系。"① 文学作为人类精神的检测仪，必须直面生态环境恶化的现状并做出自己的敏锐的反应、深刻的思考和永恒的追问。这是作家用良知和善念维护自己的尊严，同时也在维护全人类唯一的地球的尊严。不管压力和阻力有多大，都要一往无前地为世界增添绿色和希望。统筹规划和调节人类与地球之间的和解和默契。

党的十八大报告指出："给自然留下更多修复空间，给农业留下更多良田，给子孙后代留下天蓝、地绿、水净的美好家园。"关注人与自然的关系，是最现实的人文关怀，因为人类生存的环境一旦被破坏和干扰，想要再恢复到原来的模样，需要的时间不是十年二十年的问题，而是数个世纪甚至千年的漫长时间。爱护生态，激发人类与自然的和谐，是造福千秋万代的经世致用的伟业。作家张炜说："人与自然的关系是世界上无数法则、无数关系之中最重要的一个，如果这方面出现问题，其他所有方面的条理都显得微不足道了。如果人类文明与地球灾难一块发展和扩大，这种文明最终就会将世界引向死亡。"② 张炜的言说，乃是清醒和深刻的，与人与自然的关系相比，其他的细枝末节都是局部的、片面的，无关大局。因为，一旦把人与自然恶化的关系推上极致，就会出现毁灭性的重大灾难，这是一个最可怕的结局，我们必须采取一切手段避免走到这一步。文明的火种要世代延续，必须把文明赖以生生不息繁衍兴盛的人文环境和自然环境保护好，这是放之四海而皆准的真理。著名学者张兴成先生在他的《现代性、技术统治与生态政治》中直言不讳——"生态危机正在挑战人类一切的现代性哲学观念、伦理道德、政治模式乃至基本的生存方式。可以毫不夸张地说，人类未来的冲突绝不仅仅是政治、经济、文明的冲突，人类必然会发展到为争夺生态空间而大动干戈的时候。"③ 世纪之交的中国，随着改革开放和经济建设向纵深推进，生态危机的加剧和生存环境受到极

---

① 鲁枢元：《百年疏漏——中国文学史书写的生态视阈》，《文学评论》2007 年第 1 期，第 181 页。
② 张炜：《精神的丝缕》，上海：上海人民出版社，1996 年版，第 14 页。
③ 张兴成《现代性、技术统治与生态政治》，《书屋》2003 年第 10 期，第 4 页。

大的威胁。大自然已经由逆来顺受变得开始与人类分庭抗礼了。公共卫生事件和大规模自然灾害、气象灾害和环境污染的增加让我们无法稳坐钓鱼台，我们不失时机地提出可持续发展观和生态文明建设就是在弥补过错，逐渐实现生态平衡、环境清洁、人与自然友好相处的大好局面，这样的努力乃是悬崖勒马、亡羊补牢之举。否则，生态危机的灾难性后果将会搞得人类遍体鳞伤、一蹶不振。著名生态思想研究者唐纳德·奥斯特指出："我们今天所面临的全球生态危机，起因不在生态系统的自身，而在于我们的文化系统。要度过这一危机，必须尽可能清楚地理解我们的文化对自然的影响。"① "生态焦虑"作为当代世界性的文化母题，它背后深度关切的是文明的盛衰。生态危机引起人类对文明的自我反思，许多思想家认识到人类普遍面临的全球性生态危机。生态文化以拯救地球母亲为着眼点，倡导人与自然和谐相处，倡导绿色无害的生活方式和天人合一的伦理道德观念体系，使人类真正关心自然，尊重自然和保护自然。生态文学以全球生态系统全盘利益为最高价值，表现自然与人之关系，探寻生态危机的社会思想根源，从而为构建和谐社会提供精神动力和文学资源、价值支撑。

本文引用利奥波德的大地伦理思想体系，作为考察生态文学的理论内核。试图以此审视目前中国思想文化界根深蒂固的人类中心主义观念，廓清发展道路上的模糊认识，把文学作品中的生态理念挖掘出来，以弘扬生态伦理为己任，以全面清理文学作品中的反自然、反生态的错误思想观念。"大地伦理"（Landethics）是由美国著名生态哲学家和环保先行者利奥波德在二十世纪三十年代以后逐渐提出和完善的一个著名生态理念。1933 年 5 月 1 日，利奥波德发表在《林业杂志》上的《自然保护的伦理》一文中，利奥波德深刻而全面地表述了他的大地伦理思想。在 1947 年撰写的《沙乡年鉴》一书里，有专章"大地伦理"，论述和深化了这一生态伦理思想。"大地伦理的核心观念是生态整体主义，它表现在四个方面：首先，它扩展了道德共同体的边界，使之包括土壤、水、植物和动物以及栖居大地上的人类。其次，大地伦理学改变了人在自然中的地位，人只是大地共同体的一员，而且是普通的一员，他没有凌驾于其他动植物乃至非生命形态之上的特权，这从根本上否定了狭隘的人类中心主义或者说人类沙文主义。再次，大地伦理学确立了以尊重生命和自然界为前提的经济、生态、伦理和审美的多重价值评价体系。最后，大地伦理学规定了自己的基本道德原则，那就是：一个人的行为，当有助于维持生命共同体的和谐、稳定和美丽时，就是正确的；反之，就是错误的。这是他对于自然、人类

---

① ［美］唐纳德·奥斯特，候文蕙译：《自然的经济体系》，商务印书馆，1999 年版，第 17 页。

与土地的关系与命运的观察与思考的结晶。他倡导一种开放的'土地伦理'，呼吁人们以谦恭和善良的姿态对待土地。他试图寻求一种能够树立人们对土地的责任感的方式，同时希望通过这种方式影响到政府对待土地和野生动物的态度和管理方式。利奥波德在文章中表述了土地的生态功能，以此激发人们对土地的热爱和尊敬，强化人们维护这个共同体健全的道德责任感。利奥波德通过他智慧的语言告诉我们，土地的伦理范畴包含土壤、水、植物和动物，以及大地上存在的一切。土地的伦理观就是让人放弃征服者的角色，对每一个伦理范畴内的成员暗含平等和尊敬，把它们当成跟自己一样平等的分子。"① 由此可见，大地伦理的提出乃是对人类一以贯之的道德伦理价值观体系的一次超越性颠覆，它把一切自然存在都赋予道德主体性地位。由以前的唯我独尊和人类中心主义转变为天地同侪，生死与共的生态共同体。美国的环保卫士、生态文学的先驱雷切尔·卡逊女士在《寂静的春天》一书中对生命的平衡状态被遽然打破心怀忧虑："为了产生现在居住于地球上的生命已用去了千百万年，在这个时间里，不断发展、进化和演变着的生命与其周围环境达到了一个协调和平衡的状态。生命要调整它原有的平衡所需要的时间不是以年计而是以千年计。时间是根本的因素，但是现今的世界变化之速已来不及调整。"② 因此，大地伦理的提出，契合了当今世界令人头晕目眩的快速发展。这是人类理性反思过去高歌猛进毫不迟疑的攫取自然财富的一次忏悔和自责，因为千秋万代自然形成的生态体系一旦遽然变坏，可是短时间内无法恢复原态的，需要漫长的时间去抚平地球的累累伤痕和满目疮痍。面对流泪的大地母亲的声声叹息和家园破碎的哭泣，作家无法隔岸观火、坐而论道。以关注生态环境著称于世的报告文学作家徐刚在《守望家园——荒漠的呼告》中谈及土地的荒漠化时也表达了对大地的完整性被破坏的忧思："大地是完整的，家园便是完整的，人也是完整的。反之，当大地不再是一个完整的集合而败象重重时，家园和人就是破碎的，分裂的，面目全非的。荒漠化的根本危害是解构了大地的完整性。"③ 大地的完整和家园的完整乃是一枚硬币的两面，彼此缺一不可相辅相成。荒漠化如同健康的地球躯体上的一块块癌变的器官，如果不立即绿化自然恢复大地的生机与活力，那么，局部的癌变有可能迅速蔓延和转移，待到那时，我们赖以生存发展的地球环境可就病入膏肓无力回天了。试想，面对如此巨大的灾难，人类怎么能够放任自流呢？

① [美] 利奥波德，候文蕙译：《沙乡年鉴》，长春：吉林人民出版社，1997年版，第95页。
② [美] R. 卡逊：《寂静的春天》，科学出版社，1979年版，第8页。
③ 徐刚：《守望家园——荒漠的呼告：土地之卷》，湖南科学技术出版社，1997年版，第113页。

在推动和谐社会构建的实践中，生态文学承担着特别的使命。因为文学天生就有关注现实、唤醒麻木不仁的人类的功能。浪漫主义的理想情怀滋养着人类的内心世界，必然要求我们把深邃的目光从书本上转移到满目疮痍的大地上，用爱心、勇气、行动去拯救苦难深重的大地。切不可仅仅坐在书宅里空谈理论而忘记了"爱就是行动"的感召力量。劳伦斯·布依尔说过："谁要是只执着于文学研究与文学理论本身是无法做一个生态批评家的。"① 生态文学研究通过研究文本内的自然，最终目的是为了保护文本外的自然。生态文学企图借助语言和文字的力量，把生态思想和生态行为融会贯通，把自觉维护生态平衡和爱护自然万物作为一切行动的出发点和落脚点。生态文学大量展示生态危机的严峻事实，触动了人们的最柔软心灵的深处，激发了人们自觉的生态意识，走出狭隘自私的人类中心主义的思想峡谷，从观念上理论上奠定了天人合一的思维基石；生态文学致力于反思科技发展和工具理性思维模式如何污染环境、导致环境的急剧恶化和生态的严重失衡，为环境保护研究提供行动指南和精神支持，为和谐社会的构建创造更好的精神场域和舆论条件；生态文学挖掘现实生活的诗意美、自然美、环境美，展示理想的绿色生态环境。生态文学涉及人类对自然环境的忧患意识和对自我，尤其是对人与自然关系的发展、繁衍、异化、变异、灾难的演进历史过程中如何走向歧路和如何改邪归正的问题。生态文学研究的著名学者王诺认为，生态思潮的主要诉求是重新审视人类文化与思想文化批判，生态危机的思想根源是工具理性、贪多求快、竭泽而渔的科技至上观。除此之外，还包括一系列征服掠夺自然以及自然对象化的错误选择等相关问题。人文社会科学学者虽然不能直接参与具体的生态治理实践，却能够为挖掘生态危机的思想文化之根做出巨大的贡献，为建设和谐社会做出应有的贡献。人文精神的延伸其实就是热爱人类家园——地球，对天地万物的关爱就是扩大了的人文关怀。这种扩大了的人文关怀要求我们心怀自然，顺应天时地利，感恩自然造化，时时刻刻保持善待自然的大地伦理理念。

党的十八大报告指出，建设生态文明，是关系人民福祉、关乎民族未来的长远大计。面对资源约束趋紧、环境污染严重、生态系统退化的严峻形势，必须树立尊重自然、顺应自然、保护自然的生态文明理念。波澜壮阔的生态思潮正在席卷全球文化圈。其实，生态思潮的意义和价值就在于抛弃旧有的价值观，身体力行地维护生态和谐，不折不扣的贯彻道法自然天人合一的生态精神。对于生态文化的重建来说，生态整体主义具有重要的作用，它们构成了生

---

① ［美］劳伦斯·布依尔，韦清琦：《打开中美生态批评的对话窗口——访劳伦斯·布依尔》，《文艺研究》2004 年第 1 期，第 19 页。

态文化的基石。韩少功在《山南水北》中说："总有一天，在工业化和商业化的大潮激荡之处，人们终究会猛醒过来，终究会明白绿遍天涯的大地仍是我们的生命之源，比任何其他东西都重要得多。那才是人类 culture 又一次伟大的复活。"① 近年来，学界愈来愈重视对生态文学的研究并产生了诸多研究成果，但是与国外相比无论创作成就还是理论建构还存在很大差距。本文力求对世纪之交中国的生态文学进行宏观梳理和微观细读，通过对文本内外人与自然的思考，达到把握其精神流向和整体发展趋势的目的。以更好的清理和探寻文学与生态的双向互动关系，为未来中国生态文学的创作和批评提供可资借鉴的理论资源。诚如曾永成在《文艺的绿色之思》中所言："文艺的绿色之思，正是要向大自然的绿色世界吸取生命的营养与活力，寻求文艺生存和发展的启示。"② 哪一天人类的生存家园弥漫着绿风和甘霖，我们就获得了可持续发展的后劲和不竭动力，人文与自然携手并肩，一起肩负起维护生态平衡建设美好家园的时代重任。路漫漫其修远兮，我们要上下求索，不遗余力地推进人与自然的和解与平衡，人文力量与科技力量互动起来，形成一股合力，把世界的绿色染遍每一个精神角落。值得称道的是，当今中国和世界上，已经召开过无数国际会议和研讨会，力求把生态自然的观念更加深入人心，形成强大的舆论力量，为全面促进生态平衡和和谐世界做出贡献。

党的十八大报告指出，坚持节约资源和保护环境的基本国策，坚持节约优先、保护优先、自然恢复为主的方针，着力推进绿色发展、循环发展、低碳发展，形成节约资源和保护环境的空间格局、产业结构、生产方式、生活方式，从源头上扭转生态环境恶化趋势，为人民创造良好生产生活环境，为全球生态安全做出贡献。

二、生态现状的扫描

十八世纪以降，工业革命的脚步在蒸汽机和电力设备的推动下，人类前行的加速度骤然变得迅速起来，一路高歌猛进。物质财富的急剧扩张和生产规模的铺展速度前所未有。十九世纪，随着生物进化、能量守恒定律和细胞学说的突破，生物技术、影视技术日新月异。二十世纪，高科技的发展更是超越了人类的想象力。不但给世界带来了福祉，也把人类拖入旷日持久的两次世界大战。二十世纪六十年代以来，随着社会进步，电子计算机走进千家万户，人类改造自然的能力与日俱增。生物技术、遗传技术、农药化肥杀虫剂的大规模使

① 韩少功《山南水北》，北京：作家出版社，2006 年版，第 62 页。
② 曾永成：《文艺的绿色之思》，北京：人民文学出版社，2000 年版，第 7 页。

用，高污染的工矿企业开工建设。自然灾害不断加剧，地球资源开始出现短缺，环境污染、生态失衡。在甚嚣尘上的现代工业文明中，原生态的自然的平静被彻底打破了，人们开始了对自然疯狂侵害，森林草原退化加剧、沙尘暴铺天盖地、自然灾害此起彼伏。臭氧层空洞，疾病流行蔓延、气候的变暖，珍稀动物濒临灭绝，一次次的公共卫生事件和气象异变震惊了感觉良好的现代人。生态危机已经到了影响人类生存、社会发展进步的不能不重视的地步，生态思潮如火如荼地波及到人类社会生活的方方面面，时下，与生态有关的专有名词四面开花，什么生态美学、生态旅游、生态食品、生态伦理学，生态经济、生态政治、生态工业、生态住宅、生态医院、生态度假村、生态种植示范园、生态文化、生态美术、生态农业、生态疗法等等，林林总总不一而足。不少思想家、文学家认为，鉴于人类所面临的最严重最紧迫的生态危机和生态灾难，二十一世纪乃至未来更漫长的时代，必将是生态思潮和环保运动的大规模的爆发期，生态思潮是未来的世界共同话语和思维交集。英国生态学者贝特在《大地之歌》一书中精辟地论述道："公元第三个千年刚刚开始，大自然却早已进入危机四伏的时代，大难临头前的祈祷都是那么相似。全球变暖，冰川和永久冻土融化，海平面上升，降雨模式改变，海洋过度捕捞，沙漠迅速扩展，森林覆盖率急剧下降，淡水资源严重匮乏，物种加速灭绝。我们生存于一个无法逃避有毒废弃物、酸雨和各种有害化学物质的世界。城市的空气混合着二氧化氮、二氧化碳、苯、二氧化硫，农业已经离不开化肥和农药，畜牧业和牲畜的饲料里竟然含有能导致人类中枢神经崩溃的疯牛病毒"①。因为地球在宇宙间基本上是一个相对封闭的整体系统，因此，一损俱损，一荣俱荣。环视世界范围内，土壤荒漠化进程加剧，物种数目锐减，人口急剧增加，氟利昂和臭氧大量泄露外溢、可耕种土地面积日益减缩，大面积的森林草原退化，核辐射、电磁波辐射如同无形杀手时刻冲击无辜的人群、大江大河内陆湖泊被工业废水废渣污染，在城市和乡村的空气中弥漫的有害气体逐渐增加，原始森林和次生林被大面积砍伐，部分国家和地区时常降下酸雨酸雾，非典型性肺炎、疯牛病、禽流感、甲肝乙肝流行病不断蔓延世界各地，猪流感大面积肆虐成灾。多少生态灾难一次次敲响了警钟。"翻检一下人类社会的历史，不难看出，人类今日面临的生态困境，总是与科学技术的进步，与社会现代化的进程相伴而生的。更先进的技术带给人类的也并不全是福祉，同时还带来了灾难。"② 科技进步是一把双刃剑，我们不能仅仅看到科技带来的能源、交通、通讯、食品方面的

---

① Jonathan Bate：The song of the earth，Boston：Harvard University Press，2000，P24。

② 鲁枢元：《生态批评的空间》，上海：华东师范大学出版社，2006 年版，第 14 页。

便捷，更要看到由于大规模的发展现代科技带来的负面影响和不利因素导致的疾病和污染。盲目乐观是短视的，我们必须放眼未来，深深思索生态困境。

2006年12月8日至12日，"生态时代与文学艺术"田野考察暨学术交流会在海南召开。这是一次充满行为艺术意味的生态环境保护会议，与会者不仅侃侃而谈，而且身体力行地走进大自然的怀抱，体会人与自然的紧密关系。会上，苏州大学的鲁枢元指出："地球已经进入一个新的时代——人类纪，做出这一判断的是两位科学家。一位是大气化学家，诺贝尔奖得主保罗·克鲁岑，一位是地壳与生物圈研究国际计划领导人威尔·史蒂芬，在他们看来，自工业革命以来，人类对于自然环境的影响力已经超过了大自然本身活动的力量，人类单凭自己的力量就可以快速地改变着这个星球的物理、化学和生物特征。与以往人们所熟知的寒武纪、泥盆纪、侏罗纪、白垩纪相比，人类纪已经不仅是一个地质科学概念，同时也成了一个人文学科概念，一个全体地球人都必须密切关注的整体性概念。今天，人类纪已经涵盖了地球上人类社会与自然环境交互关联的各个方面，包容了地球上不同国家、不同种族共同面对的经济、政治、安全、教育、文化、信仰的全部问题。人类纪时代人类的每一项重大活动，都将引发全球环境与国际社会的剧烈震荡。从这个意义上讲，人类纪才是真正意义上的全球化。"[1] 人类纪的到来，为我们增强生态意识和全球化合作提出了前所未有的重要任务。从思想文化、国际交流、宗教信仰、教育卫生各个方面展开对话与合作，乃是维护生态平衡的第一步。因为置身于当今世界，我们除了携手并肩通力合作保护共同家园外别无选择。人类纪对生态自然环境的巨大影响，迫使人类必须直面人与自然的关系，大力开展如火如荼的"生态文明"的建设才是人与自然和谐共处的必由之路和唯一选择。何去何从，现代人必须清醒自己的责任意识和义不容辞的道义担当。

我国的人均不可再生资源拥有量远远低于世界人均量，多数都不到世界人均值的一半。近二十年的高速度经济增长，已经使许多不可再生资源濒于枯竭。每年春夏之交，肆虐的沙尘暴弥漫在我国华北平原上。淡水缺乏导致北京经常处于水资源的严重匮乏境遇中，给生产生活带来诸多不便。这种情况大有愈演愈烈之势。如同鲁迅早在1930年在《〈进化和退化〉小引》中就痛陈的那样："沙漠之逐渐南徙，营养之已难支持，都是中国人极重要，极切身的问题，倘不解决，所得到的将是一个灭亡的结局……林木伐尽，水泽湮枯，将来的一滴水，将和血液等价。"[2] 鱼虾死亡、水产品被严重污染，我们从农贸市

① 鲁枢元主编：《走进大林莽》，上海：上海文艺出版社，2008年版，第276页。
② 鲁迅：《鲁迅全集·第四卷·二心集》，北京：人民文学出版社，2005年版，第255页。

场购买的动植物产品，到底能够有多少是真正的绿色产品呢？这个问题不言而喻。报载，癌症的发病率年年居高不下，与食品安全有直接关系。我国城市大气污染极其严重，汽车尾气携带着烟尘和异味扑面而来，令人躲避不及，废气的排放影响范围广、强度大。"我国的污水排放总量极大，每年约排放 800—900 亿吨，其中 80% 以上未经任何处理直接排入江河湖海。90% 以上的城市水环境恶化，可饮用之水越来越少。大量使用农药化肥以及长期的污灌，造成农业初级产品严重污染和农业生态环境的惨遭破坏，农作物和水产品的残毒极高。二氧化硫排放量高居世界第一，除美国外，中国已经是世界上最大的温室气体排放国。经济增长高速的背后，是严重的资源消耗及环境污染和生态平衡的严重破坏。"① 人与环境处于同一个整体系统，自然界塑造人类的心灵世界，人类的心灵世界也塑造大自然。只有培育起与自然和谐相处的情感场域和发展的制衡体制，才能真正实现人与自然的同舟共济。如果经济发展带来的是疾病和污染，那么这样的发展就需要及时反思和立即矫正了。因为一个再明显不过的真理摆在面前，那就是任何发展不能超越环境资源的承受力。提高人民的幸福指数，必须改善人居环境，其中空气、水、绿化首当其冲。

在一个复杂的社会发展格局中，经济发展追求的是物质文明，环境保护追求的是生态文明，生态文明和物质文明之间是一损俱损一荣俱荣的关系。但在物质文明和生态文明发展建设过程中存在一些不和谐的因素，经济增长与环境保护理念的矛盾日渐突出，成为解决中国生态问题的关键。与以前相比较而言，生态文明正在深入人心。大地伦理的思维模式已经开始进入普通市民的视野，他们从爱护一棵树、一丛花、一滴水做起，承担起建设生态文明的点点滴滴的自我责任。学者杨通进在给《生态十二讲》所作的序言中指出："通过反思，人们发现，生态危机是工业文明的必然产物，工业文明的基本结构和运行机制必然导致对自然资源的过度开垦和耗费。环境问题的实质是文明的发展模式和方向问题，是价值取向和人生态度问题。工业文明所倡导的那种鼓励人们追求感性欲望满足的价值理念，导致了享乐主义和消费主义盛行。如果把人生的意义和价值仅仅理解为获取、占有和最大限度地消费物质财富，那么，人们就只有穷奢极欲，甚至把地球上的所有自然存在物都毁灭殆尽。我们的地球支撑不起建立在这种享乐主义和消费主义价值观之上的文明。在这种价值观的引领下，人类只能在生态危机的泥潭中越陷越深。"② 工业文明的利弊泾渭分明，我们必须趋利避害扬长避短，恪尽职守地担负起保护资源，克制欲望的职责，

---

① 王诺：《欧美生态文学》，北京：北京大学出版社，2003 年版，第 235-237 页。

② 杨通进：《生态十二讲·序言》，天津：天津人民出版社，2008 年版，第 3 页。

减少不必要的高消费，提倡绿色环保的生活模式。在社会主义市场经济体制建设进展中，要以科学发展作为理念，促进经济增长和环境生态相互协调统筹发展。目前在追求经济增长过程中，激化了经济发展与环境保护的对立冲突，忽视了协调统筹，造成生态环境问题忽然加剧。生态文明和物质文明要求经济发展与环境保护要做到合理布局统筹发展，忽视了生态绿色，也就失去了物质经济，我们万万不可以牺牲生态平衡作为代价来追求经济发展。这是发展经济的底线。美国学者福斯特说："如果我们要挽救地球，围绕个人贪婪的经济学和以此为基础的社会制度必须要让位于更广泛的价值观和一套立足于与地球上的生命协调一致意义上的新的社会安排。"① 必须端正人类社会的幸福系数取向，搞好人与自然的协调，才能逐渐完善现代社会的发展之路并提高全人类的幸福指数。一旦放纵人类的欲望，盲目搞开发，聚敛高额财富，环境的有限性就会立竿见影的制约人类的现代化进程。

经济增长必然引起生态的变化，绿色的生态系统并不是理想的环境经济系统。经济增长引起的环境污染，有的对人有利，有的对人有害，并且环境保护好了可以加速自然资源的再生频率，促进经济稳定发展，这是生态文明促进物质文明发展的铁律，也就是说没有生态文明也就没有物质文明。人类不能忽视经济发展引起的对人有害的环境变化，要利用有效的技术手段去改造消除不利的方面，增加对人有利的方面，这乃是生态平衡和经济增长共同的建设旨归。其实，早在二十世纪六十年代，美国的环保先驱蕾切尔·卡逊女士指出，由于超量 DDT 杀虫剂的应用，"与人类被核战争所毁灭的可能性同时存在，还有一个中心问题就是人类整个环境已由难以置信的潜伏的有害物质所污染，这些有害物质积蓄在植物和动物的组织里，甚至进入到生殖细胞里，以至于破坏或者改变了决定未来形态的遗传物质。"② 目前经济发展在一定程度上对环境造成巨大的破坏和污染，而去改造需要高额的投入，这是重经济增长轻生态保护的结果。"看上去的自然变化、自然灾难，其罪魁祸首却是人类自己制造的过量的二氧化碳，尤其是汽车、飞机排放的尾气。人类赖以自信、自豪的文明成就却给自然带来毁灭性的打击，这打击最终又将落在人类自己头上，这难道不是天地间最大的悲剧！"③ 曾几何时，浓烟滚滚的工矿企业仿佛成为发达国家的标志，可是，悲剧性的结局给这些污染环境者上了严肃的一课，先污染再治理的模式，迫使我们付出了高昂的代价。这样的模式必须进行规避，合理布局、

---

① ［美］福斯特：《生态与人类自由》，《每月评论》1995 年第 6 期。转引自《国外社会科学前沿》，第 577 页。

② ［美］卡逊：《寂静的春天》，北京：科学出版社，1992 年版，第 9 页。

③ 鲁枢元：《自然与人文——生态批评学术资源库·序言》，上海：学林出版社，2006 年版，第 1 页。

有效发展，减轻灾害，清洁环境才是最佳的通途。

我国经济建设核心的问题是经济建设与自然环境的协调发展。如何避开那些高污染的企业对居民的影响是必须在前期规划时就十分注意的。讲经济建设不仅要看经济增长总量和增长快慢，还要看人文精神和人居环境的维护，绝不能走盲目增长失控的旧途，重回发达国家先污染后治理的旧途，而必须实现统筹发展，使经济建设与资源、环境相配合相协调，这才是生态建设与经济促进共同发展的明确方向。按计划分步骤地去改造、利用和维护环境，在开发中环保，保护和开发齐头并进相辅相成，把以前的资源开发主导型计划转变为建设生态文明经济型规划，方可实现人与自然的和谐与双赢。利奥波德在《沙乡年鉴》中谈及"大地伦理"时，专门引入了"共同体的概念"，他试图扩大伦理的边界，"迄今所发展起来的各种伦理都不会超越这样一种前提：个人是一个由各个相互影响的部分所组成的共同体的成员。他的本能使得他为了在这个共同体内取得一席之地而去竞争，但是他的伦理观念也促使他去合作。大地伦理只是扩大了这个共同体的界限，它包括土壤、水、植物和动物，或者把它们概括起来：土地。简言之，大地伦理是要把人类在共同体中以征服者的面目出现的角色，变成这个共同体中的平等的一员和公民。它暗含着对每个成员的尊敬，也包括对这个共同体本身的尊敬。"① 这样的大地伦理要求在社会发展的过程中要充分考虑生态平衡的承受上限，摒弃狂热盲目，而要通盘规划，平衡各方面的整体利益，才是建设生态文明的要义和旨归。相信只要深刻认识生态保护的重要性，全盘规划发展前景，我们是有智慧协调发展与环境的二律背反的。

中国人均可饮用水占有量相当于世界人均水资源占有量的 1/4，人均森林覆盖率只有世界平均水平的 1/5，我们要用世界百分之七的耕地养活百分之二十二的人口。相比较而言，我国资源是极其匮乏的，不是过去所谓的人口众多、地大物博。因此，社会发展要求厉行保护节约资源环境、合理利用资源，节约使用资源，使有限的资源实现效益的最佳化最大化。建设节简型和循环利用型经济模式是建设生态文明的重要举措，生态文明是国家长治久安的基础，也是和谐社会的题中应有之意。物质文明建设不能忽视生态文明建设，生态文明建设反过来又促进政治文明建设。和谐的社会文明推动和促进生态文明建设发展，我国实施的"三北防护林建设工程"，"加强环境建设，再造秀美绿地山川"的倡导，这些都是生态文明发展之策。坚持"以人为本"，强调"全面、协调、可持续发展，促进我国社会和人的全面发展"的科学发展观是生

---

① ［美］奥尔多·利奥波德，候文蕙译：《沙乡年鉴》，长春：吉林人民出版社，1997 年版，第193-194 页。

态文明的唯一出发点和归宿。2004 年 3 月时任中共中央总书记胡锦涛和时任国务院总理温家宝在人口资源环境座谈会上发表重要讲话："坚持以人为本，就是要以实现人的全面发展为目标，从人民群众的根本利益出发谋发展、促发展，不断满足人民群众日益增长的物质文化需要，切实保障人民群众的经济、政治和文化权益，让发展的成果惠及全体人民……可持续发展，就是要促进人与自然的和谐，实现经济发展和人口、资源、环境相协调，坚持走生产发展、生活富裕、生态良好的文明发展道路，保证一代接一代地永续发展。"① 2007年下半年，时任中共中央总书记胡锦涛在十七大报告中提出了实现全面建设小康社会奋斗目标的新要求，其中要求"建设生态文明，基本形成节约能源资源和保护生态环境的产业结构、增长方式、消费模式"。这是建设社会主义物质文明、政治文明之后，首次提出建设生态文明。"生态文明的提出，是生态危机的巨大压力的必然结果，是人类对防止和减轻生态灾难的迫切需要在意识形态领域里的必然表现。生态文明的提出，显示出负责任的思想家和政治家的社会责任感、人类责任感和生态责任感。"②

生态亦即自然生态。自然生态有自为的发展规律。人类社会改变了这种规律，将生态环境纳入人类改造的范畴之内，这就形成了生态自然文明。生态文明，是指人类遵循人、自然、环境和谐统筹发展客观规律而取得的物质与精神成果，人与社会和谐均衡发展。它的产生基于人类对于长期单一裁决人类文明的反思，环境资源的匮乏性决定了人类经济储备的有限性。这无疑将使人类经济模式发生根本扭转。保护环境是社会发展体系的基础，将提升社会文明的方向。有限的地球资源迫使人类重新审视自己面对物质享乐和过度消费的问题。在这种情况下，转向追求精神文化和艺术鉴赏，或可丰富人们的内心世界。其实，突破单向度的扁平人格障碍，是切实可行的一条捷径。仰观天地之大，俯察品类之盛，游目骋怀，乐不可支。灯红酒绿的靡靡之音，岂可久久桎梏人类的心灵？"人类文明的延续、发展和进步注定了生态文明的产生。生态文明是人类社会高度发展进化的一个新阶段，是一种工业文明之后的高级的文明形态，生态文明是人与自然关系的一种全新状态，它标志着人类在改造客观物质世界的同时，不断从主观上克服改造过程中的负面效应，积极改善和优化人与自然、人与人的关系，建设有序的生态运行机制和良好的生态环境，体现了人类处理自身活动与自然界关系的进步。"③ 狭隘人类中心主义导致了峻急的人

---

① 《认真落实科学发展观的要求　切实做好人口资源环境工作——胡锦涛、温家宝在人口资源环境工作座谈会上发表重要讲话》，《人民日报》，2004 年 3 月 11 日，第 1 版。
② 王诺：《生态文明论纲》，《中国绿色时报》2008 年 2 月 22 日。
③ 姬振海主编：《生态文明论》，北京：人民出版社，2007 年版，第 1 页。

类发展病态，生态文明必须保护人与自然的协调。其次，在统筹规划发展公平公正方面，特别是应对经济一体化所带来的比如生态危机的全新挑战，迫使我们必须研究人与自然的文化关系。生态环境应成为社会进步文明体系的基础。社会主义的物质积累、政治民主和精神健全离不开生态文明，没有良好的环境支撑，人不可能有高度的物质基础、政治保障和精神充实健全。离开生态健全，人类未来就会陷入万劫不复的生存困境。中国的传统文化中固有的天人合一、道法自然符合我们提出的科学和谐发展理念、维护社会主义和谐环境与资源节约型社会等一整套有机制衡的发展思路。弥漫全球的经济危机和金融危机，从某种程度上来说，未尝不可以看作是人类透支能源，超前消费的必然结果。那么，随心所欲的攫取和消费过后，我们是不是可以选择绿色、环保、自律、节制的生态模式去应对日常生活呢？树立生态信仰，并不是一句空话，从爱护身边的资源，每一棵树，每一片草坪，每一滴自来水，都是节制奢靡浪费的举手之劳。能源节约，有时就建立在少开一次私家车，少用一次性产品。中国近些年也采取了一些举措，比如超市内禁止免费提供塑料袋，就减少了"白色污染"。点点滴滴的努力，终究会汇聚成建设生态文明的巨大动力，推动人类选择绿色环保、重视精神生活的新的生活理念。

厦门大学教授王诺博士近些年从国际生态运动的背景出发，寻觅欧美生态文学发展的精神脉络，从哲学理念和生态实践的双向突围中研究生态文学，取得了斐然的研究成果。他在生态文明建设的倡议和阐发中做出了很多贡献。他对生态文明的术语发生学研究和比对性厘定方面一直走在前面。他指出，生态文明不是生态作为自然科学和文明作为社会科学的简单糅合，而是以生态作为出发点和落脚点的文明思考和政策制定。王诺谈及生态文明时说："所谓生态文明（ecocivilization），不是文明的生态化，不是模拟或仿效生态系统的形态特征来构建文明体系；也不是指文明的生态学化，不是以生态学、生物学等自然科学的规律原则来改造文明。生态文明这个词由'生态的'（ecological）和'文明'（civilization）两部分组成，其中的限定语'生态的'，指的是生态学、生态哲学的基本精神，简单说就是生态思想。生态文明是在生态思想指导之下的文明，是在保持生态系统的平衡、和谐、稳定、持续存在的前提下发展人类社会的物质文化的文明。[①]"生态文明，以重视和保护生态环境为主旨，贯彻人的主动与自觉，协调人与自然环境的荣辱与共。这种发展观主张在发展经济的过程中积累物质生产力，持续提高人的物质生活水准。可是它们之间也有深刻的不同点，生态文明突出生态环境要义，主张人类在征服自然的同时也必须

---

① 王诺：《生态文明论纲》，《中国绿色时报》2008 年 2 月 22 日。

维护和关心自然，而不能竭泽而渔，恣意妄为，唯我独尊。这表明保护生态环境不是要求人们消极对待环境，而是在理解客观规律的基础上主动地自觉地征服自然，使它更好地为人类所用。而生态平衡所要求的人类要理解和守望自然，约束自己的意志，在这一点上，它又是与和谐发展相一致的，不如说它本身就是和谐发展的重要内容之一。

生态环境具有自己的自足性。这种自足性其实可以理解为生态环境的相对独立性，即在非人类行为模式的影响下，自然环境自有一套运作法则，比如一个树林边的池塘，树木、小鱼、花草、水源、腐殖质、空气、阳光各自承担自身的责任，相互依赖对方的呵护，各得其所，各尽其能，相安无事，和平共处。目前的严重问题是，人类老是企图硬性施加影响改变这种自发的调节模式，用塑料大棚、温室、杀虫剂、除草剂、化肥、农药来改变亘古以来稳定的自然秩序。所以，政治家、人文学者、科技专家纷纷著书立说来痛陈人类对自然的肆无忌惮的破坏和袭扰。正如哈耶克在《自由秩序原理》中指出的那样："政治哲学家（或曰政治理论家）的影响力可能是微不足道的，但是，当他们的观念通过历史学家、时事评论者、教师、著名作家和一般知识分子的广泛传播而成了社会的公共财富的时候，这些观念就会有效地引导社会各方面的发展。"① 生态文明的发展理念和发展思路在生态文学的大力弘扬下，通过高雅的艺术影响，贯穿于读者的心灵世界，又由纸面文本辐射到大千世界最终激发人们的生态环保意识。2007 年 12 月 17 日胡锦涛同志在新进中央委员会的委员、候补委员学习贯彻党的十七大精神研讨班上的讲话中明确指出："党的十七大强调要建设生态文明，这是我们党第一次把它作为一项战略任务明确提出来。建设生态文明，实质上就是要建设以环境承载力为基础、以自然规律为准则、以可持续发展为目标的资源节约型、环境友好型社会。从当前和今后我国发展趋势看，加强能源资源节约和生态环境保护，是我国建设生态文明必须着力抓好的战略任务。我们一定要把建设资源节约型、环境友好型社会放在工业化、现代化发展战略的突出位置，落实到每个单位、每个家庭、下最大决心、用最大气力把这项任务抓好、抓出成效来。"② 作为一个艰巨任务，我国生态文明之路任重道远。积习难改的单向度发展经济、盲目扩大消费、奢靡的生活方式铺天盖地、楼堂馆所的大兴土木，都市噪音、视觉、图像污染，林林总总的反生态行为，极大地堵塞了自然与人类的沟通渠道。举目国内，太多的发财

① 哈耶克：《自由秩序原理》（上册），北京：北京三联书店，1997 年版，第 138 页。

② 胡锦涛：《在新进中央委员会的委员、候补委员学习贯彻党的十七大精神研讨班上的讲话》（2007 年 12 月 17 日），转引自《科学发展观重要论述摘编》，北京：中央文献出版社，2008 年版，第 46 页。

致富秘诀，大款富翁招摇过市的迎亲车队，排场豪华的宴会，金碧辉煌的装潢，这些都昭示着无限消费资源、掠夺动植物生存环境和透支子孙后代的生存保障的人类中心主义弊病。将文化、审美、哲学、艺术引入现代人的精神空间，转移对物质的贪婪索取，提倡绿色人生方式，解决文明病态、城市病态、现代病态和科技病态就有了可操作性。

似乎人类这时生活在进退维谷的尴尬境遇中，从饮血茹毛到电脑电话，发展的的确确带来了生活的便捷。可是，随之而来的环境污染却无法回避，严重的问题接二连三挑战人类的生存发展。随着经济建设的迅速发展，人类物质享受水准的提高；尤其是工业文明造成的环境污染，资源枯竭，荒漠化，"城市病"等等全球性问题的产生和加剧，人类越来越深刻地认识到人类不能无限地向自然掠夺，而必须保护生自然环境。在一些国家和地区出现了资源严重匮乏、疾病泛滥的可怕后果。地球村缩小了世界的物理距离，这些灾难无限扩展，损害了全人类的幸福。如何立足于全球化的高屋建瓴的思想高度，取消人与自然对立冲突的现实状态，是当务之急。"马克思主义生态美学不再偏执于心与物的二元对峙，也不将主客体关系绝对化，而是从全球化视野高度，立足于人类普遍的整体利益，把人类的命运与整个大自然的命运紧密相联，高度关注自然本源和生命存在，用有机整体观看待人、自然、社会的关系，将人类文化、艺术、审美也纳入到整个生命动态系统范围，从而纵身大化，与天地参，实现主客体的生命联通与本源性的整体直觉观照，视自然为人类息息相关的生命依托与和合为一的心体结构对象。"① 自然与人类的相互影响是显而易见的。污浊的环境损害的不仅仅是人类的身体健康，还污染人类的纯洁心灵、道德品格、审美境界和心灵自由。天地自然给我们源源不断的心灵启发，促使我们一次次面对湖光山色，产生了仁者爱山、智者乐水的古老信条。说明大自然充当了人类最早的启蒙老师，诲人不倦地输出无数智慧。利奥波德在《沙乡年鉴》一书中谈及生态伦理时写道："一种伦理，从生态学的角度来看，是对生存竞争中行动自由的限制；从哲学观点来看，则是对社会的和反社会的行为的鉴别。这是一个事物的两种定义。事物在各种相互依存的个体和群体向相互合作的模式发展的意向中，是有其根源的。生态学家把它们称作共生现象。"② 看来，我们必须与自然环境达成默契，才能荣辱与共和谐共存。二十世纪七八十年代，随着各种全球化问题的激化以及"能源危机"的波及，在全球范围内

---

① 彭修银、张子程：《人类命运的终极关怀——论当代马克思主义生态美学的人文学意义》，《江汉论坛》2008 年第 5 期，第 96 页。

② ［美］利奥波德，候文蕙译：《沙乡年鉴》，长春：吉林人民出版社，1997 年版，第 192 页。

开始了关于"增长的限度"的讨论，各种环保运动此起彼伏。正是在这种情况下，1972年6月，在斯德哥尔摩召开了有史以来第一次联合国"人类与环境会议"，酝酿并公布了著名的《人类环境宣言》，从而揭开了全世界携手维护生态平衡的序幕，和谐统筹发展的思想随之形成。1983该委员会在其长篇报告《我们人类的未来》中，正式提出了经济与环境共赢的发展模式。人与自然都是生态系统中不可或缺的重要组成部分。人与自然不存在奴役与被奴役、征服与被征服的关系，而是唇齿相依、和谐共处、同舟共济的关系。学者杨通进在论及人类如何走出生态危机的巨大阴影时说："人类要想走出目前的生态危机，彻底解决困扰工业文明的环境问题，就必须全面反思工业文明的主流价值观，选择全新的文明发展模式，即生态文明的发展模式。生态文明是工业文明之后人类文明发展的又一个新阶段。生态文明最重要的特征是强调人与自然的和谐。生态文明的经济模式不是强行地把生态系统纳入人类经济系统，而是把人类的经济系统视为生态系统的一部分。生态文明强调人类整体利益的优先性，倡导全球治理和世界公民理念。在生态文明时代，科学技术不再是人类征服自然的工具，而是修复生态系统、实现人与自然和谐的助手。凸显自然的重要价值理念。生态文明的价值观既关注人的权利，更强调人的责任，倡导和谐社会与理性消费。"[1] 世界的发展应该讲究跨时代之间的公平合理，亦即不能仅仅以当代人的利益为旨归。而必须建设生态文明，牢固树立起和谐共赢统筹规划平行不悖而不相害的生态文明观。

生态文明建设的伟大变革，来源于保护生态平衡和环境污染治理的迫在眉睫。变革的最终目标是建设和谐的天人关系。树立起生态环保的发展理念，服务人与自然的和谐共存。从生产生活方式到消费理念，从产业结构的调整到适度顾及自然资源的可承受能力底线。我们渐渐认识到了人类生存的局限和环境的脆弱。如何提高那些可以再生、可以持续利用的能源在能源总量之中所占的比重，实现经济发展社会进步、自然生态环境保持、人类生活幸福指数提高的综合提升，有赖于节约能源、合理消费和关爱生态环境，提倡绿色生活理念。著名学者陈敏豪指出："为了协调人类和自然生态系统的关系，人类社会必须进行深刻的变革，变革的起因在于生态，但变革的本身在于社会和经济，而完成变革的过程则在于政治。"[2] 今日之中国，建设生态文明无疑要求居民的日常生活摒弃铺张浪费，以实用节约为原则；要求世界人民的生活严格以环境资源承载力为基础，不断加大循环经济的规模，大力提高可再生能源在能源结构

---

① 杨通进：《生态十二讲·序言》，天津：天津人民出版社，2008年版，第4页。
② 陈敏豪：《生态文化与文明前景》，武汉：武汉出版社，1995年版，第15页。

中的比重和权重。生态女性主义批评家 C. 麦茜特在谈及生态文明时代的到来时，曾经热烈呼唤过生态世界观的诞生："它将能够带领二十一世纪的公民们进入生态学上可持续的生活方式，一个非机械论的科学和一个生态的伦理学，必定支持一个新的经济秩序，这个新秩序建基于可再生资源的回收、不可再生资源的保护以及可持续的生态系统的恢复之上，这个生态系统将满足基本的人类物理和精神需要。"① 经济秩序的建立，立足点是产业结构调整。循环经济和生态经济的出现，有效改变了过去的粗放发展模式，人类的物质需要和精神需求的满足，不是一蹴而就的事情。在改造客观世界和征服自然的漫长征程中，持续不断地改造人类的心灵世界，达成默契的天人关系，处理好发展、稳定、和谐的关系，从单纯追求经济发展和物质财富膨胀的窠臼中脱颖而出，才是一次真正的人类发展历程中的自我超越，这是发展道路上具有里程碑意义的举措。

三、生态文学的发展

研究生态文学，有必要从词源学的发生学角度深究一下生态的含义和沿革。生态学的英文单词"ecology"一词是由希腊文"房子、住宅、家园和住处"和"知识、理念、观念和学问"组合而成的。组合起来的新意向就是关于研究住房环境、人居生态、居住指标的理论、思考和学问。这是生态学的要义。有些学者在追溯生态学概念的源头时发现，生态最初的意义还没有涉及人类与大自然的双边关系，其原意是生物与环境的关系学。著名学者覃新菊认为"最初生态的含义是指研究生物之间及生物与非生物环境之间的相互关系的科学，还没有进入到人与自然的层面，真正意义上的现代生态学是在二十世纪中期以后形成的，以 1970 年第一个世界地球日为标志。……生态危机的盛世危言是文学与生态联姻的外在缘起，生态哲学、生态伦理学的长足发展是文学与生态结缘的中介动因，文学的批判精神与理想主义是促成文学与生态相媚的内在动力，人与自然的协调性使文艺学的跨学科——生态化成为一种必然。"② 生态与文学的结缘，既是生态现状作为文学关注现实的必然选择，也是文学的审美情趣、批判质疑、济世救人的精神在生态领域的基本态度。鲁枢元教授侧重于从中国古代文化领域寻觅自然思想的依据，他从《文心雕龙》一书中开掘出了文学观和自然观的扭结和互渗。这是崭新的探索和发现。鲁枢元在论及

---

① ［美］卡洛琳·麦茜特，吴国盛等译：《自然之死——妇女、生态和科学革命》，长春：吉林人民出版社，1999 年版，第 5 页。

② 覃新菊：《生态批评的理论特征》，《上海文化》2007 年第 2 期，第 33-35 页。

中国古代的文学观和自然观时谈到了刘勰的《文心雕龙》，"刘勰在《原道》篇中反复论述了人与自然息息相关的亲密关系：文学之道乃是自然之道，天、地、人三位一体；日月、山川、文章三位一体；形声、文采、心灵三位一体；天地之辉光，生民之耳目，夫子之辞令三位一体。"①刘勰所谓的"取象乎河洛，问数乎蓍龟，观天文之极变，察人文以成化；然后能经纬区宇，弥伦彝宪，发挥事业，彪炳辞义"用现在的语言即可表述为"宇宙自然、社会人生、文学艺术原本是一个浑然有机、充满活力、大化流行、生生不息的整体。刘勰的思想与怀特海、贝塔朗菲的有机整体论、系统论哲学是颇为接近的"②。这应该是中国古代关于生态和文学的经典论述，开启了文学和自然、生态绿色珠联璧合的先河。刘勰生活的年代正是农耕文明占据绝对主导地位的时代，还没有出现人与自然关系的恶化。他的着眼点是通过观察天地万物和自然妙趣，打通主体与客体、文学与自然、人类与环境的壁垒，游刃有余地处理人与自然的关系。这也充分说明，我国的文化根源于对自然的深刻理解和融会贯通。

挖掘生态危机的思想文化根源，进行生态哲学维度的文化批判是发展生态文学的主要任务和旨归。在古老的大地上，很早就萌蘖了氤氲着绿色的描写人与自然的关系的文学。原始人类在大地上繁衍生息，把人和自然看作是浑然一体的。神话主要就是对大自然的奥秘、人的发源、人与动植物、环境之间关系的幻想的素描。海德格尔曾经说过："自然在一切现实之物中在场着，自然在场于人类劳作和民族命运之中，在日月星辰和诸神之中，但也在岩石、植物和动物之中，也在河流和气候中，我们甚至也不能用某个现实事物来解释无所不在的自然，它在不知不觉中已经出现，阻止着任何对它的特殊驱迫。"③马克思主义经典作家认为，任何神话都是用想象和借助想象以征服自然力，支配自然力，把自然力加以形象化；因而，随着这些自然力在实际上已经被人力支配，神话也就消失了。④回望先民的文化典籍，早在先秦典籍中就有古老的《弹歌》："断竹，续竹，飞土，逐肉"文字记录。《古诗源》的"沧浪之水清兮，可以濯我缨；沧浪之水浊兮，可以濯我足。"更是描写了人类先民与水源最原始最亲近最默契的友好关系。《诗经·采薇》篇"昔我往矣，杨柳依依，

---

① 鲁枢元：《百年疏漏——中国生态文学史书写的生态视阈》，《文学评论》2007 年第 1 期，第 183 页。

② 鲁枢元：《百年疏漏——中国生态文学史书写的生态视阈》，《文学评论》2007 年第 1 期，第 184 页。

③ [德] 海德格尔，孙周兴译：《荷尔德林诗的阐述》，北京：商务印书馆，2000 年版，第 237 页。

④ 张守海：《文学的自然之根——生态文艺学视域中的文学寻根》，《文艺争鸣》2008 年第 9 期，第 124 页。

今我来思，雨雪霏霏。"再现了自然季节的美好风光。吴均的《与朱元思书》更是把自然界的山光水色与人的自然情思有机糅合的杰作：

"风烟俱净，天山共色。从流飘荡，任意东西。自富阳至桐庐，一百许里，奇山异水，天下独绝。水皆缥碧，千丈见底。游鱼细石，直视无碍。急湍甚箭，猛浪若奔。夹岸高山，皆生寒树，负势竞上，互相轩邈；争高直指，千百成峰。泉水激石，泠泠作响；好鸟相鸣，嘤嘤成韵。蝉则千转不穷，猿则百叫无绝。鸢飞戾天者，望峰息心；经纶世务者，窥谷忘反。横柯上蔽，在昼犹昏；疏条交映，有时见日。"①

山水是人类的港湾，是原始的家。或许只有寄傲山水才可能宠辱偕忘。谢灵运的"池塘生春草，园柳变鸣禽"，李白的"裸体青林中"、杜甫的"两个黄鹂鸣翠柳，一行白鹭上青天。窗含西岭千秋雪，门泊东吴万里船"的自然观赏，杜牧的"青山隐隐水迢迢，秋尽江南草未凋"的季节感叹，还有张岱对西湖的描绘，柳宗元对小石潭的迷恋，欧阳修对滁州自然山水的皈依，范仲淹对岳阳楼下长江之水浩浩荡荡横无际涯的歌唱，都淋漓着自然的水汽。这些氤氲着绿色和自然风格的美丽句子都是诗人对大地的皈依和怀恋。北宋学者张载论述说："民吾同胞，物吾与也。"② 其意为：老百姓都是我的同胞，世间万象皆与我同类。号召以仁爱之心关爱自然万物。这种"民胞物与"的情怀依然延绵于中国当前的生态文学之中。当今世界污染、瘟疫疯狂泛滥，人与自然的关系交织着龌龊，造成空前的生态灾害，危及地球的健康。利奥波德的"大地伦理"延展了全球化的边界和范围："大地伦理只是扩大了这个共同体的界限，它包括土壤、水、植物和动物，或者把它们概括起来：土地。"③ 生态文学就是在工业化的全球背景下如雨后春笋般蓬勃生长和繁荣起来的。"生态文学参与揭露反生态行为，自觉承担社会责任，呼唤生态意识的觉醒，探寻人与自然互动的和弦，已经成为全球化语境中文学发展的一种新的趋势。"④ 作为对环境污染的一种回响，生态美学思潮在西方也在中国如火如荼地发展着。中国的生态文学与批评，自觉地承担新世纪的责任，大力弘扬"生态关爱"的主题。生态文学是走向和谐发展道路上的精神动力和思想指导。社会、自然、人性的多重壁垒开始被一一打破，我们呼唤的人与自然和谐共存的局面，会从纸面走向浩瀚的大自然。有些学者致力于反思二十世纪文学的内在悖

---

① 李明编：《中国古代散文选》，重庆：重庆出版社，2001 年版，第 29 页。

② 张载：《西铭》，见《正蒙·乾称》。

③ ［美］利奥波德，候文蕙译：《沙乡年鉴》，长春：吉林人民出版社，1997 年版，第 193 页。

④ 张皓：《中国生态文学：寻找人与自然的和弦》，《佛山科学技术学院学报·社会科学版》2004年第 11 期。

论，从人文主义和自然环境的此消彼长来厘定那一时段的文学得失。在反思二十世纪中国文学的悖论时，王兆胜说："20世纪中国文学存有这样的悖论：对人的强调使它获得对非人文学的超越；但过于强调人的重要性及其力量，又限制了它的广大视野、深刻性和正确性……从而导致对天地自然之道的忽略其至无知，也导致了人的欲望的无限膨胀。"① 人类无限膨胀的欲望，跨越了自然天道的屏障，直接造成了环境污染和生态失衡的后果。好在从二十世纪八九十年代以来，我们已经开始关注人与自然的关系，力求恢复青山绿水的自然环境，减少人类活动对原生态环境的袭扰和摧残。跨入新世纪的文学创作已经开始直面生态自然环境的污染恶化对社会、个体、心灵领域的重大消极影响了。这样的转折非常及时，是从关注文学语言、格律、形式、文气、结构、遣词、炼句到关心文学表现内容和文学的教化作用的一次重大转折，其非凡的意义必将在未来得到更大的肯定。

克罗齐说过，任何历史都是当代史。同样，我们可以说，任何文学史都是当代文学史。对生态自然的关注并非产生在世纪之交，早在人类的文明刚刚开始之时，先哲们就开始把目光投向人与自然的关系了。孔子、老子、墨子、庄子、韩非子他们在相互辩难讨论学问交流思想的时候，就开始探讨人类与自然世界的微妙关系了。穿越尘封的历史册页和卷帙浩繁的楚辞汉赋唐诗宋词，我们读到了先人对自然的礼赞。他们的诗句和词章里，氤氲着自然的绿色和灵动的云气。汪政专门撰文考察过古代文学中的生态之思。关于生态文学，评论家汪政说："中国人在文学中对自然的发现，在《诗经》《楚辞》时代就开始了，但学者一般都认为自然作为真正的表现对象要到南北朝的时候，刘勰就在《文心雕龙》里说过：'宋初文咏，体有因革，庄老告退，而山水方滋。'这是文学方面，其他艺术门类对山水自然的发现与较为成熟的表现还要晚一些。而从世界范围来说，明确地从自然与人类社会的关系着眼，特别是认识到人类的生存最终是依赖于自然，至少从工业文明以后开始。这时人类的生存已经严重地违反了自然的规律，干扰了自然的进程，人类已经面临着严峻的生态危机。所以以此作为主题的小说，还是近百年的事。"② 中国肯定还要晚一点，但近几年渐渐有了长足的发展，关于动物领域的小说、灾难题材的生态警示小说等也都出现了。生态语境之中，反映严峻的自然忧思的文章比比皆是，从诗歌散文到小说戏剧，从电视纪实作品到长篇报告文学。杨传鑫在《绿色的呐喊——20世纪生态文学略论》一文中说："生态文学是20世纪新出现的一种

① 王兆胜：《文学·人生·天地自然》，《中华读书报》2002年7月3日。
② 汪政：《生态文学起源追溯和盘点》，《文艺报》2006年2月3日。

文学类别，是以生态环境为题材，具有鲜明的忧患意识和现实的批判性。生态文学产生的背景是环境科学和生态学在全球的兴盛与发展，关注人类的自然生态环境，已经成为科技、社会、文学活动的共识，并且陆续出台了一系列维护世界生态环境的全球性公约，例如《世界自然保护大纲》《21 世纪议程》《地球宪章》《京都议定书》等等。这些公约的中心思想是要求全世界各国政府和人民共同负起保护全球生态环境的责任。"① 评论家孟繁华以"动物叙事"为例分析生态文学的繁荣，他认为文学是人学，写动物不过是从别的角度表现人，所有的读者都能从作品中的动物身上反照自己，并受到极大的精神震撼与道德净化，这就促成了其方兴未艾的畅销态势。这些杰作带给读者的不光是作品自身所呈现出的典范教益，更多的是一种心灵的突围，是透过文本所诱发的心灵、智慧与灵气的共鸣，对人性的深度观察，正体现了二十一世纪"动物叙事"浓厚的哲学思考与深刻的人间情怀，赋予了敏锐的时代思考。动物叙事的弥漫文坛，是人类精神领域内部的换位思考，其实我们人类也仅仅是进化序列上的一次奇迹。关心动物，也是在关心我们自己。评论家李建军认为，世纪之交的人类在揭示和直面生态危机方面，已经取得了杰出的成绩，但是情况依然很峻急。针对有人把表现人与自然关系甚至里面哪怕是一点点涉及该内容的作品都归类"生态文学"的范畴，李建军持否定态度。他认为，一旦关注动物或植物就叫"生态文学"，那未免有点太极端化了。文学创作是不是"生态文学"，不能看它写了什么，更要看他如何写以及依据什么样的生态观来写。生态观的传达和散发，是生态作品的题中应有之意。促进人类深刻反思急功近利的发展模式，改变奴役和压榨自然的陋习，就必须改变那种通过奴役甚至破坏自然以满足贪欲的实用狭隘价值观。青年学者黄轶说："生态文学的重要内涵，是通过文学来重新审视人类文化，进行文化批判，探索人类思想、文化、社会发展如何影响甚至决定人类对自然的态度和行为，如何导致环境的恶化和生态的危机。"② 生态既是一个宏阔的问题，更是一个细微的问题。相应地，生态文学不是表态和作秀，也不仅仅是以一些重大的感天动地的污染事件为原型的主题叙事，也不能依靠虚构。如同生态应该多元化一样，生态文学也应该丰富多彩。生态的危机并不止于污染与地震、洪涝灾害这样的巨大事件，而生态文学也应关注我们琐碎的日常细节和我们内心的震撼与波动。"更重要的是，生态文学不应该只有对立与批判，它还应该回忆、展望与肯定，在将人

---

① 杨传鑫：《绿色的呐喊——20 世纪生态文学略论》，《中南民族大学学报》，2004 年第 1 期，第 119 页。

② 黄轶：《"我们究竟从哪里开始走错了路?"——生态文学"社会发展观批判"主题辨析》，《当代作家评论》2008 年第 3 期，第 125 页。

们从物欲与功利中拉出来的同时，给人们描绘曾经存在的美丽与温馨，唤醒迷失的感觉，肯定精神的价值，宣示理想的未来，以审美的方式呈现人的诗意的栖居。"① 波澜壮阔的生态运动和环保世纪行，唤醒了迷失在物欲横流的欲壑难填之中乐不思蜀的现代人，生态危机是摆在世界人民的面前的一道共同难题。文学艺术必须铁肩担道义，妙手著文章，推进人类关爱自然的脚步，为生态文明建设尽一份义务，这是文学艺术恢宏的志向和济世救人的大担当。

千言万语难以说清的问题是，为何文学选择了生态叙事。我们可以顾名思义，反映生态现状，反思生态问题，表达生态忧思，彰显生态灾害，展望生态前景的文学就是生态文学。这是一个题材决定论的文学表达，一如女性文学，知青文学，"文革"文学，改革文学，打工文学，诸如此类。一言以蔽之，"生态文学"的关键是"生态"。这个修饰词的主要内涵并不仅仅是指描写生态或描写自然，不是这么直观。在对数千年自然哲学和数十年生态文学进行全面梳理之后，可以得出这样一种结论：生态思想的核心是生态全息论、和谐观和联系观，生态思想以自然世界的平衡为旨归。"生态文学从根本上来说是对现代性的反思，这种反思不是要解构现代性，而是要超越现代性，并试图通过对现代前提和传统观念的修正，来构建一种后现代世界观。"② 生态文学对人类所有与自然有关的哲学、理念和行动的判断标准是否有利于生态系统的整体利益，即生态系统谐调、稳固和均衡地自然存在。生态文学立足时代生态现状发言，力求为生态改善奔走呼号，以文学之力量影响自然，滋润人心，充分发挥文学的社会影响功能，劝谕教育，指点迷津。生态文学是观察和反映自然与人的关系的文学，与自然科学不同的是，生态文学用文学语言和文学形象说话，而不是田野调查式的社会实践，亦不是列表画图定量定性分析的调查报告，是诗性话语的注入，是悲天悯人的文学呐喊。生态预警是生态文学的突出内涵，未雨绸缪，先见之明，振聋发聩，惊世骇俗的风格通常是生态文学所尽力追求的。生态文学对自然与人的关系的考察和表现主要体现在：生态对人的影响（心灵深处的和行动外在的两个方面）、人类在自然界的存在，人对自然的反观和呵护，人类保护和关爱与自然的友好关系等。"自然既有生命属性，也有精神属性，作为生命它是孕育万物的大地母亲，作为精神它是生生不息的宇宙精神。人类是自然界的精灵，也是自然界的组成部分，人类离不开自然的孕育和滋养。自然本身就充满了大爱大美，蕴含着大智慧大悲悯，人类一切真

---

① 胡军、韩晓雪：《生态文学首先应是审美的》，《文艺报》2007 年 8 月 28 日。
② 余谋昌：《生态哲学》，西安：陕西人民出版社，2000 年版，第 39 页。

善美的精神都可以在自然那里找到根源，文学的根最后还要归结到自然上。"①
生态文学反观的是自然与人的关系，而旨归却在人类的思想内蕴、经济体制、
社会建构模式上。因为任何社会问题归根结底还是人心的外化，自然界的千疮
百孔遍体鳞伤乃是人类向善之心的缺失和癌变，对自然的麻木、冷酷、冷硬和
无情，反过来也会施加于人类。一旦一个个体为了金钱和利益不顾一切向自然
开展袭击和索取，他的行为加害的不仅是自然界，也会伤及人类的健康。那些
农药化肥，提高了农业收入，同时也增加了食用农产品的普通消费者的健康长
寿。点点滴滴的毒素，渗透到消费者的血液，生态灾难逐渐显现。

　　挖掘和昭示造成生态灾难的社会根基，使得生态文学具有了显著的思想反
馈的特点，它对严重污染自然的工矿企业和农业现代化、大数量恶劣武器的研
制和使用等林林总总的科技文化、军事现象提出了严厉的批判。发展本身不是
目的，仅仅是手段，人类的综合幸福指数的提升才是一切发展的终极目标。兼
顾自然界的承受力和资源的限度，循序渐进地发展才是可持续发展观。"发展
的光环下骇人的生态现实使得生态小说家不得不质询我们的发展观念，反思工
业革命以来人类对自然资源无限度的开采，掠夺甚至毁灭式侵害。单一的现代
经济发展模式对多样化生存的致命伤害是不少生态小说关注的话题。"② 正因
为这一特征，在分辨文学作品是否属于生态文学时，可以不把直接描写自然作
为唯一要求。一部完全一点也没描写自然的作品，只要揭示了生态危机的道德
理念思潮，也可称作生态文学作品。张炜的长篇小说《刺猬歌》和迟子建获
得茅盾文学奖的长篇小说的《额尔古纳河右岸》就是致力于揭示农牧业、建
筑业、捕鱼业在被迫现代化的过程中原始经济的终结和古老捕鱼、生产、稼穑
方式的一天天衰败。在全球化和商品经济的大潮席卷之下，一切原生态的生产
生活方式必须退到历史舞台的背后，大规模的开发建设、招商引资导致了农业
文明的衰微，坚守古典理想主义的作家，只好回眸以往，深感焦虑。当代生态
文学的方兴未艾，用曾永成的话说，"不仅是对世界环保潮流的回应，而且更
直接地出于对经济发展带来环境问题的切肤之痛，出于作家们对于国家民族生
存所面临的另一种危机的忧患情怀。"③ 应该说，生态文学的产生和发展是文
学的批判作用得到大张旗鼓地张扬的直接影响。生态文学必将在未来的时代大
有可为，因为现代化的主体面临的生态自然问题层出不穷，所以生态文学不会

---

　　① 张守海：《文学的自然之根——生态文艺学视域中的文学寻根》，《文艺争鸣》2008 年第 9 期，
第 123 页。
　　② 黄轶：《"我们究竟从哪里开始走错了路？"——生态文学"社会发展观批判"主题辨析》，
《当代作家评论》2008 年第 3 期，第 126 页。
　　③ 曾永成：《文艺的绿色之思》，北京：人民文学出版社，2000 年版，第 324 页。

无动于衷。

　　生态文学表现出特定生态意识，如对生态理想的抒发，对生态根源的寻找，对世界范围内生态灾难的预警，对自然原初环境的发现，对高消费意识形态的批驳，对破坏生态环境行为模式的鞭挞和谴责，对绿色和平的高歌颂扬。厦门大学教授王诺博士在《刻不容缓的生态意识确立》一文中把生态文学文本的基本特点归纳为以下六个方面："1. 抛弃征服自然的观念，把生态系统的整体利益看作社会人生的最高标准。2. 考察自然界各种关系的原初样态，寻找原本的和谐与统一。3. 汲取民族原创文化中天人合一的精神资源，思考地球大团体的生态伦理及生态公义。4. 对人类唯发展主义以及增长癖提出警示。5. 揭示生态灾害的社会根源，展示生态文学的存在价值。6. 吁请人类警醒，激发人类本来与自然生态生死与共的正常认知感觉，使疯狂掠夺和毁坏的人类重新过上和谐与正常的生活。"① 这六点可谓切中肯綮，一针见血，提纲挈领，高屋建瓴。对科学技术日益成为现代生活的宗教信仰问题，不少学者也痛心疾首地指责其弊端。科学技术推动社会发展的同时，也揭去了人类的敬天畏地的善心。上帝既然死了，人类就是一切的最高裁判，因此而肆意妄为，横行霸道，伤天害理，无所不用其极。针对这一点中国生态批评的青年学者黄轶曾经痛心疾首的说过"工业革命使得科技成为新的宗教，人从自然中脱颖而出，丧失了对自然的敬畏之心，不再视自己为大地之子，不再体恤和善待自然万物，正由于此，人类才敢于把自然看作社会发展必须征服和掠夺的对象，所有自然资源是待人免费享用的，满足自我消费欲望成为唯一目的。这种发展观抹杀了自然资源自身的进化规律，也忽略了自然对于人类精神的价值，这是现代文明的深层弊端。于是，生态批评提出要建立新的发展理念，重塑新的发展模式，人类必须重新体认荒野的价值，找回对自然的虔敬，对大地的关怀。"② 生态作品是文学家对世界以及所有有生生命之命运的忧虑在文学创作中的必然昭示。文学家强烈的自然责任感和社会使命感，推动着生态文学肇兴、勃发并走向爆发。二十世纪九十年代以来，中国生态文学有了长足发展。代表有徐刚的《守望家园》《地球传》《长江传》《大地书》，李青松的《遥远的虎啸》、乔迈的《中国：水危机》、郭雪波的《大漠魂》等生态小说，谌容的长篇小说《死河》，陈建功的《放生》，张抗抗的《沙暴》，胡发云的《老海失踪》。生态散文的代表有李存葆的《鲸殇》，苇岸的《大地上的事情》，李景平的《绿

---

① 王诺：《刻不容缓的生态意识确立》，《社会科学报》2002 年 9 月 5 日。
② 黄轶：《"我们究竟从哪里开始走错了路？"——生态文学"社会发展观批判"主题辨析》，《当代作家评论》2008 年第 3 期，第 131 页。

歌》；生态诗歌的代表有于坚的《棕榈之死》，李松涛的《拒绝末日》等。还有杜光辉的《哦，我的可可西里》、叶广芩的《老虎大福》、方敏的《大绝唱》、郭雪波的《大漠狼孩》、铁凝的《秀色》、陈应松的《松鸦为什么鸣叫》、张炜的《鱼的故事》、彭鸽子的长篇《红嘴鸥的寻觅》。贾平凹的《怀念狼》、郭雪波的《大漠狼孩》《银狐》、雪漠的《狼祸》、姜戎的《狼图腾》、阿来的《空山》、昌耀的《昌耀抒情诗集》、方东美的《生生之德》、铁凝的《女人的白夜》、哲夫的《世纪之痒——中国生态报告》、邓一光的《狼行成双》《我是太阳》、李青松的《遥远的虎啸》、周晓枫的《鸟群》《斑纹——兽皮上的地图》、阎连科的《日光流年》、邓刚的《迷人的海》、李杭育的《最后一个鱼佬儿》、邱华栋的《城市战车》、杨志军的《随心所欲》、鲁枢元的《猞猁言说》、杨文丰的《自然笔记》、张炜的《圣华金的小狐》《刺猬歌》《你在高原·西郊》、苇岸的《上帝之子》、温亚军的《驮水的日子》、包国晨的《寻觅第一峰》、王治安的《悲壮的森林》、庞培的《忧郁之书》、赛尼娅和刘亮程主编的《乡村哲学的神话》、鲁枢元的《生态批评的空间》《走进大林莽》《心中的旷野·关于生态与精神的散记》，马役军的《黄土地，黑土地》、沙青的《依稀大地湾》、麦天枢的《挽汾河》、刘贵贤的《生命之源的危机》、谢宗玉的《遍地药香》、叶广芩的《黑鱼千岁》、李存葆的《绿色天书》、陈从周的《陈从周园林随笔》、刘庆邦的《红煤》、彭城的《漂泊的屋顶》杰出的生态文学作品闪射出熠熠光辉，都显示了世纪之交我国生态文学的不凡实绩。

人类曾认为自己是世界的主人，因此而无所顾忌，横行霸道，唯我独尊以万物之灵长和宇宙之精华自居，从不反思自己的行为是否伤害了地球上的其他生命形式。近几十年以来，环境问题和生态平衡日益恶化，让人不寒而栗。而今当我们不得不面对着生态环境的严重破坏，人们感到了巨大的生存困惑或曰"生态恐惧"。二十世纪七十年代，美国生态文学里程碑一般的杰作《寂静的春天》中译本问世，惊醒了并一直震撼着一些中国作家的心灵，成为中国生态文学的宝典。后来，随着梭罗和利奥波德、爱默生、卢梭等等西方杰出文学家思想家的著作被大规模介绍进来，我们感到醍醐灌顶，如梦初醒。二十世纪八十年代，罗马俱乐部的生态环保思想被大规模引入，为刚刚兴起的我国生态文学提供了另一重要的生态智慧和生态伦理。二十一世纪初，欧美生态文学、生态哲学、生态美学、生态经济学、生态文艺学的斐然成就被系统介绍进来，为我国生态文学走向深入提供了重要的思想参照体系。当代生态文学作家多具有浓郁的诗人气质，对大自然十分敏感，用心地聆听和观察反思天地万物。1999 年英年早逝的苇岸是这类作家的代表，他一生呵护自然，挚爱大自然的朴素平和，如同他的名字所暗示的那样，他是杨柳岸边一棵会思考的芦苇。诚如袁毅在给《上帝之子》所作的序言《最后一棵会思想的芦苇——追忆苇岸》一文所言："苇岸先生是一位和民间、和大地建立了一种血脉交融、浑然一体的联系的原创性作家，他的写作基本上是一些有着元素意义的意象以及与此相连的原初语境，他笔下的世界和他的人格是合而为一的和谐之美，因为他是从心灵的道路上通往文学之旅的，他的脉管里流淌着文学殉道者罕见的真挚、沉着、纯粹。"① 在《大地上的事情》里，蛐蛐、云雀、蝴蝶、壁虎、布谷鸟、甲鱼，大河湖泊、白杨、橡树、荷花，还有季节变异、气候反常、日出日落，是真正的主角；作者自己则被"边缘化"，主角的每一点细微变化都吸引着他的心灵，牵动着他的感官。感悟者既"思"且"鸣"，在用心灵与世界沟通交流的过程中，苇岸对自然与人的关系产生了顿悟："人类与地球的关系，很像人与他的生命的关系。""那个一把火烧掉蜂巢的人，你为什么要捣毁一个无辜的家庭？"难道就为了显示"你是男人？"在《动物园》里，周晓枫悟出："人类的审美是畸形的甚至是残酷的；人类没有理由自高自大，因为"我们猜测不出鸟的确切身份，也难以了解它见识广博的心胸；无论多么渴望，我们不能和它们一同比翼——鸟提醒着人类的不自由，正如伊甸园的蛇提醒着先祖的无知。"这些作家的自然描写含蓄而细腻，语感与浪漫主义的自然书写十分切近。同样类似于自然生态作品的还有对田园生活的思恋，以记忆和悲伤、质疑。人与自然能否和谐相处，关键取决于人；人只有把自己看成自然中的"一分子"，才能与其他生物并行不悖。我们必须知道，善待自然和其他生物，乃是善待我们人类自身。"全球化语境中的生态文学是以环境伦理意识为核心的一种新的文学思潮，中国当代文学中的人与自然的主题经历了一个从解构到建构的变奏，自二十世纪九十年代以来出现了大量具有自觉生态哲学意识的叙事文本，生态文学作为一种前瞻性的文学，在新世纪的文学格局中正从边缘走向中心，必将对未来的文学发展产生强烈的冲击和影响。"② 吴尚华先生对全球化语境下的生态环境伦理对作家创作的影响的认识是清醒而深刻的，文学是应对现实的武器，具有前瞻性的生态文学，必将从边缘化的位置登上文学殿堂的显赫位置，担负起匡扶时弊，再造生态世界的光辉重任。

---

① 苇岸：《上帝之子》，武汉：湖北美术出版社，2001 年版，第 9 页。
② 吴尚华：《走向和谐：人与自然的主题变奏——试论当代文学中的环境文学》，《安庆师范学院学报》2006 年第 2 期，第 6 页。

四、生态批评的变迁

生态批评发轫于二十世纪六七十年代，在短短的几十年时间里，它以雨后春笋般的态势迅速勃兴起来。生态批评家们从环境生态学，生态保护主义、环境正义主义，生态的概念与描述，作品再现的理论，浪漫主义的再现、人与自然关系的呵护觉醒等各个层面论述人与自然对立统一的关系，拓宽生态批评的领域。"生态批评在人类面临环境恶化和生态危机的语境中应运而生。它从一开始就体现了强烈的危机意识、责任感和批判精神。生态批评向自然延伸视野将表明文学参与现实问题的学科转向。生态批评的学科转向表现在从文本形式研究到内容本体追问的转向，从研究的概念化模式向关注实在性存在的转向，从以语言为中心的文本解读向以生命为中心的文本阅读转向三个方面。生态批评的学科转向意味着重新整理西方形而上学传统的趋势，意味着从本体回归的视角重新思考人与自然关系的必要。"① 唤醒环境生态意识的觉醒具有深刻的理论意义。无论认识到与否，我们人类生活在生态灾难多发的时代。生态批评的产生语境，决定了它的直面现实的优秀品格。文本形式和语法修辞的过度关注，必然会降低文学铁肩担道义、妙手著文章的现实担当。强烈的现实介入精神和干预勇气，力求用文字去筑起防护生态恶化的钢铁长城，生态文学显得有些果敢悲壮和雷厉风行。关注现实，救治弊病，这是生态文学的天然职责。麦克基本在《自然的终结》一书中感叹在资本主义和科技主义的迫害下苟延残喘的大自然："万物还在生长着、衰败着，光合作用还在继续着，呼吸还在进行着。可是，我们至少在现代社会里已经终结了为我们所界定的自然——与人类社会相区别的自然。"② 生态批评在对人类经济跨越的质疑声中异军突起，也是在生态危机呼唤的结果。它彰显文学研究者对生态污染实际问题的敏感，表明文学研究者相信文学蕴含着深刻独特的精神气质，可望用于改善导致人类经济发展勃兴过程中对生态环境造成破坏的人与自然对立矛盾的关系。诚如美国学者麦茜特所言："生病的地球，唯有对主流价值观进行逆转，对经济优先进行革命，才有可能最后恢复健康。在这个意义上，世界必须再次倒转。"③

生态批评，作为一种批评思潮，具有很强劲的发展势头。环境学出身的密

---

① 宋丽丽：《生态批评：向自然延伸的文学批评视野》，《江苏大学学报》2006 年第 1 期，第 21 页。

② ［美］麦克基本，孙晓春，马树林译：《自然的终结》，长春：吉林人民出版社，2000 年版，第 61 页。

③ ［美］卡洛琳·麦茜特，吴国盛等译：《自然之死》，长春：吉林人民出版社，1999 年版，第 327 页。

克尔主张批评应当挖掘文学所揭示的人类与其他生命之间的关系，发掘文学对人类行为和自然环境的戕害。他第一次尝试着研究文学作品与自然科技的共振。从生态学的视角重新审视希腊神话、荷马史诗、卢梭随笔、蒙田随笔、狄更斯、利奥波德、卡逊、爱默生、梭罗以及当代一些文学作品，并提出艺术的生态关系和生态批评学学术术语概念。

生态批评旨在探讨文学与天地万物之间的关系，是文学向自然延展的批评视野。概念的出现和理性的界定一开始就带有边缘交叉性。生态批评跨越性不仅体现在向环境科学方向的学科跨越，也体现在人文科学内部的分裂融和。它具有将文学，生态学，经济学、地理学、环境学结合为一体的多面性特征。二十世纪中叶以来，生态污染日益加剧，人类的环保意识也日趋强烈，生态理念逐渐渗透到文学、神学、伦理、经济、人文道德等社会学科的各个范畴。成为必须面对的共同的课题，是我们科学界乃至人文学界的共同任务之一。对于社会发展日益追求所谓"不断进步"，大卫·格里芬有自己的发人深省的判断："进步的神话到底意味着什么？它是否意味着这样一个假设：一种把过去的绝大部分事物都当作迷信而抛弃，并一味地想通过对自然的技术统治来增加人们的物质享受的文化，能够带来一个和平、幸福和道德高尚的世界？果真那样的话，那么，进步的理想也就被证明是一个贬义的神话。"① 技术理性和工具理性的泛滥成灾，导致地球环境的千疮百孔满目疮痍，大卫·格里芬清醒而且犀利的文笔发出了对盲目发展和攫取自然的质疑和追问。物欲横流、欲壑难填的现代人在这样的文字面前，真的应该扪心自问，我们到底为世界奉献了什么，我们为什么一错再错。

生态批评的反思性或超越性承继了塑造绿色环境的人文思想形态。它最终是要创造全新的审美理念和价值皈依。以全面审视人类中心主义的过错来拯救自然环境的日益恶化，奋力保护自然环境。试想，我们在人与人之间遵守的道德规范为什么不可以移植到人与自然的语境下呢？比如，知恩图报，所谓滴水之恩当以涌泉相报，因为美好的大自然源源不断地赏赐给我们那么多动植物资源、衣食住行一刻不停地接受大自然的哺育，我们难道要翻脸不认人吗？忘恩负义在人际交往中是要遭到报应的，同样的道理，大自然也不是等闲之辈，一旦我们的行为激怒了大自然，大自然也会撕破脸皮，与人类反目成仇，用疾病、天灾、瘟疫、水患、雨雪冰冻灾害来惩罚不知天高地厚的人类，显示其威风凛凛不可羞辱的尊严。奥地利著名学者康拉德·洛伦茨说过："生机盎然的大自然哺育了人类，而文明人类却以盲目而残忍的方式毁坏着大自然，从而使

① [美]大卫·格里芬：《后现代精神》，北京：中央编译出版社，1998年版，第25页。

其受到生态毁灭的威胁。也许只有当人类感受到这种毁灭所带来的经济上的不良后果时，才会意识到自己的错误，然而，到那个时候一切都为时过晚了。但至少他们可以觉察到在这个野蛮的破坏过程中，人类的灵魂受到了怎样的损害。那种与大自然的疏远、异化现象不仅是普遍存在的，而且正在迅速蔓延。可以说，文明人类之所以出现美感丧失以及人种野蛮化，这种对大自然的疏远是一个相当重要的因素。"[①] 人类是整个生态系统中的环节的一部分，是自然的对象，与自然绝不可能分庭抗礼。人类与地球是唇齿与共的关系。的确，生态哲学的整体主义观念带有浪漫主义和悲剧的色彩。"人类不仅仅由于生态破坏而确实面临灭绝的危险，而是因为生态问题本身就是生命问题。"[②] 生态批评则要重新拷问人类自然属性，反思作为生态链条中一环所必须尽到的义务和责任心。

　　生态文学不像形式主义文学那样标新立异，它按照生态的现状发言，痛陈人类中心主义大旗之下的荼毒生灵和污染环境的罪责。生态文学作家都是一些具有真善美之心的责任感极强的知识分子。他们用自己的文学作品唤醒人类的良知，借助生态运动的社会思潮和环保运动，参与重新建设美好的生态环境的社会活动。大众化的问题，敏锐的思考，行动的勇气，不屈不挠的抗争精神，着力从书斋走向旷野，这是文学家的铁肩担道义，妙手著文章的现代体现。"在当代生态批评视域中，文学活动与生态运动携手并进，将自然作为文学表现的主体，借助文学创作活动倡导人类关怀自然，拯救自然，并以新的生态整体意识来思考人与自然的关系，两者协作所创造的社会、文化、伦理、甚至是审美价值是容易被大众理解并接受的。"[③] 伴随生存环境的不断污染，生态批评唤醒人类在功利主义驱遣下甘为奴隶的麻木的心灵，重新皈依在工业文明中丢失的天人合一的田园之思。我们很可能会怀念那种充满田园风光的闭塞农村山沟，树木丛生，百花盛开，空气清新，古木参天，郁郁葱葱。可是，如今要进入这样的美好环境需要缴纳巨额的门票。九寨沟、神农架、长白山天池、黄山、泰山、遍及大江南北的国家级森林公园，哪一处不是要缴纳不菲的门票方可进入啊？其实，若干年之前，这些都是人类可以随意出入的自然山水名胜古迹啊！渐渐地，自然中的美好去处，去都成了需要花钱才可享用的特权。

　　鲁枢元在谈及生态批评的历史作用和现实地位时说："在二十一世纪，生

---

　　① ［奥地利］康拉德·洛伦茨，徐筱春译：《文明人类的八大罪孽》，合肥：安徽文艺出版社，2000 年版，第 56 页。

　　② ［阿根廷］海因兹·迪德里齐，徐文渊译：《全球资本主义的终结：新的历史蓝图》，北京：人民文学出版社，2001 年版，第 129 页。

　　③ 潘华琴：《从文化寻根到皈依自然》，《文艺争鸣》2008 年第 9 期，第 131 页。

态学似乎已经成为一门颠覆性的学科，它将要颠覆的是 300 年来支配人类社会突飞猛进、为所欲为的价值观、世界观。颠覆同时意味着一种知识体系和文明范式的转换与重建，即人类社会从工业文明时代向生态文明时代的过渡。这无疑也是一场精神文化领域的巨大变革。从文学理论批评的角度看，生态批评是继女性批评、后殖民批评之后，在二十世纪八十年代以来渐渐形成的又一批评派别。人类的文学艺术迄今为止所表现的，无外乎人类在地球上的生存状态，因此全部都可以运用一种生态学的眼光加以透视、加以评判。期待中的生态批评空间应该是更为广阔更为恢宏的。"① 生态批评空间的宏阔，对应于生态思潮的此起彼伏，从自然生态到社会生态，从社会生态到人类的精神生态，生态文学波澜壮阔的视野扫描着社会生活的各个角落，不遗余力地拯救着日益恶化的自然环境和人文环境。

在对生态发展过程的反省中，在对生态环境的关注中，"生态文学"在近几十年已经成为一门"显学"。由于现代化的加剧和长期以来生态问题的忽视，导致了环境问题的凸显。中国的生态批评在近十多年来从无到有，逐渐在文学研究领域占有重要地位。"作为一个现代化还没有完成的发展中国家，尽管从经济形态看，中国的确谈不上后现代，但从现代性的负面影响以及精神文化的角度看，中国已经有了浓厚的后现代思想文化。因此，我们也不妨可将后现代定位于对现代性的一种反思与超越同样必要。这就是中国后现代文化产生的基础，同时它也成为生态文学创作和研究的背景。"② 在这样的背景下，学术界对西方生态文学及生态批评理论积极引进，并逐渐趋于繁荣。主要专著有四川师范大学曾永成教授的《文艺的绿色之思》（人民文学出版社，2000 年版），苏州大学王耘博士的《复杂性生态哲学》（社会科学文献出版社 2008 年5 月版）、苏州大学鲁枢元教授的《生态批评的空间》（华东师范大学出版社2006 年 9 月版）、《自然与人文——生态批评学术资源库》（学林出版社 2006年 11 月版）、厦门大学王诺教授的《欧美生态文学》（北京大学出版社，2003年）。这些论著都是中国生态文学发展研究和创作的经典性杰出代表，标志着从无到有的中国生态文艺学拥有了自己的理论阵地。急于从西方现代化发展归结出的发展和环保的关系寻觅规律性策略的中国学者，也开始了对生态批评话语进行民族化和本土化建构。力图发觉中华民族的古代生态智慧和思想成就，旁征博引举一反三地切切实实推进生态批评的前进步伐。较有影响的单篇论文有宋丽丽、王宁的《生态批评：向自然延伸的文学批评视野》，刘蓓的《简论

① 鲁枢元：《生态批评的空间》，上海：华东师范大学出版社，2006 年版，封底。
② 曾繁仁：《后现代语境下崭新的生态存在论美学观》，《陕西师范大学学报》，2002 年第 3 期。

生态批评文本视域的扩展》，朱志荣的《"天人合一"与中国传统的生态意识》，刘锋杰的《新感物说：生态文艺学的理论标识?》，《生态文艺学的理论标识是什么?》等，这些论文侧重于从总体上把握中外生态美学、生态文学的理论源泉，力求指导和引领生态文学创作的精神流向和立体动态，为生态美学、生态文学、生态文艺学和生态哲学在中国如火如荼的传播和兴盛奠定了坚实的理论基石和宏阔的学术视野。

对中国本土生态文学发展历程及创作现状涉及的论文如刘文良的《近年来生态文学研究述要》（《贵州社会科学》，2006 年第 1 期），吴尚华的《走向和谐：人与自然的主题变奏——试论当代文学中的环境文学》（《安庆师范学院学报·社会科学版》2006 年第 2 期）、沈梦赢的《新时期浪漫主义文学中自然的双重含义》（《云梦学刊》1999 年第 2 期）、孙殿玲的《论道家的自然生态美及对文学创作的影响》（《辽宁教育行政学院》2006 年第 9 期）、刘保昌的《道家艺术与中国现代文学的自然之美》（《西南师范大学学报·人文社科版》2004 年第 1 期）。上述生态批评论文或从古典文学的角度谈论中国文人的生态忧思，或开辟道家文化的生态研究新领域，或对当代环境保护与文学艺术的交集展开阐述。张皓的《中国生态文学：寻找人与自然的和弦》（《佛山科学技术学院学报·社会科学版》2004 年第 6 期）、朱立元的《寻找生态美学观的存在论根基》（《湘潭大学学报·社会科学版》2006 年第 1 期）、胡泓的《老水手的漫长旅程——从文学视窗看人类生态意识的衍变》（《安徽师范大学学报·人文社科版》2002 年第 5 期）、罗宗宇的《对生态危机的艺术报告——新时期以来的生态报告文学简论》（《文艺理论与批评》2002 年第 6 期）。上述论文从寻觅自然和人类的和解之路，自然和人类和谐共振的角度述说生态批评在生态意识指导下的历史变迁，生态美学的理论根蒂和思想源头。陈晓兰的《为人类他者的自然——当代西方生态批评》（《文艺理论与批评》2002 年第 6 期）、龚举善的《家园意识：全球化背景下纪实文学的生态守护》（《伊犁教育学院学报》2001 年第 3 期）。这些论文或对生态文学的发生学或理论根基进行追本溯源，或引进西方业已成熟的生态文学理念，或挖掘中西文化交流融合或碰撞中产生的思想火花，或力求把生态文学置身于全球化的大背景下深刻解读和独立阐释，或对生态报告文学这一独特的生态文学的新闻性和文学性进行比对和连接、或从西方文学原著中引经据典进行比较文学的研究。

有些论文致力于中西文化比对，从比较文学的视域研究生态文学的异变和突围，如陈昕的《自然的歌者——西方自然文学中生态理念的传继与发展》（《南京林业大学学报·人文社会科学版》2002 年第 3 期）、文孟君的《文学·文化·自然》（《环境教育》2004 年第 2 期）、王红升的《从文学作品看

传统文化的自然观》（《邯郸师专学报》2004年第2期）、吕琛的《天道自然
与中国文学创作》（《广西社会科学》2004年第3期）、王东燕的《从中外文
学作品中人与自然的关系看中西文化的差异》（《黄山学院学报》2006年第4
期）、王先需的《文学与新时代的自然观》（《武汉教育学院学报》2001年第2
期）。以上论文或者从比较文学和中西文化比较的角度分析具体文本，或梳理
厘定自然生态的审美化途径，或建构新的自然观。刘绍瑾的《自然：中国古
代一个潜在的文学理论体系》（《文艺研究》2001年第2期）、陈磊的《简论
新时期文学中的自然意识》（《河南机电高等专科学校学报》1999年第3期）、
王学谦的《还乡文学：20世纪中国乡土文学的自然文化追求》（《东北师大学
报》2001年第4期）、韦虹的《卢梭的梦想与自然——兼与中国文学比较》
（《国外文学》2001年第2期）、潘华琴的《语言·文学·自然——"语言是
存在之家"的生态文艺学解读》（《学术交流》2005年第九期、岳友熙的《生
态批评：当代西方文学批评的自然生态新维度》（《江汉大学学报·人文社科
版》2006年第6期）。以上论文探究了二十世纪中国乡土文学的精神皈依和自
然文化追求，简介新时期文学的自然寻根热潮，或者从语言是存在之家园的角
度探讨生态文学的语言艺术形成途径，或者展现西方当代生态批评的全息图
景。宋丽丽的《生态批评：向自然延伸的文学批评视野》（《江苏大学学报·
社会科学版》2006年第1期）、张卓的《人与自然的和谐：当代环境文学的主
题》（《长白学刊》2007年第5期）、黄万华的《倾听天声和倾听心声的融
合——海外华人文学中的自然、环保意识》（《甘肃省社会科学》2006年第4
期）、孙德喜的《评汪树东的"中国现代文学中的自然精神研究"》（《石河子
大学学报·社会科学版》2006年第5期）、鲁枢元的《文学艺术与自然生
态——"生态文艺学"论稿之一》（《海南师范学院学报·人文社会科学版》
2000年第3期）、宋丽丽的《英美生态批评的阅读取向》（会议材料）、王诺
的《对话斯洛维克：关于生态文学和生态批评》（会议材料）、刘蓓的《生态
批评的"环境文本"建构策略》（会议材料）、王诺的《蕾切尔·卡森的生态
文学成就和生态哲学思想》（《国外文学》2002年第2期）、张金梅的《大自
然的生态智慧》（《湖北民族学院学报·哲学社会科学版》2002年第6期）、
黄立华的《环境文学：生态危机时的一种新视野》（《广西师范大学学报·哲
学社会科学版》2002年第2期）、彭松乔的《中国环境文学生态意蕴解读》
（《思想战线》2003年第3期）、向玉乔的《论环境文学中的生态伦理思想》
（《湖南师范大学学报·社会科学版》2000年第5期）。以上论文解读作品的
同时，寻觅生态思想的伦理学价值，抽象大自然的生态智慧，道法自然的文化
视野，开拓生态危机时代如何以文艺来济世救人，匡扶正义，心怀天下。任秀

琴的《生态环境文学的绿色忧思》（《云南师范大学学报》2003 年第 3 期）、
方军、陈昕的《论生态文学》（《中南民族大学学报·人文社会科学版》2003
年第 2 期）、郝春燕的《文学的危机与人类精神生态的危机》、吴圣刚的《生
态表达与文学的价值》（《信阳师范学院学报》2005 年第 3 期）、杨剑龙、周
旭峰的《论中国当代生态文学创作》（《上海师范大学学报·哲学社会科学版》
2005 年第 2 期）、张玉能的《也论生态美学的哲学基础》（《江汉大学学报·
人文科学版》2006 年第 3 期）、鲁枢元的《文艺艺术史：生态演替的启示》
（《海南大学学报》2000 年第 6 期）、这些文章力求探寻生态文学与绿色文艺、
环保文学、环境文学、生态批评的横向联系和纵向深度，把人类生存发展的自
然环境和人文环境作为置放生态文学的社会背景和文化背景，新意迭出的论述
丝丝入扣，拨云见日。尤其是苏州大学的鲁枢元先生，他长期致力于生态文艺
学的研究和著述，竭力推进生态文学在我国的发展，功不可没。

有些论文注重沟通古今中外的自然生态之思，把生态思想和哲学、文艺
学、心理学、社会学横向比较，发现文学中人与自然关系的脉动流程，比如张
健的《中国古代文学人与自然关系刍论》（《山东理工大学学报·社会科学版》
2006 年第 3 期）、张璟的《欧阳修文学中的自然观》（《上海海运学院学报》
2001 年第 4 期）、王兆胜的《文学·人生·天地自然》（《写作杂谈》2003 年
第 1 期）、韦清琦的《苇岸：绿色文学的先行者》、吴家荣的《"生态文艺学"、
"生态美学"的学理性质疑》（《学术界》2006 年第 3 期。）、盖光的《诗意的
和谐：文艺生态审美的构成性》（《山东理工大学学报》（社科版），2006 年第
1 期）。以上论文侧重于发现生态文学的语境态势和话语习惯，把自然、社会、
精神、心理、天地万物置于一个融会贯通的平台，论述生态文学的精神流向和
总体脉络。韦清琦对苇岸的解读，深入浅出结合作品，把知人论世的文学研究
途径贯穿始终，神游物表，新意迭出，要言不烦。段新权的《"本质力量的对
象化"与生态文艺学的两处矛盾》（《文艺争鸣》2005 年第 6 期）、胡三林的
《生态文学：批判与超越》（《文艺争鸣》2005 年第 6 期）、胡立新的《生态批
评应超越知识观与价值观悖论》（《文艺争鸣》2005 年第 6 期）、秦剑的《时
代呼唤自觉的生态文学》（《文艺争鸣》2005 年第 6 期）、鲁枢元的《百年疏
漏——中国文学史书写的生态视阈》（《文学评论》2007 年第 1 期）。鲁枢元
先生对百年中国生态文学的匮乏深表遗憾，他认为，文学正是在关注了生态和
自然之后，才获得了发展的后劲和活力，精神气场变得生机勃勃，人与自然的
交织是文学经纬的有力线条，大气磅礴的自然给予作家深刻的自然之思。谢有
顺的《重申散文的写作伦理》（《文学评论》2007 年第 1 期）、薛敬梅的《"变
形"的生态解读——从奥维德到卡夫卡》（《楚雄师范学院学报》2008 年第 4

期）、朱宁、田静、王继燕的《返归自然：以生态文学视角解读卢梭的文艺创作》（《语文学报》2008年第11期）、龙其林《〈环湖崩溃〉与当代生态小说的可能性》（《兰州学刊》2008年第11期）、高彩霞的《文学的生态化走向——关于生态文学的几点思考》（《中国环境管理干部学院学报》2006年第2期）、孙希娟的《内蕴丰富的生态文学》（《小说世界随笔》）、张金梅的《环境文学的生态价值建构》（《广东职业技术学院学报》1999年第3期）、白木尔的《人与昆虫的共同命运——1999海南"生态与文学"国际研讨会纪要》（《新东方》1999年第6期）、鲁枢元的《文学艺术的地域色彩及群落生态》（《黄河科技大学学报》2000年第4期）、鲁枢元的《文学艺术在地球生态系统中的序位》（《琼州大学学报》2001年第1期）、鲁枢元的《文学艺术是一个生长着的有机开放系统——"生态文艺学"论稿之一》（《河南社会科学》2001年第1期）、杨传鑫的《绿色的呐喊——20世纪生态文学略论》（《中南民族大学学报·人文社会科学版2004年第1期》）、温阜敏、饶坚的《中国生态文学概说》（《韶关学院学报·社会科学版》2004年第1期）、胡志红的《生态文学——比较文学研究新天地》（《贵州师范大学学报·社会科学版》2004年第1期）、姚文放的《生态传统与生态意识》（《社会科学辑刊》2004年第3期）、苏宏斌的《世界的复魅：试论审美经验的生态学转向》（《江海学刊》2006年第3期）等等。这些论文把比较文学作为生态文学研究的独特视角，因为生态文学吸取了诸如生态学、社会学、经济学、投资学、伦理学、人类学、自然史学、社会发展论、信息系统论、宇宙天体论、环境保护、地理旅游、大气环保、森林植被学等等各个门类的知识体系，是一门跨专业、跨学科、边缘化的新兴交叉学科。从哲学理念入手，引入生态意识、传统生态观念，然后进入文本细读环节，寻章摘句、精耕细作地发觉文学作品中以往被忽略、被遗忘、被轻视的生态视角，把生态焦虑的社会思潮进行审美式观照和艺术处理，深入浅出地影响读者的精神世界和价值取舍，为生态文明建设树立舆论基础和价值信仰。

近些年来，特别是进入二十一世纪以来，在生态文学研究方面的博士论文也层出不穷。其中，2001年北京大学陈剑澜的博士论文《现代人与自然关系的知识学批判：环境危机的哲学根源分析》从哲学思想的源头探寻生态危机和环境污染的根本原因，廓清了生态危机的思想迷雾，深刻揭示了现代人信奉的消费主义和工具理性的局限性和盲目性。2004年北京语言文化大学比较文学专业博士韦清琦的博士论文《走向一种绿色经典：新时期文学的生态学研究》则以散文作为特定的研究文体，爬梳了中国古代和西方近现代的生态思想体系，然后对张炜、徐刚、苇岸等等生态文学作家的散文佳作进行了深入浅

出的生态批评研究，开辟了生态文学文本细读的先河。2005 年山东师范大学文艺学博士刘蓓女士的《生态批评的话语建构》则从文学研究的绿色潮流入手，追本溯源，把自然写作、生态批评的理论依据及其与后结构主义的沟通和分水岭、生态文学语言观、浪漫生态学、环境文本与场所意识提纲挈领地系统阐释，最后还提出建设中国特色的生态批评主张。2005 年四川大学胡志红的博士论文《西方生态批评研究》立足于生态批评在西方的发展进程和总体脉络，挖掘西方生态批评的思想资源和理论源泉，把西方的生态运动、绿色和平组织的主张融会贯通，厘定了生态批评的概念和体系，丰富了当代中国的生态批评思想库。2005 年北京语言文化大学比较文学专业博士宋丽丽的博士论文《文学生态学建构——生态批评的思考》则把文学和生态学的积极联姻和融会贯通放置在后现代语境下论述，通过寻觅生态文艺学建构的理论基石和自然生态思想的构建来阐发生态文艺学系统知识体系。2007 年扬州大学的文艺学博士刘文良的博士论文《生态批评的范畴与研究方法》从天人合一的中国和谐观入手，对人类中心主义、以人为本、生态为本的概念进行梳理，把古希腊的自然观、终极关怀、生态审美的社会色彩和政治理念、生态批评的方法论、凸显本土生态批评的变迁。2007 年东北师范大学的中国现当代文学专业博士吴景明的博士论文《走向和谐：人与自然的双重变奏——中国生态文学发展论纲》则从生态文学与生态批评的发展入手，论证了生态文学的源起和发展历程及其精神线索，勾勒了生态批评视野下的现代文学三十年的生态之思，理清了中国当代文学的生态景观，分析了生态文学的发展现状和不足之处。2007年浙江大学王军宁博士的博士论文《生态视野中的新时期文学研究》立足于当代生态文学作品的解读，从中发现生态批评对生态文学的影响、作家的生态观的建立，尤其对贾平凹、张炜、苇岸、阿来、于坚等等作家的文本进行提纲挈领的分析解读，建立了以生态批评来透视文学的新模式。该论文还对中外生态文学进行横向比较，求同存异，中西合璧，异彩纷呈。

49. 似水流年的深情回眸

——读刘克宽散文集《抚摸记忆》

记忆是人类的情感库存和精神源泉，是人类取之不尽用之不竭的思想催化剂和灵感孵化器，也是一切思维创造的逻辑起点和智慧摇篮。某种意义上讲，散文写作实际上是作家的记忆被现实情境一次次激活的精神散射，作者借助记忆的土壤和武库，倾注对过往岁月的深情回眸，梳理似水流年中那些可圈可点的珍贵片段，清理过往人生中弥足珍贵的经验与教训，重温成长历程中的懵懂和青涩。敞开了记忆的大门，那些并不如烟的往事载浮载沉，挥之不去，魂牵梦萦。昨日之日不可留，但心底的回忆却如老照片的底片一样清晰；在反刍与咀嚼中，如陈年老酒一样的记忆历久弥新、推陈出新、花样翻新、与现实生活交相辉映，发散出诗意的清辉。近日，笔者拜读了原泰山学院副院长、中国知名现当代文学学者刘克宽教授的散文集《抚摸记忆》，我被他沉浸在岁月回想中的款款深情一再打动，那些如歌的岁月经由他的深情追忆而再次复活，尤其是那些关于他在泰山学院的前身泰安师专的青春时代读书、教书，壮年时代行政管理中的亲力亲为，更让我感怀不已。因为我明白，历史不会戛然而止，刘克宽先生所经历的岁月往事，某种程度上讲，依然在我工作的泰山学院若隐若现，是我今天面对的现实情境的历史延伸。一个单位的人文环境，宛如一个家族的家风，具有传承性、延续性和相对稳定性，阅读刘克宽先生的散文集，正是对自己工作于斯的"单位生态"的历史追溯和前情回顾。当然，刘克宽先生散文集的字里行间弥漫的青春记忆、读书心得、故乡风情、人情世故、行踪见闻、奋斗历程、治学之道、管理经验，从不同侧面对我产生了相当多的教益。我深知，这是一位年过花甲的睿智长者人生经验的集中体现，更是一位我的父辈（我父亲比刘克宽先生年长两岁）漫长人生和峥嵘岁月的回顾与盘点，是他们这一代人的奋斗史、心灵史和精神史。阅读本书的过程，恰逢 2018 年春节期间，节日本身就是围坐在自家老人身边聆听他们抚今追昔的感慨，可以说，刘克宽先生的记忆，恰恰印证了我的父母从我孩提时不断向我娓娓而谈的过往岁月中那些我并不熟悉的历史面影以及那些他们芳华流逝中的喟叹与感伤。抚摸记忆，实际上是在小心翼翼地打磨历史的铜镜，阅读自己的成长日记，品味尘封的浪漫情怀，拥抱渐行渐远的昨日之我，展望未来时光的美好图景。学者钱穆说，散文之所以被作家重视，是因为它最容易表现人生百态和世事沧桑。好的散文对人生的观照既向外也向内，不仅有日常的衣食住行迎来送往，更有生命观照的温度与深度，有内在自我的不懈拷问和思索，是作者本人的性情、心态、气质的本然裸呈和真实展露。刘克宽先生散文能打动我的内心，或许就在于他对自己心路历程的记录中，有生命深处的蓦然回首，困惑之处的冥思苦想与反复叩问，思想的淬炼和打磨、生命本体的蒸腾与升华。当人生进入晚年，这样一种或独白，或絮语，或抒情、或思索的文字，让我得以领略生命的厚重与脆弱，坚韧与绵长。

在散文集的序言中，作者开宗明义地说："人作为一介活物，记忆过程的生理体验和感受活动，从最真切自我的意义上，决定着生命的意义和价值。换个角度说，记忆是体验生命意义最核心的组成部分。人不能失去记忆，因为失去了记忆也就失去了自我，失去了自我也就失去了存在的价值"。刘克宽先生的回忆性散文一直呈现着一个教育者和理想主义者的坚定而智慧的面容。他忆旧的笔触，时刻渴望在历史、现实和语言的围墙中突围，这使他的写作必定更多地关注被忽略和被遮蔽的过往生活真相。他一次次的大胆探索，一次次地突破遗忘和禁忌的边界，似乎就是为了追问历史，在现有的精神触角未能抵达的地方，昔日的生活到底是一种怎样的存在，精神又到底是一种怎样的历险和回环往复。刘克宽先生把写作变成了一种高难度的自我追问，他用散文语言反抗遗忘打捞记忆，用具象反抗概念的标签，一直苦苦找寻语言与时光流逝之间的精神通道。他的散文写作已经成了拒绝遗忘和精神探索的手段。艾略特曾经说过，"没有过去和未来，现实就得不到拯救"。抚今追昔，重建人学的标尺和价值的向度，是刘克宽先生心向往之的文学信仰。这些散文作为信史书写和当代记忆的镌刻，伫立于苍狗浮云的人间烟火中。因为，黑格尔曾告诫后人，"历史题材中有属于未来的东西，找到了，作家就永恒"。将记忆和历史的碎片缝合在一起，并从中找见了那些属于未来的东西，即深入反思、理性诘问、恢复真相的努力，进而能打开一扇自我救赎和启蒙他者的窗口。阅读《抚摸记忆》，我有以下几点深刻体会。

首先，刘克宽先生的散文具有尊重历史、直面历史的精神勇气和诚实心态，这是抚摸记忆得以顺利完成的前提。在《往事未曾如烟》一文中，他对自己小学时期的教导主任刘永臣进行了深刻的回忆，值得一提的是，刘克宽先生曾经在另一本散文集《四十不惑》中对这位教导主任详细回忆过，经由他的读者（包括刘永臣当年的同事、乡邻以及自己的老师、老同学）反复互动，这一次的回忆上升到更加全面和理性的层面。刘永臣的人生遭际，既有性格的原因，也有人情社会讲人情世故而轻事理原则，求平衡周全而轻事业发展。涉及对人的社会评价方面，更多地注重自我感受，很少涉及理性、科学、公正、严肃的分析。刘克宽先生尽量还原历史本真，不溢美，不遮掩，不夸张。在本文的结尾，他写道："历史和现实都告诉我们，一个人不可能做到一好百好、百无一失，那么，也就没必要因人的一时过失甚至错误而否定其全部。往事未曾如烟，无论是经验还是教训，都能成为人生的借鉴。生活在继续，让我们且行且珍惜。"通过对一位童年时代引起过自己崇敬和赞许的老师的全面回顾，刘克宽先生对历史夹缝中的人性进行审视，结合民族性条分缕析，微言大义地透视了人情事理。二十世纪六十年代的乡村基础教育形态，也在刘克宽先生的娓娓道来中次第展开。忆苦思甜，回味创业的艰难和相对清贫的一介书生履历，也是刘克宽先生忆旧散文的主打题材。在《筒子楼的日子》一文中，令我印象深刻的是，刘克宽先生谈到在当年住房紧张背景下，调整住房的潜规则："那时候学校调整房子，没有什么明文的规章制度，基本上是分管的部门说了算。平时学校有人调走了，或者有人搬到别的单位去住了，腾出了房源，究竟分给谁，大抵情况是，谁找得急找得凶，谁会说会编会表演，就会在调房子上占优势。为了感动在分房中说话算数的人，有些教职工夫妻双双齐上阵，为征服有关领导，必要时还会拿出忠节孝道作杀手锏，连公公婆婆岳父岳母全都编进故事里，要紧要忙时，还真会将家里老人接过来伺候着，紧接着再送点家乡土特产，请有关人员吃个饭什么的。"面对并不遥远的历史，我们似乎读懂了中国人日常生活的潜规则。应该说，这样的反思，是需要直面现实的勇气的。毋庸讳言，时光过去了这么多年，我们的社会生活中，任何有人存在的江湖，此类请客送礼疏通关系的办事之道并未销声匿迹，反而一脉相承。刘克宽先生在筒子楼上学习、生活、居住的日子里，依然随遇而安甘之若饴。他的乐观，使他更多的看到了睦邻友好相濡以沫的人际关系。这类散文的视野开阔辽远，元气充沛，叙事悠长，语言细腻而文采飞扬，写俗世生活而有情，用浅语亦有格致，格局宽阔舒展，气象磅礴万千。他常以柴米油盐的日常岁月，暗喻生命的质朴，见证人心的复杂、幽深、不可管窥蠡测。刘克宽先生的散文集是一部知识分子的怀旧之书，也是命运之书和哲理之书。那种纤细尖锐的敏感与汪洋恣肆的激情，智性深邃而又不失轻逸的学者语言，令人心碎的感伤与喟叹弥漫在字里行间。散文文本如同一个记忆复活的富矿，内心却不断地走向澄明和踏实。他以隐忍的陈述置换激越的独白和倾诉，以戏剧性的结构减缓抒情的平白，以精警的表达质询人性的迷思，在历史与当下之间，不断调校自己与往昔世界的距离，既悠游于岁月的丛林，亦内敛地发声，并忠直地指认存在的一切逻辑和合理性以及可能性。

其次，散文集中的诸多篇什涉及对过往生活场景、空间的回顾和眷念，弥漫着一往情深的怀旧气息。在《我心中的文化路》一文中，刘克宽先生把目光聚焦于泰安文化路。这条路，于刘克宽先生而言，是求学之路，工作之路，生活之路，奋斗之路。在他的笔下，文化路既是一条汇聚着泰安大中小学重要教育资源的街区，又是一条充满着历史脉动与人生资鉴的领悟之路。从事业的角度说，文化路也是刘克宽先生起步时期刻苦探索、自我开拓的启迪之路；相对于社会大环境而言，文化路还是一条富有浪漫气息的全方位开放之路；在他的内心里，文化路永远是一道浸透着历史风情与时代印迹的独特风景。可以说，刘克宽先生通过对泰安文化路历史沿革和发展轨迹的深入描绘，结合自己的耳闻目睹，渗透自己的艰辛跋涉和上下求索的汗水，梳理了自己的人生与这条路的相辅相成相依相伴。同样的文字，也散见于他的另一篇怀旧散文《山乡春来早》，这篇散文中写到了初中毕业的少年刘克宽与生产队里的几位父老乡亲一起到百里之外的邻县邹县城前镇集市上为集体购买地瓜的所见所闻。刘克宽先生的故乡是一马平川的鲁南平原，而城前镇是崎岖蜿蜒的丘陵山区，这此行旅打开了一个少年的视野，毕竟，这是他第一次出门远行。那种兴致，不亚于作家余华的《十八岁出门远行》中所展现的新奇、兴奋、憧憬和迷茫。将近半个世纪的时间过去了，刘克宽先生依然清晰地描绘了这个小镇的早春气象："第二天吃过早饭出了车马店，那集市的规模和繁华程度，头一次让我认识到，山乡的春天是朴实而内敛的。它有别于山外特别是城里的春的浮华，这里的春情春意，是早早地涌动在人们心里的，充满着生命的质感。这种质感，说到底是不同的生活理念、不同的价值观念和不同的人生境界造成的。巡视整个集市，春天的种子，春天的树苗，春耕的牲畜，春播的用具，应有尽有。置身其中，不见春的浮华，你却能真正感受到压抑不住的春的气息"。城前镇距离我的故乡泗水近在咫尺，文中的场景我十分熟悉。刘克宽先生笔下城前镇的早春山乡，充满自然的气息，更闪现出生命的魅力和生活的美感，一切欣欣向荣，一切生机勃发，一切淳朴浑厚。卡夫卡说："在生活中，一切都有它存在的意义，都有它的任务，这任务不可能完全由别的东西来完成"。刘克宽先生思维的触角，总是精骛八极，这与他读万卷书，行万里路的人生履历密不可分。这类散文的写作节奏缓慢、悠长，如同一次漫长的时光逆旅。经由他的讲述，一衣一饭的琐屑，一生一世的情缘，一山一水的灵气，皆有了委婉的情致。市井生活与俗世的庸常之态，亦隐含着非凡的价值意义。对日常生活世界的从容还原，他更是曲处能直、密处能疏，草蛇灰线一波三折。他的写作风格，把传统人文资源、鲁南方言叙事、现代科学精神汇聚于一炉，为散文如何讲述中国生活打开了很好的廊径。刘克宽先生的文字诚恳谨严，厚实凝重。故乡是他灵感的摇篮，他的忧思与执着，来自对故乡这一精神原点的长久回眸和深情眷注，他的爱与痛植根于此，他对时代真相的追问和个体生命的逼视，亦从此出发走向远方。

再次，散文集中展现亲情的文字素朴而醇熟，取材生活细节而凝练哲思意蕴。在《母亲的哲学》一文中，刘克宽先生细致入微地展现了一位通情达理、隐忍厚道、先人后己的乡村妇女形象，这是中国亿万慈母的典型代表。"越到后来我越发现，我的一些秉性，更多是从母亲那里遗传来的。那种隐忍、内敛，那份缘之于骨子里的自尊，那种情愿委屈自己也不会多作解释的沉静心态，成就了自己，也限制了自身。有时候名利就在眼前，哪怕送出个媚笑，躬一下腰或者伸一伸手，就能得到。但就是超越不了内心里的那份自尊。作为熔铸于血液里的生命元素，你就是喊一千遍战胜自我，关键时刻还是依然故我。这样的秉性，限制了客观外在很多应该得到的东西，别人看起来有点可惜，可却也更好地维持着整个生命的平衡，因为到什么时候都无愧于心，所以人的内心永远轻松。"作为自己的最早的启蒙老师，母亲的言传身教，对儿子的影响是深刻而久远的，终其一生，我们都摆脱不了母亲的生活哲学和人格风范的潜移默化。面对一个省事的母亲，她的自我苛刻、沉静隐忍，她宁愿委屈自己也要让别人高兴的品性。在回忆家庭生活和长辈亲人的篇什中，他的笔墨平实朴素，心事深沉浩渺，持守着生活的本根又不失赤子情怀。他并不回避方言土语和日常细节，他打量一个家庭内部的复杂幽微，书写各种情绪的波澜和回流，正视生存的艰辛，承认人性的有限与痼疾，他突入现实世界、考证人心人性的能力显得游刃有余。刘克宽先生的散文，不仅揭示现实，也创造一种现实，那些不幸、伤痛以及乡村生活的悲戚，那些温暖与冷漠、真实与荒诞、实有与虚无交织的生活，是关于中国经验的真切感知。他的笔下，既有儿子的好学上进，妻子的通情达理，母亲的隐忍厚道，乡邻的古道热肠，学生的志在四方，也有同学少年的风华正茂，初为人师的兢兢业业，担任领导职务的辛苦忙碌，退休后的从容潇洒。这些人生的片段，亲情、友情、爱情的弥足珍贵，乃是生命中最值得珍惜的宝藏。刘克宽先生笔下的远行与回归，我想本是一枚硬币的两个面，行走得愈遥远，回归得愈深切——因为漂泊和求索本身也意味着对家园的寻找和回归。在童年、少年扎根的记忆里，他为逝去的光阴寻找岁月存在的凭证和个体成长的见证，为自己的乡愁、自身的命运寻得最原初的根源时，那种与亲人对话的焦灼如此深入人心。但是，他对历史审视与警醒的理性态度表现为在对父辈（尤其母亲）与朋友、儿子和老师的命运的观察和思考中，也许发现了不易察觉的历史真相。

最后，散文集中不少篇幅展现刘克宽先生对自然世界、物候变迁、花草树木、春花秋月、风景名胜的由衷热爱和深入思索。这类散文质朴中有着流丽绚烂，平实中有着清新可人，给人以心旷神怡的审美享受。自然风情的严酷与柔美，生命的坚韧与自足，物候的变迁与轮回，能促使我们再一次思考自然和文化的多样性与互补性，这无疑也是极有大地伦理意义的。在《宁静淡泊楝子树》一文中，刘克宽先生深情回忆童年时代自家菜园里水井边上的两棵楝子树。"是的，楝子树是物质品性优良精神品格靖嘉的树，特别是对它那种宁静淡泊的品性，我产生了止不住地景仰之感。一年四季当中，楝子树从开花到结果，是时间延续最长的树种之一。它的花朵不大，细密地点缀在枝叶之间，芬芳微微，清香悠远；花谢之后，那一颗颗的楝子豆，犹如礼花绽放般抛撒于枝叶间隙里，不事喧哗，独守宁静。到了秋天，秋风扫落了所有的树叶，唯独楝子豆仍挂在树枝上，慢慢地变淡、变黄。甚至到了寒风凛冽的冬季，它还能坚毅地挺立在那里，成为肃杀的气候里一道别致的风景。"楝子树那份内敛中的坚韧，让他真正洞悟出宁静淡泊的真正意义。梁实秋在《论散文》里说："散文是没有一定的格式的，是最自由的，同时也是最不容易处置，因为一个人的人格思想，在散文里绝无隐饰的可能，提起笔便把作者的整个性格纤毫毕现地表现出来。"对一棵树的凝神静虑，体现了刘克宽先生沉静唯美的文学追求。身边的一条小河，也凝聚了刘克宽先生的委婉深挚的眷恋，他散步之余，抒发了对临水而居的生活环境的热爱，在《身边的小河》一文中，他写道："临水而居的住所，与水相伴的生活，正好适应着退休后的温馨、从容、轻松、随性的人生情态。小河在家门口幻化出的一湾秀水，给人带来的是机敏的思维和浪漫的情怀；河边那绿树成荫的丛林，与荡漾的水面遥相辉映，演绎出的是镜花水月般的人生意境。不论是朝霞初现的清晨，还是晚霞漫天的傍晚，也不管春夏秋冬、季节更替，草衰水瘦、碧波绿荫，只要有这条小河映衬着，周围的一切都会显得富有灵气、充满生机。我倾慕身边的小河。处在这样一个环境里，不容你不珍惜这似水流年，满怀热情地去经营好生活中的每一天。感受着水的清灵与温婉，人生会充满无尽的活力，会永远保持着心舒意朗的朝气"。万籁俱寂的肃杀严冬，亦能激发刘克宽先生的文学情怀，在《感受严冬》一文中，他写道："深冬的夜晚，那寂静中所蕴藏的无尽魅力，你不深入其中是永远感受不到的。没有春回大地时万物勃发的灵动，没有炎热夏季里的林中蝉鸣、水里蛙声，就连路边衰叶杂草里秋虫悲凉微弱的叫声，也早已消逝地无影无踪。一个人行进在夜色里，除了鞋底摩擦地面的声音之外，几乎听不到任何的动静。在这样的环境里，你才真正能领悟到什么叫万籁俱寂。在近于纯静超然的境界里，人对自我生命的存在状态，体验得真切而又细微。"带队去俄罗斯参观学习的往事，总是令刘克宽先生魂牵梦萦，在异国他乡的遥远的莫斯科，他反复怀念的是一首为中国人民耳熟能详的老歌《莫斯科郊外的晚上》，深入浅出地理解这首歌，打开了他遥远的记忆之门："譬如歌曲从最私密的情感出发，传达出当时最普泛的爱国情怀，这种通过具象环境里的个人体验来提炼弘扬抽象理念的思维特征，就不但能让人感觉到亲切自然，也有利于歌曲的内涵在传唱过程中通过触动敏感的情怀而大大延伸。从这个意义上说，《莫斯科郊外的晚上》是爱情歌曲，而传递的又不仅仅是孤立的男女之爱；歌中所描述的是莫斯科近郊夜晚的景色，带给人的感受又不仅仅局限于一隅一地。它通过富有魅力的词曲形式，在具体环境里巧妙地融入了那个时代的年轻人对祖国、对亲友、对一切美好事物的挚爱和热情，而这种缘之于人的本能的爱恋，是超越时空超越民族的，所以才能够久唱不衰。"散文所承担的，往往是对自我心灵世界的塑造，它不像小说家那样以虚构和想象为叙述策略，相反，散文需要向我们出示更多的真实和确信。只有当我们在写作伦理上确认了一个散文家所说的和他的内心有着某种一致性，我们才能开始欣赏作者活跃的心灵有着怎样的趣味和困惑、理想和未来。刘克宽先生非常重视散文的物质外壳，即重视自己的感官和这个世界之间所建立起来的广泛关系，以自己的眼睛、鼻子、耳朵、舌头探测自然的神韵。

真正的优秀散文，最需要警惕的，就是依附在陈旧的思维定式上，平庸地谈论一些大而无当、模棱两可的公共话题。只有在清新的语言中将自己那充满个性且有锐利发现的感知表达出来，将文字引至思想、心灵和梦想的高度，精神的奇迹才会在语言中独树一帜。阅读刘克宽先生的忆旧怀人散文，我更是坚信——向自己的内心、记忆扎根，追忆人生的过往岁月，散文的大树才会枝繁叶茂。

50. 仰观俯察　娓娓而谈
——读《怎样观察一棵树》

　　由美国生态学家、著名作家南茜·罗斯·胡格撰写，美国著名摄影家罗伯特·卢埃林摄影的《怎样观察一棵树》一书图文并茂，异彩纷呈，作者将定期细致观察树木的收获娓娓道来，清晰地列举了改进观察方法的策略，纤毫毕现地呈现了树木微妙而常被忽略的细节构造。该书对美国白栎、荷花玉兰、北美乔松、北美鹅掌楸等 10 种常见树木的深入描摹会让你感受到心灵的震动，唤醒我们重新发现身边的自然奇迹的好奇心。这本书被评为 2011 年美国国家户外图书奖，2011 年《国家地理》最佳园艺类图书。译成汉语后，荣获 2016 商务印书馆人文社科十大好书之一。仔细品读《怎样观察一棵树》之后，更觉爱不释手，这本书的装帧设计极其精美，而且博物学最核心的一个词是"观察"，这是它的立学之本，它教给你一个方法，怎么在日常生活中用博物学去改善和丰盈自己的生活。

　　人人都知道树大体上长什么样子，但你真的观察过红花槭上精巧的花朵吗？或是鹅掌楸正在萌发的嫩叶？或是美国白梨的枝条？当你仔细观察一棵树时，一个被形状和细节填充的新世界会向你敞开大门——你将看见你不曾知晓的美，你将用一种全新的方式去欣赏树木。当你能够从一棵树的生长轨迹中感受生命的四季，你会真正领略自然那激励人心的力量与美妙。在书中，南茜·罗斯·胡格写道："经过这几年和我一起细致观察之后，我们的感悟力都得到了提升。这种观树与一般的观察不同，不是简单一瞥，或是叫出它们的名字，然后把它们归为观察对象之一，例如春季何时生叶、秋季何时变色等；而是当你注意到那些区分树种的微小细节，以及代表生命周期的过程时，总会有一些东西值得观察。正如中国人不是简单地把一年分成四个季节，而是划分为二十四个节气（其中包括分别惊蛰、谷雨、白露、霜降等），一个训练有素的树木观察者知道一年有几十个季节，而其中一个可以称为栎果胀的季节。"观察自然，是感受自然之美的起点，也是思考人与自然关系的重要途径，透过仰观俯察获得的感性经验，南茜·罗斯·胡格安顿自己的心灵，也对自然现象背后的逻辑运演进行了深入浅出的思考和表达。歌德曾经说过，"思考比了解更有意思，但比不上观察。"客观言之，观察和思考，是一个自然主义写作者把握植物世界的相得益彰的方式。梭罗告诉我们，大自然经得起最仔细的观察。因为，大自然不是缺少美，而是缺少美的发现。南茜·罗斯·胡格大半生都与树木为邻，并坚持记录树木，了解树木。三十年来，作为园艺杂志专栏作家，路易斯·金特植物园教育主管以及《弗吉尼亚植物论丛》等多份出版物的撰稿人，她将自己对户外的热爱与对文字的热爱紧密地结合在一起。其作品普及了植物学、生态学、物候学、园艺学等多个学科的知识，唤醒了人们对植物的由衷热爱和盎然兴趣。罗伯特·卢埃林从事树木与风景拍摄四十余年，其作品曾参加各大艺术展览，已出版摄影作品三十多本。其作品《首都华盛顿》曾作为美国白宫和国务院的外交礼品。两者的文字与摄影交相辉映，珠联璧合，共同锻造了该书的可读性。

　　观察树木就要求你聚精会神，让你去关注某些能够不断引发好奇心的事物。作者对于树木的热爱真是溢于言表啊，有次看得我大半夜想下楼去到树林里观察树木！与其说是一本专业书，更像是作者的一部观察手记，读起来非常愉悦。《怎样观察一棵树》将博物学最核心的"观察"带入寻常人的生活，呈现的是人们不曾知晓的美，并引导人们用一种全新的方式去欣赏树木，进而让人们换一种眼光甚至心态去发现你周遭的世界、感受你身边的生活。也许是熟视无睹的原因，我们周遭的树木常常会被忽略，尽管它们在四季中不断变换着身姿。其实大部分自然现象是我们无法见到的。人们所能看到的自然之美，往往是愿意欣赏的那一部分。大自然经得起最仔细的观察，《怎样观察一棵树》以令人心醉的图片与文字，详细记录了作者对美国常见的 10 种树的观察过程，并通过关注普通树木的非凡特征，使人们可以认识到这些自然的奇迹，让人产生一种走出家门重新发现自然、发现生命的冲动。人们总是容易相信，特别是在一个空旷宽广的地方，如果能完完整整地看见一棵树，从树干底部到树冠顶部，就等于见过了这棵树。在这部书中，作者向我们介绍了一种与众不同的观树方法，那就是像运用特写镜头般，近距离观察树木身上的小结构，比如苞芽、花朵、果实等。如果可以对这些精细的树木构件进行长时间的跟踪观察，观测者就能获得更多收获。在这个过程中，人们完全可以借助现代便利的观测设备和摄影器材来获取这些普通树木身上的秘密，就像书中精美清晰的植物细部结构插图所展示的那样。作者还讲到了另一种常常被人们忽视的观树策略——观察树木的遗弃物。在树荫下有着层层堆积的落叶和果实，这是近距离观察树木的绝佳品。书中重点详细记录了作者对美国常见的 10 种树的观察过程，每一种树都被作者如数家珍般娓娓道来，堪称 10 篇优美的散文。比如北美圆柏，松柏类的树木经常被人们忽略，主要是外表不够美观的缘故，可是作者却很细致地描述了北美圆柏的颜色变化：橄榄绿色、黄铜色，还有粉红色，幼叶有时泛银光的蓝绿色，还有这些颜色的时间段以及成因，黄铜色是雄树上飘散了太多花粉所致，有时候还会冒花粉烟。这些都是作者花了好多功夫用放大镜观察到的，摄影师还用照片把浆果一点点长大的过程记录下来。书中的图片颇具欣赏性，一张张全方位的高清的照片把植物那些细微处及不被大众注意到的美很优雅地展现出来。拍摄图片的摄影师用了一种很高级的方法：将一个物体以不同焦点拍摄的 8 至 45 张图片拼接起来，形成超乎想象的锐利图像。她在书中告诉读者，"进行有意义的观测，并不一定需要一片荒地或一个植物园。后院，甚至是一块废弃的地方就行了。树木观测中最大的障碍就是认为我们熟悉的场所没有值得观察的对象"。她多次奔波于户外，寻找大叶水青冈带有子叶的幼苗，只为观察它那肥厚子叶形成的有趣样貌；她驱车数英里采集合适的雌银杏枝条，进行室内观察，只为一睹传说中的银杏传粉滴。作为观察者，作者充满了对自然的热爱之情。当然，想要观察到更多不为人知的秘密，还需要了解一些植物学的知识。在书中，南茜介绍了掌握一些植物研究的基本技能：找一名好向导（博物学家、生物学家、资深园丁、树木管理员等），接触精通博物学的新邻居——互联网，读树木专家和有才能的博物学家写的书，借助扫描仪、望远镜、放大镜、相机放大镜等设备，培养记日记的习惯等。保持好奇心也很重要。"其真正的价值在于在各种来自社会和个人的干扰下，依然保持的好奇心……它要求你聚精会神，让你去关注某些能够不断引发好奇心的事物。"观察的收获能带给人心灵上的震撼。新生的嫩叶在勃勃生命力的推动下不断舒展，缤纷的落叶以瑕疵树叶之美仿佛诉说着一个个故事，这一切都让作者为之动容。树木不但美丽，而且代表真理和正义。记得一位搞文字学的老先生曾对我说，"树"由"木"和"对"组成，因此"木"总是"对"的。灾难会毁灭树木，但毁灭不了树木所代表的真理。老先生的话揭示了人与树之间纯粹的关系：树为人提供诗意的牺居场所，背叛树就意味着背叛自然，背叛历史、背叛文明。

树木是地球生态系统的初级生产者、维护者和守望者，深刻影响着地球的生态环境和生态平衡。人类对树木的探索从未停步，对树木的利用和保护促进了人类文明进步。中国是全球树木多样性最丰富的国家之一。中国人民自古崇尚树木、热爱树木，中华文明包含着博大精深的树木文化。中国 2500 多年前编成的诗歌总集《诗经》记载了 70 多种树木，中医药学为人类健康作出了重要贡献，因植桑养蚕而发展起来的丝绸之路成为促进东西方贸易和文化交流的重要纽带。中国坚持创新、协调、绿色、开放、共享的发展理念，加强生态文明建设，倡导植树造林绿化祖国，努力建设美丽中国，广泛开展树木科学研究国际交流合作，维护人类共同的地球家园。观察树木是热爱树木的前提，当我们在凝视一棵树的时候，实际上已经开始思考人类的生存家园建设和生态文明维护了。

　　树木无言，但充满了秘密和知识，其在一生的各个阶段中的微妙生理变化都值得人们去观察了解。只要你用博物学的眼光仔细观察，总会有新发现，这是《怎样观察一棵树》告诉我们的。书上的 10 种树比较常见，喜欢做观察日记的人完全可以带上这本书自己去观察。一种全新的体验，一定会伴随着仰观俯察充溢你的内心。

51. 幽暗处的灯火

——王宗坤小说阅读札记

　　五岳独尊，钟灵毓秀；泰岱送青，文采风流。古往今来，泰山文化孕育了文人墨客，各领风骚。新时代的万千气象和蓬勃朝气给文学的发展注入了源源不断的活力，小说家王宗坤立足于这片生生不息的热土，展现出不凡的才情与思力。早在 2011 年 11 月，王宗坤的中篇小说《普通话》横空出世，力克群雄，获得第二届泰山文艺奖（文学创作奖），他成为泰安市首位获得该领域奖项的作家。随后，短篇小说《鳗鱼》又于 2018 年 10 月获得山东省第四届泰山文艺奖。

　　王宗坤，汉族，生于 1969 年 11 月，山东泰安人。中国作家协会会员。鲁迅文学院第十四届高研班学员。出版有长篇小说《极顶》《向上向下》《太阳的绳索》等五部，中短篇小说集《我是好人》《如此安静》等。在各类文学期刊发表中短篇小说九十余篇。其中《在黑暗中握手》《普通话》《月光在心中绽放》《采访范小叶》《小黄是头牛》《意外之外》《鳗鱼》《如此安静》《爱情也许曾经来过》《还债记》等多部作品被《小说选刊》《小说月报》《中华文学选刊》《北京文学·中篇小说月报》《中篇小说选刊》《长江文艺·好小说》《中国年度小说》等选刊和选本转载。

青春记忆的打捞与展示

　　王宗坤的小说是青春岁月的有力证词，也是复杂人性的勘探掘进，更是光怪陆离的社会各个层面的巡礼与聚焦。他的小说写作既是在旁证人性的斑驳与渊深，也是在阐发生存哲学的现实困扰。他凭借厚积薄发的诗意升华、娓娓道来的叙事耐心，以及作品中人物命运演进的草蛇灰线伏脉千里，塑造了主人公曲折浩瀚的心灵图谱。

　　王宗坤的故事叙述能力给读者留下深刻印象。他在故事中回忆旧时光，展现新感悟。"讲故事这门艺术已是日薄西山，讲故事缓缓地隐退，变成某种古代遗风，这种叙事能力的衰退，和现代社会人们交流能力的丧失和经验的贬值密切相关"。《太阳的绳索》的主人公是一群"中师生"，通过这样一个群体，反映了他们毕业走向社会二十年经历的命运沉浮和时代变迁。从中既可见个体的差异性，又可见群体的共通性，在个别与群体的联结对应中，折射出了时代精神，映照出了那一代人对理想的坚守，彰显了奋进不屈的人格魅力和人性之美。小说在弘扬社会主义核心价值观的同时，给人以温暖、力量和希望。小说采用了回形针式的叙事结构。从主人公毕业二十年后写起，通过一场同学聚会引出几个主要人物，再多头并进讲述他们的爱情史、奋斗史、堕落史……他们有的做了官，有的发了财，有的入狱，有的始终未改初心，依旧坚守在教育一线。名声、利益、情感纠葛的闹剧交替上演……在纵横交织的人物关系图谱中，画出了"中师生"的悲喜愁怨和苦辣酸甜，也从这过渡性的"一代人"身上呈现出日新月异而又让人眼花缭乱无所适从的社会现实。这种回环往复的叙事方式避免了线性叙事的单调贫乏，又增强了故事情节的内在韧性，使得小说不仅好读而且耐读。小说塑造了余亮光、褚燕来、聂世兰、尤奋进、汤丽欣、"我"等多个性格鲜明的人物。精心勾画了这群中师生从少年到中年这二十年间截然不同的人生轨迹。在那个露珠一样的清亮年代，他们坚守着青春的梦想和激情。在社会这个大熔炉中，他们的命运在时代的裹挟之下，出现了诸多分叉。"我"始终坚守爱情理想，一直在寻觅心中那份最完美的爱。褚燕来为了圆梦，放弃留城指标，主动来到条件极为艰苦的湖区小学，惨遭不幸，"我们"因此而错失爱情，此后，褚燕来成了"我"一直追逐的梦境。聂世兰和尤奋进，得地域和际遇之先，一个走入仕途，一个踏入了商界，但他们很快就迷失在了其中。余亮光来自山区，毕业回到家乡后仍然执着地坚守着内心信念。余亮光是小说着力塑造的人物，是良知与正义的化身，在他身上体现着这个社会的良心。他是个至真至纯的人，一直执着于三尺讲台，他热爱这份事业，热爱自己的学生，也抵抗着身边的污浊。最后为了保留学校这片净土做了誓死抗争。这些人物无不具有吸引读者的人性魅力，构成了一幅生动典型的"中师生"人物群像。小说通过对人性、价值观、世界观的深入挖掘，在弘扬正能量、讴歌真善美的同时，也带给读者更多思考。小说文本充满诗意，语言干净利落，故事情节真切感人，是一部能给人带来阅读快感和具有深刻感染力的长篇力作。知名作家张炜、徐则臣、贾梦玮、高洪雷专门撰写了推荐语，称赞该书为一部面向过去与未来的双向叙事之书，既根植于大地，又翱翔于蓝天，是一部歌颂青春，高扬理想旗帜，弘扬正能量的精品力作。王宗坤借助小说重新解释世界，重新发现大千世界的运行法则和沉潜秘密，也就是说，小说家的文学使命，就是要打破现有世界的陈旧结论，进而寻找到另一崭新的精神领域并在这个领域里源源不断地提供新的生活认知体系，舒展精神的敏锐触觉，追问人性深处的谜底，这永远是小说写作的基本逻辑起点。用米兰·昆德拉的话说："发现惟有小说才能发现的东西，乃是小说惟一的存在理由。一部小说，若不发现一点在它当时还未知的存在，那它就是一部不道德的小说。知识是小说的惟一道德。"王宗坤的青春记忆小说是一代人的精神镜像。他笔下的青春时光，不仅是绚丽年华，也是刻骨铭心的心事，不仅常常泪流满面，也饱含生命的突围与觉悟。他的这类小说见证了一个作家的渐趋成熟和从容不迫。从感伤悲悯到痛定思痛，从笔锋犀利走向襟怀宽阔，王宗坤的小说写作已不再拘囿于个人的洞察省思，他开始转向对芸芸众生平凡世界的礼赞和共情，对日常生活肌理的剖析。他的小说文字，敛去了一切不平之鸣和冲天怨气，有着仁慈温厚的慈悲暖意，这种逐渐和解与不断饶恕，是对写作伦理富有超越性的艰难跋涉和不断升华。

王宗坤的青少年时在土里打过滚，体会过农民生活的艰辛，同时他由于学业成绩突出而考取师范学校跳出农门去城市中等师范学校读书工作。多年来积累了丰厚的生活经验。他对青春岁月的深情回眸使得他在很多小说中把叙事的基点定位在二十世纪八九十年代齐鲁大地的农事、人事，校园趣事和学习生活。他的中篇小说《普通话》小说主人公就读的就是泰安师范学校，《普通话》是一首青春之旅的赞歌。一群刚从土得掉渣的乡村考取中专的青年被并不普通的"普通话"给纠结和磕绊住了，伴随着大部分人的抵触情绪，来自徂徕山区的郑红旗却坚决学习普通话，他不顾同学们的耻笑和刁难，一以贯之地坚持不分场合的练习是一种坚执和毅力。《纯洁》也是写师范生活的，这个题材也是由《普通话》引出来的，他写完《普通话》感到意犹未尽，忽然想到他们已经没有母校了就格外愕然，王宗坤说："在目前拜金主义横行的这个时代我们尤其需要这样的坚守者。但是皮之不存毛将焉附，在目前这个大背景下真正的坚守者已经寥寥无几，正因为这样文学才要呼唤和歌颂坚守者，我认为文学在某种程度上就是要通过形象来表现人生的向往与不可能。"评论家赵月斌说："《普通话》这篇小说读起来如一首挽歌。就像大家都曾操练过的普通话那样，对普通话的坚持与放弃正象征了人们对待生活的态度，要么做生活的影子，要么做生活的同谋，要么不识时务地做你自己，其结果显而易见，如果你不与时俱进，只能被时代抛弃，你就是一个彻头彻尾的庸才、失败者。"《普通话》未必单是歌颂人的坚守，它的意义在于挑战了当下最为通行的价值观念，它让我们看到所谓落后与进步绝不止于GDP的高低、不止于是否与世界接轨。王宗坤所发现的恰是被发展的洪流所吞没的那片脆弱的心脏地带，信念、良知、操守等等都被疯狂的欲望浸泡、萎缩，我们再也没有一块可以发出天问的高地。所以我认为王宗坤的文学表达已经找准了时代的根脉，接下去要做的就是这让根脉更壮大。

　　王宗坤的小说《蔷薇色的少年》书写了身为教育局党委副书记的"我"在一次会议上认出了在台上发言的教授——师范同学叶昌华，由此勾起了对过往的回忆：上学时候的叶昌华便特立独行，在校期间曾公然顶撞教导主任，并当众揭穿班级评优的暗箱操作。结识之后，叶昌华将"我"视作知己，并在毕业之际将两本日记送给了"我"，理由是他觉得"我"文笔好，并在"我"的身上看到了自己的影子。再次相遇，此时的叶昌华已经成为了可以和市委书记谈笑风生的大人物，而"我"也想起了应该归还之前获赠的笔记。但再次相会的体验却并不美妙，叶昌华始终认为"我"是有所求才去找他的，因而便将老友相会变成了纯粹的社交，而我也体会到了二人之间的隔阂，并在将日记归还之后彻底意识到两个人已经站到了不同的河流之中，再也不可能进行那种没有烟火气的交流。"愿你出走半生，归来仍是少年"是美好期望，现实是人总在不断"成熟"，再不是当年模样。

芸芸众生的扫描与透视

　　王宗坤的小说创作，立足于社会转型期的民众生活场域，以写实主义的笔触对形形色色的人物形象进行生存扫描和灵魂透视，他对底层人物的生存真相进行展示和叩问。"我一直是以敌对的态度看待现实的，随着时间的推移，我内心的愤怒渐渐平息，我开始意识到一位真正的作家所寻找的是真理，是一种排斥道德判断的真理。作家的使命不是发泄，不是控诉或者揭露，他应该向人们展示高尚，这里所说的高尚不是那种单纯的美好，而是对一切事物理解之后的超然，对善与恶一视同仁，用同情的目光看待世界。"2023 年，《人民文学》第 2 期刊发了王宗坤中篇小说《长路无尽》。作品结构精妙，由许淑云的烦恼牵出高连方的艰难，又连带出叶绍东的困境，三翻四抖，层层叠加，最后实现了高连方恶婆婆和叶绍东无情郎最初人设的大反转，展现百姓生活画卷。通篇线索清晰，人物鲜明，情节曲折，是一篇洋溢着温情与爱的好作品。赵月斌说："伟大的作品之所以伟大，是因为它必要追求诗意、梦想，它必要与物欲、流俗相抗衡，它不单要给我们以美好的人性，还要让我们感知似有还无的神性。也就是说，伟大作品应该是在我们心灵中架起的天梯，即使它无法带来什么，无法兑现什么，但至少它承载了无限的可能性，它让人类的视域更宽广。"从乡村到都市，从爱好文学的少年到专业写作者，王宗坤以其真诚的笔触，为读者奉献了《向上向下》《新闻部主任》《我是好人》等诸多优秀作品。他的作品也被业内认为"字里行间激荡着济世匡时、抑恶扬善的悲悯情怀"。从《向上向下》《新闻部主任》到《我是好人》，王宗坤的小说可以分为两类，一类是写农村生活的，一类是写城市生活的，其中一部分被评论界称为官场小说，尤其是长篇小说《向上向下》的出版。王宗坤在作品中更多的是为内心、灵魂写作，用真诚与这个博大的世界进行交流对话。读王宗坤作品，总感觉他更关注的是人的命运、生存和情感。王宗坤的官场小说创作的重点是人物命运的波诡云谲与人生的阴晴不定，是沉溺于生活泥潭中的人性的挣扎，是一种无奈的堕落与无望的抵抗。文学是一项向内的事业。他的小说首先会帮助人认识自我、完善自我，能帮你更明确地认识自己、认识世界，会让你由懵懂回归清晰，由感性回归理性，由绚烂回归平淡。一个真正爱文学的人，最终会沉静下来，宽容地看待这个世界，同时也会轻易地被感动，甚至会为一个陌生人的一句客套话而泪流满面，会为自己的每一个善举而激越无比，文学锻造了人心，涤荡了心灵，当一个文学从业者变得越来越单纯，活得越来越简单，他才算踏上了文学的正途。刘小枫在《沉重的肉身》"在人民伦理的大叙事中，历史的沉重脚步夹带个人生命，叙事呢喃看起来围绕个人命运，实际让民族、国家、历史目的变得比个人命运更为重要。自由伦理的个体叙事只是个体生命的叹息或想象，是某一个人活过的生命痕印或经历的人生变故。人民伦理的大叙事的教化是动员，是规范个人的生命感觉，自由伦理的个体叙事的教化是抱慰，是伸展个人的生命感觉。"近年来王宗坤深刻认识到了阅读是写作的真正源头，也深切认识到自身学养的缺陷，阅读的时间已基本大于写作的时间，如何讲好中国故事，如何讲出属于自己的独特故事，这是他一直以来的奋斗目标。王宗坤的小说写作，思力醇厚而不剑走偏锋，幽默诙谐而不乏庄重深沉。王宗坤的小说不仅展示现实，也虚构和想象一种现实，并通过不断梳理和厘定小说文本与现实世界错综复杂的多维关系，书写今日的文学城乡世界。他笔下那些小说人物的世界，那些坎坷与磨难、伤痛与悲戚、温馨与冷酷、良善与霸蛮、滑稽与荒诞、存在与虚无交相辉映的生活表象，是关于底层经验的粗粝陈述，也是他向外部世界讲述山东经验和地级市人际生态的一种方式。他以简单、直接的写作伦理学，使我们对内心悸动、现实本貌甚至小说文本本身都有了颠覆性的认识。他用直抵人心的方式，证明了二律背反依然是这个世界不可忽视的决定性力量。

人性世界的勘探与反诘

转型期社会生活中人性展开的过程，权力异化导致的人性变异和灵魂扭曲，是王宗坤小说介入现实世界的独特视角。他悉心关注城市的各色人物在物欲横流的经济大潮中载沉载浮的人生流向和无可奈何的随波逐流，情欲的泛滥伴随着人际关系的嬗变和婚姻状况的飘摇，一幅城市知识分子的心灵图景跃然纸上。中篇小说《迷醉》是关于高等学校中知识分子围绕科研经费、职称评审、干部提拔、知识分子内卷和躺平的光怪陆离的世态人心的书写。唐小龙是一个一心向学的植物防疫方向的专业技术人员，大学教授，他痴迷于科研而不谙人情世故。妻子郁文通过出轨常务副市长迟忠澜而获取名利他却浑然不觉。而植物环保学院院长周志民却是典型的学术官僚，他长袖善舞，功名利禄一网打尽，欺上瞒下，套取国家科研经费自肥，最终锒铛入狱身败名裂。郁文是个从政的知识分子女性，她看不起默默无闻只知道一心一意搞科研的丈夫唐小龙，她出轨常务副市长迟忠澜进而获得了软件开发科研项目巨大额度经费报酬，同时也为丈夫的仕途铺平道路。她是典型的权色交易的积极主动参与者和获利者。象牙塔里的腐败与社会上的腐败相互渗透，知识与权力、资本犬牙交错，王宗坤犀利的目光直指高等教育目前的弊病，可谓入木三分。

《孪生兄弟》是王宗坤立足于城乡结合部的底层叙事。主人公是一个农村小青年白方兴，他在十五岁的时候因为被初中的同班同学揭发出了自己不是父母的亲生儿子而辍学离家出走，先后在李记烧饼铺、维达汽车修理厂和真如意饭店干过临时工，后来邂逅了一个叫许岚的星级酒店迎宾并把她带回自己打工的酒店。酒店老板垂涎许岚的美色并使其怀孕，酒店老板之后抛弃了她。白方兴并不嫌弃身怀六甲的许岚，结了婚并且领着她和刚刚出生的女婴回到墨镇。可是，自己的养父因为与村里的恶霸、治保主任发生纠纷活活气死。他自感报仇无望，开了家网吧暂时生存栖身。可是，恶霸的儿子却设计陷害，并想霸占许岚，被许岚用一次性筷子戳瞎了右眼。恶霸一家包揽诉讼买通律师，许岚被判处有期徒刑十年附带民事赔偿 12 万元，陷入冤狱。最后，养母告诉了白方兴真实身世，白方兴去敬老院寻找亲生父亲，才知道原来酒店的老板、让许岚怀孕的苏昌竟然就是自己的孪生兄弟。自己刚刚见到亲生父亲，却被警察抓走，因为孪生兄弟长相酷似一个人。在这篇小说中，底层的艰辛生活，乡村治理中法制的缺席和村霸的横行霸道跃然纸上。当然小说最后充满了赎罪意识："意识到这一点我反而镇定了很多，我想我的孪生哥哥是有罪的，他杀了人玩了这么多女人欠了这么多钱，就让我来替他赎罪吧！"白方兴的个人经历过于富有戏剧性，也让小说带上了传奇色彩和戏剧因素。他作为一个乡村少年，凝聚了一代农村青年的集体记忆和全体思想，发财致富、追求爱情、爱慕城市，都是一种集体无意识的自然心理投射。

按照法国社会学家莫里斯·哈布瓦赫的研究："集体记忆不是一个既定的概念，而是一个社会建构的概念。它也不是某种神秘的群体思想，尽管集体记忆是在一个由人们构成的聚合体中存续着，并且从其基础中汲取力量，但也只是作为群体成员的个体进行记忆。有多少个人就应该有多少种集体记忆，尤其是文学中的集体记忆，它更不应该是由社会机制来存储和解释的，而是要被个人记忆所照亮。"王宗坤在进行叙事时秉承着一种超越了善恶的人类意识、人文关怀和超然物外。苏珊·桑塔格认为："叙事伦理是超越善恶的，作者拒绝在小说中进行任何道德审判，因为艺术中的道德美是极其容易消失的。"乡村少年的心灵图谱是自然而然的建构过程，社会转型期城乡结合部的道德受制于特定社会环境的囿限。乡村的社会生活中，乡土性的传统文化和人际关系，在二十一世纪面临新的考验。费孝通认为："从基层上看去，中国社会是乡土性的。"乡村社会与血缘、地缘紧密相连，人情世故和礼尚往来占据了生活其间的每一个个体的日常生活。熟人社会的潜规则取代了法治社会的契约精神。白方兴游走在转型期社会的城乡结合部，在民俗、法制、世故、纠纷、情爱、伦常之间不断遭遇二律背反，深刻体验到了人性的悖谬。王宗坤的叙事伦理中，不时闪现出关心底层民瘼的人间情怀，刘再复评价他："他不只是聆听时代主导的、公认的、响亮的声音（不论它是官方的还是非官方的），而且也聆听那微弱的声音和观念。"王宗坤娓娓道来的故事中，情节独异、个性饱满、哲思不凡。他的语言率性狂放，民间色彩原汁原味；他的叙事既玲珑又绵密，既出人意料又稳妥熨帖；他的伦理观价值观，有民胞物与之想，无善恶贵贱之差别，王宗坤以猎奇心、共情心、未泯童心，冷视一切，也宽恕一切。他对颟顸、粗鄙、狂妄等等人性的洞察，见微知著，入木三分。那个在物欲横流中建构起来的理想乌托邦，慢慢扭曲、异化、倾颓，变成一堆残垣断壁，王宗坤的记录既有春秋笔法而又纤毫毕现。他以置之死地而后生的表现力和裁判力，为生存忧患与时代浮世绘留存了一份重要的文学档案和精神秘史。木兰·昆德拉在《小说的艺术》中说："经验和故事，身体和欲望，可以看作是这十几年来小说的两对关键词。催生它们蓬勃发展的潜在力量正是消费社会的兴起，但是这样的写作开始面临根本的困境是二十世纪的小说革命，是把作家的眼光从外在的世界转向人类的内心，通过对自我的内心生活进行细致探究来寻找新的方向。"假如今日的小说不再探究人类心灵的内在图景，也不再对人类的精神提出新的想象，那么小说存在的意义在哪里？换句话说，越过经验和欲望的丛林，小说还有可能对存在发言，与灵魂对话吗？王宗坤对此审慎思索，并用小说文本给予答复和回应。

生态文明的观照与深思

王宗坤生活、学习、写作的城市泰安，山城相依，自然生态良好，这离不开一代又一代造林员、护林员地努力工作和倾情奉献。在建设社会主义生态文明的当代语境下，王宗坤的小说创作也及时地转向了对生态文明的观照与思考。习近平总书记指出："建设美丽家园是人类的共同梦想。面对生态环境挑战，人类是一荣俱荣、一损俱损的命运共同体，没有哪个国家能独善其身。"必须加快构筑尊崇自然、绿色发展的生态体系。《极顶》讲述的故事围绕泰山的生态文明建设展开，禹奕泽从林校毕业后，阴差阳错地子继父业成了"林二代"，但他当时并没有真正理解当年"造林人""营林人"艰苦卓绝、绿化泰山的献身精神。作为副区长秘书的"仕途"遇挫之后，他经过努力，重新回到自己曾任过办公室主任的泰山碧峰管理区。这个单位管理着泰山东麓最大一片山林，多达三万多亩。面对工作上"迁坟"等巨大压力以及生活中夫妻之情的疏离，面对屹立在东方25亿年的这座文化圣山，面对祖父辈几代人为这座大山所做出的努力，在父亲的朋友，身家千万却依然退回山林相守的"老炮台"的潜移默化影响下，重新回来的禹奕泽，以泰山之子的朴实情怀融入了舒云谷，参透了"为泰山"向死而生的文化内涵与人生真谛，读懂了泰山人文历史文化这部底蕴丰厚的大书，真正体会到"绿水青山就是金山银山"这一科学论断的深刻内涵；认识到人与自然、生态环境与人类生存之间的血脉联系，逐渐走向成熟，成为有担当，有能力、有创新意识的新一代泰山林业人。小说内容精彩，借鹰而生，狼口夺命、泰山宝光……一个个传奇故事、防火演练、开辟"驴友"专线、不遗余力地救治患有"癌症"的松树，在峭壁上架设环线天路……一项项骄人的业绩；迁坟、搭救"驴友"、与闯入者斗智斗勇，与心术不正的上司周旋缠斗……一幕幕扣人心弦的场面。亲情的审视、人性的叩问、临终的关怀、自我的寻找、灵魂的救赎、官场的探幽、文化的价值……小说依托泰山深厚的自然与文化背景，在回眸历史中检视我们新时代的印迹，将历史与当下做有机结合，以主要人物身上所肩负的历史使命，现实责任，爱恨纠葛来诠释美好的情感，赞美人性中的善良与真诚，勇敢与坚韧。作品不仅展示着山川自然千古以来对人文精神的浸染熏陶和哺育，也表现着人对山林的保护、信仰，还有对自我精神的升华和追求；同时它也是一部树立新时代中国共产党人良好形象的现实主义小说，诠释了新形势下共产党人怎样为人民服务，树立怎样政绩观的新课题。《极顶》仰望泰山，叙事与状物同在，诗意与灵性兼具，温暖所有迷茫的生命，参悟人生真谛的认知与思想。梁漱溟曾慨叹道："我之所谓郑重，实即自觉地听其生命之自然流行，求其自然合理耳。郑重即是将全副精神照顾当下，如儿童之能将生活放在当下，无前无后，一心一意，绝不知道回头反看，一味听从于生命之自然的发挥。"禹奕泽，以泰山之子的朴实情怀融入了舒云谷，他的人生与泰山生态文明建设息息相关。王宗坤在作品中塑造了一个投身于绿水青山建设的自然之子的形象，填补了山东近年来生态文明题材小说的空白。泰山山脉的人文景观、社会生活为他提供了大量的创作素材。厚重的文化积淀和淳朴的民风民俗，给王宗坤的创作展示了一个全新的、更加广阔的空间，而他也不失时机地、紧紧地把这个宝贵题材抓住了。

王宗坤的写作态度慢条斯理、谦恭和顺，如同一次漫长的促膝谈心。他的措辞新旧交融，雅俗共赏，他在叙事时以后撤和迂回的方式步步为营，以齐鲁方言的劲道与柔韧，抵抗靡靡之音中的陈词滥调和世故俗常。经由他的娓娓道来般的讲述，市井细民的琐屑，皆有了情致和理趣；芸芸众生的俗世人生，亦隐含着意义和深情；他对日常世界的直视无碍，更是曲径通幽，急管繁弦。他的小说写作有着宋元话本式的传统结构，骨子里却也氤氲流淌着先锋文学的精神底韵。他把传统文化资源、方言俚语叙事、现代人文精神汇聚于一炉，为小说如何讲述齐鲁大地的新时代生活创造了新的文化典范。王宗坤是醉心于讲故事的作家，他那炉火纯青的叙事语言，无懈可击的悲喜剧情，伟大的人性光辉，是他小说风格化的重要精神旗帜。王宗坤直面成长过程中的创伤记忆，深入反诘人性的现实困境，一次次在小说主人公个体生命的锥心痛苦中，向我们一字一句讲述负重的灵魂如何突围并且艰难前行。他回忆了一个时代的美好与遗憾，热情与薄凉。被拒绝和斥责的欲望，被错待和误会的善良，不了了之的绵绵爱意和深情，难以言表的歉疚和不安，不过都是青春散场之后的袅袅余音。青春的时代杳如黄鹤，惟有爱和宽恕才能救赎自己的灵魂。王宗坤的小说，精神结构深邃缜密、质感丰盈。他对现实世界的细心观察，热忱而冷静，既能心怀忧愤却又运笔飘逸。他塑造的人物不断地走向城市，又不断地返回乡场，在出走与回归的波折迂回中，王宗坤审视了一代人浩茫的心事，也由此建构起了一种不屈不挠的生存意志和精神底气。他决意为日益涣散但还未彻底迷惘的人类精神作证，同时也创造了一种正义的叙事伦理并使之持续回旋。

鲁迅先生曾经说过："文艺是国民精神所发出的火光，也是引导国民精神的前途灯光。"任何文学创作，某种意义上讲，都是在幽暗中点燃灯火，以此温暖人心，照亮前程。王宗坤无论在青春记忆的打捞与展示，还是对芸芸众生的扫描与透视，对人性世界的勘探与反诘，还是在生态文明的观照与深思中，都身体力行地发光发热，手擎灯火。这也暗合了与其诅咒黑暗，不如让自己闪闪发光、熠熠生辉的至简大道。

52. 在山水之间安妥灵魂：
读张炜《河湾》

张炜是以关怀人与自然的关系作为创作视角和写作伦理的著名作家，这种视角恰是其创作的出发点和落脚点。张炜以大地伦理作为创作的出发点，把天地自然和山光水色作为倾情歌吟和悉心守望的审美对象，逐渐形成了他创作的主要精神资源。与此同时，为表达对自然的钟情与热爱，张炜对人类损害人与自然关系的行为则采取严厉批判的方式进行道德拷问和伦理反思，并把它作为一种有效的思考路径；张炜还深入自然深处去勘察与探索，去构筑理想的自然生态梦境，最终达成对人类赖以生存的外部环境进行持续终极关怀，昭示了其创作理念中生态意识的不断开拓和持续观照。在对我国生态环境问题进行悉心关注的作家中，张炜是较早进入生态文学这一领域进行写作的。张炜是一个自然世界的倾心者和歌吟者，也是一个自然的保护者和守望者。张炜的文学文本，特别是散文和随笔文本，是他生态理念最直接的体现，在对自然的仰慕与热颂、静观与感受中，张炜逐步培养起了具有整体人类生存意识的生态观和自然观。

"一个知识分子的精神源自何方？……可我还是发现了那种悲天的情怀来自大自然，来自一个广漠的世界。"这是张炜面对乡野自然所发出的声音，表达了作家对大自然钟灵毓秀的赏析，对自然作为艺术源泉的由衷感慨。张炜将大自然作为艺术创造取之不尽用之不竭的源头活水，源于他在生活历练中长久的精神积淀和审美偏好。他曾经这么说："我觉得作家天生就是一些与大自然保持紧密联系的人，从小到大，一直如此。"他在散文集《融入野地》中多次提到"故乡"，并且把它作为精神家园。总之，大自然给张炜提供了精神动力，是他创作的精神摇篮。他多次写道："城市是一个被肆意修饰过的野地，我最终将要告别它。我想寻找一个原来，呈现自然真实的仪表。"

张炜在 2005 年发表于《环境教育》的《秋天里的思索》说："当代文学除了没有对神、对大自然的敬畏，还缺少与大自然中的其他生灵的联系。好像这个时期的人是真正的孤家寡人，是天地之间的独夫。"张炜的长篇小说新著《河湾》中，人类在现代世界中的逃离与漂泊、逍遥与救赎、现实与理想、批评和质疑，这些表面上纠结矛盾的、丰富驳杂的、多元共生的精神主题都构成了张炜小说生态哲学思想深度思维。他利用自然抒情的风格和突兀奇崛的想象以及富有个人化的生态语言和叙事伦理，延续了自己一贯的审美风格，同时也有着新的精神探索。在张炜的生态文学作品中，回眸历史是一个重要的命题，近代史、新中国成立后的当代史、地方史无不吸引着他的寻根目光。《河湾》中也延续了这种历史寻根的眼光。小说中的主人公"我"，也就是傅亦衔，与爱人洛珈，都在叙说着惨痛的家族发展史。历史是不可漠视的存在，讲述家族史的声音数度在回忆与现实之间相辅相成。在对历史碎片的拼接中追问历史，追问自己的来龙去脉，也是愈合自己的创伤的一剂良药，张炜进行了一场自我疗救的积极尝试。《河湾》的目光在聚焦当下时尤其专注理性。厌倦现代生活是《河湾》中当下人们面临的精神状态、生存困境，也是一种现代性的城市综合病症。造成厌倦现代生活的原因是重复性的现代化生产和日益内卷的单调工作状态，其对人生命力的扼杀和压抑，造就了厌倦的本因。在小说中，厌倦现代生活是从厌倦按部就班的都市节奏和平庸的婚姻生活模式开始的，书中写道："这其中的原因太过复杂，比如过分的接近和重复、无法前进和更新的停滞、浅显明了的洞悉，这一切都可以引起、让激情和兴致持续下去，这是与生俱来的生命难题，对于人这种聪明的动物就尤其如此。"对抗这种厌倦现代生活的方式，是余之锷和苏步慧，离开都市、回归山野的大胆尝试，他们归隐的"桃花源"正是题名中所说的田园牧歌的"河湾"。半岛的河湾成为诗和远方的伊甸园，城市生活成为叙事的大背景。"岂止是梭罗，就是古代的穴居之事也不能学，不少人像他们一样堕入大山深处，其实又能藏到哪里，最后是学虎不成反类犬"，不达到人与自然的高度融合，所谓的回归田园便失去了意义，最终成为一种"轻浮的虚假的浪漫主义"。叶祝弟认为："傅亦衔几度造访的河湾，这个未被张炜命名的地方，表面上看是闲暇之余的修身养性之地，背后可以上溯到以陶渊明的桃花源为代表的复杂文化系统，其实也是现代性危机的一种解决方案，是一个不断往返的桃源，同时又归于大海，融于天地，是一个更大的山水天地间。"这部小说将知识分子从静看天地、省察内心，然后与自然和谐共处的生存方式中凸显出来，也在对历史的打捞和确认中、对故园和童年的寻觅中来确认现代人的精神使命。知识分子总是面临一种困境，即历史理性与人文关怀的进退维谷。真正的困境不是非此即彼，而是无法在两者之间进行选择，只能在两者之间徘徊。张炜就是始终坚定地站在人文关怀、自然生态和审美主义的这一边深入思考的。从《古船》《九月寓言》《你在高原》《艾约堡秘史》到《河湾》，变化的是时代、是题材，不变的是他作为一个田园浪漫主义者的执着与坚守，是一个人文主义者的寻找、叩问与热爱。

53. 在自然家园的守望中体悟人性的温暖
—— 读阿来的《河上柏影》

广袤无垠的大地，蔚蓝开阔的天空、波谲云诡的历史和鲜活奇特的生灵，赋予作家阿来钟灵毓秀的文学气质，他的文字给予读者的不仅有厚重朴实，还有清新俊逸。《河上柏影》重点展示自然和人的处境以及关于发展与存在的辩证关系。物欲横流的消费时代，人们如何才能诗意地栖居在自己的精神家园？如何才能重返山光水色、树影婆娑的可爱故乡？阿来的《河上柏影》给出了自己的思考与期冀，这是《河上柏影》独特的价值与魅力所在。阿来的自然文学以诗意、澄澈、优美的文笔，再现了故乡山谷河流僻远小村中的小人物与风物生灵互相依偎的生命故事。《河上柏影》中视五棵柏树为精神依靠、心灵纯净善良的藏族母亲依娜，令人动容地呈现了阿来对故乡山水的深情眷恋、对温暖人性的向往以及对自然生态的忧虑。阿来《河上柏影》展示的情感与故事，体现了他对自然生态、环境保护方面的观察与思考，对我们建设生活中与生态文明颇具现实意义。阿来长期以来一直坚持以青藏高原为写作空间，他致力于打通自然环境与人文精神的坚冰和壁垒。他笔下的边地藏族生活深邃神秘，却并非空穴来风凌空蹈虚，他从来不是仅仅依赖史料记录来建构小说内容，而是身体力行于现实生活中的每一个场所与领域并秉笔直书所见所闻。他的《河上柏影》中的世界传统而清新，既敦厚又灵动，他的文字如同一束光，照亮了历史、现实与未来。

"岷江柏是植物。自己不动，风过时动。大动或小动，视乎风力的大小。那大动与小动，也视乎树龄的大小，幼树或年轻的树容易受外界刺激，呼应风的动作尺度就大些。当一株树过了百岁，甚至过了两三百岁，经见得多了。经见过风雨雷电，经见过山崩地裂，看见过周围村庄的兴盛与衰败，看见一代代人从父本与母本身上得一点隐约精血便生而为人，到长成，到死亡，化尘化烟。也看到自己伸枝展叶，遮断了那么多阳光，遮断了那么多淅沥而下的雨水，使得从自己枝上落在脚下的种子大多不得生长。还看见自己的根越来越强劲，深深扎入地下，使坚硬的花岗岩石碎裂。看见自己随着风月日渐苍凉。人是动物，有风无风都可以自己行动。在有植物的地方行动，在没有植物的光秃秃的荒漠上行动。现在，有一个人在动。"这是《河上柏影》开头的一段文字，植物的灵动可谓一枝一叶总关情，与人类的命运相辅相成。阿来对植物这方面的研究非常精准到位，这是他独具匠心的方面。他用了一种植物作为一种象征，表现出一种自然博物的学者气质和严谨风范。阿来熟稔自然风物的那种渊博雅致，可能会超出读者的理解范围。阿来是个百科全书式的作家。他不知疲倦的阅读赋予其文思泉涌，他的语言学水平也是精益求精。他对生命、对生活的体验独到而深刻，所以他的小说中的自然、历史和人性写得非常饱满瓷实，他观察生活非常纤细、清澈、具体、到位。

《河上柏影》的故事并不复杂：主人公王泽周出生在岷江山谷一个偏僻的小村庄，村里只有几十户人家，他们家就坐落在江边五棵老柏树下。这几棵岷江柏是王泽周的自然课堂，也是母亲依娜精神信仰的依靠。这个汉藏混血的王泽周从小一直对卑微木讷的父亲和曾因家世沦落而备受男人欺凌的母亲充满着怨慼。作为村里的第一个大学生，在学校里也因为出身而承受了来自同学贡布丹增的讥讽。大学毕业后他选择了回乡，却又因工作关系不得不与贡布丹增有了新的交集，在对生态自然、旅游发展的理念和行为上博弈对峙……庙宇变成了景区，江边五棵老柏树被凋零被扼杀，自己家的老宅也因此而被畸形地升值肢解；而与此同时，他与父母的感情，却在不知不觉中悄然由怨慼不满到温情依恋，人世纷争和烦恼在对父亲的谅解和亲情的回归中慢慢融化。这个故事以及隐藏在故事背后的旨趣是现代以降一个封闭得乃至有些蛮荒的小山村，因一个外来者（多是地质勘探工作者）的闯入或是一个出走者的回归，本虽封闭却也宁静的小山村开始变得喧闹躁动：父子反目、夫妻背叛、森林被砍伐、地表被开掘。文明与愚昧的冲突是文学创作的母题之一，在《河上柏影》中，我们的确不难发现这一主题的依稀身影。

《河上柏影》是一种记录和一种见证，这也是作家的一种基本责任与使命：他试图记录下那些已经消失或正在消失的人与物，这当然是有意义的，如果没有了这样的记录与见证，伴随着时代车轮的前行，那些人与物就好像从来没有在地球上出现过一样，更不会有诸如对人类社会进化中种种现象与进程的反思与彻悟。从骨子里看，《河上柏影》更是在寻求一种平衡，在都市与乡村、在现代与传统、在物欲与情感的冲突与倾斜中寻求一种平衡，出现在作品主人公王泽周身上的微妙变化便是这种寻求平衡的一种写照。

《河上柏影》的开篇有些出乎意料，摘抄了三页的植物志，小说的跋里又做了补充摘录。一首一尾，令人有许多遐想。阿来认为自己写东西不会预先想那么多，随着一个文本的展开，结构会慢慢呈现出来，这个时候会想很多问题。正文是作者最早想写的部分，但如果只是把它写出来，这个文本可能跟今天很多小说一样落入俗套。好的小说应包含更多意味和内容，所以要有铺垫，那些关于岷江柏的摘录等于是这个故事的前传。我们现在处于一个消费时代，写小说都特别急，就是老想讲故事，老怕抓不住人，其实小说有各种各样的方法，那些好小说，它的文本总是丰富的、摇曳多姿的。故乡感情更多是农耕社会的观念。一过春节，很多第一代打工者拼命地回老家，其实回去也没干什么，就是一种精神上的东西。但很多第二代，很多年轻人，恐怕就不太愿意回了。小说涉及的社会现实、人与自然、人与历史传统等问题均引人注目。身份认同、身份焦虑，其实是西方传来的所谓后殖民理论，它自己的背景，就是二战前后殖民地摆脱殖民统治，需要重新确认自己的身份，这也是重新建立一个共同体的过程。今天的世界，交往越来越多，一个国家内部不同地区之间的交往，国与国之间的交往，不同文化、不同信仰、不同种族的人的交往与结合，都越来越多，所以发生很多变化，情况越来越复杂。《河上柏影》的主人公和行政领导、旅游局负责人都希望开发，但思路与方法不同。不少珍贵的柏树被断了根系，围起来，像盆景一样展示……这不是虚构出来的，生活中真有过断根这种事情。"把自然还给自然"，着实不易，一方面，人们难免以自我为出发点去面对自然环境，另一方面，浮躁而复杂的局面不会很快过去，所以，很多事情怕是等不得而又急不得。在城市密集的人群中生活久了，或者是在自己书写过程中探究那些历史或生活的阴暗面久了，阿来调节自己最有效的办法就是去青藏高原。那里地广人稀，直接面对的就是开阔美丽的大自然。所谓"大美无言"。美，自然之美确实给人以巨大的情感抚慰。所以，阿来对自然界的被损毁有更强烈一些的关切，也试图以自己的作品唤醒更多的人产生类似的关切。世界任何成熟的文化中都充满道德与伦理方面的劝谕。中国人对文学功能性的认识中就包含对这种劝谕功能的看重。劝谕的力量在中国社会中正在大幅消退。但我想，我可以在美丽的书写中劝谕自己，修正自己，提升自己。阿来小说所呈现的佛性、神性、民间性的因子，在阿古顿巴这个人物身上有最早的体现。

在《河上柏影》中，阿来描绘了社会生活的变迁，以及对传统村庄的冲击。通过王泽周的经历，一幅岷江岸边延续三十余年的画卷便徐徐铺展开来，有水波荡漾着的岷江，也有岸边的柏树，以及柏树下的人家。纵然发展缓慢，但村庄也并非停滞不前，一切山山水水、风风火火都在路上。虽然前行的过程有曲折、有坎坷，但迎难而上，终究会到达。正如阿来在序言中所说："我愿意写出生命所经历的磨难、罪过、悲苦，但我更愿意写出经历过这一切后，人性的温暖。"文学更重要之点在人生况味，在人性的晦暗或明亮，在多变的尘世带给我们的强烈命运之感，在生命的坚韧与情感的深厚。人是要怀着希望的，作家也一样。纵然在这个光怪陆离、飞速发展的世界，作家也许正像世人一样迷惑，但作家不能放弃希望。纵然在冰冷里，也要感受到一些温暖；纵然在黑暗里，也要看到希望的光亮。人是要怀着希望的，作家也一样。正如诗人北岛在其诗作《回答》中所表达的那样："新的转机和闪闪星斗，正在缀满没有遮拦的天空。那是五千年的象形文字，那是未来人们凝视的眼睛。"

《河上柏影》既充满对自然、生态的深切关怀，也充满了温暖、动人的人情之美。诚如阿来自己所言："我相信，文学更重要之点在人生况味，在人性的晦暗或明亮，在多变的尘世带给我们的强烈命运之感，在生命的坚韧与情感的深厚。"阿来是藏族文明的观察者和守护者。他的写作旨在发出一种边地文明的声音，阿来持续为一个地区的灵魂观照而写作，他不断艰难指认藏文化在社会变迁中的困境：闭抑僵化会导致蒙昧，改革开放也会带来物质和心灵的双重冲击，终究是一种矛盾、不安、苦难的困境。阿来书写了这种巨变给人带来的痛楚，也感慨于喧嚣背后那言不由衷的无可奈何。他为自己创造了一个语言的故乡，也为这个时代保存了一份沉重的文学档案。

《河上柏影》是一部运载着生态自然和人性光辉的小说。阿来用自己的自然情怀、人文底气，与历史辩驳、和自然共舞，显示了可贵的精神力量与道义担当。在自然生态和道德底线不断受侵的当代生活中，这部小说以特有的警世恒言，向人们发出了深沉的叩问。

54. 自然风物的神性光辉

——读阿来的《蘑菇圈》

随着现代科技文明的滥觞，弥漫于全球各地的现代性思潮方兴未艾，人类文明进入了日新月异的快速发展的加速度时期。文学作为现实生活的晴雨表，无可逃遁地融入了现代性的历史情境和文化交流的滚滚洪流中。藏族作家阿来立足于西藏自然景观、藏族生活、民风习俗的小说创作，为我们了解那片古老的诗意土地和它在现代性洪流裹挟下的阵痛提供了反思的视角和文学档案。他的中篇小说《蘑菇圈》即是立足于当下消费社会的意识形态和时代语境对自然生态、自然风物的深切观照。珍贵的蘑菇（松茸）凝结着消费社会中物欲横流的城市对于藏区的钟灵毓秀的物产的奇异想象，蘑菇（松茸）携带着巨大的符号价值从乡村流向都市，流向权贵的怀抱，而赚取的金钱又逆向地改造藏民的价值观。鲍曼在《全球化：人类的后果》断言："流动性登上了人人垂涎的价值之列：流动的自由（它永远是一个稀罕而分配不均的商品）迅速成了我们这个晚现代或后现代时期划分社会阶层的主要因素。"《蘑菇圈》中，外部的琳琅满目的现代性对青年人构成巨大的诱惑：胆巴离开了，桑吉和他的姐姐都到外边读书去了。盛产蘑菇的古老的机村处在这个深刻的社会转型之中。小说沿袭着阿来一贯的对于藏区的"人"的观照，用笔极具诗意，将现实融进空灵的时间，以平凡的生命包容一个民族的历史，表露出阿来对于藏区的人的"生根之爱"。《蘑菇圈》沿袭着阿来一贯的美学追求，以极具民族性的个体化载体，包容了时间的维度，融化了理想化心灵和现实的边界，为我们展示出一个诗性和历史交融的无限空间，闪耀着经典的光辉。阿来自己说："我愿意写出生命所经历的磨难、罪过、悲苦，但我更愿意写出经历过这一切后，人性的温暖。即便看起来，这个世界还在向着贪婪与罪过滑行，但我还是愿意对人性保持温暖的向往。就像我的主人公所护持的生生不息的蘑菇圈。"阿来一直以藏族边地为写作舞台，致力于打通自然与人文的障壁。他笔下的藏地文化深邃神秘，却并不虚无缥缈，他从来不是简单的记录史料，而是低下身躯活跃在现实的每一处缝隙。他小说中的世界古老而鲜活，既朴拙又灵动，他如同一座桥梁，连接了逝去的过往以及正在发生的当下。阿来多年来执着于对文化的探究，对生命本真的思考，对小说与非虚构作品的文本创新。从《蘑菇圈》中我们看到了阿来对文学语言的特殊贡献，看到了他对生命哲学的另类反思，看到了他对人类文明的精神启示。

《蘑菇圈》中的机村偏僻、闭塞却并非世外桃源，悠扬的牧歌并不能阻挡历史轻盈的步履。饥饿、"文革"等重大政治运动让汉族干部不断到机村介入了原始土著居民的原生态生活。对于藏民而言，享用蘑菇不过庆祝节气，但汉族将蘑菇与漫长的饮食文化融合，成为营养美味的山珍，再也不允许蘑菇在山里自生自灭。少女斯炯的渴望融入新时代，她从村子里出去工作，却被干部刘主任诱骗失身成为阿妈斯炯，她回到机村后安于一种洁净的母性生活，她养育胆巴，也滋养蘑菇圈，蘑菇圈不仅帮助斯炯度过饥年，为她积攒了养老的钱，也成为她重要的精神寄托。阿妈斯炯想要保护的蘑菇圈的秘密却被胆巴的妹妹（刘主任的亲女儿）用 GPS 跟踪拍成片，成为她的蘑菇养殖基地的形象广告。这一切对在村子里生活的阿妈斯炯是难以想象的。阿来赞美了蘑菇圈的生命力，也赞美了单纯的斯炯和她纯洁的家园。同时我们能看到大民族文化尤其是消费的涌动对少数民族原生文化的侵蚀，在这里，新事物、进步观都受到了质疑。道法自然，是自然物保护着机村，少数民族凭本能发现自然的美好和神性。文尾、胆巴步了父亲的后尘，官越做越大，离母亲和机村越来越远，最终融入汉文化主导的权力系统中。胆巴的道路是少数民族文化的隐喻，消费主义的洪流无法抵御。阿来的小说独具风格，文字空隙中徜徉着他对自然的爱，他能把山野的风物和气息全部带进小说，在蘑菇（松茸）等野生植物最熟悉最平常的事物身上发现神性的力量和春天的光辉。这种光辉是蕴藉的、忍耐的，需要儿童般的善良干净的目光才能遇见。作为藏区最重要的消费符号，蘑菇（松茸）如何承载了时代的主流意识形态，消费意识形态如何侵袭了最偏远的乡村，阿来从最细小的事物身上发现时代的秘密。每个个体与主流意识形态都有无形的关联，像盐溶在水中，历史融化在现实中。革命的激情消隐在消费意识形态之中，权力却通过市场、通过流动的金钱潜在地规训着我们。孔子曾说诗可以兴、观、群、怨。"迩之事父，远之事君，多识于鸟兽草木之名。"机村山青水碧，阿来满目含情，他能写出蘑菇的生长习性，更能写出斯炯身上与蘑菇圈一样罕见的品格。异域风情并不是阿来的兴趣点，诗意才是他积极经营的重点所在。诗意藏在自然深处，藏在人的心灵里边。阿来的写作具有示范意义，确凿的生活细节，汁液饱满的语言，神采奕奕的人物共同谱写出焕发生命力的篇章。阿来是文学界并不多见的一位具有广博植物学知识的作家。天性热爱植物的阿来，曾经专门创作有关于植物的著作《草木的理想国：成都物候记》。如果没有对于植物发自骨子里的热爱，没有对于林林总总植物的悉心观察，这样一部著作的创作显然是无法想象的。这一次，作家干脆用植物来为自己的小说新作命名，植物在阿来内心中地位的重要于此即可见一斑。

正如同阿来的其他许多小说一样，《蘑菇圈》的故事也发生在那个被叫作机村的只有二十多户人家的藏地小山村。虽然只是一部中篇小说，但阿来的叙事时间却相当漫长，从新中国成立不久的1955年起始，一直写到了被称之为市场经济的当下时代，故事前后的时间跨度超过了半个世纪。或许与阿来藏族作家这样一种特定的文化身份有关，他几乎所有的文学作品实际上都在或隐或显地关注、思考着藏地在现代化进程中的命运问题。单就时间层面来看，藏地与现代化的相遇，与新中国的成立，差不多处于同步的状态。而这，事实上也就意味着，只有在新中国成立之后，来自内地的汉人方才携带着现代化的各种知识文化进入藏地，藏地的现代化进程也因此而被开启。在这一明显带有滞后意味的现代化进程中，既发生了藏地传统文化与现代文化之间的碰撞，也含蕴着藏与汉两个不同民族之间的冲突。归根结底，藏地如何被迫融入现代化的进程之中，乃是阿来一系列文学作品所集中思考表现的思想主题。小说之所以被命名为"蘑菇圈"，乃因为蘑菇是贯穿于文本始终的一个核心物事，在其中承担着极其重要的结构性功能。"那时，机村山上所有的蘑菇都叫蘑菇。最多分为没有毒的蘑菇和有毒的蘑菇。而到了故事开始的1955年或是1956年，人们开始把有毒的蘑菇分门别类了。"由笼统的"蘑菇"称谓，到对于"蘑菇"开始分门别类，显然意味着机村一段新的历史的开端。也因此，方才生成了叙述者别具深意的一种叙述："尽管那时工作组已经进村了。""尽管那时工作组开始宣传一种新的对待事物的观念。""这种观念叫做物尽其用，这种观念叫做不能浪费资源。""这种观念背后还藏着一种更厉害的观念，新，就是先进；旧，就是落后。"请注意，不管是对于"蘑菇"称谓的进一步分门别类，抑或是诸如"新"与"旧"、"先进"与"落后"这样一些充满进化论色彩的观念的进入与普及，很显然都意味着现代性对于机村、对于藏地的强势介入。小说所讲述的围绕着主人公斯炯发生的那些故事，究其根本，皆属现代性所赐的结果。事实上，斯炯对于人性逻辑的本能维护，更突出地体现在她冒着政治风险毅然出手救助落难的吴掌柜的行为之中。斯炯在进入工作组之前，曾经在一家旅店帮佣。那时候她只有十二三岁，那家旅店的老板就是吴掌柜。到了1961、1962年那个空前饥饿时期，早已回到老家的吴掌柜，在全家人都饿死之后，为了活命，一个人努力挣扎着返回了机村："我想我只有走到这里才有活路。山上有东西呀！山上有肉呀！飞禽走兽都是啊！还有那么多野菜蘑菇，都是叫人活命的东西呀！"问题在于，返回机村被迫隐藏行迹的吴掌柜，却只能够依靠煮野菜和蘑菇维持生命，既缺盐，也少油。在这个时候，从一种本能的人道情怀出发，偷偷地给吴掌柜送去盐与油的，正是年轻的斯炯。虽然说斯炯的救助行为并没有从根本上改变吴掌柜最终的悲剧命运，但困境中一种心灵慰藉作用的存在却是显而易见的事情。实际上，在那个物质异常贫瘠的"革命"岁月里，斯炯一家人在很大程度上也是凭借着独属于她的那个蘑菇圈的滋养方才得以度过困厄的。小说的另一个书写重心，是当下的"经济"时代。这个时候，斯炯的儿子胆巴也已经长大成人，成了一名政府官员。就如同变魔术一般，到了这个"经济"时代，阿妈斯炯的蘑菇圈突然就变得值大钱了："不是所有蘑菇都值钱了。而是阿妈斯炯蘑菇圈里长出的那种蘑菇。它们有了一个新名字，松茸。当其他不值钱的蘑菇都还笼统地叫做蘑菇的时候，叫做松茸的这种蘑菇一下子就值了大钱。"正如你已经预料到的，蘑菇或者说松茸的升值，极大地刺激了包括机村人在内的所有人群的贪欲。当人们都在为松茸而疯狂的时候，难能可贵地保持了冷静心态的，唯有阿妈斯炯。在丹雅不无炫耀地告诉阿妈斯炯"时代不同了"的时候，遭到了阿妈斯炯强有力的反驳："阿妈斯炯说，时代不同了，时代不同了，从你那个死鬼父亲带着工作组进村算起，没有一个新来的人不说这句话。可我没觉得到底有什么不同了。""我只想问你，变魔法一样变出这么多新东西，谁能把人变好了？阿妈说，谁能把人变好，那才是时代真的变了。"究其根本，阿妈斯炯所一力强调的"谁能把人变好，那才是时代真的变了"，正是对于人性逻辑的一种本能维护。而这，显然也就意味着，到了"经济"时代，当所有的人都在为金钱而疯狂迷失的时候，能够坚守人性逻辑并以此对抗金钱逻辑的，却依然还是阿妈斯炯，还是这位"革命"时代曾经的人性守护者。当然，人性逻辑之外，无论是当年的"革命"时代，还是当下的"经济"时代，斯炯的那个蘑菇圈中，显然也还包含有藏族人本于虔诚的宗教信仰而对于大自然的一种敬畏心理。只不过，到了当下的"经济"时代，这种敬畏心理已经可以被阐释为现代性意义上的生态保护思想。该书以藏地植物"蘑菇圈"为名，以诗意的语言从西藏普通人身上发掘出了一系列充满人性光辉的故事，并让人反思在社会发展、历史变迁中人与自然的关系。《蘑菇圈》里的斯炯，从政治荒诞的年代走到当下，经历了诸多人事的变迁，以一种纯粹的生存力量应对着时代的变幻无常。藏族少女斯炯在深山里拥有一个秘密的"蘑菇圈"，在她的人生中，这个"蘑菇圈"成为与她一起度过各种复杂岁月的秘密力量：爱情、私情、孩子、革命、时代，各种事物纷纷飘现，又不断消失。斯炯去远方学习，回来时候有了一个儿子，没人知道他的父亲是谁。斯炯精心地护养自己发现的这个"蘑菇圈"，在饥荒时期，她用采来的蘑菇，养活了陷于饿死边缘的村民们。这个"蘑菇圈"既象征着她内心深处的坚定信念，又象征她丰富的人性。这种力量，使得一个普通的藏族少女，在历经沧桑时，仍然保有极大的善意和自由。阿来说过，"长时间以来，我一直在想，我们今天所谓的城镇化对当地产生了怎样的影响？尤其是对那些偏远的乡村，那些乡村的人、物，乡村的生态"。值得关注的是，在城镇化过程中，"大部分人的目光已经完全往都市转移了，乡村已经处在被人遗忘的状态"。据阿来的观察，如果说现在还有人愿意将目光往边远农村投射的话，只有两种可能：一是那儿有很好的自然风光或有历史遗存，如老村落，它可能成为一个旅游目的地；还有一种被人挂念的方式，就是那儿出产一些稀奇古怪的东西。阿来认为与其写一个旅游产业下的乡村不如写一个"仅仅是因为出产某种东西而被外界所关注的乡村，想写写乡村发展背后的普通人"。于是，便有了《蘑菇圈》。《蘑菇圈》是阿来小说中浓墨重彩的一篇，故事凝练，文字行如流水，也如诗一般值得细细品读、反复回味。

阿来是边地文明的勘探者和守护者。他的写作，旨在辨识一种少数族裔的声音，以及这种声音在当代的回响。阿来的《蘑菇圈》刻写了这种巨变给人带来的痛楚，也感慨于喧嚣背后那无边无际的静默。他以优雅、写实的文学修辞，为自己创造了一个语言的故乡，也为这个时代保存了一份沉重的悲伤。